"天外"求索文库

【比较文学研究学术丛书】

丛书主编　张晓希

五山文学与中国文学

Gozan literature and Chinese Literature

张晓希　等 ◎著

中央编译出版社
Central Compilation & Translation Press

图书在版编目(CIP)数据

五山文学与中国文学 / 张晓希等著.
—北京：中央编译出版社，2014.3
ISBN 978-7-5117-2041-2

Ⅰ.①五…

Ⅱ.①张…

Ⅲ.①汉语-日本文学-古典文学研究-中世纪

Ⅳ.①I313.063

中国版本图书馆 CIP 数据核字(2014)第 017768 号

五山文学与中国文学

出 版 人：	刘明清
责任编辑：	邓　彤
责任印制：	尹　珺
出版发行：	中央编译出版社
地　　址：	北京西城区车公庄大街乙 5 号鸿儒大厦 B 座(100044)
电　　话：	(010)52612345(总编室)　(010)52612339(编辑室)
	(010)66161011(团购部)　(010)52612332(网络销售)
	(010)66130345(发行部)　(010)66509618(读者服务部)
传　　真：	(010)66515838
经　　销：	全国新华书店
印　　刷：	北京瑞哲印刷厂
开　　本：	787 毫米×1092 毫米　1/16
字　　数：	294 千字
印　　张：	19.25
版　　次：	2014 年 3 月第 1 版第 1 次印刷
定　　价：	65.00 元
网　　址：	www.cctphome.com　　邮　箱：cctp@cctphome.com
新浪微博：	@中央编译出版社　　　　微　信：中央编译出版社(ID：cctphome)

本社常年法律顾问：北京市吴栾赵阎律师事务所律师　闫军　梁勤
凡有印装质量问题，本社负责调换，电话：(010)66509618

"求索"文库·天外50周年校庆系列

天外"求索"文库编委会

主　任：修　刚
副主任：王铭玉
编　委：余　江　刘宏伟

序

王晓平

1972年是中日政治关系重大转变的年头，也是文化交流上的拐点。中日两国各自敞开紧闭多年的大门，从渤海、黄海与东海清风纳客之日起，中国的日本文学研究就逐渐驶入了学术化的正常轨道，几经跌宕，一路提速。四十年来，中国学者将日本文学研究作为国学的一部分，中国学术的一部分，对邻边这一既近且远的国度的文化，虚心感受，潜心钻研，积累了令人惊异的成果。特别是对日本古代文学的研究，由于继承了中国学术传统，同时又吸取了日本学者用心精微的学风，勤苦耕耘，精心培育，已栽种出大片的茂林修竹，繁花秀木。不过，就日本文学分期而言，中世文学研究还属于一块来客稀少、林木稚嫩的园地。

张晓希等著《五山文学与中国文学》即将出版，我能先睹为快，十分欣喜。五山文学与中国文学有很深的渊源，然而不仅我国学者研究尚少，而且近年来由于汉文学研究的边缘化，少数日本学者的研究著述也频遭冷遇，因而对于这样力图兼顾全面描述与个案研究的新著，十分期待。全书对五山文学产生的背景以及与佛教交流的关系等有很好的描述，对主要作者的代表性作品皆有所涉及，完成了研究者们为自己规定的任务，值得庆贺。

本书选择了虎关师炼、梦窗疏石、中岩圆月、义堂周信、绝海中津、景徐周麟、一休宗纯等极具代表性的五山诗僧，从文学思想、文化观念、行为风范、宗教素养、个性特征等不同方面，梳理其与中国文化与文学的关联。全书既有全景俯瞰似的概括，也能重点探讨一些前人研究特长的方面，为进一步展开对五山佛教文化及其文化事业这一课题的研究构建了良好的基础。

五山文学是亚汉文学群山中的峰峦。亚汉文学是一种具有地域国际性的文学，是两国或多国文化合流融汇的文学形态。日本汉文学既不是单纯的中国文学，也不是单纯的日本文学，而是具有两种文学的性质，这就注定了它的研究本身先天的跨文化属性。随着我们对两种文化、文学认知的深化，这种研究也就可能获得孤立的国别文学无法得到的新收获。此外，五山文学研究还需要一定的佛学知识和佛教文学史知识。张晓希为首的团队不惧艰辛，在不长的时间里搜集了大量相关资料，克服了诸多难题，才使我们能够读到许多前人没有谈到的新见解。

五山文学中包含着丰富的文化交流的资料。这些资料不仅对于研究中国文学在日本传播具有很高的价值，而且往往与中国文学研究的新课题相联系，其中丰富的文化交流史内容，还很少受到我国学者的关注。我愿借撰写此序的机会，略举数例，简述心得，意在说明五山文学研究亟待深化的现状，也算是与张晓希等人的研究呼应唱和吧。

由于亚汉文学同中国文学一样，具有以文为政、以文为教、以文为礼、以文为戏的杂糅性质，其中的文化内容就格外丰富多彩。在这一点上，五山文学除了"以文为政"不太突出以外，在其他方面都毫不逊色。禅僧们游走于两种文化之间，衣食住行都离不开这两种文化的交织。如果研究者能具有开阔的文化视野，就不难从五山僧侣留给我们的数量可观的汉诗文、往来书信、墨宝、抄物和出版物等当中，发现可贵的历史资料，还原历史上两国文化交流的真实面貌。

五山文化研究涉及书法、绘画、建筑、庭园、雕刻、工艺乃至饮食等领域，拓展空间颇大，但其中汉籍考辨、抄物研究、人物交流、作品阐释和理论探究诸方面，皆有很多事情没有做。

汉籍考辨。虎关师炼在所撰《异制庭训往来》中一通"致图书助殿"的书仪中，提及了大批中国书籍："所蒙仰之书籍等，《毛诗》、《尚书》、《周易》、《礼记》、《左传》、《周礼》、《仪礼》、《公羊》、《谷梁》、《论语》、《孝经》、《老子》、《列子》、《庄子》并《史记》、《前汉书》、《后汉书》、《杨子》、《荀子》、《墨子》、《淮南子》、《文中子》、《东皋子》、《吴子》、《孙子》、《吕氏春秋》、《战国策》、《山海经》、《尔雅》、《广雅》、《神仙传》、《孝子传》、《先贤传》、《列女传》、《太平御览》、《太平广记》、《群书治要》并《玉篇》、《广韵》等进候。《文选》、《文集》

等者，作文御兴行之时可令进候。寡学浅识之流所持之本者，三写之误多之间，就其经纪两点散散式也。以鱼目为明珠之条，无念之次第也。此本随分家书候间，不可有疏略之义候。"① 当时学僧阅读中国典籍的范围之广可见一斑。五山保存的汉籍和翻刻的所谓"和刻本"，虽然已有不少研究成果，但中国学者的系统研究却尚未见到。近来，江静等学者对墨迹的研究可谓另辟蹊径。五山文献中还保存着丰富的汉字学资料，对于研究宋元汉语俗字东传与日本汉字的演进不可或缺。

抄物研究。五山学僧的学术活动十分活跃。伴随他们在讲解传授中国经籍和文学作品而产生的抄物中，保存着一些可贵的文献。桃源瑞仙（1430—1498）《史记抄》中讲解项羽的诗时写道：

面对最爱的美人，看着秘藏的宝马，饮着离别的美酒，于是自为诗曰；
力拔山兮气盖世，时不利兮威势力废；
威势废兮骓不逝，骓不逝兮可奈何。
虞姬虞姬奈若何，

我想这是项王所作的诗。力拔山兮气盖世，时不利兮。古本此处有"威势废、威势废兮"七字②

吉川幸次郎曾撰文介绍这一段文字。《史记抄》中引述的文字多了中国传本中没有的七个字，当是日本古写本中的异文。抄物历来被视为中世日语的重要资料，实际上它在学术史和文化史上也具有很高的学术价值，其中还包含很多中国文学在日本传播和接受的材料。古代抄物多以写本流传，大批抄物至今尚未充分整理。识读是抄物研究的第一步。抄物识读应当借鉴中日两国的文献研究方法和敦煌写本研究的成果。

作品阐释。五山僧侣中的佼佼者，除了那些随商船渡海西去者之外，

---

① 塙保己一编：《群书颣丛》第九辑，東京：平文社，1992年，第483页。
② 〔日〕大塚光信、尾崎雄二郎、朝倉尚校注：《中華若木抄　湯山聯句鈔》，東京：岩波書店，1995年，第579—580页。

身居禅门的也有些有幸关起门来过饮酒喝茶、蒸河漏（即饸饹）、做馒头、吃豆腐、读经书、吟汉诗的"小中华"生活。新发现的文学资料可以帮助我们通过这些作品考察两国文化交融的经纬。如中岩圆月《东海一沤集》中的如下两首诗，为中日争奇文学的比较增添了新例证：

茶问酒

德誉君荣伯伦颂，嘉声我悉玉川歌；
一般风流同堪赏，醒醉功殊事若何。

酒答茶

任君参得赵州禅，未会曹山孝满颠；
寐寤恒同生死一，醉醒何致问头偏。①

这首诗与敦煌所藏唐代写本《茶酒论》同属所谓"争奇文学"系谱②。五山僧侣不仅从我国正统诗文中汲取文学营养，而且对于古代及当时的俗文学也多有摄取。中岩圆月所撰《百丈法堂上梁文》，堪称敦煌上梁文的域外别传③。僧侣们在吸收宋学的同时，也对从中接触到的民间俗语和俗文化展开了一定程度的研究，在他们编写的语言学习著述和幼学书中就收录了一些俗语，只是因为许多著述由于是写本流传，后来读到的人不是那么多而已。有关五山文学与中国俗文化、俗文学关系的研究，显然是与五山僧人的异国文化体验相联系的一个课题。

理论探讨。五山文学与敦煌文学的共同点之一，就是有相当部分属于佛教文学。佛理与文学如何统一在五山僧侣身上，本书根据不同的研究对象从诗学思想、文学思想、隐逸观、禅儒一致、儒士风骨等角度予以阐述。由此出发，似乎还有一些问题在等待着我们，例如五山诗文与佛教歌谣、法语、唱导文学、中世小说等在观念上有哪些联系与异同？禅僧所声言的理念与其实际创作是否统一？其实，不论是五山文学研究，

---

① 〔日〕入矢義高校注：《五山文學集》，東京：岩波書店，1999年，299—300頁。
② 王晓平著：《远传的衣钵—日本传衍的敦煌佛教文学》，银川：宁夏人民出版社，2006年，185—204页。
③ 王晓平：《日本上梁文小考》，载《寻根》2009年第1期。

还是与之相关的唐宋文学研究，都不能迈过搞清作品"本义"这一步。"本义"不在，谈何翻译？谈何比较？而从道理上搞清楚的理论研究，也能帮助我们更深入地认识作品的"本义"所在。

张晓希在多年日本古代文学和中日比较文学研究中，注重对学生进行严格的学术训练，切实提高他们的实际科学研究能力，前已出版了《中日古典文学比较研究》、《日本古典诗歌的文体与中国文学》。作为一名日本古代文学研究者，我们享受着汉字文化的天惠，这对于深入理解日本文学自然有利。然而，对于今天分科细密的大学教育中成长的我们来说，精通博大精深的中国文化已非易事，而日本古代语言文化的学习更需要艰苦的投入。我常想，研究中国文学，少不了听说读写四门功课，加上日本古代文学，也离不了听说读写这四门吧。加起来这八门功课，非天天拿在手上不可，一日不可懈怠，由于跨越两种文化，那么每一门必然伴随着思辨训练。更不用说，通古之后，还需要现代表述，那么加起来的八门就要翻番了。所以，有心要研究日本古代文学，特别是要做比较研究的话，就意味着一生部分选择了孤诣独往的远游、负重无伴的登攀和清灯冷光的夜读。若非如此，何能继往开来，求得真知？张晓希先生从研究日语开始了自己的学术道路，又在中文系系统学习了比较文学的理论，而后专注于日本古代文学的研究和教学，在繁忙的行政工作中，惜时如金，日积月累，终于完成了多部著述。《五山文学与中国文学》是其中一树绚烂的报春花。手捧新书，让我们祝愿天津外国语大学比较文学研究所每年都有新成果，同时也期待日本中世研究能够新人辈出，后来居上。

目　录

第一章　五山文学与五山文化 …………………………………… 1
　一　禅宗东移入扶桑 ……………………………………………… 1
　二　宋学思想的传播及根植 ……………………………………… 4
　三　日本汉文学的巅峰——五山文学 …………………………… 5
　四　从唐式茶会到日本的茶道 …………………………………… 8
　五　从宋元的山水画到日本的山水画 …………………………… 9
　结语 ……………………………………………………………… 11

第二章　虎关师炼的诗学思想 …………………………………… 13
　一　《济北诗话》与中国诗话 …………………………………… 14
　二　唯理之适 …………………………………………………… 17
　三　醇全之意 …………………………………………………… 23
　四　尽美尽善 …………………………………………………… 28
　五　志、性情和雅正 …………………………………………… 40
　结语 ……………………………………………………………… 47

第三章　梦窗疏石的造园思想与风格 …………………………… 52
　一　禅式庭园的开拓者——梦窗疏石 …………………………… 54
　二　自然风景与造园 …………………………………………… 55
　三　庭园样式的转变与造园 …………………………………… 59
　四　庭园主题的表现 …………………………………………… 63
　五　造园思想——禅与隐逸 …………………………………… 70
　结语 ……………………………………………………………… 75

第四章　中岩圆月的儒士风骨 ················ 77
　　一　忧国忧民之真情 ······················ 77
　　二　守道与固穷的君子人格 ················ 87
　　三　待时而动的儒家隐逸观 ················ 95
　　结语 ·································· 103

第五章　义堂周信的文学观 ·················· 107
　　一　道理与文章 ························ 109
　　二　恬静超脱的汉诗 ···················· 121
　　三　义堂的文学思想 ···················· 137
　　结语 ·································· 148

第六章　绝海中津的文人风致 ················ 154
　　一　坦率之性与脱俗之心 ················ 155
　　二　源于中华的传世诗作 ················ 165
　　三　泽被禅林的书画艺术 ················ 176
　　结语 ·································· 191

第七章　景徐周麟的禅儒一致思想 ············ 195
　　一　对求道精神的坚持 ·················· 198
　　二　禅儒一致与政治理想 ················ 211
　　三　"身不隐心隐"的思想 ················ 220
　　结语 ·································· 234

第八章　一休宗纯的特异性 ·················· 238
　　一　对儒家思想的继承 ·················· 239
　　二　对淡泊质朴的古禅风的坚守 ·········· 246
　　三　"身隐心不隐"的思想 ················ 256
　　结语 ·································· 264

第九章　汉诗与文化交流 268
　　一　遣明使及其必备的条件 268
　　二　策良周彦与汉学修养 269
　　三　汉诗与景观 271
　　四　汉诗与宗教 276
　　五　汉诗与外交 279
　　结语 283

第十章　中日古代流散汉诗及其特点 285
　　一　流散者远离故土的思乡性 286
　　二　流散者在异质文化中遭遇的思想碰撞与文化冲突 289
　　三　流散文学在异质文化中的融合与传播 291
　　结语 292

后　记 294

第一章　五山文学与五山文化

日本中世初期，连年的战乱使社会经济文化受到了严重破坏，庄园制瓦解，各地的守护大名控制了所管辖的土地和民众，旧佛教腐败衰微，掌握了政权的武家与旧贵族之间的矛盾呈多元化状态，因此，幕府希望用新兴的禅宗来代替旧宗教势力，模仿南宋禅宗寺院体制建立了五山十刹①的官寺制度，从而奠定了禅宗的主导地位，也使五山禅僧接触中国的新佛教、新儒学和先进文化成为可能。五山禅僧中有赴宋元明求法的日本禅僧，也有渡日传法的中国高僧，还有幕府派遣的勘和贸易遣明船的遣明使僧，这些禅僧以其高度的文化修养成为幕府的外交、文化顾问，五山文学的创作主体和外来文化的传播者在政治、经济、文化等领域发挥了重要作用。本文拟从宗教、思想、文学、艺术几个方面论述五山禅僧如何传播中国文化，进而对日本中世多元化文化形成和发展所产生的重要影响。

一　禅宗东移入扶桑

南宋社会经济发达，是中国古代海外贸易发展的兴盛时期，对外开放程度较高，尤其是造船技术的提高，为海外贸易的发展创造了有利的条件。因此，南宋统治者积极鼓励对外贸易。南宋初期，时值日本白河

---

① 五山是当时日本朝廷模仿南宋所制定的禅寺的等级，将镰仓的建长寺、圆觉寺、寿福寺、净智寺、净妙寺，京都的天龙寺、相国寺、建仁寺、东福寺、万寿寺列为最上位的五山，而将南禅寺定为五山之上。将净妙寺、禅兴寺、圣福寺、万寿寺（京都）、东胜寺、万寿寺（乾明山、相模）、长乐寺、真如寺、安国寺（山城、北禅寺）、万寿寺（蒋山、丰后）列为十刹。

法皇主持院政①后期，政权由外戚藤原氏家族移于武家平氏之手。由于平清盛在保元之乱②中助后白河天皇平乱有功，升任大宰府太贰③掌九洲政务，因见日宋贸易有利可图，对外采取积极推进政策，奖励海外贸易，此外还修筑兵库港，整备濑户海峡等，以利于船舶的往来，使日僧大批入宋成为可能。据梅应发、刘锡撰《开庆四明续志》卷八中记载："倭人冒鲸波之险、舳舻相衔、以其物来售"，而随商船求法渡宋的僧人也络绎不绝。仅史料中有姓名记载的入宋僧就有一百二十余人④，其中大部分为五山禅僧。最著名的当属日本禅宗的开山之祖明庵荣西。荣西曾于1168年、1187年两度入宋，师从临济宗黄龙派第八代传人虚庵怀敞，参禅问道。1191年孝宗皇帝赐其"千光法师"之号。归国后，荣西以九州为中心，在肥前（佐贺、长崎县）、筑前（福冈县西北部）、筑后（福冈县南部）、萨摩（鹿儿岛西部）等地兴禅布教，开创了圣福寺等多所寺院。禅寺多模仿宋代丛林清规，其建筑也为宋代禅刹之样式，由于荣西在宋时曾营造天台山万年寺三门的两廊、智者大师的塔院，还襄助过天童山千佛阁等建筑工程，获得许多建造寺院的经验，这给日本禅寺建筑以很大影响⑤。此外，他还撰述世称日本禅宗创立的宣言书《兴禅护国论》，阐明禅宗宗旨，介绍唐宋禅宗的特色，并申明兴禅"护国"的道理。在新兴的镰仓幕府皈依、支持和保护下，创建了寿福寺，在京都创建了台、密、禅三宗兼学的道场建仁寺，为日本禅宗的全面展开奠定了基础。荣西对禅的大力提倡给当时的日本佛教界以极大的刺激，引起了人们对禅宗的兴趣，因憧憬南宋的禅风而入宋者接踵而至。其弟子道元1223年入宋求法，登天台山万年寺，历游天童、阿育王、径山等著名寺院，学禅于天童山如净禅师。回国后，1227年在日本深草建兴圣寺，为日本最初的禅堂。1243年在越前（福井县东部）开创永平寺，成为日本曹洞禅宗

---

① 太上皇或法皇（出家的太上皇），日本中世执政的一种政治形态。
② 保元元年（1156年）7月日本朝廷中发生的内乱。崇德上皇与后白河天皇、摄政、关白家的藤原赖长与藤原忠通的对立激化，崇德、赖长一方以源为义的军队为主，后白河、忠通一方以平清盛的军队为主展开了激战，结果崇德大败，被流放到讃岐。保元之乱成为日本武士登上政治舞台的契机。
③ 大宰府的次官。
④ 木宫泰彦：《日华文化交流史》，富山房，1955年，第323页。
⑤ 同上，第404页。

的开山之祖。其法孙圆尔辨圆1235年入宋，巡游于天童、净慈、灵隐诸寺，复登径山，学禅于径山无准师范，1241年回国开创东福寺，弘扬教禅一致之学。为弘扬临济正宗禅的宗旨，圆尔曾先后向后嵯峨天皇进讲中国五代宋时高僧延寿纂辑的禅学名著《宗镜录》，为执权①北条时赖、后嵯峨上皇、龟山上皇等授禅戒，对日本临济禅的兴隆、发展和临济宗的独立发挥了举足轻重的作用。这些禅僧在宋长期学禅，学成归国时，带回大量的佛书、禅书、僧传等。荣西于1168年初次入宋携归天台新论章疏三十部六十卷；泉涌寺不可弃法师入宋僧俊芿于1211年归国时携带佛教典籍1008卷、世俗典籍919卷；俊芿的弟子闻阳湛海嘉祯末年初次入宋，归国时携经论疏数千卷②。这些经书和典籍不仅对日本的佛典研究产生了极大影响，还直接刺激了日本印刷业的发展。通过五山禅僧的努力，在京都、镰仓等诸禅院相继出现了宋元刻本的仿刻板。印刷了如《虚堂和尚录》、《镇州临济慧照禅师语录》、《佛果圆悟真觉禅师心要》等大量的高僧语录和禅籍等。《景德传灯录》、《禅林类聚》、《五灯会元》、《宗镜录》、《佛祖传记》等宗教史上的重要经典也是这个时代出版的。镰仓、室町期间刊行的五山版包括禅籍在内的佛教书籍共195种，佛教以外的经史子集等78种③，这极大地促进了禅宗及中国文化、文学在日本的传播。

　　宋、元、明的求法僧归国后对禅宗的传播，使日本朝野对中国盛行的禅宗有了初步了解。他们仰慕中国佛教，积极劝请中国高僧渡日直接传法。因此，五山禅僧中不乏宋、元、明的渡日传法僧。首位渡日传法僧是宋代阳山无明慧性法嗣的兰溪道隆。他于1246年应日本入宋僧明观智镜之邀，携弟子义翁绍仁、龙江等人乘船渡日传授佛教文化，仿宋禅寺之貌，建成临济宗建长寺派大本山，为镰仓五山第一大寺，成为日本最初的纯禅道场。1260年，宋南禅福圣寺僧兀庵普宁渡日后，当时的执政北条时赖受其感化，达到大彻大悟之地，对镰仓武士政权与禅的结合作出了很大贡献。后来大休正念、无学祖元等高僧接踵渡日，举扬临济

---

① 幕府政权中辅佐将军的最高长官，源实朝时任命北条时政为此职，后由北条家族世袭。
② 王勇、大庭修：《中日文化交流史大系[9]·典籍卷》，浙江人民出版社，1996年，第84页。
③ 同上。

禅风。1299年，元代佛教界首屈一指的禅僧一山一宁作为元朝外交使节渡日，在日二十年，先后住持过南禅、建长、圆觉等大寺，在镰仓、京都大张法筵，大振禅风，并创立了"一山派禅学"。一宁在日期间，弘扬佛法，传播宋学。因其人格高尚、博学多才，深受日本朝野上下各阶层的尊信，给予日本国民精神上的影响甚大，后宇多法皇在其示寂后特赐"国师"称号，赞曰"宋地万人杰，本朝一国师"。经过他坚持不懈的努力，极大地改变与加深了日本朝野、佛教界对临济禅的认识，有力地促进并扩大了临济禅在日本的弘扬与传承，奠定了日本禅宗独立的基础。

二 宋学思想的传播及根植

中世的日本，由于贵族阶级在政治和经济上失去了实力，思想领域里曾经占主导地位的儒教也呈现出衰微的征兆。然而此时，中国的南宋正处于文化高峰期，儒学高度发达，理学风靡学术界和思想界。宋学的理念和方法论与禅宗十分接近，禅与宋学相互影响，三教一致思想认为儒教、佛教、道教其本质是相同的。宋代以后很多禅僧宋学修养很高，并将宋学作为传教的手段。受此思潮的影响，入宋僧在传入禅宗的同时，也自然将这种"宋学"思想引入日本。日本禅宗史上著名禅僧圆尔辨圆（圣一国师）回国时携带中国经籍数千卷，收藏于京都东福寺，从其藏书目录中可见许多与宋学相关的书目①。后来，几乎所有的五山禅僧在修禅的同时都不断提高自己的宋学修养，并将其作为传教的手段。由于五山禅僧的努力而兴盛起来的新儒教后来逐渐普及到全国各地，在与日本固有思想的融合过程中，逐步成为独立的学术思想。

入元僧中岩圆月少年时代剃发为僧，学习密宗，后随东明慧日、虎关师练习禅宗。1325年渡海到元，游历禅山名刹，历时7年之久。其勤奋好学，精通程朱理学，诸子百家、天文、地理、阴阳五行无所不晓。元代僧人竺仙梵仙称其"学通内外"。归国后向将军足利义满和摄政关白二条良基讲儒学的新旧两义，力说儒学的意义。所著《中正子》一书，

---

① 严绍璗、王家骅、马兴国、王晓平、王勇、刘建辉：《比较文化：中国与日本——中西晋教授退官纪念文集》，吉林大学出版社，1996年，第70页。

提倡儒佛一致，论诸子百家，被日本学者誉为古代日本哲学思想史上的鸿篇巨擘。东福寺的岐阳方秀是一名彻底的宋学信奉者，他讲朱子的《四书集注》，并为其标注日文读法，使一般人也能理解原著内容，为儒学在日本的普及开拓了新局面。了庵桂悟曾任东福寺、南禅寺的住持，师从云章一庆，习禅宗经典及庄子等外典，向舟桥宗贤学诗传四书等旧注儒学，潜心研究《宗镜录》，与禅、净一致的思想产生了共鸣。晚年应后土御门天皇（1442—1500）之命，在宫中宣讲金刚经、般若心经等，并以83岁的高龄作为遣明正使率第八次遣明船入明，受到明武宗的厚待，在明期间还与明代最著名的思想家王阳明往来，深得阳明学精髓。桂庵玄树代表了日本当时宋学繁荣和普及的最高水平。其9岁入南禅寺，师从兰坡景茝，又随建仁寺云龙庵的惟正明贞和东福寺的景召瑞棠学习《四书》的新注。1467年随遣明使天与清启入明，在明7年，受宪宗之宠，遍游苏杭，历访诸儒探究程朱之学，其中最崇《尚书》。1473年归国，恰逢应仁大乱①，因难以在京都弘教，遂到九州、肥后（熊本）、萨摩（鹿儿岛）等西部地方，向武士及庶民传播儒学，以至达到宋学风靡西部边陲的盛况②。1481年刊行的桂庵玄树的朱子《大学章句》是日本历史上出版的第一部朱子新注，此书在1492年再版，成为极珍贵的藏书。另外，玄树还著有《家法倭点》一书，对岐阳方秀标注的《四书》"汉籍和点"加以修正，辨新古。《四书》的读法、标点符号在其《家法倭点》中得到统一。桂庵玄树的学问被弟子们所继承，为日本近世朱子学的形成奠定了基础。

三 日本汉文学的巅峰——五山文学

以偈颂或佛教法语为主的宗教文学始于唐代。到了南宋，以诗文扬名的禅僧辈出，形成了禅宗文学的黄金时代。由于五山禅僧将禅宗传入日本，宋、元、明文学也随之船载以入，中国大陆禅林尊重文笔的风习

---

① 1467年（应仁元年）至1477年发生的内乱。因足利将军家和畠山·斯波两管领家的继承问题，细川胜元的东军和山名宗全的西军分别率领诸大名在京都展开了激战。战乱扩大到了地方，出现了战国时代。从此，幕府失去了权威。

② 森末義彰：《東山時代とその文化》，秋津書房，1942年，第171页。

也直接传入日本。但是，这种"以文为本，学道其次"的倾向最初在五山禅林内被认为是"邪道、俗人所为，忘记了禅僧的本分"而受到责难。后来，诗文的功效逐渐被认可。竺仙梵仙认为"道如主食，诗文如副食，诗文可助学道"，桂庵玄树主张"诗熟则文必熟，文熟则禅必熟"，禅与诗是表里一致的关系①。这种文学观逐渐风靡整个禅林，禅僧们开始关注和学习大陆禅僧和文人的诗文集，并对诗文的著述倾注了极大的热情。五山文学就是在这种背景下形成的。

当时，五山禅僧中流行以内外典兼通为尚的禅林学术理念，"朝经暮史昼子夜集"蔚然成风。五山求法僧崇尚中国文化，在中国体验丛林生活、参禅求法的同时，云游山川大刹，结交中国博学俊颖之士，究儒学、弄诗文，回国时带回了大量的禅僧诗文集，广传至禅林之中。除中国禅僧的诗文集以外，僧侣们涉猎的范围逐渐扩大到中国文人的诗文集。主要作品有《诗经》、《楚辞》、《文选》、晋代陶渊明、唐代李白、杜甫、白居易、王维的诗；韩愈、柳宗元的文章；宋代苏轼、黄庭坚、王安石、陆游、欧阳修等的诗文；元代黄溍、虞集、程钜夫，明代的宋濂、张楷等的诗文②。还有赋诗撰文所需的《礼部韵律》、《古今韵会举要》、《韵府群玉》等韵书以及《太平御览》、《事文类聚》、《皇朝类苑》、《记纂渊海》等，这些典籍在五山禅僧汉诗文的研习和创作中起到了重要作用。

五山文学中，宋元明的渡日传法高僧的影响极大。他们对日本五山禅林界进行了直接指导，成为五山文学创作的源流。如镰仓末期渡日元僧一山一宁被称为五山文学的始祖，其博学多才，不仅精于禅学，而且从儒道百家，到诗文、小说、乡谈、俚语、书法、绘画无不精通。慕名来挂塔的修行者络绎不绝，一山只好通过作偈颂的考试进行选拔③。以古诗、律诗、绝句等诗歌形式作偈颂需要深厚的中国古典文学功底。因此，此举被禅林视为促进五山禅僧提高汉诗文修养的重要契机。一山之后，

---

① 芳賀幸四郎：《芳賀幸四郎歷史論集Ⅳ，中世文化とその基盤》，思文閣出版，1981年，第116页。

② 同上，第121页。

③ 王勇、中西进：《中日文化交流史大系［10］·人物卷》，浙江人民出版社，1996年，第248页。

东明慧日、清拙正澄、明极楚俊等元代高僧相继渡日。竺仙梵仙在将元代的禅林文学新风传入日本发挥了重要作用。梵仙的影响力极大，据说五山的文笔僧几乎都与其有过交流，他的《天柱集》、《来来禅子集》、《东渡集》等多部著作的问世，促发五山文学兴起的机运得以成熟。

在一山一宁的直接指导下，五山禅林中优秀诗僧辈出。有入元僧雪村友梅、龙山德见、虎关师炼等。虎关师炼被尊为五山文学翘楚，是集汉学之大成者，经史子集无所不通，完成了日本佛教史上著名的僧人传记《元亨释书》（30卷），其诗文全部收录于《济北集》（20卷），文风洗练，纵横奔放。中岩圆月个性率真，曾入元求法，精通程朱理学，仰慕李白、杜甫的诗风，所著《东海一沤集》（30卷）内容丰富，说、论、杂文、诗兼备，由元代百丈山禅师东阳德辉作跋，赞为"疑是大唐人作"，被誉为五山文学兴盛期里程碑式的作品。绝海中津和义堂周信为五山文学的双璧，绝海中津曾作为遣明使入明9年，回国前明太祖接见了他，其应制所赋熊野三山之诗被称为千古绝唱，在中日两国文化交流史上留下了一段佳话。明僧录道衍曾为其诗文集《蕉坚稿》作序时说："禅师得诗之体裁，清婉峭雅，出于性情之正，虽晋唐休彻之辈，亦弗能过之也"，赞叹其技法、诗风。义堂周信的汉文、汉诗卓越超群，是"五山文学"之集大成者，其所著的《空华集》（20卷）洗练、纯熟，为五山文坛带来了新风。五山文学后期的代表诗人一休宗纯著有诗集《狂云集》和《续狂云集》，其自由奔放的诗风和放荡不羁、嫉恶如仇的性格在当时的五山禅林独树一帜。五山文学的棹尾，最后一名遣明使僧策彦周良博学多识，熟悉中国文化，擅长汉诗文，著有《谦斋诗集》、《城西联句》等，明人称"读其文有班马之余风，诵其诗有二唐之遗响也"[①]。五山文学后期，禅僧们的热情转移到了中国诗文集的鉴赏和研究，留下了大量的注释书。这些注释书虽然缺少独创性，但对汉诗文的鉴赏和研究起了很大作用。可以说五山文学除文学史价值之外，文化史上也具有十分重要的意义。作为禅宗史丰富的史料，儒学史上重要的成就，具有多重丰富的内涵。

---

① 牧田谛亮：《策彦入明记の研究》，仏教文化研究所，1955年，第333页。

四 从唐式茶会到日本的茶道

中国的吃茶之风盛行于唐代，据考证，在奈良时代遣唐使就将此风习和唐代其他文化一起传入日本。《日本后纪》以及平安时代的敕撰汉诗集《凌云集》、《文华秀丽集》和《经国集》中就有很多描写当时上流文人间流行吃茶的汉诗。遣唐使废止后，这种风习也逐渐消失①。

日本与中国茶文化的再次相遇是在宋朝。中国宋朝时禅法已甚流行，而茶具有遣困、养生之功效，故禅林逐渐有吃茶的风气。吃茶的礼仪、行法更成为禅门生活中重要的一环，于是有"茶禅一味"的说法。《栂尾明惠上人传记》中写道："建仁寺长老（荣西）赠茶，关于医师，知茶有遣困、消食、快意之效，然此物日本不多，乃寻得其实，植两三株，诚有醒眠，舒气之功，亦使众僧服之或谓此茶子，乃建仁寺僧正禦房（荣西）由大唐携来植育而成者"。荣西在华多年，受天台山寺庙茶礼影响很深，两次入宋，都将茶种带回日本。归国后在他开创的镰仓寿福寺、博多圣福寺、京都建仁寺等寺院设立每日修行中吃茶的风习。他带回的茶种传到各地，诸国也流行起了饮茶风。荣西在《吃茶养生记》中说："茶者，养生之仙药也，延龄之妙术也；山谷生之，其地神灵也；人伦采之，其人长命也。天竺唐上同贵重之我朝，日本曾嗜爱矣，古今奇特之仙药也。"说明茶可去病醒神、养生延龄、益于人生。又从《太平广记·茗部》上引用33条关于茶的说明，从茶的名称、功效、采摘、制作等方面全面介绍了中国茶②。1215年荣西献上二月茶，治愈了源实朝将军的病，自此，饮茶之风更为盛行。

到了南北朝时期，兴起了唐式茶会（类似中国唐宋时期的茶宴、茶会）。这种唐式茶会由入元禅僧传入日本，最初在禅林中进行，后来在与禅宗关系最为密切的武士社会流行开来。当时流行着"众人聚之，品茶催兴"，荣西在《吃茶往来》中写道：众人来集，请于客殿，以飨点心，然后

---

① 芳賀幸四郎：《芳賀幸四郎歴史論集Ⅳ，中世文化とその基盤》，思文閣出版，1981年，第139页。
② 滕军、沈仁安审订：《中日文化交流史考察与研究》，北京大学出版社，2011年，第209页。

"水织酒三献,次索面茶一返,以山珍海味劝饭,以林园美果甘哺"。用过点心,众人"其后起席,或对北窗之筑山、避暑于松柏之阴,或临南轩之飞泉,披襟于水风之凉"。点茶仪式在可以眺望周围风景的茶亭二楼进行。室内的装饰有出自思恭、牧溪等中国名画家之手的释迦、观音、文殊、普贤等佛画,桌上铺着金襕,古铜花瓶中插有红花、青莲,烛台、香炉中插着香匙、火箸等。在房间的一角,放置屏风、设置茶炉煮茶,旁边装点着许多有名的茶壶、茶碗等,用的是中国的青峰、雅州、茂山等名茶,客位、主位之席放置交椅、竹椅①。此外,还有点茶仪式、斗茶游戏以及宴会歌舞等,从形式到内容完全是豪华复杂的唐式茶会风格。茶会的这种奢华风习到了室町中期开始改变。当时流行书院茶,书院茶的主要特点是摒弃了斗茶以胜负为目的的游戏性以及娱乐性,重视对精品唐物的欣赏和系统的茶礼的制定,形成了风雅而又庄严的茶会风格。后来村田珠光在书院茶的基础之上吸收了民间茶简素的风格,将禅的思想导入茶道,奠定草庵茶的基础。茶会的人数从多到少,从茶亭到简单的茶室,从复杂的室内装饰到简素的陈设,茶已从单纯的趣味、娱乐性质发展到一种精神上的追求。这与当时日本社会的政治形势、文艺思潮和艺术审美观有密切的关系。中世后期,上层社会一方面追求优雅艳丽、情趣和官能上的感觉美,另一方面向往简素枯淡、闲净清雅的情趣,这两种文化现象互相影响,互相融合,形成了一种独特的文化。这种文化审美的特点是在闲寂清素中追求雅趣,豪华复杂的唐式茶会就这样逐渐发展成闲寂清素的茶道。

唐式茶会不但为日本茶道的形成和发展奠定了基础,期间与茶道相关的诸艺术领域,如庭园、建筑、室内装饰、书法、绘画、香道、花道等都呈现出相同的发展轨迹。可以说茶道承载了诸多的文化艺术内涵,同时也反映了中国文化与日本传统文化、禅宗文化和贵族文化之间的对立和融合。

五 从宋元的山水画到日本的山水画

随着入宋、入元僧与渡日禅僧的频繁往来,宋元的许多文化传至日

---

① 木宫泰彦:《日华文化交流史》,富山房,1955年,第513—514页。

本。其中之一便是宋元的名画。包括人物画、山水、花鸟画等。宋元画分为院体写生画和水墨画两种。其中，浑然一色的水墨画所含的特殊画境与禅宗的悟境及思想背景一脉相通，因此，宋元水墨画传到日本后立即成为贵族、寺院竞相追逐收藏的对象。镰仓时代末期至南北朝初期，仅镰仓圆觉寺的一所小寺院佛日庵就收藏了牧溪等宋元画20余件[1]。由于皈依禅宗，武士、贵族与寺院禅僧来往密切，加之执政的武家逐渐贵族化，其兴趣爱好也深受其影响。因此，宋元画逐渐被武士们所重视，从山僧的寺院传到了武将、又变成了武将向将军进献的礼品或武将之间的赠答品。1481年大内政弘向将军献画时，一次就进献了三十二幅名画。武家之间形成了宋元画的收藏热，自足利义满起，历代将军都利用其手中的权力大量收藏，室町将军家收藏总计90件，279幅名画。其中人物画114幅、花鸟画91幅、山水画74幅，包括名画家30余人的作品[2]。据说这只是其收藏的一部分，足见宋元画流入日本的数量之惊人。

随着禅林界、上层武士社会对宋元名画的理解和鉴赏的深化，社会上兴起了收藏、鉴赏热。到了室町时代中期，名画的价格飞涨，因此，五山十刹的禅寺中出现了许多临摹宋元名画的画僧。开始是给禅诗配画，后逐渐出现了专门的画家。如相国寺禅僧如拙，其画属于道释画向山水画发展的最初阶段，1410年前后完成的《瓢鲇图》，简洁的构图技巧和雄劲的笔法被认为是深受南宋著名画家马远的影响。道释画至天章周文时已发展为水墨山水画，周文笔法学自于南宋的马远、夏圭，但其题材仍为日本的自然观，经过禅的修养醇化达到清淡雅逸的意境，形成了日本水墨山水画的主要风格，代表作有《山色峦光图》、《竹斋读书图》、《三益斋图》等。确立日本水墨画的独立地位，开创水墨画新纪元的是被称之为"画圣"的雪舟等杨。雪舟自幼入宝福寺修禅，天生好画。后入相国寺，敬仰如拙，师从周文，也临摹传入日本的宋元画。1468年雪舟随大内氏的遣明船渡明，在明期间，他入"天下禅宗五山"之一的四明山天童禅寺修禅，被推为天童禅寺禅班第一座。期间还应明人之邀，画了

---

[1] 森末義彰：《東山時代とその文化》，秋津書房，1942年，第252頁。
[2] 芳賀幸四郎：《芳賀幸四郎歴史論集Ⅳ，中世文化とその基盤》，思文閣出版，1981年，第128頁。

富士山、三保之松原和清见寺三绝景图。不久,他离开天童寺上京,在北京礼部院制作壁画,深得明朝宫廷赞赏。在明一年多的名山胜景游历,使他有机会接触到曾经在宋元画中憧憬的中国山水风物,并认为"明国的山川草木皆我师"①。之前的周文等一流山水画家只能通过宋元画的想象来间接表现大陆风景,雪舟的收获是可以将大陆的山川景色直接入画,这也反映在他的《夏冬山水图》等作品中。归国后,他不再拘泥于取法一两家,而是兼收并蓄,除了继续习夏圭、梁楷、牧溪、玉涧等画风,还广泛吸收中国宋元画样式,开创了根植于现实土壤,洗练、畅达、雄劲、富有生命力的新画风。雪舟的画题材丰富、画风多样,主要作品大多出于南宋院体的严谨笔法中,同时强调水墨淋漓、丰富的空间构成和强烈的个性。如他的《泼墨山水图》具有抽象的意蕴,从其泼墨法即可看出明代画家张有声或李在的画风,也能窥出玉涧、牧溪山水画的笔法。另外,他还一改前人只画大陆风景的作法,将日本本土山水风景绘入画中,完成《天桥立图》等巨制。雪舟从宋元摹本到师法中国自然风物,再到师法日本自然风物的过程中,完成了具有日本民族特点的水墨画——汉画。以他为代表的新绘画潮流奠定了室町时代绘画的主流——汉画派的基础,并给即将到来的日本近世绘画以极大的影响。至此,在宋元山水画的影响下,与禅宗密不可分的日本山水画逐渐脱离了对宋元山水画的单纯模仿,形成了清淡雅逸、气韵自然的日本独特画风。

结　语

日本中世文化是在没落贵族文化的基础上发展起来的武家文化框架,由禅僧为其充实了内容。由于当时其自身文化还没有成熟,使日本社会产生了渴望汲取和掌握宋元明先进文化的心理需求。为适应这种时代的要求而登场的便是以镰仓、京都的五山十刹为中心的五山禅僧。他们当中无论是到中国直接体验禅林生活的日本禅僧,还是渡日传法的中国禅僧,带到日本的禅宗其物显示了新宗教的魅力,船载以入的学问、艺术、趣味等均是当时最为流行的宋、元以及明代的先进文化。这些禅僧中许

---

① 森末義彰:《東山時代とその文化》,秋津書房,1942年,第273页。

多人历任于京都、镰仓五山等大寺的住持，接受朝廷、武士政权的支持和崇信，确保了作为特殊文化形态的宗教在日本中世佛教界独占鳌头的地位，成为当时社会的精神指导者。尤其是五山势力在幕府的大力保护下，得到了经济上的安定，取得了文化形成的最基本条件之一，即具有充分的物质基础和闲暇、充裕的精神。除佛学以外，作为当时的文人，五山禅僧还潜心多方面的学问，具有极高的文化修养。因此，属于知识阶层中最上层、最优秀的禅僧聚集在五山，他们要以学问和教养来满足社会，尤其是要满足保护者——当时执政者的期待，便以极大的热情积极地传播并介绍中国文化。这种外来文化中的积极因素与日本本土文化相融合，逐渐形成了一种具有日本民族特色、新的文化体系。可以说，五山禅僧是当时先进文化的代表者，也是日本中世文化形成、发展的主要推动力和中坚力量，而这种文化由于它自身的价值，又成为日本近世文化的母体。

参考文献

1. 竹田和夫，(2007)，《五山と中世の社会》，協友社。
2. 西尾賢隆，(1999)，《中世の日中交流と禅僧》，吉川弘文館。
3. 芳賀幸四郎，(1981)，《芳賀幸四郎歴史論集Ⅰ東山文化の研究》，思文閣出版。
4. 愈慰慈，(2004)，《五山文学の研究》，汲古書院。
5. 芳賀幸四郎，(1981)，《中世文化とその基盤》，思文閣出版。
6. 山口修，(1996)，《日中交流史》，東方書店。
7. 梶谷宗忍訳注，(1976)，《絶海和尚語録》，思文閣出版。
8. 释东初，(1989)，《中日佛教交通史》，东初出版社。
9. 杨曾文，(1996)，《日本佛教史》，浙江人民出版社。

第二章　虎关师炼的诗学思想

　　虎关师炼（1278—1346）是活跃在日本镰仓（1192—1333）末期至南北朝（1336—1392）期间的临济宗高僧，博学多才，被誉为五山文学的先驱者，与绝海中津、义堂周信并称为"五山三杰"。其幼入禅门，好学，师从东山湛照、规庵祖圆、桃溪德悟等高僧。二十二岁时，自教乘诸部至百家之说无不涉猎，二十九岁时谒渡日元代高僧一山一宁修儒释之学，完成了日本佛教史上著名的僧人传记《元亨释书》（三十卷）。除此之外，还著有《佛语心论》、《聚分韵略》、《纸衣赞》等。虎关师炼的汉学修养极高，包括论文、随笔、诗偈，其作品全部收录于《济北集》（二十卷）。

　　《济北集》第十一卷《诗话》是日本文学史上第一部以"诗话"命名的汉诗论，由内容互不相关的诗歌评论条目连缀而成，总三十则，包括对李白、杜甫、王维、韩愈、白居易、苏轼、黄庭坚、杨万里等二十余名唐宋诗人及诗的评价，涉及对杜甫诗注的考证，还论及孔子、唐玄宗以及宋僧诗偈等内容。在《诗话》中，尽管虎关师炼引用了中国宋代诗话中关于中国唐宋诗人和作品的评论，但并没有人云亦云，完全模仿，而是对许多问题阐述了自己的独特见解。《诗话》中所表现出的虎关师炼的诗学思想并非完全正确，但其敢于阐述自己观点的文学批评精神对日本后世诗话产生了很大影响。作为日本中世的唯一一部诗话，其学术价值和史料价值不可忽视。

　　本文以中国宋代诗话及发展历程为背景，叙述虎关师炼《诗话》对于中国宋代诗学思想及诗话的吸收和借鉴。通过对其《诗话》内容的详细考察，提炼并分析"理"、"醇""美"、"善"、"志""性情"、"雅正"等虎关师炼诗学思想中的各个要素及其独特见解，既可以了解到日本诗话吸收中国诗话营养，经过模仿融入自身特色而形成的过程，也可以清晰地看到中国古代文学在日本传播和影响的轨迹。

一 《济北诗话》与中国诗话

"诗话"是中国古代所特有的诗论。"诗话"这一称呼始自欧阳修（1007—1072）。在《六一诗话》的开头，欧阳修就自述道："居士退居汝阴而集以资闲谈也"①，将诗话的创作宗旨定义为"以资闲谈"，而许顗（生卒年不详）则把诗话创作的主旨定为"诗话者，辨句法，备古今，纪盛德，录异事，正讹误也"。另据吉川幸次郎所述，"诗话，是关于诗的杂谈，是杂乱无章地收录某个人或是同时代人的一首诗，对其中几句诗所进行的简短的印象批评，或是关于诗人的简短的趣闻，并将这些按着自己的意愿或者是文章格调记录下来。"②。

"诗话"根据编者立场和文化修养的不同，见解也不尽相同，其作为古代诗学思想甚至是文学思想的研究资料具有珍贵的价值。它通过论述某首诗中的遣词造句及其所表现的意境、诗人的情感等，使读者充分认识诗人作诗时所处时代及这个时代的创作倾向。另外，"诗话"中关于诗人的记载及其所论述的诗歌，可使人更加深刻地理解诗人的诗风及其作品的主要特征，并由此折射出当时社会的主要文学理论和文学思想。

"诗话"以欧阳修的《六一诗话》为嚆矢。其后，司马光（1019—1086）、杨万里（1027—1206）、刘克庄（1187—1269）等都相继编写了"诗话"。进入北宋后期，随着王安石（1021—1086）③一派的新法党（绍述党）与司马光、苏轼（1037—1101）所属的旧法党（元祐党）一派之间党争激化，加之当时的宋朝官僚兼是文人之故，这种党争也在文学作品上有所反映。一方面，注重修辞的绍述党的文人们批判苏轼等人的诗文；另一方面，元祐党人则主张诗文应当以气格达意为创作宗旨，对于字句的雕琢和表现的技巧的专注则在其次，批判注重对诗词进行修

---

① 《六一诗话》、《欧阳文忠公集》卷一百二十八"诗话"。
② 原文为日文，笔者译。吉川幸次郎：《中国詩話の研究序》，船津富彦：《中国詩話の研究》，八曇書房，1977年，第4页
③ 关于王安石：《诗话》的第22、23、24条都有论述。

辞的王安石一派，两派之间进行了激烈的文学争论。在此时代背景之下，对于诗文的本质及其表现形式以及文学之中应该注入"无修辞的美"这一理念的探索逐渐加深。于是，宋代文人纷纷编写"诗话"，用以阐述自己的诗学思想和文学主张。

在司马光离世后，元祐党一派势力减弱，而绍述党则势力增强，开始打压元祐党一派。尽管如此，由于当时文人对元祐党人的诗文极为青睐，绍述党的诗话仅有魏泰（北宋，生卒年不详）的《临汉隐居诗话》、叶梦得（1077—1148）的《石林诗话》。反之，元祐党一派的诗话却大量出现。尤其是到了南宋，以苏轼一派的黄庭坚（1045—1048）为始祖的江西诗派兴起，占据了南宋文坛的指导地位，主导了当时的文学潮流。自此，对杜甫、苏轼、黄庭坚等极为推崇的诗话，如张表臣（？—1126 前后）的《珊瑚钩诗话》、朱辨（1085—1144）的《风月堂诗话》等相继出现。

随着诗话的兴起，也出现了脱离党争站在客观立场上展开诗论的张戒（1135—？）所著的《岁寒堂诗话》，批判江西诗派的严羽（1192？—1245？）所著的《沧浪诗话》。另外，作为摘录宋代诗话的集大成之作，北宋胡仔（1110—1170）的《苕溪渔隐丛话》，南宋魏庆之（生卒年不详）的《诗人玉屑》，南宋阮阅（生卒年不详）的《诗话总龟》等也相继问世。这些诗话对当时中国诗坛产生了重大影响。在流传至日本之后，也对日本禅林文学产生重大影响，成为以虎关师炼（1278—1346）为代表的五山禅僧文学创作的重要参考。例如，叶梦得的《石林诗话》在桃源瑞仙①（1431—1489）的《史记抄》中多次被引用。万里集九②（1428—？）也在他的《陆放翁画像题赞》序中引用了《石林诗话》中的一节。除此之外，万里集九还经常阅读释惠洪的《冷斋夜话》、胡仔的《苕溪渔隐丛话》、许顗的《徐彦周诗话》、魏庆之的《诗人玉屑》等③。

---

① 桃源瑞仙以抄释著称，他好读儒释之书，抄《史记》、《周易》、苏轼诗文等，著有《史记抄》、《百衲袄》（抄《周易》）、《蕉雨余滴》等。
② 室町时代的禅僧、汉诗人、歌人，五山文学的代表者，著有《梅花无尽藏》。"万里"为道号，"集九"为讳。
③ 芳贺幸四郎：《中世禅林の学问および文学に関する研究》，思文阁 1981 年，第 312—325 页。张伯伟：《中国古代文学批评方法研究》第五章"诗话论"第四节"域外诗话总说""二日本诗话"，第 527—528 页。

虎关师炼编写的《诗话》收录在虎关师炼诗文集《济北集》卷十一，因此也被称为《济北诗话》，编写于《六一诗话》出现的两百年之后。作为以纯汉文体所编写的文学论著，尤其是作为对中国文学的评论著作，被誉为日本文学史上的嚆矢。

虎关师炼的《诗话》由 30 条组成，内容包含了对唐代的孟浩然、王维、李白、杜甫、岑参、贾至、卢纶、韦应物、严维、韩愈、白居易、元稹等十六人，宋代的林逋、王安石、刘攽、苏轼、黄庭坚、杨万里等九人及他们诗歌的论述，另外还对杜甫的诗注进行了考证，并对孔子、唐玄宗、宋代僧侣所作的诗或偈进行了考察。《诗话》中还论及《诗经》、《尚书》、《孟子》、《楚辞》、《文选》等日本禅僧必读的中国古典书籍，同时也涉及了《史记》、《晋书》等史书，《三体诗》、《古今事文类聚》、《集千家注分类杜工部集》、《苕溪渔隐丛话》、《诗人玉屑》等诗文集和诗话，《感山云卧纪谈》、《广灯录》、《灵苑集》、《镡津文集》、《五灯会元》等佛教典籍的内容。

在日本中世的汉诗论中，虎关师炼的《诗话》占据了重要地位。虽然《诗话》中引用了大量中国宋代文人特别是元祐派文人的论述，但并非完全照搬，而是以简洁的语言表达出自己的观点和见解，这是虎关师炼《诗话》的一大特点。他的这种批判精神对于日本江户时代的诗话产生了很大的影响。例如，从江户时代的中井积善（1730—1804）的《诗律兆》（1776）卷十《余考》、古贺煜（1788—1847）的《侗庵非诗话》（1814）中都可以看出对中国诗话的批判，这一点可以被视为与虎关师炼敢于表述自己的主张见解，对中国唐宋诗人和宋代诗话进行批判的文学批判精神同出一辙。

另据蔡镇楚所述，中国诗话可以分为"欧派"和"钟派"。所谓"欧派"，是以欧阳修的《六一诗话》为源头，以"论诗及事"为主的诗话。所谓"钟派"，是以钟嵘（约 468—518）的《诗品》为源头，以"论诗及辞"为主的诗论。"论诗及事"的诗话，除了重视诗的遣词造句，还重视诗人的人品。"论诗及辞"的诗话，更加注重诗论和诗评。日本的诗话受到钟嵘《诗品》的深刻影响，有"钟派"的倾向[①]。但虎关师炼

[①] 蔡镇楚：《中国诗话和日本诗话》，第 93—96 页。

《诗话》中,不仅是评论了唐宋时代的诗,还评论了诗人,例如陶渊明、欧阳修、王安石等。从这一点来看,虎关师炼的《诗话》和日本大部分的诗话不同,具有"欧派"的倾向,即有"论诗及事"的特点。

虎关师炼的《诗话》是日本中世文学史第一部也是唯一一部诗话。从这一点来说,深入了解虎关师炼《诗话》的相关内容,就能够从一个角度深刻地理解唐宋时代的诗人和他们的诗文,同时也可以了解当时的日本是如何吸收从中国传来的文学思想的。透过这些,更加有利于深入理解中国宋代诗学思想,探讨日本中世禅林禅僧们是如何吸收唐宋时代中国文学思想的文学观继而形成自己的文学观的。

二 唯理之适

虎关师炼在《诗话》中提出了"唯理之适"的观点。他强调"理"的主张可以说是受到了宋代诗人写诗说理的影响。"说理诗",在宋代以前就已经出现。在唐代的禅诗中虽然能看见说理性,但是"理"经常融入与景色描写和抒情之中,说理性较弱。到了宋代,诗中出现了说理的长篇和短篇。更有甚者,出现了为说理而在绝句当中完全没有景色和抒情描写的倾向。

《诗话》第2条中,虎关师炼在提出"唯理之适"论点之前,首先评论了宋代诗话中诗论的倾向:

> 赵宋人评诗,贵朴古平淡,贱奇工豪丽者为不尽耳矣。[1]

对于宋人在评诗之时以"朴古平淡"之诗为贵、以"奇工豪丽"之诗为贱的评论,虎关师炼认为这种评论并不全面。

宋代的诗学思想中倾向于追求"朴古平淡"的风格。例如,宋代江表臣的《珊瑚钩诗话》卷一中,就有以平夷恬澹为上,怪险蹶趋为下[2]的评论,即以平淡朴素之诗为上品,以险怪生僻之诗为下品。

---

[1] 《诗话》第2条《五山文学全集》第一卷,第228页。
[2] 宋·何汶:《竹庄诗话》卷一"议论"和《诗人玉屑》卷十"含蓄"也有相同内容。

又如，在苏轼的《评韩柳诗》中，出现了"枯淡"这个词语：

> 柳子厚诗，在陶渊明下，韦苏州上。韩退之豪放奇险则过之，而温丽靖深不及也。所贵乎枯淡者，谓其外枯而中膏，似淡而实美，渊明、子厚之流是也。①

这段话中所说的"枯淡"，和"平淡"涵义基本相同。关于"枯淡"的涵义，苏轼解释为"外枯而中膏、似淡而实美"。即外表看似枯燥，却内在丰富。看似平淡，实则很美。

此外，在宋代周紫竹（1071—?）的《竹坡诗话》中，描述到：

> 作诗到平淡处，要似非力所能。东坡尝有书与其侄云："大凡为文，当使气象峥嵘，五色绚烂，渐老渐熟，乃造平澹。余以不但为文，作诗者尤当取法于此。"②

对于"平淡"，周紫竹评述道"要似非力所能"，并指出，作诗之时，要想达到"平淡"之境界非常难。另外，这段文字中也记述了苏东坡的主张：不仅写文章、作诗也应该做到"平淡"。

在宋代，以擅长"平淡"而广为人知的是诗人梅尧臣（1002—1060）③。宋代葛立方（?—1164）《韵语阳秋》卷一④中有以下记述：

> 大抵欲造平淡，当自组丽中来。落其华芬，然后可造平淡之境。如此则陶、谢不足进矣。今之人多作拙易诗而自以为平淡。识者未尝不绝倒也。梅尧臣《和晏相诗》云："因今适性情，稍欲到平淡。苦词未圆熟，刺口剧菱芡"。言到平淡处难也。所以《赠杜挺之诗》

---

① 《诗人玉屑》卷十五"东坡评柳诗"、《苕溪渔隐丛话》前集卷十九"柳柳州"中也有相同的记载。
② 从宋·周紫竹：《竹坡诗话》中引用。在宋何汶：《竹庄诗话》卷一、《诗人玉屑》卷十"平淡非力所能"中也有相同的内容。
③ 关于梅尧臣：《诗话》第21条中提及。
④ 宋·周紫竹：《竹坡诗话》卷四中也有记载了相同的内容。

有"作诗无古今,欲造平淡难"之句。李白云:"清水出芙蓉,天然去雕饰",平淡而天然处善矣。

在这段叙述中,葛立方提到,要到达平淡的意境,应当"自组丽中来。落其华芬,然后可造平淡之境"。而后以梅尧臣的《合晏相诗》和《赠杜挺之诗》为例,指出作诗很难达到平淡的境界。

另外,在《苕溪渔隐丛话》后集卷二十四,《诗人玉屑》卷十七"梅都官·工于平淡自成一家"中,记载到:

圣俞诗工于平淡,自成一家。如《东溪》云:"野凫眠岸有闲意,老树著花无丑枝"。《山行》云:"人家在何处,云外一声鸡"。《春阴》云:"鸠鸣桑叶吐,村暗杏花残"。杜鹃云:"月树啼方急,山房人未眠"。似等此句,须细味之,方见其用意也。

文中将梅尧臣作诗的特点总结为"工于平淡"。另外,以梅尧臣四首诗中诗句为例,指出以看似平淡的语言写出的诗句如不经过仔细品味,是无法理解诗中所表现的深刻含义的。

综上所述,追求"古朴平淡"是宋代诗学的一大特色。这与北宋初期的政治是不无关联的。北宋初期,当政者提倡信奉道教和佛教,僧侣们所作的诗逐渐开始流行。道家"自然无为","存神养气"的生活态度,佛教"心性本觉","随缘自适"的禅林情趣对当时的文人产生了重要的影响。因此,文人养成了清静平和的性格和自然适然的人生态度,他们的文学作品也倾向于表现"平淡"。

而宋代诗人之中,在尊崇追求"平淡"的另一方面,追求"奇工豪丽"的也不乏其人。欧阳修①便是其中一位。这也是与政治的变革息息相关的。北宋仁宗时期(1010—1063),随着政治的改革,宋代的文学思想也发生了新的变化。以诗文革新运动的展开为契机,此时文人创作活动自然而然地面向了当时的政治改革。文人关心政治,富有强烈的社会责任感,以天下安危为己任,作品中大胆追求豪放和技巧,诗风也随之发

---

① 关于欧阳修:《诗话》第10条,第21条中均有提及。

生改变。这个时期的代表诗人欧阳修就对唐代韩愈的古文赋予了高度评价，终其一生都在学习韩愈的文风，提倡追求"奇工"，树立"格高"的诗风。而在《诗话》第10条中，虎关师炼评价欧阳修为"高才"，表达了对他的敬意。

另一方面，以雄豪奇峭而闻名的诗人，其作品中也有平淡清丽的诗文。其代表人物为王安石。然而，在《诗话》中，虎关师炼对王安石的评价却是"沿袭"前人的诗风。如第22条中叙述到：

> 荆公不及文海者远矣。大凡物相兼而成奇，其奇多矣。不相兼而奇，其奇鲜矣。文海之句，即动而静也。荆公之句，唯静而已，其奇鲜矣哉。

从这个叙述可以推测，虎关师炼给予王安石很低的评价，一方面是由于他受到司马光、苏轼等元祐党派诗人的诗学思想影响，排斥作为绍述党一员的王安石；另一方面也可以说他在对待诗人的态度上，相较于诗人的创作技巧，更加重视诗人本身所具有的才能。除此之外，虎关师炼强调作诗并不一定要重视技巧，而是要重视"适理"，即

> 夫诗之为言也，不必古淡、不必奇工，适理而已。①

也就是说，作诗不一定要作得古朴平淡，也不一定要作得奇工豪丽，只要适理就可以了。接着虎关师炼以周公和孔子为例进行了说明：

> 大率上世淳质，言近朴古。中世以降，情伪见焉，言近奇工。达人君子随时讽喻，使复性情，岂朴淡奇工之所拘乎。唯理之适而已。古人朴而不达之者有矣，今人达而不朴之者有矣。何例而以朴工为升降哉。周公之言朴也，孔子之言工也，二子共圣人也。宁以言之工朴而论圣乎哉。《书》之文朴也，《易》之文工也，宁以文之工朴而论经乎哉。圣人顺时立言，应事垂文，岂朴工云乎。然则诗

---

① 《诗话》第2条，《五山文学全集》第一卷，第228页。

人之评不合于理乎。①

在这里，虎关师炼认为"上世"（先秦）所作之诗纯良，遣词造句朴素，而"中世"（魏晋南北朝）所作之诗表现的多为虚情假意，只是重视遣词造句的技巧。他认为，诗原本是达人君子们随时进行讽喻，很自然地用来表现自己真实心情的一种文体，没有必要拘泥于古朴平淡或是奇工豪丽的写作方式，作诗只要适理就足够了。

接着，虎关师炼分别以被称为圣人的周公和孔子所著的《周易》和《尚书》中的文章为例，提出自己的见解，认为不应以文章语言是否朴素或者是否注重语言表达技巧为基准来评判经书的优劣。虎关师炼为何会有如此主张呢？原因在于他认为圣人做文章也是应时而作，选择适当的语言来描写，他们的文章不一定朴素也不一定有技巧。因此，虎关师炼认为宋人在评论诗之时，单纯的以古朴平淡之诗为好，奇工豪丽之诗为劣的评论并不合理。

只要有"理"就足够。这是虎关师炼关于文章中的"理"所作出的重要判断。不论是古朴平淡还是奇工豪丽，都不是诗歌创作的必要条件。与创作的技巧相比较，虎关师炼更加强调的是理的重要性。

虎关师炼所提倡的"理"在《诗话》中并没有进行详细的论述。但在他的《通衡之五》中，对于"理"的含义进行了以下的论述：

《晦菴语录》云："释氏只《四十二章经》是他古书，其余皆中国文士润色成之。《维摩经》亦南北朝时作"②。朱氏当晚宋称巨儒，故语录中品藻百家乖理者多矣。释门尤甚。诸经文士润色者，事是而理非也。盖朱氏不学佛之过也。夫译经者，十师成之。十师之中润文者，时之名儒，奉诏加焉者多有之矣。宋之谢灵运、唐之孟简等也。文士润色实尔。然汉文也，非竺理矣。朱氏议我而不知译事也。又《维摩经》南北时作者，不学之过也。盖佛经西来，皆先上奏，然后奉敕译之。岂闲窗隐几伪述之谓乎。况贝叶梵字不类汉书。

---

① 《诗话》第2条，《五山文学全集》第一卷，第228页。
② 《朱子语类》卷一百二十六。

故十师中有译语，有度语。汉人之谬，妄不可纳矣。是朱氏不委佛教，妄加诬毁。不充一笑。

又云："《传灯录》极陋"①。盖朱氏之"极陋"者，文词耳。其理者非朱氏之可下喙处。书者，其文虽陋，其理自见。朱氏只见文字不通义理，而言佛祖妙旨为极陋者，实可怜憨。夫《传灯》之中文词之卑冗也，年代之错违者，吾皆不取。然佛祖奥旨，禅家要妙，舍《传灯》犹何言乎。朱氏不辨，漫加品藻，百世之笑端乎？②

在这里，虎关师炼反驳了朱熹对于《四十二章经》、《维摩经》、《传灯录》的评论，提起了关于"文"和"理"的概念。

《朱子语类》卷一百二十六中指出"佛家只有《四十二章经》是古书，其他的全部都是中国的文士进行润色加工而成的。《维摩经》也是南北朝时期所作。"对于这一观点，虎关师炼评论说，朱熹虽被称为晚宋巨儒，但他的语录之中关于百家的评论却有很多不合理之处，尤其是对于佛家评论这方面，这种倾向就更加明显。

在虎关师炼看来，佛教经典皆是先自西方传来，而后上奏朝廷，再由译者奉诏进行翻译。翻译后的佛典，有的是用直接翻译的语言（译语），有的是用译者根据自己的理解而翻译的语言（度语）。由于译者是奉诏翻译，因此有些内容亦会按照统治者的意志进行翻译。因此，朱熹所说的文士对佛教经典进行润色是事实，但是被润色的仅是译文的语言而已，并非佛教经典所要说明的道理。

另外，对于朱熹"《传灯录》极陋"的说法，虎关师炼判断朱熹所说的"极陋"，应该指的是《传灯录》中的文辞。《传灯录》中所讲述之理并不是从未研习佛法、不懂佛法要旨的朱熹所能随意评价的。在虎关师炼看来，《传灯录》里的文章虽然确有写得不好之处，但它所要表达的"理"早已自然而然地表达出来了。朱熹仅凭《传灯录》中的文字没有很好传递佛教义理这一点，就说佛祖的妙旨"极陋"，是不妥的。这段话中

---

① 《朱子语类》卷一百二十六。
② 《济北集》卷二十《通衡之五》《五山文学全集》第一卷，第364—365页。

所说的"理",即是佛教经典中所表述的道理,此道理文人们并不能润色。

另外,在《通衡之五》中,还可以看见下面的叙述:

> 汤之盘铭,孔悝之鼎铭,真书而已。不言盘鼎之形功矣。故盘铭可移书于鼎焉,鼎铭又可移书于盘焉。只警策而已。何鼎盘之有乎?下逮汉唐,铭词多矣。说浮形,纪虚功,只事诞妄,警策亡矣。我门十二时歌,志公刱之,赵州赓之。始无时辰,真说而已。后世竞言时辰,变态奇巧馨焉。有愧于盘鼎乎。予曰:"天下惟理而已。理若戾乖,虽真说卑矣。理若适宜,奇巧不妨。其中诞妄而无警策者,不足言矣"。夫茅茨土阶者,尧舜之宫室也。干云挠霓者姬周之明堂也,齐圣也。侈俭相戾何乎?系于时也。凡事皆系于时矣。文又当然。不因真说奇巧,惟理而已矣。①

这段话概括了"理"的重要性。指出文章的表述如果与理相悖,就算表述的是实事,仍然也是写得不好。如果文章的表述适理,就算文章的遣词造句并没有运用技巧,也没有问题。

甚于该论点,从虎关师炼强调"理"这一点看来,虎关师炼的诗学思想中,"理"是最重要的要素。虎关师炼《诗话》中所强调的"理",指的就是诗所要表现的道理,是诗人想通过诗来表达的道理。根据虎关师炼"夫诗之为言也,不必古淡,不必奇工,适理而已"的主张,可以看出在他的思想中,诗的优劣与诗的遣词造句是否讲究技巧无关。如果诗能说明好的道理,这首诗就是一首好诗。反之亦然。与诗的遣词造句、创作技巧相比,虎关师炼强调诗中所要表现出的道理更为重要。

三 醇全之意

"醇"是虎关师炼独自提出的一个概念。关于"醇",虎关师炼有以

---

① 《济北集》卷二十《通衡之五》《五山文学全集》第一卷,第356页。

下的论述：

> 师曰：夫文章妙处，天然浑成，万世一律耳。人或诚心覃思而自合也。若未至天浑之处，虽工，有可改之字。虽奇，有可换之言。若已至于天浑，自然文从字顺，格调韵雅，权衡齐等，不可移动。所谓醇乎醇者也。①

这段话中，虎关师炼提到文章的妙处在于浑然天成，并对达到"文从字顺，格调韵雅，权衡齐等，不可移动"，已达到"天浑"境界的文章大为赞赏，认为这才是所谓的"醇"的文章。另外，还论述道：

> 吾谓，《论语》不经圣删，诸徒交记。其文大醇而小疵。②。
> 坡公道德文章为赵宋表率。然言之不醇也③

他认为，《论语》的文章为"大醇"，而苏轼的道德文章虽可称为是赵宋表率，但文章语言却"不醇"。通过这三段评述可以看出，虎关师炼提倡的所谓文章中的"醇"，就是指文章文理通畅，格调高雅，不能随意进行改动。

对于诗中的"醇"，虎关师炼作出了下面的分析：

> 予有数童，狂游戏谑，不好诵习。予鞭笞诲诱，使其赋诗。童曰："不知声律"。予曰："不用声律，只排五七"。童嚬愁怨懑，予不恕焉。童不得已，而呈句。虽蹇涩卦拙，而或不成文理，其中往往有自得醇全之趣。予常爱惺，又令学书。童曰："不知法格"。予曰："不用法格，只为临模"。童之嚬懑；予之不恕如先。不得已，而呈一二纸。虽屈蚓乱鸦，而或不成字形，其中往往有醇全之画。予又爱惺，则喟叹曰："世之学诗书者，伤于工奇。而不至作者之域

---

① 《济北集》卷十二《清言》《五山文学全集》第一卷，第254页。
② 《济北集》卷十九《通衡之四》《五山文学全集》第一卷，第348页。
③ 《济北集》卷二十《通衡之五》《五山文学全集》第一卷，第363页。

者,皆是讨教之过也"。今夫童孩之者,愚骇无知而有醇全之气者,朴质之为也。故曰:"学诗者不知童子之醇意,不可言诗矣。学书者不知童子之醇画,不可言书矣。不特诗书焉,道岂异于斯乎。学者先立醇全之意,辅以修炼之功为易至耳"。①

在这里,虎关师炼以自己的侍童所作的"醇全"之诗和所写的"醇全"之字为例提出"醇"这个概念。他认为侍童虽不懂诗之韵律,所作之诗并不流畅,文理也不通,却能看出"醇全"之趣味(朴素);侍童虽不懂书法"法格",所写书法中虽有些不成字形,却可看出"醇全"之笔顺。由此,虎关师炼感叹道,世上学习作诗和书法之人,刻意注重技巧反而作不好诗,也写不好书法。许多人没能达到真正的诗人或是书法家领域,原因就是相互之间存有比较之意,完全没有侍童所具有的"醇"意。

侍童们虽然天真无知,却怀有"醇全"之气,这正是由侍童们的淳朴天性所决定的。在这段话的最后,虎关师炼论述道:学诗之人,如果不懂孩童之"醇"意,就没有论诗资格。习书法之人,如果不知道孩童"醇"的运笔之道,也没有谈论书法的资格。不管是作诗还是书法,其中之"道"也是一样的。不论是学习作诗、书法,还是学"道",首先皆应树立"醇"全之意,再加以长期修炼。唯有这样才能达到"作者之域"的境地。

这段话中,虎关师炼论及了"醇"和"道"。通过分析可以看出,"醇"指的是孩童天真无邪的朴素本质,而"道"在这里指的是学习学问、艺术、技艺等之"道"。

关于"醇"的涵义,《通衡之一》中有下面的解说:

或曰:"大藏之中诸文皆醇乎"。曰:"不也。世尊犹有权实大小之说,况诸师乎。岂得醇乎"。曰:"非谓此也。大小权实中亦各有道。其说醇乎"。曰:"佛说醇焉。诸师不醇矣"。曰:"然者何列大藏乎"。曰:"立大藏者后世也。后世之事岂无疵乎。又诸师之文,

---

① 《诗话》第30条《五山文学全集》第一卷,第241页。

列藏者出权幸之多矣。凡列藏者王家之事也。宜哉大藏之诸文不醇乎。又虽佛经不能无疵。盖依译者之巧拙矣。我向言佛说醇"。曰:"理趣也,非文辞矣"。曰:"然者,大藏可废乎"。曰:"不也。舍疵取醇,何废之有。夫道之出文字言说者,不容尽取也。先醇吾心而择其文疵耳。若心未醇之者。不可言文疵矣。"①

在这段记述中,虎关师炼指出《大藏经》中所收录的文章并非皆"醇"。虽然最初的佛教学说是"醇"的,但由于翻译佛教经典的诸位法师并不是都"醇",加之诸位法师的才能高低优劣程度也不尽相同,所翻译出来的文章就不能完全说是"醇"的。学习之人,首先应让自己的心保持"醇"全之意,然后舍去文章中的瑕疵。心不"醇"者,没有评论经文缺点的资格。可见,虎关师炼所主张的"醇",指的是淳朴而没有缺点。

虎关师炼在《诗话》中评论了唐宋时代多位诗人和他们的诗,但能被他称为"醇"的诗,只有韩愈(768—824)的联句。

> 予爱退之联句,句意雄奇。而至"遥岑出寸碧,远目增双明"②,以为后句不及前句。后见谢逸诗"忽逢隔水一山碧,不觉举头双眼明"③ 始知韩联圆美浑醇。凡诗人取前辈两句,并用者皆无韵,然此谢联不觉丑。岂其夺胎④乎?⑤

这里,虎关师炼提到自己喜爱韩愈的联句,认为它句意雄奇。对于"遥岑出寸碧,远目增双明"这两句联句,虎关师炼最初只是认为后句"远目增双明"不如前句"遥岑出寸碧"。直至后来看到谢逸(1066?—

---

① 《济北集》卷十六《通衡之一》《五山文学全集》第一卷,第297—298页。
② 引自韩愈、孟郊《城南联句》。"遥岑出寸碧"为韩愈所作,"远目增双明"为孟郊所作。
③ 〔宋〕陈严肖(约1147前后在世)《赓溪诗话》卷下。韩退之《联句》云:"遥岑出寸碧,远目增双明"固为佳句。后见谢无逸诗云"忽逢隔水一山碧,不觉举头双眼明。"若敷衍退之语,然句意清快,亦自可喜也。
④ 〔宋〕释惠洪《冷斋夜话》卷一:然不易其意而造其语,为之换骨法。窥入其意二形容之,谓之夺胎法。
⑤ 《诗话》第16条《五山文学全集》第一卷,第234页。

1113）所写的"忽逢隔水一山碧，不觉举头双眼明"时，才意识到韩愈"遥岑出寸碧"的"圆美醇厚"。理由是谢逸采用作诗法中的"夺胎"之法，即借用韩愈联句的意境所作出的联句"忽逢隔水一山碧，不觉举头双眼明"并未让人感觉不妥。

韩愈是唐宋八大家之一，提倡儒家思想和古文复兴，他是虎关师炼在唐宋诗人中最为尊敬的一位文人。这大概也与虎关师炼提倡古文有关。

> 文者有散语焉，有韵语焉，有俪语焉。散语者，经史等文也。韵语者，诗赋等文也。二语共见虞夏商周以来诸书焉。俪语者，表启等文也。出于汉魏之衰世矣。刘子曰："文章与时高下"。因此而言，俪语卑矣。汉末以降，三国两晋用偶语，至南北朝尤盛焉。唐、而改南北之弊、故斥杨王卢骆之俪语、复韩柳之古文。古文者，雅言也。雅言者，散语也。唐亡而为五代，又用偶语焉。宋兴而救五代之弊，故又斥西昆之俪语，复欧苏之古文。故知散语者行于治世，俪语者用于衰代焉。又夫散语有韵，有偶。韵语有散，有偶。俪语阙焉。崇古文，卑四六者是也。本朝之文，用四六者。盖我遭唐使，入太学同诸生受业。此时，唐文未复古文。杨王之后，韩柳之先也。国家淳质，不察所由，以始习之俗。成后传之风耳。伏惟阁下，辅政化，贵典坟，振颓纲，拯冗迹。况兹文弊在其所好乎？因从容谕明主，使天下学古文，斥四六。跨汉唐，阶商周。宁非文明之化兴于当代乎①？

上述的《答藤丞相》中，虎关师炼认为"俪語"不好，"古文"才是"雅言"，另外还写到"散语者行于治世、俪语者用于衰代"，认为古文可以治世，提倡天下都应学习古文。在这一点上，虎关师炼和韩愈是一致的。

如上所述，虎关师炼主张的"醇"的涵义中包含了朴素纯粹的无邪之意。但是，单凭这一点是不够的。诗句的精炼也非常重要。先以单纯

---

① 《济北集》卷九《辨议书·答藤丞相》《五山文学全集》第一卷，第208页。

无邪之心树立"醇全"之意,再精炼诗句,就可以达到"醇"的境地。否则就没有论诗资格,也不能成为优秀诗人。从这里不难看出虎关师炼严谨治学的态度。

四 尽美尽善

"尽美尽善",这个词语第一次出现在中文文献中是在《论语》"八佾"中的"子谓《韶》,尽美矣,又尽善也。谓《武》,尽美矣,未尽善也"①。其后,唐太宗李世民(599—649)赞赏晋代书法家王羲之(303?—361?)书法时说道"所以详查古今,研精篆术,尽美尽善,其惟王逸少乎?②"在诗论中,被称为"尽美尽善"的诗是杜甫之诗。除了"理"、"醇"之外,"美"和"善"也是虎关师炼诗学思想中的重要要素。《诗话》第21条中,有下面这一段论述:

> 咸平间,林和靖卧孤山,有梅花八咏③。欧阳文忠公称赏其"疏影横斜水清浅,暗香浮动月黄昏"④之句。山谷云:"'雪后园林绕半树,水边篱落忽横枝'⑤、似胜前句。不知文忠公何缘弃此而赏彼?文章大概亦如女色,好恶系于人"。予谓二联美则美矣,不能无疵。客云:"何也?"曰:"横斜之疏影,实清水之所写也。浮动之暗香,宁昏月之所关乎?又雪后半树者,形似也。水边横枝者,实事也。二联上下二句皆不纯矣"。客云:"诸家诗多如此,何责之者深耶?"曰:"诸家皆放过一著者也。二公采林诗为绝唱,我只以其尽美矣,

---

① 《论语》"八佾":"子谓《韶》,尽美矣,又尽也。谓《武》,尽美矣,未尽善也。"
② 《晋书》卷八十"王羲之传·赞"。
③ 林逋(967—1028),字林和靖。北宋隐逸诗人。以"梅妻鹤子"广为人知。元·方回(1227—1305)《瀛奎律髓》卷二十"梅花类"中引用了林逋的梅花八首,评论道:"和靖梅花七律八首,前辈以为'孤山八梅'"。
④ 林逋:《山园小梅》"众芳摇落独喧妍,占尽风情向小园。疏影横斜水清浅,暗香浮动月黄昏。霜禽欲下先偷眼,粉蝶如知合断魂。幸有微吟可相狎,不须檀板共金樽"。
⑤ 林逋:《梅花》二首之一"吟怀长恨负芳时,为见梅花辄入诗。雪后园林才半树,水边篱落忽横技。人怜红艳多应俗,天与清香似有私。堪笑胡雏亦风味,解将声调角中吹"。

未尽善矣言之耳"。《古今诗话》①曰："梅圣俞爱严维②诗。有云：'柳塘春水慢，花坞夕阳迟'③善矣。夕阳迟则系花，而春水慢不系柳也。如杜甫诗云：'深山催短景，乔木易高风'，此了无瑕类。如是，诗评为尽美尽善也"。客曰："雪后半树，亦可为实事"。曰："尔。形似句好，实事句卑。读者详之"。④

这一条中，首先讲述了欧阳修对林逋（967—1028）所作的"疏影横斜水清浅，暗香浮动月黄昏"两句诗的称赞。而后描写到黄庭坚则认为林逋的"雪后园林才半树，水边篱落忽横枝"这两句更好。对于欧阳修和黄庭坚二人的评论，虎关师炼评价到"二联美则美矣，不能无疵"，认为这两联虽然"美"，但却有瑕疵。然后提出自己的见解，评价林逋之诗"只以其尽美也，未尽善也"。继而，又以《古今诗话》中的诗论为例，提出自己的标准。他认为能达到"尽美尽善"的诗是杜甫之诗。《古今诗话》中评论到"梅尧臣喜欢严维的诗。（严维）有'柳塘春水慢，花坞夕阳迟'两句诗，（写得）'善'。而像杜甫'深山催短景，乔木易高风'那样的诗句则算得上'了无瑕类'（完美无瑕）。"针对李颀所作的这个评论，虎关师炼则提出了更高评价，认为"像（深山催短景，乔木易高风）这样的（诗），诗评就应为'尽美尽善'"。

"美"和"善"是诗学理论中重要概念，含有丰富的内涵。首先，关于"美"，南朝梁时期的钟嵘（468？—518）就很重视"清"美，在《诗品》中评论从汉代到齐、梁的诗之美时，几乎全部用了"清"字⑤。

---

① 《古今诗话》，卷数不详，原本遗失。《宋史》卷二百九艺文志〈集类文史类〉中记录到《古今诗话录》七十卷，作者李颀，一般认为这就是《古今诗话》。其中收录的有曾慥《百家类说》五十九条、《诗话总龟》前后集共存三百六十六条，《苕溪渔隐丛话》、《竹庄诗话》、《诗人玉屑》、《诗林广记》等的一部分也有录存。郭绍虞《宋诗话辑佚》（中华书局1980年）中有辑本。
② 底本的《五山文学全集》中写作"玉维"，庆安三年刊本和《日本诗话丛书》中写作"王维"，但由于《六一诗话》等宋代诗话中都写作"严维"，故改为"严维"。下同。严维，约756年左右在世，唐朝诗人。
③ 《全唐诗》卷二百六十三《酬刘员外见寄》"苏耽佐郡时，近出白云司。药补清羸疾，窗吟绝妙词。柳塘春水慢，花坞夕阳迟。欲识怀君意，明早访栖师"。（"早"另写作"朝"）。
④ 《诗话》第21条《五山文学全集》第一卷，第236页。
⑤ 此处参考陈良运：《中国诗学批评史》第六章"第一部诗论专著——诗品"，第153—154页。

唐代的杜甫则认为融合了诗的思想美和形式韵律美的诗才能称为好诗。他尊重意兴意象的"飞动"美，追求意兴与意象浑然一体的美①。而韩愈尊崇气势之美和险怪之美，他的诗文中表现了"雄"、"奇"、"险"、"怪"各自的美及其融合的美②。到了宋代，追求"平淡"之美的诗人愈加增多。而虎关师炼所主张的"美"，可以从他对林逋之诗所作的诗评中看出。

虎关师炼《诗话》中论及的林逋是宋代的隐逸诗人，其以梅为妻、以鹤为子的典故广为人知。"疏影横斜水清浅，暗香浮动月黄昏"这两句巧妙地描写了梅花的清幽之美，被誉为是赞美梅花的绝佳之句。从古至今，很多文人都进行鉴赏。

在黄庭坚《山谷集》卷二十六"书林和靖诗"中，有这么一段话：

> 欧阳文忠公极赏林和靖"疏影横斜水清浅，暗香浮动月黄昏"之句。而不知林和靖别有《咏梅》一联云"雪后园林绕半树，水边篱落忽横枝"，似胜前句。不知文忠公何缘弃此而赏彼？文章大概亦如女色，好恶系于人。

虎关师炼《诗话》中的叙述与之大体相同。

另外，《苕溪渔隐丛话》前集卷二十七"林和靖"中也有下面的内容③：

> 山谷曰："欧阳文忠公极赏林和靖'疏影横斜水清浅，暗香浮动月黄昏'之句。而不知林和靖别有咏梅一联云'雪后园林绕半树，水边篱落忽横枝'，似胜前句。不知文忠公何缘弃此而赏彼？文章大概亦如女色，好恶止系于人"。苕溪渔隐曰："王直方④又爱和靖

---

① 此处参考陈良运：《中国诗学批评史》第十章"政教与审美结合的现实主义诗论"，第239页。
② 同上，参考第253页。
③ 《诗人玉屑》卷十七"西湖处士"、《诗话总龟》后集卷二十八"咏物门"中均有相同的内容。
④ 王直方（约1055—1105）江西派诗人，著有《王直方诗话》。

'池水倒窥疏影动，屋檐斜入一枝低'①，以谓此句于前所称，真可处伯仲之间。余观此句，略无佳处，直方何为喜之？真所谓一解不如一解也。"

在这段叙述中，欧阳修赞赏了林和靖所写的"疏影横斜水清浅，暗香浮动月黄昏"两句诗，而黄庭坚则认为"雪后园林才半树，水边篱落忽横枝"两句更胜一筹。但相对于"疏影横斜水清浅，暗香浮动月黄昏"这两句，王直方却比较喜欢"池水倒窥疏影动，屋檐斜入一枝低"两句。王直方所喜欢的这两句在《苕溪渔隐丛话》的编者看来，并没有好的地方。这段话中提到的三首诗都是林和靖所写的梅花诗，但是欧阳修、黄庭坚、王直方、苕溪渔隐编者四人的见解却完全不同。可见，正如黄庭坚所说的那样，文章就如女色一般，每个人的喜好都不同。

对于林和靖的诗，虎关师炼通过自己与客人的对话表明了与欧阳修、黄庭坚不同的看法。即：

  二联美则美矣，不能无疵。②
  横斜之疏影，实清水之所写也。浮动之暗香，宁昏月之所关乎？又雪后半树者，形似也。水边横枝者，实事也。二联上下二句皆不纯矣。③
  二公采林诗为绝唱，我只以其尽美矣，未尽善矣言之耳。④

在虎关师炼看来，这两联虽然都写得很美，但仍有缺点。横生着或是倾斜着的梅花树枝之倒影确实是倒映在清澈的河流之中，但洋溢着的梅花香味却和昏暗的月光没有关系。另外，下雪之后，树枝被白雪遮挡，只显现出一半的样子，这种表现方法是"形似"。在水的旁边横生着的树枝却描写的是"实事"（描写树枝的真实的样子），前一句是描写形似的

---

① 林逋：《梅花》二首之二 "小园烟景正凄迷，阵阵寒香压麝脐。池水倒窥疏影动，屋檐斜入一枝低。画工空向闲时看，诗客休征故事题。惭愧黄鹂与蝴蝶，只知春色在桃蹊"。
② 《诗话》第21条《五山文学全集》第一卷，第236页。
③ 同上。
④ 同上。

句子，而后一句是描写实事的句子，所以虎关师炼在分析了林和靖的四句诗之后，得出的结论就是这两联的前句和后句不纯。它们虽然把景色描写得很美，可以称之为"尽美"，但是并不能说是"尽善"。

在笔者看来，实际上，"疏影横斜水清浅，暗香浮动月黄昏"这两句中，前一句描写的是梅花树枝的倒影这一事实存在的事物，而后一句描写的是不知从哪里有香味漂浮过来的一种清幽的意境。前一句是写"实"，后一句是写"虚"，虚实不一致，有欠平衡，所以虎关师炼才会评价这两句为"不纯"。

最后，虎关师炼以"形似句好，实事句卑"总结了自己的观点。也就是说，"形似"（形态相似，但并不是描写实物，只是描写出了和实际的样子大体相同、相似的样子）的诗句好，而着实描写实物本身的诗句并不好。这里出现的"形似"是诗学的批评用语，在刘勰的《文心雕龙·物色》中曾有：

> 自近代以来，文贵形似，窥情风景之上，钻貌草木之中。

指的是在描写风景之时，贵在采用"形似"的语言。由此可见，虎关师炼评价"形似"的句子好，可能是他本人也在追求"形似"的美感。

"善"是好的意思，在诗学思想中有丰富的涵义。在宋代葛立方的《韵语阳秋》卷一①中，有

> 李白云："清水出芙蓉，天然去雕饰"。平淡而天然处，则善矣。

这一句，认为"善"的意思就是平淡且天然。

此外，在《六一诗话》的叙述中，梅尧臣说道：

> 诗家虽率意，而造语亦难。若意新语工，得前人所未道者，斯为善也。

---

① 《诗人玉屑》卷十"平淡·先组丽而后平淡"中记录了相同的内容。

论述了"善"的意思。梅尧臣所认为的"善",指的是将先人无法描述出的意境用"工（巧妙）"的语言描述出来,从而得到一种新的意境。那么,虎关师炼所认为的"善"究竟为何呢？接下来,以虎关师炼认为"善"的诗句来分析他所认为的"善"的涵义。

大历十二年（777年）,刘长卿（709—约780）被贬为睦州司马,心中充满了怨愤,他的诗友严维听闻他的境遇之后,便作了一首《酬刘员外见寄》,借以鼓励他。在这首诗中,'柳塘春水慢,花坞夕阳迟'这两句为写景的诗句,描写了江南水乡美丽的风景,鼓励刘长卿应该在这样美丽的江南土地上转换自己的心情。诗句当中的"柳塘"描写的是睦州的风景,"花坞"则指的是花田的美丽。对于这两句,诗论家们的看法不一。

首先,先看《六一诗话》中,梅尧臣对于严维"柳塘春水慢,花坞夕阳迟"这两句诗的评价。

> 圣俞常语予曰："诗家虽率意,而造语亦难。若意新语工,得前人所未道者,斯为善也。必能状难写之景,如在目前,含不尽之意。见于言外,然后为至矣。……"严维'柳塘春水慢,花坞夕阳迟',则天容时态、融合骀荡,岂不如在目前乎。

正如刚才所述,梅尧臣所说的"善",指的是将先人无法描述出的意境用"工（巧妙）"的语言描述出来,从而得到一种新的意境。但是关于"美",他并没有论及。而对于严维的"柳塘春水慢,花坞夕阳迟"这两句,梅尧臣评价为"则天容时态、融合骀荡,岂不如在目前乎",认为它将风景描写得如同在人眼前一样,但是没有直接评价为"善"。

在《诗话总龟》前集卷五所引的《古今诗话》中写道：

> 梅圣俞爱严维诗。有"柳塘春水慢,花坞夕阳迟"善矣。夕阳迟则系花,而春水慢不系柳也。如杜甫诗"深山催短景,乔木易高风",此了无瑕类。……如此等句,含蓄深矣,殆不可模仿。

这段话中记录了梅尧臣喜欢严维的诗这件事。但是后面评价严维的

"柳塘春水慢，花坞夕阳迟"这两句"善矣"的人，并不是梅尧臣，而是《古今诗话》的作者李颀。

除此之外，刘攽（1023—1089）和胡仔都对"柳塘春水慢，花坞夕阳迟"这两句诗发表了自己的见解。在《苕溪渔隐丛话》前集卷二十"严维"[①] 中，记载着

《六一居士诗话》云："圣俞谓予曰：'严维诗'柳塘春水慢，花坞夕阳迟'。则天容时态、融合骀荡、如在目前'"。又刘贡父《诗话》云："此一联细细较之，夕阳迟则系花，春水慢不须柳也。"苕溪渔隐曰："春水慢不须柳，此真确论。但夕阳迟则系花，此论殊非是。盖夕阳迟乃系于坞，初不系花。以此言之，则春水慢不必柳塘，夕阳迟岂独花坞哉？"

这段评论中，刘攽认为夕阳的迟来可以与花相对应，而春天水流的迟来则和柳树对应不上。

胡仔的说法则和刘攽不同。春天水流的迟来的确是和柳树没有什么联系，但是要说夕阳的迟来和花有联系却不对。夕阳的迟来对应的是"坞"，初句与花并没有什么联系。如此一来，既然春天水流的迟来不一定与"柳塘"相对应，那么夕阳的迟来为什么就只对应"花坞"呢？

刘攽与胡仔都是就诗句中词语是否对应进行评价，并没有直接评价严维的"柳塘春水慢，花坞夕阳迟"这两句诗是否为"善"，仅仅是表述了自己的看法而已。从虎关师炼直接引用李颀《古今诗话》中的"梅圣俞爱严维诗，有云'柳塘春水慢，花坞夕阳迟'，善矣"，且没有表达反对意见，可以推测虎关师炼是赞成李颀的说法，认为这两句是可称之为"善"的。

将上述的内容归纳起来，总结出虎关师炼所提倡的"善"，实际上就是梅尧臣所说的用"工（巧妙）"的语言来描写景色，达到前人所不能达到的新的意境。尽"善"之诗，能够给予读者眼前如有美不胜收之景色的感受。

[①] 《诗人玉屑》卷十一"细较诗病"中记录了相同的内容。

在《古今诗话》中，李颀在评价完严维的诗后，马上对杜甫的诗进行了评价。

> 如杜甫诗云："深山催短景、乔木易高风"①、此了无瑕类。……如此等句，含蓄深矣，殆不可模仿。

另外，在《苕溪渔隐丛话》卷二十，《诗人玉屑》卷十七中，也直接引用了李颀对于杜甫诗的评价：

> 如杜甫诗云："深山催短景，乔木易高风"，此了无瑕类。

除此之外，关于杜甫"深山催短景，乔木易高风"的这两句诗，《集千家注分类杜工部诗》卷十一中叙述到：

> 洙曰："啸赋清飚，振乎乔木"。苏曰："乔木易得高风"。余曰："《古今诗话》云：'如此一句，了无瑕类。含蓄深，殆不可模仿'。"

《集千家注杜工部诗集》卷十八中，也评价到：

> 意境静圆。

而清代的仇兆鳌在《杜诗详注》卷二十中，引用了黄生（《杜诗说》卷七）和王嗣奭（《杜臆》）的说法，

> 黄生曰："此诗伤客居寥落，情寓景中。三、四衰疾之悲"。……《杜臆》："冬日苦短，深山蔽之，其晷更促。岁寒多风，乔木惹之，其声益悲。"

---

① 杜甫（712—770）《向夕》"畎亩孤城外，江村乱水中。深山催短景，乔木易高风。鹤下云汀近，鸡栖草屋同。琴书散明烛，长夜始堪终。"

解说道《向夕》这首诗将人物客居寥落的伤悲之情寄寓于寒冬的景色之中。而"深山催短景,乔木易高风"这两句诗更加表现出了衰疾之悲。

清代的纪昀在《瀛奎律髓刊误》卷十五中说道:

> 山深则障日,树高则招风。眼前景写来真切。惜后半稍弱。一"同"字连人嵌入、末二句始不突然①。

说明了这两句诗中"山"的深幽和"日"相对应,"树"的高与"风"相对应,将杜甫描写的景色以"真切"来评价。迄今为止,这两句诗的构想就如《古今诗话》中所写的那样蕴含了深刻的涵义和韵味,令他人无法模仿。

尊崇杜甫是宋代诗坛的一个重要倾向。王安石、黄庭坚等诗人都十分喜爱杜甫的诗,而胡仔、张戒等诗评家也高度评价杜甫的诗。可以说,对杜甫的崇拜实际上是宋朝诗话最基本的特色之一②。受到宋代诗话影响,日本五山禅林的禅僧们对杜甫也是给予了高度的评价。虎关师炼在《诗话》中称杜甫为"上才"③,并且在《诗话》的第 9 条至第 12 条中评论了杜甫的四首诗。在虎关师炼的《诗话》中,用四条内容来对特定的一个诗人或是诗进行评价的,仅杜甫一位。虎关师炼在宋代诗论家作出的"了无瑕类",即完美无瑕的评价的基础上做出了更高的评价:

> 如是,诗评为尽美尽善也。④

认为杜甫的"深山催短景,乔木易高风"这两句诗表达了一种极佳的境地,可称为是"尽美尽善"。

相对于对杜甫的高度评价,虎关师炼对于晋代田园诗人陶渊明却做出了极为苛刻的评价。

---

① 元·方回《瀛奎律髓》卷十五"暮夜类"诸伟奇胡益民点校,第 302 页。
② 参考芳贺幸四郎:《中世禅林の学問および文学に関する研究》,思文閣,1981 年,第 320 页。
③ 《诗话》第 26 条《五山文学全集》第一卷,第 239 页。
④ 《诗话》第 21 条《五山文学全集》第一卷,第 236 页。

或问:"陶渊明为诗人之宗①。实诸?"曰:"尔"。"尽善尽美乎?"曰:"未也"。"其事若何?"曰:"诗格万端。陶氏只长冲澹而已,岂尽美哉?"盖文辞施于野旅穷寒者易,敷于官阁富盛者难。元亮者,衰晋之介士也。故其诗清淡朴质只为长一格也,不可言全才矣。②

陶渊明(365?—427),是东晋末期著名的田园诗人。他的诗表现出了对于黑暗官场和世俗社会的厌恶,诗风朴素自然,用词巧妙,因此在中国诗坛获得极高评价。尤其是南朝的钟嵘(468?—518)就评价他为"古今隐逸诗人之宗"。在中国,后代诗人们对陶渊明极度崇拜,经常模仿他的诗风来进行创作。但是,虎关师炼却没有像中国的文人一样崇敬他,反而对其进行了严厉批判。在虎关师炼看来,诗格有很多,陶渊明只是擅长了其中的一格"冲澹",因此他的诗并不能说是"尽美"。虎关师炼认为,诗人在旅居偏僻之地,生活困苦之时能够作出优秀的诗,但为官之后,过着富贵奢华的生活时却作不出好诗。陶渊明作为晋代衰败之期的一位高风亮节之士,他的诗只能说是擅长"清淡朴质"的风格,但他本人并不能说是一个全才。

虎关师炼主张的"美"是"形似"的美,"善"是指用"工(巧妙)"的语言来表现深刻的意境。所以陶渊明的诗中只表现出"冲澹"之感,并没有达到虎关师炼所提倡的"美"和"善",于是虎关师炼便将他的诗评价为"未尽美尽善"。

除了没有给陶渊明的诗很高的评价之外,虎关师炼对于陶渊明的辞官隐居行为也进行了批判。

又元亮之行,吾犹有议焉。为彭泽令,才数十日而去,是为傲吏。岂大贤之举乎?何也?东晋之末,朝政颠覆,况僻县乎?其官吏可测矣,元亮宁不先识哉?不受印已,受则令彭泽民见仁风于已

---

① 梁·钟嵘《诗品》中品"宋徵士陶潜"。
② 《诗话》第6条《五山文学全集》第一卷,第229页。

绝，闻德教于久亡，岂不伟乎哉？夫一县清而一郡学焉。一郡学而一国易教焉。何知天下四海不渐于化乎？不思此而挟其傲狭，区区较人品之崇庳，竞年齿之多寡。俄尔而去，其胸怀可见矣。后世闻道者鲜矣，却以俄去为元亮之高，不充一莞①矣。若言小县不足为政者非也。宓子之在单父也，讬五弦而致和矣②。滕文公之行仁也，来陈相于楚矣③。七国之时，滕为小国，鲁国之内，单父为僻县。然而大贤之为政也，不言小矣。况孔子为委吏矣，为乘田矣，为计当而已，牛羊遂而已④。潜也何不复邪？晋之衰也，为政者易矣。盖渴人易为饮也。我恐元亮善于斯，自一彭泽推而上于朝者，宁有卯金之篡⑤乎？夫守洁于身者易矣。行和于邦者难矣。潜也可谓介洁冲朴之士，非大贤矣。其诗如其人。先辈之称潜也，于行贵介，于诗贵淡。后学不委。随语而转以为全才也。故我详考行事合于诗云。⑥

这段话中，对于陶渊明身为彭泽县令，上任数十天后便辞官而去的行为，虎关师炼给予的评价是陶渊明只能称为"傲吏"，并不能称为贤人。其理由如下：

东晋末年，朝局混乱，每个官吏对于这个状况都是心知肚明的，作为彭泽县令的陶渊明理应早就知晓。既然已经接受了县令的官印，他就

---

① 底本中为"箟"，因语义不通，改为"莞"。
② 西汉·刘向（约前77—约前6）《说苑》卷七"政理"宓子贱单父，弹鸣琴。身不下堂而单父治。巫马期亦治单父。以星出，以星入，日夜不出。以身亲之，而单父亦治。巫马期问其故于宓子贱，宓子贱曰："我之谓任人，子之谓任力。任力者固劳，任人者固佚。人曰宓子贱："则君子矣，佚四肢，全耳目，平心气而百官，任其数而已矣"。巫马期则不然，弊性事情，劳烦教诏，难治犹未至也。宓子，宓不齐（公元前521—？年）、春秋末期鲁国人。字宓子贱。孔子学生。曾任单父宰相。事见《论语·公冶长》、《吕氏春秋·查贤》。
③ 《孟子》"滕文公章句上"陈良之徒陈相与其弟辛，负耒耜而自宋之腾，曰："闻君行圣人之政，是亦圣人也。愿为圣人氓"。陈相见许行而大悦，尽弃其学而学焉。陈相见孟子，道许行之言曰："腾君，则诚贤君也。虽然，未闻道也。贤者与民并耕而食，饔飧而治。今也腾有仓廪府库，则是厉民而以自养也。恶得贤？"。
④ 韩愈《争臣论》：盖孔子曾为委吏矣，曾为乘田矣，亦不敢旷其职，必曰："会计当而已矣"。必曰："牛羊遂而已矣"。
⑤ "卯金之篡"：元熙二年（420年），刘裕（363年4月—422年，南北朝宋朝的第一位皇帝）强迫司马德文禅位，自立为帝。东晋灭亡，中国进入南北朝时期。
⑥ 《诗话》第6条，《五山文学全集》第一卷，第229—230页。

应该在彭泽县实施贤政，让百姓看到早已丧失的仁风，受到久未体验的教化，这样岂不是很伟大？可是陶渊明并没有考虑到这些，决然辞官，解甲归田。从这样的行为就可以看出他的心中并没有装下黎民百姓。所以，虽然后人都对陶渊明的傲骨称赞不已，虎关师炼却并不赞同。

接着，虎关师炼又以宓子、滕文公、孔子的典故为例，说明即使是在偏僻小地，只要是施行了仁政，就会取得好的政绩。在虎关师炼看来，东晋末年的朝政腐败，更有利于官吏施行仁政。如果陶渊明施行德政，就有可能从一个小小的彭泽县令晋升为朝廷重臣。这样一来，就不会发生后来的"卯金之篡"，刘裕也就不会当上南北朝宋朝皇帝。人为自己守节很容易，治国却是很难。所以陶渊明只能说是一个高洁朴素之人，却不能称之为贤人。他的诗也和他的为人一样。前人称赞陶渊明，是认为他行为高尚，写诗清淡，后人们由此转而称他为"全才"。虎关师炼对此不以为然，便对他的行为进行考证，提出了不同的见解。

在日本的其他诗话中，也能看到对于陶渊明的批判。关于中日两国文人对于陶渊明的不同评价，祁晓明指出，这是因为在中国，以隐逸诗为"雅"，以"应制"、"台阁"诗为"俗"。而日本恰恰相反，以朝廷官僚中的典雅诗风为"雅"，以隐逸者的朴素平淡的诗风为"俗"。此外，祁晓明还指出，陶渊明隐逸到桃花源去，是为了逃避当时的政治纷争所采取的一种明智的处世方法，但对于崇尚君权的虎关师炼来说这是不能接受的①。

虎关师炼的这种见解和中国文人对于陶渊明的崇拜形成了强烈对比。对于陶渊明不为五斗米折腰的崇高气节，千百年来中国的文坛给予了极高荣誉和赞赏。虎关师炼没有追随这些，而是敢于说出自己的见解，对他作为一名官吏不实行仁政，反而索性辞官的行为进行了严厉批判。由此可见，虎关师炼在评论一个诗人是否是一个好诗人时，不仅会评论他的诗，还会重视他的人格和行为。这种方法，很像中国诗评中"论诗及事"的评论方法。同时，虎关师炼一直主张陶渊明应该在彭泽施行仁政，教化百姓，与他身为五山诗人身在禅林却心系朝政是不无关联的。

---

① 祁晓明：《日本诗话中的陶渊明论——虎关师炼对陶渊明的批判》。

五 志、性情和雅正

以下对虎关师炼所主张的诗的本质论进行分析。首先，以《诗话》第 26 条内容为基础，确认虎关师炼所主张的诗应该表现的内容。

> 杨诚斋曰："大抵诗之作也，兴上也，赋次也，赓和不得已也。我初无意于作是诗，而是物是事适然触于我，我之意亦适然感乎是物是事。触先焉，感随焉，而是诗出焉。我何兴哉。天也，斯之谓兴。或属意一花，或分题一山，指某物课一咏，立其题徵一篇，是已非天矣。然犹专乎我也，斯之谓赋。至於赓和，则孰触之，孰感之，孰题之哉。人而已矣。出乎天，犹惧戕乎天。专乎我，犹惧强乎我。今牵乎人而已矣，尚冀其有一铢之天，一黍之我乎。盖我未尝觌是物，而逆追彼之觌。我不欲用是韵，而抑从彼之用。虽李、杜能之乎。而李、杜不为也。是故李、杜之集无牵率之句。而元、白有和韵之作。诗至和韵，而诗始大坏矣。故韩子苍以和韵为诗之大戒①"②。此书佳矣，然不必皆然矣。夫诗者，志之所之也，性情也，雅正也。若其形言也，或性情也，或雅正也者。虽赋、和，上也。或不性情也，不雅正也，虽兴，次也。③

在这段记述中，虎关师炼评论了杨万里关于兴、赋、赓和的说法，主张"诗者，志之所之也，性情也，雅正也。若其形言也，或性情也，或雅正也者。虽赋、和，上也。或不性情也，不雅正也，虽兴，次也"。

在杨万里看来，创作诗时，大体上使用"兴"这个手法的诗为上等，使用"赋"的诗为二等，使用"赓和"则是不得已而为之的做法。然后，杨万里把"兴"叫做"天"（天意）。认为指定一个题目写一篇文章，或是以一座山为题材，或是指定某一物进行一咏都不能称作是"天"，而叫

---

① 南宋·杨万里：《诚斋集》卷八十"陈睎颜和简斋诗集序"韩子苍《答士友书》谓：诗不可赓也。作诗则可矣。故苏、黄赓韵之体不可学也。
② 南宋·杨万里：《诚斋集》卷六十七"答建康府大军库监门徐达书"。
③ 《诗话》第 26 条《五山文学全集》第一卷，第 238—239 页。

做"赋"。至于"赓和",是谁去接触它,谁去感觉它呢,谁以它为题呢?只能是人。作诗之人并没有亲眼见过某物,反而追随别人,写别人亲眼所见的事物;本来不想使用某个韵来作诗句,却因为别人使用了而不得不使用,这样的诗,即使李白和杜甫能作,也是不会作的。因此李白和杜甫的诗中都没有"牵率"① 的诗句。另一方面,元稹和白居易的诗中"和韵"② 的作品却不少。作诗作成和韵诗就不好了。因此,韩驹(1080—1135,字子苍)把"和韵"作为作诗的大戒。

杨万里在这段话中提到的"兴"和"赋",和"比"一起,最初出现的时候指的是《诗经》的表现方法。在《毛诗序》中,就有说明:

> 故诗有六义。曰"风"、曰"赋"、曰"比"、曰"兴"、曰"雅"、曰"颂"。

将"六诗"称为"六义"。这"六义"之中,所谓"赋",指的是直叙法,照实叙述所观察到的事物。"比"则指的是比喻法,模拟所看到的实物进行描述。"兴"则是指联想法,将想表述的事情寄寓于某个事物,或者是说出自己身边的事情,借此提起某个主题的方法③。另外。"赓和"指的是继续使用他人的原韵或者是题目,进行唱和的创作方法。

就杨万里的这些见解,虎关师炼评价道:

> 此书佳矣,然不必皆然矣。

然后继续说到:

> 又"李、杜无和韵,元、白有和韵而诗大坏"者,非也。夫人有上才焉,有下才焉。李、杜者,上才也。李、杜若有和韵,其诗

---

① 强行附和他人之诗来作诗。

② 使用他人的诗的原韵。进行唱和、有三种方法。①依韵。使用和原诗相同的韵,但并不一定使用相同的字。②次韵。使用和原诗相同的韵和相同的字,字的顺序和原诗相同。③用韵。使用和原诗相同的韵和字,但是字的顺序不一定和原诗相同。

③ 参考田中平夫:《毛詩正義研究》,白帝社,2003年,第27—28页。

又必善矣。李、杜世无和韵，故赓和之美恶不见矣。元、白下才也，始作和韵。不必和韵而诗坏矣，只其下才之所为也。故其集中虽兴感之作，皆不及杜、李。何特至赓和责之乎。夫上才之者、必有自得处。以其得处寓于兴也，赋也，和也、无往而不自得焉。其自得之处，杨子所谓"天也"者也。其天也者何。特兴而已乎。赋也，和也，皆天也。下才之者、少自得处、只是沿袭、剽掠、牵合而已。是杨子之所谓"大坏者"也。只其下才之所为也。宁赓和之罪哉。①

在虎关师炼看来，杨万里认为李白和杜甫没有和韵诗，而元稹和白居易却有，所以他们的诗才写得不好，这种想法是不对的。诗人之中，有上才之人，也有下才之人。李白和杜甫二人都是诗人之中的上才，所以如果他们的诗中有和韵诗的话，这个诗也必定是好的。他们二人的诗中没有和韵诗，是由于他们那个时代还没有运用和韵这种作诗方法，所以他们的诗中是看不出"赓和"的"美"与"恶"的。而诗人之中，元稹和白居易属于下才之人，虽然和韵诗是从他们二人开始的，但是并不代表和韵作出的诗就一定不好。元稹和白居易所作之诗不好的原因，仅是由于他们才能低下。因此，他们二人的诗中就算是有"兴感之作"，也远远比不上李白、杜甫之诗。根本没有必要特别苛责"赓和"这种写诗方法。

所谓上才之人，必定有其得意擅长之处，将其得意擅长之处寄寓于"兴"、"赋"、"赓和"的创作方法之中，就成为了杨万里所说的"天"。那么这个"天"究竟指什么呢？杨万里本人认为这个"天"就是"兴"的表现手法。而虎关师炼则认为杨万里所说的"天"并不单指"兴"，"赋"和"赓和"都可以是"天"。另一方面，"下才"之人能够引以为傲的特长很少，作诗时只会沿袭、剽窃和牵强附和而已，这才是杨万里所认为的"大坏者"。通过这段话可以看出，虎关师炼认为诗作得好与不好，只与诗人的才能有关。作得不好，是因为诗人才能低下，而与"赓和"这种创作手法本身并没有关系。

虎关师炼不仅是在《诗话》中将白居易评论为下才，在《通衡之五》中，也曾说道：

---

① 《诗话》第26条《五山文学全集》第一卷，第239—240页。

后世议乐天之浅俗是也①。

说后世之人都在议论白居易诗歌"浅俗"。

到了宋代之时,白居易在中国诗坛的地位已没有唐朝之时那么高。在宋代诗人和诗评家的评论中,他的地位远比不上杜甫、李白、苏轼、黄庭坚。如《诗人玉屑》卷五"初学蹊径"中,编者就引用了《后村诗话》的原文:

学诗当以子美为师。有规矩,故可学。退之于诗,本无解处。以才高而好耳。渊明不为诗,写其胸中之妙耳。学杜无成。不失为功。无韩之才与陶之妙而学其诗,终乐天耳。

给予白居易非常低的评价。

而受到宋代诗话影响,在日本平安时代获得极高推崇和评价,并对朝廷社会有着深刻影响的白居易在中世禅林中的影响力逐渐降低,五山禅林的诗人们往往给予很低评价。"乐天之浅俗",并不是虎关师炼个人的独特见解,而是代表了日本中世文人受到中国宋代诗话影响之后得出的结论。

与白居易不同的是,杜甫和李白在宋代诗坛甚至是中世禅林中都得到了很高的评价。在虎关师炼的《诗话》第7条中,虎关师炼就将李白高度称赞为"翰林措意极其妙也"。

而就杨万里和韩驹所作的评论,虎关师炼继续评述道:

杨子不辨上、下才,谩言赋、和者,过矣。子苍以和韵为诗之大戒者,激学者而警剽掠、牵合耳,恐非杨子之所言之者矣。②

即杨万里不去分辨诗人的才能高低,仅是单纯评价"赋"和"赓和"

---

① 《济北集》卷二十《通衡之五》《五山文学全集》第一卷,第300页。
② 《诗话》第26条《五山文学全集》第一卷,第240页。

这两种作诗方法不好，是不对的。韩驹将"和韵"作为作诗的大戒也只是鼓励学者，警戒他们在作诗的时候不要剽窃和牵强附会罢了，恐怕并不是杨万里所认为的那样。在虎关师炼看来，"赋"和"赓和"只不过是作诗的一种表现手法，其本身并没有什么不好之处，诗人优劣程度只和诗人本身的才能有关。

对于杨万里主张以"兴"为作诗的最高手法，并将韩驹的话作为论据说明"和韵"是作诗的大戒这一说法，虎关师炼说道：

> 夫诗者，志之所之也，性情也，雅正也。若其形言也，或性情也，或雅正也者，虽赋、和，上也。或不性情也，不雅正也，虽兴，次也。①

强调诗是诗人之志之所在，是诗人的性情，也是诗人对诗的雅正。另外，只要诗中表现出诗人之"志"，就算是采用了"赋"和"赓和"的写作手法，所作出的诗也是上等诗。而如果诗中没有表现出诗人的"性情"和对诗的"雅正"，就算是有了杨万里所提倡的"兴"这一表现手法，也只能算是二等诗。

在这里，虎关师炼的"诗者，志之所在也"这种主张，可以认为是基于《诗经》的大序《毛诗序》里的说法。《毛诗序》中就写到：

> 诗者，志之所在也。在心为志，发言为诗。情动于中而形于言，言之不足故嗟叹之，嗟叹之不足故咏歌之，咏歌之不足，不知手之舞之，足之蹈之也。情发于声，声成文谓之音。

描述了诗的主旨。那么，所谓的"志"，究竟指的是什么？在《诗话》中，有如下记述：

> 世实有浮矫而作诗者矣。然汉魏以来，诗人何必例浮矫耶？学道忧世，匡君救民之志，皆形于绪言矣。传记又可考焉。浮矫之言，

---

① 《诗话》第26条《五山文学全集》第一卷，第239页。

吾不取矣①。

虎关师炼认为诗人学道忧世、匡君救民的志向就表现在诗的语言之中。据此，虎关师炼所提倡的"志"，可理解为是学道忧世、匡助君主、解救万民的志向。

而关于"性情"和"雅正"，《诗品 序》中有：

至乎吟咏性情，亦何贵于用事。

《沧浪诗话 诗辨》中则有：

诗者，咏性情也。

将诗的主旨论述为"性情"。而虎关师炼在综合这两点的基础之上提出了：

诗者，志之所之也，性情也，雅正也。

的主张，除了先人所倡导的"志"和"性情"之外，还加上了"雅正"。在这里，"性情"指的是诗人的心情，"雅正"，则是诗人对自己想法的修正与雕琢。综合这些，就可以看出，虎关师炼所提倡的诗的主旨，指的就是诗人的"志"、"性情"和对诗的"雅正"。

除此之外，虎关师炼还重视对"性情"、"雅正"的权衡，并举例论证了其重要性。

今夫有人，端居无事，忽焉思念出焉。其思念有正焉，有邪焉。君子之者，去其邪，取其正。岂以其无事忽焉之思念为天，而不分邪正，随之哉？物事之触我也，我之感也，又有邪、正。岂以其触感之者为天，而不辨邪正，而随之哉？况诗人之者，元有性情之权，

---

① 《诗话》第 1 条《五山文学全集》第一卷，第 228 页。

雅正之衡。不质于此，只任触感之兴，恐陷僻邪之坑。昔者仲尼以风雅之权衡，删三千首，裁三百篇也。后人若无雅正之权衡，不可言《詩》矣。①

人在突然之间产生的想法，有正确的，也有错误的。君子（这里可认为是诗人）应该将想法之中不正确的部分剔除，留下正确的。怎么能不分对错，将这种突然之间产生的想法作为"天"（"兴"）呢？人对于事物的触感有错误的，也有正确的，怎么能以这种触感作为"天"（"兴"）呢？另外，作为诗人，原本就该具备权衡"性情"和"雅正"的基准。不权衡"性情"、"雅正"，只是一味地遵从自己突发之感的"兴"的话，很容易陷入偏执的境地。古代孔子以"风"、"雅"来作为权衡之策，删诗三千首，只取《诗经》三百篇。如果后世之人没有权衡雅正的能力就不能评论诗歌。从这一点可以看出虎关师炼重视诗人对于"性情"和"雅正"的权衡能力。

关于孔子删诗三千首，只取三百篇编成《诗经》的事例，虎关师炼在《诗话》第1条中就有记述：

孔子诗虽不见，我知其为诗人矣。何者。以其删手也。方今世人不能作者，焉能得删诗乎。若又不作诗之者，假有删，其编宁足行世乎。今见三百篇，为万代诗法。是知仲尼为诗人也②。

这里，虎关师炼以现今的诗人如果不会作诗就不具备删诗的能力为根据，由孔子删诗三千编成《诗经》三百篇这一事例判断孔子本人就是一位诗人。强调诗人即便在诗中写入了自己的"志"，但如果不具备权衡"性情"和"雅正"的能力，也不能称为是一位真正的诗人。

---

① 《诗话》第26条《五山文学全集》第一卷，第239页。
② 《诗话》第1条《五山文学全集》第一卷，第228页。

结　语

综上可知，虎关师炼所提倡的"理"，指诗中所表现的道理，诗人想通过诗来表达的道理；"醇"指天真无邪、朴素纯粹；"美"指"形似"之美，"善"指用"工（巧妙）"的语言表现新的意境；"志"为学道忧世、匡君救民之志；"性情"指诗人的心情；"雅正"指诗人对于自己想法的修正和雕琢。继而可将虎关师炼的诗学思想归纳总结为：与创作技巧相比，更强调诗要"适理"；写诗时应先以纯朴无邪的心树立醇全之意，再精炼诗句，以达到"醇"的境地；相较写实的诗句，描写"形似"景色的诗句为尽"美"之诗；用"工（巧妙）"的语言描写出优美意境的诗句为尽"善"之诗；诗的本质为诗人志向所在，要重视对诗人"性情"、"雅正"的权衡，取其精髓，去其糟粕。

虎关师炼的《诗话》作为日本中世第一部也是唯一一部诗话，在文学史上的地位不可忽视。在他的论述中，对于陶渊明、白居易、王安石等诗人的批判，对于杜甫、韩愈的崇拜等等都在某种程度上代表了当时的日本禅林僧人们的见解。除此之外，对于"理"、"醇"、"美"、"善"、"志"、"性情"、"雅正"等论述，都表述了他自己的独特见解。这些诗论虽然并不能完全代表当时的日本中世文学思想，但却能反映出其中一个方面。

参考文献
1. 阿部吉雄、山本敏夫、市川安司、遠藤哲夫，(1966)，《老子　荘子》（上）新訳漢文大系第七卷，明治書院。
2. 池田四郎次郎，(1921)，《日本詩話叢書》文会堂書店。
3. 稲田利徳、佐藤恒雄、三村晃功編，(1984)，《中世文学の世界》世界思想社。
4. 猪口篤志，(2007)，《中國歷代漢詩選》右文書院。
5. 入矢義高校注，(1990)，《新日本古典文学大系48　五山文学集》岩波書店。
6. 上村観光，(1913)，《五山詩僧伝》民友社。
7. 上村観光，(1992)，《五山文学全集第一卷》思文閣。
8. 太田次男，(1993)，《中唐文人考　韓愈・柳宗元・白居易》研文出版。

9. 太田亨,（2000）,《日本禅林における杜詩解釈——杜甫〈岳陽楼に登る〉詩について》《山本昭教授退休記念　中国学論集》白帝社。

10. 太田亨,（2003）,《日本禅林における中国の杜詩注釈書受容》日本中国学会《日本中国学会報》第五十五集。

11. 太田亨,（2003）,《"蒼生"語について——虎関師錬の〈詩話〉を中心に》《中国古典文学研究》,創刊号広島大学中国古典文学プロジェクト研究センター年報。

12. 太田亨,（2004）,《日本禅林における杜詩解釈——杜甫〈巳上人茅斎〉詩について》,《広島商船高等専門学校紀要》第二十六号。

13. 太田亨,（2005）,《日本禅林における杜詩解釈——杜甫〈賛上人に別れる〉詩について》,《中国中世文学研究》第四十八号。

14. 大庭脩・王暁秋,（1995）,《日中文化交流史書》,大修館書店。

15. 岡田正之,（1954）,《日本漢文学史　増訂版》,吉川弘文館。

16. 岡村繁教授退官記念論集刊行会（編）,（1986）,《中国詩人論》,汲古書院。

17. 荻須純道,（1965）,《日本中世禅宗史》,木耳社。

18. 筧文生,（1973）,《中国詩文選 16　韓愈・柳宗元》,筑摩書房。

19. 蔭木英雄,（1995）,《中世禅林詩史》,笠間書店。

20. 門脇広文,（2000）,《中国古典新書続編 23　二十四詩品》,明徳出版社。

21. 川瀬一馬,（1970）,《五山版の研究》（上）,日本古書籍商協会。

22. 祁暁明,（2003）,《日本詩話における陶淵明論について　虎関師錬の陶淵明批判》《大阪大学言語文化学》Vol. 12。

23. 木宮泰彦,（1955）,《日華交流史》冨山房。

24. 北村澤吉,（1942）,《五山文学史稿》冨山房。

25. 久須本文雄,（1979）,《虎関師錬の儒道観》,花園大学内禅文化科研究所《禅文化研究所紀要》十一号。

26. 久須本文雄,（1980）,《虎関師錬の中国文学観》,花園大学内禅文化科研究所《禅文化研究所紀要》十二号。

27. 虎関師錬,（1650）,《済北集》（巻十一）,鵯軒文庫慶安三年刊本（国立国会図書館蔵）。

28. 小嶋明紀子,（2007）,《虎関師錬の賦をめぐって》,《日本漢文学研究（2）》二松学舎大学 21 世紀 CEO プログラム。

29. 齋藤晌,（1965）,《漢詩大系第七巻　唐詩選（上、下）》,集英社。

30. ささき・ともこ,（1979）,《虎関師錬の詩的基盤》,日本文学協会《日本文学》Vol. 28。

31. 田中平夫，(2003)，《毛詩正義研究》，白帝社。
32. 玉村竹二，(1955)，《五山文学》，至文堂。
33. 玉村竹二，(1978)，《五山詩僧》，《日本の禅語録》第八巻，講談社。
34. 玉村竹二，(2003)，《五山禅僧伝記集成》新装版，思文閣。
35. 千坂嵃峰，(2002)，《五山文学の世界　虎関師錬と中厳円月を中心に》，白帝社。
36. 長積安明，(1977)，《中世の可能性》，岩波書店。
37. 西尾賢隆，(2000)，《中世の日中交流と禅宗》，吉川弘文館。
38. 芳賀幸四郎，(1958)，《史料による日本史研究》，池田書店。
39. 芳賀幸四郎，(1962)，《東山文化》，塙書房。
40. 芳賀幸四郎，(1981)，《中世禅林の学問および文学に関する研究》，思文閣。
41. 芳賀幸四郎，(1981)，《中世文化とその基盤》，思文閣。
42. 比留間健一，(1986)，《虎関師錬の韓愈評価について——韓愈の廃仏への態度を中心に》，《上智大学国文学論集》19。
43. 日比野純二，(1979)，《〈済北集〉巻十一〈詩話〉について》，中世文学会《中世文学》二十三号。
44. 久松潜一，(1945)，《虎関師錬の詩観—文学評論史考—》，《国語と国文学》第二十二巻第十二（九—十二月合併号），至文堂。
45. 久松潜一，(1977)，《増補新版日本文学史　中世》，至文堂。
46. 船津富彦，(1977)，《中国詩話の研究》，八雲書房。
47. 前野直彬，(1976)，《韓愈の生涯》，秋山書店。
48. 牧野和夫，(1991)，《中世の説話と学問》，和泉書院。
49. 松浦友久，(2004)，《陶淵明・白居易論——抒情と説理》，研文出版。
50. 安良岡康作，(1970)，《中世的文学の探求》，有精堂。
51. 安良岡康作，(1981)，《中世的文芸の理念》，笠間書院。
52. 山岸徳平，(1978)，《五山文学集　江戸漢詩集》，岩波書店。
53. 吉田賢抗，(1960)，《新訳漢文大系第一巻　論語》，明治書院。
54. 霊源寺令，(1957)，編纂者（原）塙保己一（補）太田藤四郎《海蔵和尚紀年録》《続群書類従》第九輯下，東京伝部続群書類従完成。
55. 《集千家注杜工部詩集（上下）》，(1981)，《天理図書館善本叢書漢籍之部》第三巻，八木書店。
56. 《国訳三体詩》，(1924)，国訳漢文大成文学部第六巻,国民文庫刊行会。

57.《中世文学と漢文学Ⅰ》,（1987）,和漢比較文学会編和漢比較文学叢書5,汲古書院。

58.《中世文学と漢文学Ⅱ》,（1987）,和漢比較文学会編和漢比較文学叢書6,汲古書院。

59.《和漢比較文学の周辺》,（1995）,和漢比較文学会編和漢比較文学叢書18,汲古書院。

60. 蔡芸翔、田志刚,（1998）,《胡仔诗话》《宋诗话全编》第四册,江苏古籍出版社。

61. 陈良运,（1992）,《中国诗学体系论》,中国社会科学出版社。

62. 陈良运,（1995）,《中国诗学批评史》,江西人民出版社。

63. 房玄龄等（唐）,（1974）,《晋书》,中华书局。

64. 冯友兰着、赵复三訳,（2004）,《中国哲学简史》,新世界出版社。

65. 郭信和、蒋凡,（1998）,《李颀诗话》《宋诗话全编》第二册,江苏古籍出版社。

66. 郭绍虞,（1980）,《宋诗话辑佚》（上、下）,中华书局。

67. 何汶（宋）,《竹庄诗话》,文渊阁四库全书。

68. 胡仔（宋）,《苕溪渔隐丛话》,文渊阁四库全书。

69. 黄进德,（1998）,《欧阳修诗话》《宋诗话全编》第一册,江苏古籍出版社。

70. 黄庭坚（宋）,《山谷集》,文渊阁四库全书。

71. 金开城、葛兆光,（1998）,《历代诗文要籍详解》,北京出版社。

72. 黎靖德（宋）,《朱子语类》（八）,影印国立中央图书馆藏,明成化九年江西藩司覆刊,宋咸淳六年导江黎氏本,正中书局刊行。

73. 刘明今,（1998）,《杨万里诗话》《宋诗话全编》第六册,江苏古籍出版社。

74. 陆侃如、冯沅君,（1996）,《中国诗史》,山东大学出版社。

75. 牛埜,（1998）,《张表臣诗话》《宋诗话全编》第三册,江苏古籍出版社。

76. 欧阳修（宋）,《六一诗话》,文渊阁四库全书。

77. 阮阅（宋）,《诗话总龟》,文渊阁四库全书。

78. 沙岑,（1998）,《张戒诗话》《宋诗话全编》第三册,江苏古籍出版社。

79. 释东初,（1990）,《中日佛教交通史》。

80. 苏轼（宋）,《东坡全集》文渊阁四库全书。

81. 王家骅,（1995）,《儒家思想与日本文化》,浙江人民出版社。

82. 王晓秋,（1996）,《中日文化交流史话》,商务印书馆。

83. 王运熙、刘明今,（1998）,《周紫竹诗话》《宋诗话全编》第三册,江苏古籍出版社。

84. 吴广平,（2004）,《宋玉研究》,岳麓书社。
85. 吴贤泽,（1998）,《许顗诗话》《宋诗话全编》第二册,江苏古籍出版社。
86. 魏庆之（宋）,（1992）,《诗人玉屑》,世界书局。
87. 吴洪泽,（1995）,《宋人年谱集目　宋编宋人年谱选刊》,巴蜀书店。
88. 呉淑钿,（1996）,《近代宋诗派诗论研究》,文津出版社。
89. 萧华荣,（1996）,《中国诗学思想史》,华东师范大学出版社。
90. 许顗（宋）,《许彦周诗话》,文渊阁四库全书。
91. 杨万里（宋）,《诚斋集》,文渊阁四库全书。
92. 张表臣（宋）,《珊瑚钩诗话》,文渊阁四库全书。
93. 张伯伟,（1996）,《全唐五代诗格校考》,陕西人民教育出版社。
94. 张伯伟,（2002）,《中国古代文学批评方法研究》,中华书局。
95. 张思齐,（2000）,《中国诗学丛书　宋代诗学》,湖南人民出版社。
96. 张毅,（1995）,《中国文学思想通史　宋代文学思想史》,中华书局。
97. 周紫竹（宋）,《竹坡诗话》,文渊阁四库全书。
98. 祝穆（宋）,（1584）,《新编古今事文类聚一》,景明万历甲辰金谿唐富春精校补遗重刻本中文出版。

第三章 梦窗疏石的造园思想与风格

五山文化,亦称五山文艺,是指从镰仓时代到江户时代初期,以镰仓、京都的五山十刹为中心,以"五山派"的禅宗僧侣为主体,在文学、文化、艺术、宗教等领域创造的中世文化的总称。五山文化起源于镰仓、室町幕府时期的官寺,是镰仓时代社会、经济、文化发展的产物,中世武家文化的先导,中世文化史上别具一格的存在。五山文化的发展推动了镰仓、室町文化的发展和兴盛,促进了中国文学文化的海外传播以及域外汉学的发展。历来的研究者对这一时期的文化给予了极高的评价,芳贺幸四郎认为"五山文化时代是日本汉文学史上最光辉灿烂的时期"[1]。五山文化在汉诗文创作、水墨画、庭园、建筑等方面做出重大贡献。其中,庭园文化作为五山文艺的重要内容在这一时期得到迅速发展,尤其是禅宗的迅速传播深化了庭园文化的内涵,禅与庭园的融合在丰富了中世文化内容的同时也彰显了庭园文化在中世文化中的地位和作用。岛内裕子认为:"庭园作为歌会与诗会举行的场合广受中世文人的喜爱,庭园文化的发展促进中世文学发展的同时,也有力地推动了与庭园相关的建筑、茶道、花道等文化的发展。"[2]

日本庭园以枯淡、幽邃、静谧等著称,以抽象性和象征性为其艺术特征。梦窗疏石的庭园是中世庭园文化发展的顶峰,由梦窗疏石设计并建造的天龙寺庭园和西芳寺庭园更是日本文化的瑰宝,是禅宗思想和造园技术相融合的典范,是日本庭园史上开拓性的存在。吉川需认为:"梦

---

[1] 原文为日文,笔者译。芳贺幸四郎:《中世禅林の学問及び文学に関する研究》,第393页。
[2] 原文为日文,笔者译。岛内裕子:《日本文学における住まい》放送大学教育振興会,2004年。

窗疏石是具有高超精神境界的宗教者、高度洗练的造园者、五山时期美意识的驾驭者。"① 对于梦窗疏石来说，在造园中融入心像风景，是其禅宗修行中不可或缺的道行。五山禅僧们把庭园当做精神依托之处，在此打坐修禅，进行诗文的切磋、道法的精进以及法会的举行，由此推动五山文化的发展和繁荣。梅原猛认为："梦窗庭园是现代日本造园的原型。"梦窗的造园思想很大程度上影响了日本庭园的发展，一方面，庭园的发展促进枯淡、幽玄的中世审美意识的形成，另一方面，建筑、茶道等也受到了梦窗庭园的影响。在梦窗圆寂四十六年和一百三十八年之时，足利幕府分别建造了金阁寺和银阁寺，而这两座寺院也都深受梦窗庭园的影响。齐藤忠一指出："从枯山水和池泉庭的组合而设计建造的城荣寺我们不难看出是以西芳寺为例而建造的。在造园中，梦窗疏石不仅自己身体力行，他在《西芳遗训》中关于僧侣们的职务这样写道：'山水奉行（相当于造园的具体管理和运营）是禅宗僧侣修行课之一'。"②

梦窗疏石（1275—1351）是镰仓、室町幕府时期著名禅僧，其发挥了卓越的造园才能，先后创建了西芳寺、临川寺、天龙寺庭园，被称为中世禅式庭园的开拓者、奠基人，为中世园林的创建和发展做出了巨大贡献。所造庭园闲雅静寂，禅风浓郁，玉悬博之在《梦窗疏石与初期室町政权》中指出："（梦窗疏石）是宗教乃至思想、文化世界的一个璀璨的明珠"，柳田圣山在《梦窗》一书中也指出"他（梦窗疏石）是室町文化的开拓者，他的美意识覆盖禅与文化的各个领域"。学者们高度评价梦窗疏石及其庭园在日本文化发展史上的地位和作用，因此，研究梦窗疏石的造园思想和艺术是研究五山文化的重要"切片"和"抛物面"，是建构梦窗疏石与五山文化关系的重要视点之一。

本文在借鉴前人相关领域研究的基础上，以梦窗疏石的造园活动为主线，以梦窗庭园中的"自然风景与造园"、"造园样式的变化轨迹"、"主题的展现与造园布局"为路径，探寻梦窗疏石的造园思想与艺术魅力，析解梦窗疏石的造园在五山文艺上的贡献及其对日本五山文学、文

---

① 原文为日文，笔者译。吉川需：《夢窓疎石の作庭》，月刊文化財、通号143，1975.8，第21页。

② 原文为日文，笔者译。齊藤忠一：《日本の庭——石組に見る日本庭園史》，東京堂出版，1999年。

化发展的影响。

一 禅式庭园的开拓者——梦窗疏石

"天下之至大者道也。至公者理也。人能公正宏大合乎者，莫不尊且敬焉。余自南国冬来扶桑，惟见梦窗国师一人而已．师之道如春行大地，师之德如皎日当空，师之戒凛若冰霜，师之行见于行事，八提鉏斧、六处开山、三朝加敬、所谓合乎大公道理、自然人皆得而尊敬之。"①

受春屋妙葩（1311—1388）之托，元朝渡日僧东陵永兴（1285—1365）分别从"道、德、戒、行"四个方面高度评价了梦窗疏石对中世文化的贡献，颂扬了其人格魅力和历史功绩。1294 年，十九岁的梦窗疏石皈依禅宗，大力传播禅宗教义。他开创了日本五山"梦窗派"，培养了绝海中津、义堂周信等五山文学巨匠，奠定了五山汉文学发展的基础，梦窗疏石本人也成为五山文学隆盛期的代表人物。此外，梦窗还开拓了枯山水这一新式的禅式庭园，被誉为"禅学大宗师"、"禅式庭园的开拓者"等，获得了极高的评价。

梦窗疏石幼名智曜，法名智雀，势州人（伊势，现在的三重县一带）。1279 年，年仅四岁时举家迁往甲斐（现在的山梨县一带）。少年时代的梦窗勤奋好学，先后师从无隐圆范、一山一宁等高僧，后又承传佛国禅师高峰显日之法，常年参禅悟道，博学多才，教化众多，颇得人望。镰仓末期，北条高时及其母觉海圆成尼、后醍醐天皇受到梦窗疏石的教导，先后皈依禅宗，到了室町幕府时期，足利尊氏、足利直义等幕府将军也都成了梦窗疏石的信徒，其生前被敕赐"梦窗"、"正觉"、"心宗"，后又被追赠"普济"、"玄猷"、"佛统"、"大圆"等国师号，被称为"七朝国师"、"七朝帝师"。其作为五山时代初期的学问僧以及最有影响力的临济宗禅僧之一开创了梦窗学派，被誉为五山文学的先驱，作为中世禅式庭园的开拓者而被称为"引导日本历史精神方向的人"。

---

① 夢窓疎石：《夢窓国師語録》，天龍寺開創 650 年記念版，1989 年。

步入禅林后，梦窗疏石游历日本各地，与灵山圣地结缘，以故乡甲斐（山梨县）为中心，北至奥羽（日本东北地区）、西到土佐（高知县）一带修行。梦窗疏石每到一地皆建造草庵、凉亭、庭园等，并把它们当作参禅悟道之地坐禅修行。据史料记载，在日本以梦窗为开山的寺庙有十几处，在寺庙建造庭园的有十余座，至今仍保存完好的也有京都西芳寺庭园、天龙寺庭园等。柳田圣山氏在《禅与日本文化》一书中高度评价了梦窗在日本文化史上的贡献："吾国（日本）中世的禅与文学等各领域都敬仰此人为开山祖师，包括石庭、水墨、建筑、美术工艺等多方面。他（梦窗）具有超凡的魅力，作为中世文化的设计者之一，把禅艺术化，又把艺术与禅宗文化紧密结合在一起，在三国（印度、中国、日本）佛教史上是一个伟大创举。日本的寺庙所到之处皆有梦窗疏石的名庭名园"①。梦窗庭园的研究者大森忠行也高度赞扬梦窗在庭园方面做出的贡献，赞誉梦窗疏石为"室町时代禅宗隆盛的开拓者，五山文学文化的先驱，在埋石、造园等方面被称为日本庭园中兴之祖"②。

山间僻地也好，天涯海角也罢，但凡适合修行的地方都会成为梦窗构思"庵、亭、庭"活动的场所，并在这一空间坐禅悟道，体味自然的同时达到内心的空灵与冥思。梦窗疏石努力把禅宗思想和本土文化相融合，并从自然中获取灵感，营造一种与冥想和坐禅相适应的广袤空间和闲寂氛围，而这些活动也逐渐成为其日常生活的一部分。作为禅式庭园的开拓者，梦窗疏石致力于中世庭园的发展，京都一带至今仍然保留着大量的幽玄静谧的庭园，西芳寺、天龙寺被誉为禅式庭园的开端，京都东山银阁寺庭园，龙安寺石庭也都是受到梦窗疏石造园的影响而建造的。

二 自然风景与造园

禅宗在镰仓时代进入日本，给日本中世社会注入新鲜空气的同时也使寺院僧侣们的生活发生很大变化，他们把每天的修行所达到的心境置换于某种形式，正如"雪舟之绘、梦窗之庭"所说，擅长造园的梦窗疏

---

① 原文为日文，笔者译。《禅と日本文化》，ペリカン社，1997年。
② 原文为日文，笔者译。大森忠行：《杉野女子大学紀要》，17号，1980年，第33页。

石把坐禅的心里状态投影在造园上，从房总半岛（千叶县）到甲府（山梨县），再到京都，梦窗疏石在日本各地建造的庵、亭、庭等不计其数。在日本，人们习惯以"日本式的庭园"、"日本人特有的庭园"等词来赞美梦窗疏石的庭园。这些庭园虽历经战火的洗礼，最初的庭园面貌几近损毁，但从那些残存的庭园遗迹以及文献资料中我们仍能领略到庭园中凝聚着的"草木国土，悉皆成佛"的本觉思想①。草木、岩石、山水皆有佛性，是流动的生命体，从中能够体味参禅悟道之乐趣，这一思想至今受到梦窗庭园研究者所推崇。

从某种意义上来说，造园是对自然景致的人工再创造，梦窗疏石怀着对故乡风景的眷恋，云游日本各地参禅修行。西芳寺励精亭上刻有其偈语"莫怪愚耄玩山水，只图藉此砺精明"②。此句中的"山水"指造园，即梦窗疏石日常生活中的造园活动，在造园中体验山水，在山水中体味自然之趣。对于梦窗疏石来说，造园并不是出自闲情逸致，而是禅宗修行，此句道出梦窗对造园活动的热爱。《太平记》记载："此开山国师天性寄心于水石，成浮萍之迹为事，依山傍水，建造庭园之十景趣"③，梦窗遍求名石用于庭园布局，布置石组成山水，配以庭园自然景致，形成庭园景趣，梦窗的爱水石之情也可窥见一斑。梦窗疏石在《梦中问答集》中论述到："只吟诵诗歌而不知泉石之趣之人有之，此为养心之人。所谓烟霞之痼疾、泉石之膏肓者，便是这样的人，这些人是世间率真之人。"从中可以看出梦窗喜好烟霞、亲近泉石的性情趣向。梦窗赞赏白居易在庭园中的修行，曾经感叹："若世间爱好山水之人皆如白乐天的话，世上就不会混入俗尘之人了"，表达了对白居易的推崇和对山水庭园的真诚喜好之心。

梦窗疏石的造园源于他的故乡情结，主要体现在以下三个方面：对故乡甲斐风景的眷恋、受坐禅地自然景致的吸引以及对灵山富士山的向往。故乡是指故乡甲斐（山梨县）一带，也是其幼年生活过的地方，对于梦窗来说是风景秀美的神圣之地，"春初龙山庵居焉，幽僻远离人烟二

---

① 主要以天台宗为中心的佛教思想，本觉即本来的觉性，意为一切众生生来既有的悟（觉）的智慧。
② 夢窓疎石：《夢窓国師語録》，天龍寺開創650年記念版，1989年。
③ 《太平記》第二十四卷，"天龍寺建立之事"。

十来里。问道相聚者稍多，卓庵其旁居焉"① 一文中描述故乡甲斐自然风景秀美，又远离世俗，是其理想的造庵坐禅之地。诗中提到的龙山庵旧址在今惠林寺沿着笛吹河上游一里左右的下柚村。同样的景色在《风雅集》的"序"中也有描述：

"甲州笛吹河（山梨县北部的河流）一带叫作水上河浦的山里，附近村庄三十里的地方，有水石兴之幽谷，梦窗在此结庵，庵前残雪斑斑，恰似行人走过的痕迹，随之作和歌一首，'无名吾庵春来到，片片庭园留残雪'"②。

虽然修行于山间僻地，但初春时节留在庭园中的片片残雪却给修行中的梦窗疏石增添一番情趣。另一方面，对近似故乡甲斐景致的美浓（今岐阜县中南部）风景，梦窗也不惜笔墨对其进行描述，"四邻无人，三五里许，山水景物，天开图画之幽致也，甚适师意"③，美浓的景致如天开图画般美丽，赋予闲雅、幽静之意。由此可见，故乡的风景已经深深地烙印在梦窗的脑海，即使其遁入禅门，也会在修行间隙想起那令人无限遐想又万般怀念的故乡。因此，梦窗疏石数次提及美浓的自然风景并于此参禅修行之事。梦窗前半生的山居生活及其云游时代对自然景致的体悟对后半生的京都造园以及京都官寺的禅僧生活产生很大的影响。

灵山富士是梦窗疏石在前期造园中一个无可替代的存在。遥望富士山并表达对富士山的敬慕之情，也是其造园选址的意图之一。其在《山居十韵》中写道："山高罕客登，唯有白云腾。独照空寰宇，宁同日下灯。"这首诗是梦窗看见白云环绕山顶的富士山时流露出的溢美之词，宁愿如同日下灯那样守护着这座灵山。一方面是修行所需，另一方面是能够眺望富士山的自然风景以及可以欣赏山间溪流、瀑布海岸等自然风景，这些成为梦窗疏石造园中不可或缺的要素。换句话说，正是对自然景致的眷恋才构成其源源不断进行造园的重要动力。中村苏人指出："在近乎

---

① 夢窓疎石：《夢窓国師語録》，天龍寺開創650年記念版，1989年，第294页。
② 原文为日文，笔者译。《風雅集》辻邦生，世界文化社，1980年。
③ 夢窓疎石：《夢窓国師語録》，天龍寺開創650年記念版，1989年，第296页。

封闭式的山林中，选择修行地对于禅宗修行僧来说是对禅宗忠诚和众生济度的祈愿，也是五山派僧侣权威的象征。①"

借景达意是梦窗疏石运用自然景致造园的重要手法。梦窗的造园作品，无论是前期的草庵、凉亭，还是后期的庭园，都宛如一副立体的山水画般的独特存在。前期造园作品中的古溪庵、瑞泉院和晚年的庭园作品西芳寺庭园、天龙寺庭园几乎都是借用当地的风景，因地取材。于近处掘池、置石、植树等，并于庭园旁建造观音堂、楼阁亭榭，方便坐禅之余又能欣赏庭园景色，同时还可以使禅、庭、人三者达到物我一体的禅悟之境。所谓借景即是把庭园周围的自然景观运用在庭园建造中，在庭园这个狭小的空间里再现故乡风景的一种造园手法。梦窗疏石通过借景手法，结合当地自然景致，对所要建造的庭园进行整体布局。

下面以惠林寺和瑞泉寺为例析解梦窗造园的特点及其象征意义，具体情况如下：

古溪庵 { 庭景：美丽的池庭——五山派禅僧权威的象征
借景：险峻的山峰——修行僧初心的象征
环境：封闭的浪漫式的森林中

瑞泉院 { 庭景：寂寥的洞窟——众僧济度祈愿的象征
借景：壮丽的永福寺——五山权威和荣耀的象征
环境：历史悠久的自然之地和喧嚣的都市的毗邻地②

借自然风景表达造园的兴趣，从古溪庵和瑞泉寺的庭景、借景、环境等要素中我们可以窥探梦窗的内心世界，即对五山禅寺权威的守护、向禅之心的坚定以及对自然景致的向往。梦窗疏石认为："把山水和道行区别对待的人不能称得上真正的修行之人。"③ 把造园当做自己求道的一部分，正是在这种信念的支持下，从无名的山间僻地到政治中心的镰仓、

---

① 原文为日文，笔者译。中村蘇人：《梦窗疏石の庭と人生》，創土社，2007年，第76页。
② 同上，第75—77页。
③ 原文为日文，笔者译。夢窓疎石：《夢中問答集》，川瀬一馬校注，講談社，2000年，第164页。

京都，梦窗疏石完成了从"造庵"到"造园"的专业造园者身份的转换，也正是这种转变成就了梦窗疏石作为庭园设计者的地位。

三　庭园样式的转变与造园

　　作为庭园设计者的梦窗疏石始终在追求着庭园样式的变化。从山间僻地的"庵"到与大自然融为一体的"亭"，再到禅意深邃的"庭"，直到禅式庭园枯山水的完成，无不体现着梦窗疏石在追求庭园样式的变化。因此，探索梦窗疏石造园变化的轨迹，弄清造园形式变化的逻辑理路是我们了解梦窗疏石的造园思想和艺术的重要向度之一。

　　关于梦窗疏石的庭园样式的转变，梦窗疏石庭园研究者枡野俊明认为："国师（梦窗疏石）的造园大致分为创作期、发展期、成熟期三个阶段。"[①] 更进一步指出，梦窗疏石在开始造园之前，存在一个造园酝酿期，即从嘉元元年（1303）隐居陆奥白鸟一带，在山间僻地修行开始直到建武二年（1335）受到后醍醐天皇召请，禅居京都南禅寺为止的这一时期。枡野俊明从造园时期分析了梦窗疏石庭园的发展，有可借鉴之处，但根据梦窗疏石的生命活动轨迹和修禅模式，笔者认为梦窗疏石庭园样式的变化大致经历了隐居的山间僻地的"庵"、融于自然的"亭"、禅意深邃的禅"庭"以及意象空寂的枯山水四个时期。梦窗疏石的"庵"时代是从嘉元元年（1303）到正中二年（1325），主要以"庵"形式存在，代表作品是龙山庵、古溪庵、泊船庵、退耕庵等；第二阶段主要是融于自然的亭居时代，从正中二年（1325）到元弘二年（1332）的九年间，其代表作品是镰仓瑞泉寺的偏界一览亭；禅式庭园、枯山水时代的代表作品是其在京都官寺生活时建造的西芳寺、天龙寺等。

　　《梦窗国师年谱》中记载："辞去抵奥之白鸟乡，盖以道友之招也。彼有士大夫欲撤草庵为师鼎建精蓝，而经营事繁，不称师意"。由此可知梦窗的造庵始于陆奥隐居时期。茅庵虽已不复存在，但从茅庵所在之地的自然景致便能窥见其貌。如"春创龙山庵居焉，幽僻远离人烟二十里。

[①] 原文为日文，笔者译。枡野俊明：《夢窓疎石 日本庭園を極めた禅僧》，日本放送出版協会，2005年。

问道相聚者稍多,卓庵其旁居焉"中所述,于山间修行的梦窗疏石名声远扬,很快追慕者纷至沓来,并把住处修建到龙山庵的附近。龙山庵的旧居距惠林寺下游一里(3.9273公里)的下柚木村,是幽静的名胜境地。关于对龙山庵的描写同样在《正觉国师御咏》(井上宗藏)里也有记载:"距甲州笛吹河的水上河浦三十里的地方,水石兴,有幽谷,与此结庵,庵前庭有残雪,似纷至沓来的足迹,作歌'无名吾庵春来到,片片庭园留残雪'。"春之将至,庭园里残雪片片,给寂静的寺院平添了些许乐趣。"今此山中居者亦多,恰似聚落,非素心也",在此修禅一年有余,觉得和自己初心相悖,于雪中下山,与元翁(佛德禅师)、不二、祖用等七人相约进入长濑山,创古溪庵。因长濑山和中国庐山的虎溪山相似,后又改名为虎溪庵,即今天的永保寺(岐阜县)。翌年(1313)建立观音殿,庭中掘卧龙池,修亭桥名为无际桥。正中二年(1325)后醍醐天皇御令召请,梦窗疏石称病做偈婉拒,但不得已于同年夏天过甲州(石川县南部),经山道返回旧居虎溪庵,随后与元翁和尚一起返回京都,梦窗疏石的圣胎长养期(去京都官寺生活之前的山居时代)也到此结束,庵居时代的生活也随之画上了句号。关于梦窗所造庵的名称及保存现状如下表所示:

庵名	年代	所在地	现状	座禅石(窟)
庵①※	嘉元元年	陆奥白鸟乡	无	?
庵②※	嘉元二年	内草山	无	?
庵③※	嘉元三年	臼庭	无	有
龙山庵	应长元年	甲斐笛吹川	存在(今惠林寺)	?
古溪庵	正和二年	美浓长濑山古溪山	存在(今永保寺)	有
庵⑥※	正和五年	清水寺	无	?
大包庵	正和五年	古溪庵旁边	无	?
汲江庵	文保二年	土佐	庵已不存在,但留有遗物	有

续表

庵名	年代	所在地	现　状	座禅石（窟）
泊船庵	元应元年	相州三浦横洲	现为美军造船所	有
退耕庵	元亨二年	上总千町庄	无	有
南芳庵	嘉历元年	镰仓永福寺附近	无	?

注：①—⑥的庵名已无从考证。

从上表中草庵的所在地可以看出梦窗疏石庵居时代的庭园大多建于山间僻地，且布局简陋，样式单一。其特征是具有坐禅石或坐禅窟，但能够遥望富士山成为其造园之首选。瀑布溪流、近海等良好的自然景观使坐禅者达到悟的境界，把修禅和欣赏自然合二为一，为后期建造枯山水式庭园提供了直接和丰富的素材。元亨五年（1325）离开退耕庵，庵居时代也随之结束。

梦窗疏石的造园开始进入"亭居"时代。在亭居时代，梦窗疏石被召请入住京都官家禅寺，但是因常年的隐居生活已成习惯，入寺不久就决意离开回到镰仓，于嘉历元年（1326）在镰仓永福寺附近建造南芳庵，开始隐居修禅。《梦窗国师语录》记载："嘉历二年（1327）二月，平公（北条高时）又以净智固请，不可免。勉强应之。过夏勇退归南芳。八月移居锦屏山瑞泉寺兰若"。应镰仓幕府北条高时的邀请入净智寺一年，又返回南芳庵修行，后移居锦屏山，开创瑞泉寺，梦窗疏石开始在自然风景之地及靠近幕府的附近建造新式样的庭园。"师在瑞泉是岁造观音堂，又于绝顶处构建亭名曰偏界一览"，此亭作为五山禅僧们诗文唱和之地，促进中世汉文学空前繁盛，最多时唱和僧人达到一百三十三人，并把这些唱和诗文编撰成册为《偏界一览亭记》①。玉村竹二关于"偏界一览亭"有这样描述："翌年（1328），在瑞泉寺内营造观音堂，于后山绝顶之处修建偏界一览亭，常举行诗会，集天下名衲于一堂。从此时开始，梦窗对庭园的爱好就更加明显"②。瑞泉寺内建有庭园，1970年开始历时

---

① 原文为日文，笔者译。《偏界一览亭》，南禅寺天授院所藏。
② 原文为日文，笔者译。玉村竹二：《夢窓》，平楽寺書店，サーラ叢書10，1958年，第52页。

两年的发掘,由天女洞、坐禅洞和贮清池构成的庭园终于为人们所知。庭园历来受到日本文人的喜爱,在庭园中赏景并吟唱诗文促进中世庭园文学的发展。岛内裕子认为:"室町时代的文人以其住居和庭园空间为自己的理想住所,草庵也好,极致的庭园也罢,对他们来说都同样包含着美的要素。"① 作为诗会唱和之地的偏界一览亭享有盛誉,活跃于五山文学后期的文笔僧万里集九探访一览亭后在诗集《梅花无尽藏》中这样描述:"残础纵横、亭子无存、枝繁林茂、四面风致"。瑞泉寺的造园成为梦窗庵居时代的归结点以及京都官寺生活的出发点,也可以说是其造园的转换期。

正庆二年(1333)八月,五十九岁的梦窗疏石应后醍醐天皇的召请上京,直到圆寂再未离开京都一步。因对故乡的思念和对游历参禅生活的眷恋,过着官寺参禅生活的梦窗开始着手在京都构建自己的庭园世界。青年时代的经历给梦窗疏石提供了丰富的素材,他把记忆中的风景融入到造园中,在京都营造自己的精神寄托之所,先后开创了临川寺、西芳寺、天龙寺等深邃静寂的禅式庭园。

在梦窗疏石的造园中,枯山水庭园是其造园形式发展的一个重要方面。在无形中表现有形,在无声中表现有声,看似只有白沙、石子和石组的庭园,其实是把自然景观微缩化的一种造园手法。在静谧、深邃的禅宗寺院,运用白沙石等既能让人产生奇妙的想象力,又可以表达深奥的禅宗道义,这是日本的造园形式发展到中世社会所特有的现象之一。十三世纪,禅宗在日本流行,人们摒弃平安时代以来的池泉式庭园,开始构思用沙石、苔藓等元素来表现自然界山水的枯山水庭园。另外,除故乡的风景之外,对梦窗疏石开创的禅寺枯山水庭园产生巨大影响还有当时的中国山水画等。随着元日贸易的兴盛,日本开始大量输入中国的山水画。善画者善园,善园者善画,古人创造山水,则出现了山水园林,两者可谓一脉相承,体现了天人合一的自然观。正如相贺彻夫指出的那样:"枯山水是庭园中被立体化的山水画,或者相反,山水画是枯山水的平面化,都是不太正确的说法。"② 云游僧时代体验日本各地的山水,在

---

① 原文为日文,笔者译。岛内裕子:《日本文学における住まい》,放送大学教育振兴会,2004年。

② 原文为日文,笔者译。相賀徹夫:《探访日本の庭》,小学馆,1978年,第39页。

结束修行入住禅寺后，又把自然界的山水搬入寺院，建造山水庭园，这恐怕是梦窗疏石在造园时期的重要任务之一。《作庭记》中有关于枯山水的记载："于无石无水之处立石，此为枯山水也。"所谓造庭即是"立石"，但木村三郎指出："梦窗的造园却不同于《作庭记》中的枯山水，梦窗的'假山水'是从自然中抽象化、象征化的人为的假山水，而有别于《作庭记》中的自然本身无水式的假山水。"① 梦窗一生中如影子般跟随着他的佛德和尚元翁本元则在《雨中对假山怀念梦窗和尚》中写道："丝丝春雨织人愁，滴滴四檐晚未休。遗吾佛法无多子，大小石头水韵幽。"看到梦窗假山水的庭园作品，缅怀好友梦窗和尚。园林研究界普遍认为尽管枯山水一词最早出现在《作庭记》中，但作为一种园林的形式得以流传始于梦窗疏石创造的西芳寺庭园。

梦窗疏石的造园在表现形式上，从初期的造"庵"到中期的造"亭"，再到后期的造"庭"，直到枯山水庭园；在样式的思想表达上，由初期的简陋到中期的朴实，再到后期的静寂闲雅；在建园的区位选择上，从最初的山间僻地到逐渐转移到距离幕府较近的地方，直到室町幕府的中心地京都，梦窗完成了造园样式的转变，开拓了其独特的禅式庭园。透过造园样式的转变来表达对禅宗思想和文化的追求，为中世禅式庭园的形成奠定了基础，有力地促进镰仓、室町时期文化的发展。

四　庭园主题的表现

（一）石与石组

石开始进入庭园始于中国汉代，而作为一种鉴赏文化成熟于唐宋时代。之后，讴歌石的诗人、文人也逐渐增多，比如白居易（772—846）偏爱石，著有《双石》、《太湖石》、《莲石》、《问友琴石》等咏石诗多篇。同时代的宰相牛僧儒（780—848）也酷爱收集石头，但凡见嘉木怪石皆搬运置于家中。据《画史》② 记载，爱石如癖的米芾（1051—1107）视石头如兄弟敬爱之。在当时的赏石文化中尤以太湖石为最，以其"瘦、

---

① 原文为日文，笔者译。木村三郎《枯山水論の行き方》，《造園雑誌》第49期5号，2008年。
② 米芾：《御苑赏石》，香港三联书店，2000年，第263页。

漏、皱、透"的审美特点受到时人的赞赏。在日本，造园用石可以追溯到飞鸟时代的推古天皇二十年（612）年，据《日本书纪》① 记载，百济归化人路子工在小垦田（奈良县明日香村）的南庭建造须弥山石和吴桥。到了室町时代，虽有金阁寺的九山八海的"太湖石"，但日本庭园却以沉稳的青石居多，岛津光夫指出这是日本庭院石组的一大特色②。

石作为庭园不可或缺的要素，在造园中起着很重要的作用。石被认为是日本庭园，尤其是中世庭园的象征。石与石的组合，体现了庭园的审美意识以及造园者的独具匠心。从日本的造园史来看，梦窗疏石的造园是日本造园史上的转折时期，日本中世开始进入武士社会，造园也从平安时代的"寝殿造"（多为宫廷贵族居住的房屋）发展到室町时代的"武家造"（武士居住的房屋）。另一方面，带有浓厚的宋代文化色彩的寺院建筑即禅院式建筑也逐渐传入日本，受到欢迎。尤其是随着荣西③、道元禅师把中国禅带入日本之后，很快受到幕府的支持和民众的欢迎。禅文化影响日本社会生活的很多方面，这时期的造园也随之发生了一些变化，庭园研究者西村贞认为："开始从刚健简朴、大和绘式庭趣转变到重视写意、象征式的庭园，逐渐对石组之庭产生了浓厚的兴趣。"④

水尾比吕志在《石组与石庭》⑤ 中指出日本庭园的最大特质和魅力在于庭园石的布局。石与石组对于梦窗来说是独特的存在，石与石的布局和构成，以及与周围的水和树等自然景致相融合，更增添了庭园的魅力。游览梦窗庭园给人印象深刻的莫过于石与石组的布局和配合。梦窗主张"草木国土，悉皆成佛"，自然界的一切事物皆是神灵的委托，是人类应该崇拜的对象，尤其是石组更是表达石头灵性所在。

西芳寺的枯山水是西芳寺的压轴之作，是日本庭园史上第一个石庭作品，被誉为"日本园林中的白眉"，1339 年由梦窗疏石建造。其上部的

---

① 原文为日文，笔者译。坂本太郎（ほか）校注《日本書記》，日本古典文学大系，岩波书店，1965 年，第 67—68 页。
② 原文为日文，笔者译。岛津光夫：《日本の石の文化》，新人物往来社，2007 年，第 123 页。
③ 日本临济宗开山祖师，号叶上房，字明庵。仁安三年入宋僧。接受将军皈依，创立寿福寺。
④ 原文为日文，笔者译。《禅文化》，禅文化研究所第 12—13 号，第 100 页。
⑤ 原文为日文，笔者译。重森完途：《探訪日本の庭》七，小学馆，1978 年。

枯山水被认为是中世枯山水的发端，其奥妙之处在于石组的布置，由坐禅石、须弥山、龙渊石组、龟岛、鹤岛等兼备的蓬莱石组构成。西芳寺的石组强调大和绘画之美，重森完途认为："西芳寺枯瀑石组匠心独运，遒劲美丽。三尊石组的连续变化巧妙地运用了石组布局的手法。"西芳寺的石组给后世庭园尤其是禅宗庭园很深的影响，著名的大仙院、龙安寺等都是在其影响下而建造的，康永四年（1345）建造的天龙寺庭园也同样把石组的魅力表现得淋漓尽致。另外，"龙门瀑"和"鲤鱼石"等都是其庭园的主要存在，东光寺和天龙寺的鲤鱼石皆为其代表。这里的"龙门瀑"是借用中国的典故，龙门瀑布原本是中国陕西省与山西省交界处的一处瀑布，以处在黄河中游险滩而著名。宋代学者陆佃在《埤雅·释鱼》中提到："俗说鱼跃龙门，过而为龙，唯鲤或然。"鲤鱼为鱼中最为能跳跃者，在枯山水中，瀑布下面置一石，故名鲤鱼石，成为庭园景观之一。西村贞指出："山岳对峙成门口，传说鲤、鳖、虾、蟹等越过瀑布则成龙飞天，这个典故经常被用在庭园中，尤以室町时代禅式庭园为盛。"① 梦窗是中世庭园的先驱者，《西芳寺缘起》中这样记载："国师天性喜假山水，岛屿洲崎之地，所宜之地建造佛龛，其间布以奇石怪树，把九山八海移入人世间云云。"西芳寺的石组、天龙寺的石组都是其枯山水的体现，这些石与石组的巧妙组合也是梦窗庭园的特色之一。

另外，石与石组的思想表达投射在三个方面：首先，石组和神仙思想有着紧密联系。梦窗疏石的汉诗文中频繁使用"龟石"、"鹤石"、"仙境"、"仙石"、"仙人"等词语，从中可以看出他把对神仙思想的追求寄托于石组当中。神仙思想经百济传入日本，对飞鸟、奈良时代的造园产生很大的影响。龟鹤思想是蓬莱神仙思想的代名词。作为对石的热爱，梦窗疏石在全国十多处造园中均有布置，乘龟鹤升天可以说是梦窗造园思想的表现之一。齐藤忠一指出："即使庭园整体不是以蓬莱神仙思想为主题，庭园中也会布局此种石组"②。使用大小相异的石头，组成龟鹤形状置于园中，表达"吉祥"、"长寿"之意。另外，从梦窗的文章和汉诗

---

① 原文为日文，笔者译。西村貞：《夢窓国師の煙霞癖と假山水》《禅文学》第12·13号，第9页。

② 原文为日文，笔者译。齊藤忠一：《日本の庭——石組に見る日本庭園史》，東京堂出版，1999年。

文中也可以看出他的这种思想。如《雪溪》中："片片纷飞非别处，冰花影里水光清。寒流激出广长舌，换得石鸟龟睡惊"①，水从高处落下拍打在石面上，呼唤着"石鸟龟"，这里梦窗把自己比作"石鸟龟"，自己作为禅僧，什么时候才能领悟禅的真谛呢？梦窗对神仙思想的执着程度已无法判断，但至少他在造园时就已经把这种思想充分融入其中了。其次，龟鹤思想带有长生不老的道教思想，具有超级旺盛的生命力，与蓬莱神仙思想有着密切的联系。《汉书》（郊祀志下）汉武帝的典故中有："公元前一世纪在上林苑凿池为太液池，池中有蓬莱方丈瀛洲壹梁，象海中神仙龟鱼。"另外，梦窗在偈语《月山》之中这样描述道："光境忘时光境现，巍々擎出广寒宫。一回亲到最高顶，物外何妨有路通。"登上月山如入广寒宫仙境一般，忘却人间光景，体悟"物我超然"的最高境界。神仙思想认为动物有龟鹤、植物有松柏都是长命，把这些长命要素移入庭园，成为丰富庭园内容和思想的又一手段。最后，用石组来表现历史典故是梦窗庭园的另一特色。在热心求道的青年时期，梦窗参加渡日高僧一山一宁门下的选拔考试取得第二名。与清拙正澄、名极楚俊等进行诗文唱和，虽然没有到中国游历，但从这些入宋僧、入元僧那里汲取知识，同时也加深了其禅学造诣。西芳寺的坐禅石就描述了这样一个故事，因不曾渡海的梦窗憧憬唐代禅僧亮座主，建造庭园时就把亮座主的典故用枯山水的石庭表现了出来。亮座主精通佛典讲义，参禅于江西省马祖道一，与之问答后便隐居洪州西山。四百年后的北宋正和年间（1111—1118）有僧人去洪州西山朝拜，山林深处一老者安坐大磐石上，白眉白发，姿态古朴，让人想起唐代亮座主。基于此典故，梦窗把寺名改为西芳寺，寺内草庵命名指东庵，枯山水瀑布石组命名为洪隐山。另外，同寺的湘南亭和潭北庭等出自于《碧岩录》十八则南阳慧忠弟子耽源的偈语"湘之南、潭之北，中有黄金充一国。无影树下合同船，琉璃殿上无知识"。黄金池、无影塔、合同船、琉璃殿等也都出自这个典故。

"纤尘不立峰峦峙，涓滴无存涧瀑流。一再风前明月夜，个中人作个中游"，从梦窗的《假山水》偈颂中可以感知高耸入云的山脉，不沾染一

---

① 夢窓疎石：《夢窓国師語録》，天龍寺開創650年記念版，1989年。

粒尘土，虽无水流却能听见山谷瀑布之音。一时风起明月夜，体悟出佛法道理者则自由徜徉在其道法中。不用水，仅用石组就能表现出水流之感，是梦窗庭园的独具匠心之处。静中有动，动中有静。用石组表现动的瀑布，以白沙做水，在有限的空间里，表达无限深邃的深山幽谷和广袤大海，可以说是梦窗庭园的一大特色。

一块石是自然化身的同时又是自然本身，作为庭园重要要素存在的石和石组是日本庭园的最大特质和魅力所在。从梦窗开始的中世庭园陆续开始出现石庭，以西芳寺为蓝本，融合池泉和枯山水而建造的有山口市的常荣庭园、益田市的万福寺庭园、三重县的北畠国司馆迹庭园，只取枯山水而建造的庭园有大仙院、龙安寺等。

(二) 烟霞与山水

烟霞和山水是梦窗疏石庭园中非常重要的两个存在，此处的"烟霞"一词出自梦窗疏石的"烟霞之志，并非出世之愿"①。这是梦窗疏石与足利直义进行禅问答时，为表达对造园的热爱之意而说的一句话。烟霞弥漫之境为梦窗建造禅意深邃的庭园提供了间接的意境空间，"烟霞之痼疾、泉石之膏肓"，对于梦窗疏石来说，烟霞即山水、自然。把自然、山水移入狭小的庭园空间，营造坐禅空间，这或许是"烟霞"一词真正意义所在。由此可以推知烟霞之事从某种程度来说即是造园之事。"山水"一词源于"山水无得失，得失在人心"，这里的山水即造园之事。不计得失利益，如何把山水移植于坐禅修行的空间这一问题，梦窗疏石足足思考了一生。"山河、大地、森罗万象悉是自己。若能得此旨则工夫之外万事无。于工夫之中着衣、食饭、工夫之中行住坐卧，工夫之中见闻觉知，工夫之中喜怒哀乐，若能这样则是于工夫之中万事俱成之人。这也即是无工夫的工夫，无用心的用心。这样用心之人忆忘我之工夫，寤寐亦不相隔"②，由此，梦窗疏石于其前半生，东到房总（千叶县），西至土佐（高知县），遍历日本各地烟霞、山水、自然，并营造"庵、亭、庭"的坐禅空间的造园生活也就不难理解了。梦窗疏石从大自然中汲取养分，在修禅与造园中自由自在地度过了自己长养圣胎时期，到了人生的后半

---

① 原文为日文，笔者译。夢窓疎石：《夢中問答集》，川瀬一馬校注，講談社，2000 年。
② 同上，第 56 问。

期，生活在权势之地的京都，先后建造西芳寺、临川寺、大龙寺等，虽身在官寺但不改喜爱烟霞与山水之初心，在政治的中心地营造庭园作为自己精神寄托的空间。

元应元年（1319），应镰仓幕府执权北条高时的母亲觉海圆成尼夫人的召请，梦窗疏石从土佐移居镰仓，并受到镰仓幕府的厚待，但同年夏天，暂住胜荣寺的梦窗辞去那须云岩寺的入寺之邀，来到相州（神奈川县）三浦，在横须贺建造泊船庵并闲居与此。元应二年（1320），圆觉寺灵山道隐和尚（1255—1325 宋朝杭州人，渡日僧人）造访泊船庵时，梦窗作偈语诗文婉拒灵山和尚的邀请。"世上浮荣属贵家，穷栖赢得饱烟霞。春光今日添和气，海岸枯椿也放花。"在此饱览烟霞的梦窗，远离出世入世的俗念，在这枯海岸边体悟禅的真谛。前句中的"贵家"、"饱烟霞"等词指道隐和尚及其背后的镰仓幕府，也暗示自己不愿亲近权贵之意。梦窗用"世上浮荣属贵家"一语道出哪怕是在隐居地过着穷困潦倒的隐居生活，也不愿去依附于已经失去人心的镰仓幕府。烟霞是自然之物，天晴之时，从相州泊船庵的海面蒸发出的水蒸气，与落日的余晖融合在一起，宛如自己故乡富士山上的雾霭。到了春天，春光更是增添柔和，水天相融，哪怕是海岸的枯椿也会绽放出美丽的花朵。另外，"融风煦旺添和气，枯木阴崖也着花。欲问空生坐何处，烟霞影里路千差。"表达了梦窗避开喧嚣之地闲居修行的内心。

无论是水天相容产生的烟霞，还是山间袅袅升起的烟霞，对于梦窗来说都是山水景致，一切都是那样的美好，由此可知，梦窗的修行地也一定是自然风景之地。偈颂里面频频出现的"云"、"烟霞"、"云雾"、"雾"等词语无一不代表自然风景之地的共性，袅袅烟霞和水的雾霭形成的朦胧景色，使坐禅之人陷入冥想与沉思，梦窗疏石的烟霞之志也可窥探一斑。又如"烟霞、烟水、云、烟雾、雾、云雾、翠霭"等词语的频繁出现，尤其是"烟霞"和"云"等词语更是频频被用在诗文当中。分析这些用语，都带有漂泊、不安定的色彩，而这正是梦窗前半生生活的写照。无论是前半生的山间隐居生活，还是后半生的官寺造园生活，离开了"烟霞之志"也就无从谈起了。因此，烟霞即是自然。梦窗把这些都融入自己的庭园，在庭园玩味其所热爱的寂静的山水，远离喧嚣尘世，隐居山水之间便是其"烟霞之志"的真谛所在吧。

到了五山文化时代,"山水"一词与坐禅联系在一起并被赋予更深的涵义。梦窗提倡:"山水无得失,真正的得失在于人心",即是说人之所得即为人之所失,梦窗疏石把人心、得失与山水结合在一起,把这种"山水"思想融入日常修行与坐禅生活当中并体味其中的奥妙。后来他对足利直义将军说"对山水要时常觉醒,这样才会更有利于修行",这应该是梦窗疏石在造园中体味出来的心得之一吧。

山水体现着梦窗疏石造园理念的同时又深化了与坐禅的联系,"…(前略)若相信山河大地,草木瓦石皆是自己的本分,一旦爱上山水,与世情相似,不久就会把这些当作求道之心,也有把这些世情转化为'泉石草木'四气之人,若能做到这样,那么就能够成为爱好山水的楷模。"① 梦窗疏石在《梦中问答集》第五十七问中通过在庭园中表现山水、泉石,把自己融入其中,身在其中并体味冥想悟道之趣。这种给予当时的人们的新鲜的视觉、心灵的触动是中世室町时代禅式庭园最初产生时的力量源泉。元德二年(1330),梦窗再次返回甲斐(山梨县)开创惠林寺,"青山几度变黄山,浮世纷纷总不干。眼里有尘三界窄,心头无事一床宽",重新回顾自己前半生游走不定的生活,世事变迁,只有内心的安宁、胸怀的开阔才能体会天地的无比宽阔。可以说这一时期是梦窗"山水"意识的萌发期,深思人生后半期的官寺生活,晚年在京都松尾山麓建造西芳寺正是梦窗疏石这一意识的真正实践。西芳寺内励精亭的石碑上刻着"仁人自是爱山静,智者天然乐水清"的诗句正是梦窗疏石的山水思想写照,借用孔子言行"智者乐水,仁者乐山;智者动,仁者静"来表达自己对山水的热爱。梦窗把"仁者乐山、智者乐水"这一造园思想和中国儒家思想中文人的造园思想融合到一起,把"仁山、智水"移植到自己的庭园,并把参禅悟道依托于"仁山、智水",从而开辟了一种新的庭园样式——禅庭。

住田良仁指出,梦窗对"山水"的爱好分为两种类型,一种是远离人寰的幽邃之地的山水,另一种是俗世中的山水②。分析梦窗疏石的山水

---

① 原文为日文,笔者译。夢窓疎石:《夢中問答集》第57问,川瀬一马校注,講談社,2000年。

② 原文为日文,笔者译。仁田良仁:《山水庭園の思想背景》,北海道東海大学芸術工学纪要第15号,第67页。

可以看出：梦窗的第一种山水是他壮年时期所经历和歌颂的山水，是自然的山水，而第二种是晚年时期在京洛一带官寺生活时经造园师创造的山水。结合梦窗疏石造园的时期即山间僻地的"庵"、与自然融为一体的"亭"、禅意深邃幽静的"庭"以及枯山水，可以把梦窗的山水思想分为四种形式：第一，山间僻地的山水；第二，幕府权利附近的山水；第三，政权中心地造园师创造的山水；第四，枯山水。其造园技艺随着山水形式的变化得到精进，参禅求道也随着山水内容的变化加深。"彼梦窗国师通晓四海知识，受到当时天下大人景仰，举世崇奉，难于言表。听闻富贵、柔阔柔廉，不屑一顾。尤喜讽咏，以其之风趣讥讽公门之事。但凡各有道之师。言语道断，位列五山第二位，喜玩风水怪石，其志悠悠闲然也。"日本战国时代末期的说话集《开山和尚被飨应于梦窗国师事》①中也有关于梦窗疏石爱好山水的记载。

石与石组、烟霞、山水、自然等构成了梦窗疏石庭园的主题存在，这些布局与自然相和谐，使人怡然自得、神静自然，再加上亭桥、禅院等寺院建筑使观赏者达到一种幽玄、深邃的禅境。坐禅时的梦窗疏石与自然静默相待，顿悟佛国禅师的"我宗无语句，亦无一法与人"的公案道理，为造园提供难以言传的禅境之余，又为日本中世文化的审美意识和审美情趣带来很大的影响。

五　造园思想——禅与隐逸

梦窗疏石的造园形态多样，内容丰富，融合其隐逸志趣，形成了中世独特的庭园，与禅宗思想的结合又孕育了禅式庭园，并使其所造庭园产生新的灵魂。禅与庭园的关系是研究禅式庭园的重要内容之一。禅宗通过庭园的构成要素和庭园意境的两个方面影响着造园活动。而梦窗疏石的禅式庭园正是在禅的"空寂"思想下产生的，主要表现为"闲寂"、"幽邃"、"枯淡"的意境。梦窗疏石庭园的出现是庭园发展到这个时代的产物，也是中世审美意识形成的基础，中世建筑、书法、茶道、能等艺术深受其影响并自成一格，造就了日本独特的文化。

---

① 原文为日文，笔者译。近藤瓶城编：《纂録类》卷2，临川书店，1983年，第25页。

十二世纪，荣西把禅传入日本，这种不同于既往佛教的教义迎合了新兴武士阶层的精神需求，得到镰仓幕府的保护和支持，迅速发展成当时的主流文化，形成了历史上的五山禅文化时代，影响了日本社会生活的诸多方面。从草木、山川、岩石等自然物之中体悟佛性的修行方式逐渐被认可，僧侣们由此开始了山中坐禅，并从自然中体悟禅意的坐禅方式。梦窗疏石在五十岁之前选择自然丰富、风光明媚之地修行，以独自静修的方式隐遁生活，与自然共生。禅庭又称禅院、禅园，是禅僧心灵栖息的空间，在方尺之地展现天地的浩然，带有一花一世界、一叶一如来的禅韵。唐代诗人孟浩然在《腊月八日于剡县石城寺礼拜》诗中写道："竹柏禅庭古，楼台世界稀。"在古禅庭的松竹柏等林荫下，禅僧能感受到大千世界的生生灭没，无有往常。禅注重内心的体悟，注重象喻，追求言外之意，这对庭园的创作和欣赏都具有很大的启发性。禅对庭园的浸润表现在以禅入庭，也就是把禅意引入庭园。在梦窗疏石的手下，禅与庭园结下了不解之缘。值得重视的是梦窗把禅意融化在庭园的造园形式中，他并没有刻意地去谈禅，但是却在庭园景物的布局和主题的设计等方面流露出深深的禅味。世间万物都是在不断变化，禅宗思想中万物本性皆为空，"无"即是真如本性，这种空寂的思想被运用在庭园中，通过岩石、白砂等抽象地表达空寂、静谧的境界，自然流露出浓浓的冥想和禅机。如果说梦窗疏石初期建造的庵和亭是其枯禅代表的话，那么后期在京都建造的庭园更是修禅造园境界的升华，这一时期所建造的庭园也使"空、静、寂"的审美内涵得以集中体现并臻于成熟。梦窗把禅和庭园巧妙地融为一体，开创了日本"禅学的枯山水[①]"时代，开拓了禅式庭园。

以禅入诗、以诗颂庭也是梦窗疏石造园中的特点之一，从最初的"来从万水千山外，又向千山万水归"到"天河激出人间瀑，浩浩寒声响碧空"。诗文的变化可以反映梦窗内心的变化，即从踏遍万水千山的行脚僧转而成为通晓禅机的高僧。结束山间僻地云游入住瑞泉寺以来，在权力和自然的中间寻求修行僧的安宁，开辟梦窗疏石庭园的雏形。在这别

---

① 原文为日文，笔者译。枡野俊明：《夢窓疎石 日本庭園を極めた禅僧》，日本放送出版协会，2005年，第229页。

样的天地感叹"到此人々眼皮绽，河沙风物我焉廋。"把自己囿固在这尺地，逐渐缩小自己的存在，表达"如和沙风物"般的内心世界。开阔的视野和魅力的景致治愈了梦窗的心灵，在山顶一览亭里体悟禅宗的道义。禅宗以寻求内心顿悟为教谕，内心是宇宙乃至整个世界的中心，《坛经》中这样记载："闻其顿教，不假外修，但于自心，令自本性常起正见。"①但对于梦窗来说，始终贯彻禅宗的"不立文字，教外别传。直指人心，见性成佛"的教义，把修建庭园作为禅宗的造型艺术并使其发扬光大，建造道场，开悟道理，主张"明心见性"禅的宗旨，并通过自己造园的实践活动实现自我开悟的境界，主张教禅一致的梦窗通过建造坐禅的空间实现了对禅宗的顿悟。惠林寺是梦窗造园的出发点，但禅机、禅味浓厚的庭园是其晚年在室町幕府中心地京都构筑的西芳寺和天龙寺，梦窗疏石把自己的人间形象融入庭园，达到禅、庭、僧三位一体。

造园是梦窗疏石隐逸生活的载体，其活动内容主要表现在青年时代隐居山林专修枯禅，壮年时期云游各地直到歇脚于镰仓市郊的瑞泉寺，再到晚年隐居在京都西山脚下的天龙寺为止。这种寺院隐居生活对梦窗疏石的造园活动产生了很大的影响，可以说隐逸是伴随梦窗造园的一个灵魂。梦窗疏石数次婉拒幕府权力者之邀隐居山野，于风光明媚之地隐居修禅，隐逸之趣也显而易见。隐逸思想盛行于中国晋代，晋代诗人王康居的《反招隐》"小隐隐陵薮，大隐隐朝市"②中关于"大隐"、"小隐"作了详细的论述。隐逸思想也较早地传入日本，日本最早的汉诗集《怀风藻》有关于"大隐何必觅仙场"的记载。东传日本的隐逸思想，在社会激烈变动时期受到日本社会的欢迎和重视，并于平安时代末期与佛教出家思想相结合，这种结合给日本的政治和社会带来很大的影响。

造园建筑和园内景致命名彰显浓厚的隐逸之风。梦窗疏石通过园林及其景致的命名表达自己的隐逸之心，有西芳寺庭园的上部洪隐山石组，以及寺内的景致湘南亭、潭北亭、指东庵等。《碧岩录》第十八则中有"无影树下合同船，琉璃殿上无知识"之句，是六祖慧能的弟子南阳慧忠国师与当时皇帝的禅问答。慧忠国师安史之乱之后曾隐居山林。从梦窗

---

① 原文为日文，笔者译。柳田聖山責任编集：《壇経》，中央公論社，1978年，第69页。
② 原文为日文，笔者译。内田泉之助等著：《文選》上，明治書院，1963年。

疏石对寺内景致的命名上可以看出他对这位归隐的唐朝国师的敬仰，正是这种敬仰形成了梦窗疏石的隐逸情结。另外，造园的风格散发着隐逸文化之清雅、幽玄和静寂的韵味，造园者以此构筑自己的精神世界，在此讲经著述、研读禅理等。主要表现在建筑物的宁静自然、装修陈设雅致朴素，摈弃过分雕琢等方面。同时，隐逸思想也影响着梦窗疏石的造园，无论从造园的选址上，还是造园的形式与内容上，无不显示这种隐逸之趣给梦窗疏石带来的影响。

梦窗疏石善用竹、石、松、梅等自然元素来表达对隐逸的向往之情，而这些恰好构成了庭园造境的主要元素。"竹屋"、"竹竿"、"竹庭"、"竹篦"、"松"等词在其诗文中经常出现，由此可知以物比德是梦窗疏石造园又一大特色。从"竹有上下节，松无古今色"可以看出梦窗疏石在庭园建造中求真、澹心、静观自得，以此来表达自己不落俗世的追求。"三曲两斜排砌下，年年添得一丛林。香严击碎大千界，此地依然锁翠云。"《竹庭》一诗讴歌了排在砌下的三曲两斜的竹林，年年发的新竹为竹林添得生机，也为禅林带来新的思想，随着岁月的变迁，新芽越发浓绿。诗中出现的竹庭所在地今天已无从考证，但其对竹子的情感却可以体味到。梦窗题竹诗在《题友云庵壁》里也有出现，"洞僻严深书若曛，一间竹屋半容云。单丁自有单丁乐，不羡圣贤来做群。"哪怕是孤独一人，也不会去羡慕圣贤，因为能住在这样的竹屋便是生活的一大乐趣了，此诗淋漓尽致地展露了梦窗疏石当时闲适自得的心境。梦窗弟子义堂周信（1235—1288）在《空华集》中这样记录梦窗爱竹的心情："临川寺方丈东轩，先正觉国师，尝手植竹者数十棵。"

另外，从梦窗疏石对白居易诗文和白园的热爱也可看出其隐逸之趣的变化。《梦中问答集》中有"世间喜好山水之人，如同于白乐天之意，实则是不同于俗世之人"[①]，白居易的那种闲适自得、亲近自然的境界，对梦窗疏石产生很大的影响。如《长安闲居》"风竹松烟昼掩关，意中长似在深山。无人不怪长安住，何独朝朝暮暮闲"。诗中的竹、松、山、石等物化了的自然都在梦窗疏石的庭园中得到呈现，尤其是其晚年的西芳寺更可以看作是受到白居易影响的集中体现。白居易在《池上竹下作》

---

① 原文为日文，笔者译。梦窗疎石：《梦中问答集》，川濑一马校注，讲谈社，2000年。

中把水和竹当作隐居的象征，掘池植竹，脱离俗世的喧嚣，"十亩之宅，五亩之园。有水一池，有竹千竿"，便是最好的表达。梦窗向往白居易式的"以水为师，以竹为友"的悠然自得的闲居生活，他在《梦中问答集》中这样写道："白乐天掘小池，喜好在池边植竹。并有诗云'竹解心虚为吾友，水能性淡为吾师'"。梦窗疏石以此文表达对白居易造园的敬意。白居易的"中隐"思想广受日本文人阶层的喜爱，兼顾'仕'和'隐'的中间状态的隐逸生活正是白居易所追求的隐逸生活状态，即生活在穷困、通达与富贵、贫贱之间的"半隐半俗"式的生活。考察梦窗疏石的庭园作品，不论是山间僻地的前期的"庵"，还是和大自然融为一体的"亭"，再到禅意深邃的"庭"及其枯山水，虽然庭园样式各有差异，但都是梦窗这种隐居思想的体现，可以说造园形式的变化和梦窗的隐逸方式的变化具有同一性。

另外，禅宗的产生本身就与隐逸有着紧密的联系。北宋灭掉南朝，发起废佛运动，迫使僧侣还俗，焚烧寺院庙宇以及佛典，不少僧侣拒绝还俗而投入山林，开始在山林、树下、石上的念佛。禅宗主张"不立文字"、"直指人心"，不用语言文字，不拘泥于经典，重视通过人与人的直接接触，从直感上传授参禅悟道的境界，达到自身的成佛。僧侣们由此开始了山中坐禅，从自然中体悟禅意。作为隐遁的精神寄托地的狭小空间，庭园是禅僧们修行的最佳场所之一。梦窗坐禅的场所，最初是在山间僻地的草庵或坐禅窟、坐禅石等地方。随着对禅认识的深化，开始追求幽玄的庭园作为自己的坐禅场所，在这一过程中，数次拒绝当权者的邀请，逃入山林独自修行，梦窗疏石这种生活方式为他的山水趣味和造庭情趣的形成奠定了基础，成为支持其造园的力量之源。从"庵"到"亭"，再从"亭"到"庭"样式的变化中可以清晰地了解梦窗修禅心境的变化轨迹，即从最初的山间僻地的隐居生活到逐渐接近政治权利中心的官寺生活，直到人生的最后十七年没有离开京都官寺而进行造园修行。从梦窗生活的变化轨迹可以看出他的隐逸趣味也在随着造园的变化而变化，从山间僻地到政治权利中心，也即前文提到的由小隐到中隐再到大隐的整个过程的转变。

结　语

从山间僻地的枯禅到京城被洗练的官寺禅，梦窗疏石完成了禅宗的日本化，在中世文化的发展过程中，把起源于中华文化的山水庭园运用到造园活动中，梦窗结合自己的生活体验，为表现性、思想性极高的中世庭园的形成和发展贡献了自己的力量。倾心于宗教经典的梦窗把造园作为坐禅的手段，并把禅宗的教义巧妙地融合在造园之中，留给世人很多静谧而又富含禅意的庭园作品。

从最初的山间僻地的"庵"，到镰仓幕府附近的"亭"，再到室町幕府中心的"庭"，直至枯山水形式的完成，梦窗开辟了日本庭园的新时代，创立了新形式的禅式园林枯山水，完成了作为庭园设计者的使命。庭园是参禅悟道、思想修行的场所，禅与庭园的融合极大地丰富了五山文化的内容，也促使"空寂"、"枯淡"、"无相"等中世审美意识的形成，并经五山禅僧们之手达到兴盛。梦窗疏石把禅思想融入造园，提高庭园文化的精神性，完成了日本独特的中世禅式庭园，奠定了禅式庭园诞生的基石，被誉为日本庭园发展史上的中兴之祖、中世文化的奠基人。

参考文献
1. 禅文化研究所編，（1989），《夢窓国師語録》，大本山天竜寺，天竜寺僧堂。
2. 島津光夫，（2007），《日本の石文化》，新人物往来社。
3. 枡野俊一，（2005），《夢窓疎石　日本庭園を極めた禅僧》，日本放送出版協会。
4. 夢窓疎石、川瀬一馬校注，（2000）《夢中問答集》，講談社。
5. 安良岡康作，（1959），《五山文学》，岩波書店。
6. 柳田聖山，（1977），《夢窓》，講談社。
7. 蔭木英雄，（1994），《中世林詩史》，笠間書院。
8. 金子裕之，（2002），《古代庭園の思想　神仙世界への憧憬》，角川書店。
9. 相賀徹夫，（1978），《探訪日本の庭》，小学館。
10. 入矢義高校注，（1990），《五山文学集》，新日本古典文学大系。
11. 齊藤忠一，（1999），《日本の庭——石組に見る日本庭園史》東京堂出版。
12. 植田重雄，（1958），《夢窓国師の文芸》，早稲田商学，通号

(133)，NO. 1。

13. 大森忠行，(1981)，《夢窓の庭—4—（美と造形の交差点—4—)》，日本美術工芸，通号518，NO. 11。

14. 蔭木英雄，(1973)，《五山文学の和様化——高峯顕日，規庵祖円，夢窓疎石について》，国文学，通号48，NO. 11。

15. 川瀬一馬，(1983)，《五山文化と夢窓国師》，書誌学。

16. 河原由紀，宮内泰之，(2007)，《夢窓疎石に関わる庭園の空間構成に関する一考察——端泉寺庭園と西芳寺庭園を事例として》，日本庭園学会誌。

17. 佐佐木朋子，(1999)，《夢窓疎石——高潔温雅な人格——山居二十年を解読する》，国文学。

18. 吉川需，(1975)，《夢窓疎石の作庭》，月刊文化財，通号143，NO. 8。

19. 横山文綱，(1961)，《禅僧の文学観—夢窓国師の場合》，禪學研究。

20. 刘庭风，(2007)，《日本古代造园家之——枯山水饿开创者梦窗疏石》，古建园林技术。

21. 刘婉华，(2004)，《文心与禅心——中日古典园林审美意境之比较》，华南理工大学学报。

22. 陈永华，(2003)，《五山十刹制度与中日文化交流》，浙江学刊。

23. 常文婷、居瑢，(2010)，《中日古典园林艺术风格及美学思想比较》，廊坊师范学院学报。

24. 刘庭风，(2003)，《中日园林美学比较》，中国园林。

25. 丸井宪，(2003)，《日本早期五山汉文学渊源之探讨——以中国宋元代"禅文化"东传为中心》，北京大学学报（哲学社会科学版）。

26. 韦立新，(2007)，《论宋元文化的影响力与日本佛教文化》，日语学习与研究。

27. 孟昭毅，(2001)，《东方文学交流史》，天津人民出版社。

28. 张晓希，(2009)，《中日古典文学比较研究》，南开大学出版社。

29. 王勇，(2001)，《日本文化》，高等教育出版社。

30. 王勇、大庭修，(1996)，《中日文化交流史大系·典籍卷》，浙江人民出版。

第四章　中岩圆月的儒士风骨

　　中岩圆月知见纵横、博学多才，是五山禅林中对中国文化吸收和摄取得最为深入和广泛的禅僧。特别是他的儒学造诣一直为人所称道。中岩幼时学习《论语》、《孝经》等儒家经典，并留学中国八年，与元朝的儒士高官交友唱和，亲身体验和学习了儒学思想。他精通宋学，被誉为最具儒学素养的五山禅僧。对儒学经典的学习，使中岩圆月具备深厚的儒学素养，其中的忠君爱国伦理观、君子人格、隐逸观等儒家思想也对其人格和行为方式产生了深刻的影响。本文分三部分探讨儒家思想对中岩圆月人格和行为方式的影响，分析其儒士风骨的形成。

　　第一部分以中岩的随笔《文明轩杂谈》、汉诗、上书后醍醐天皇的表文《上建武天子表》、论述社会改革政策的《原民》篇为文本考察中岩圆月的爱民报国思想。第二部分分析中岩暂时放弃经世济民之志选择隐居的原因，从善死守道的品格和固穷的节操两方面论述中岩圆月对儒家君子人格的崇尚，从而说明中岩在丧失求道心、追逐名利的五山禅林中的仍能坚持理想，不妥协的原因。第三部分从对儒家待时而动的隐逸观的接容切入点，考察中岩圆月的隐逸思想，明确其不断提高自身修养，等待出仕时机的隐逸思想之特征。

一　忧国忧民之真情

　　日本中世文化是在引进、吸收中国宋元明文化的基础上形成发展起来的。宋元明文化最为深入和广泛的传播者即是五山禅僧。众多五山僧远渡中国大陆，在求教传法的同时承担了传播中国文学、文化的使命。他们受到儒佛道三教一致论的影响，研习佛法，研究《易经》、《尚书》、

《孟子》、《礼记》、《中庸》等儒家典籍，《庄子》、《老子》等道家思想，涉猎史学书籍，广泛吸收了诸子百家的学说、思想，把先进的中国文化介绍到了日本。"五山禅僧对日本中世文化的形成作出了莫大的贡献"①，被称为日本中世文化的先驱。

活跃于五山文学第二期的中岩圆月"学通内外，乃至诸子百家、天文地理、阴阳之说"②，对中国文化理解得非常深入，咀嚼得十分透彻。他的儒学素养尤为人称道，被尊为日本宋学之先驱。西村天囚认为，"镰仓末至南北朝时期，中岩圆月开日本宋学之先河，遂成尊信程朱之风"。③上村观光指出"日本之宋学，兴盛于室町时代，德川时代达到顶峰，文教之治长达三百年，溯其源头可至中岩圆月。"④

中岩圆月的儒学素养对其人格的形成也产生了深远的影响。当时正值社会动乱时期，公武两家斗争频繁，百姓遭受战乱之苦。面对这样的社会现实，中岩自身的儒学素养促进了其忧国爱民思想的形成。他能从百姓的角度考虑问题，关心百姓疾苦，希望统治者停止斗争，让百姓安居乐业。他希望国家国富兵强，君臣民各司其职，致力于安邦定国之策。他在文章诗歌中表爱民之心，述报国之志，在五山文学中形成一道独特的风景。五山禅僧高居五山禅院之中，远离民众生活，虽有教化侯伯，向统治者宣传仁政文教之功，却鲜有深入普通百姓生活的经历，缺少描写百姓悲苦生活的作品。因此，中岩圆月被称为五山禅林"唯一深入百姓之中的诗人"。⑤

（一）爱民之心

中岩圆月出生后不久，其父被贬西国，其母也因无力养育弃他而去，可谓既失所怙又失亲慈。其后他辗转乳母与祖父母处，八岁时由祖母送入镰仓的寿福寺，成了一名寺童。中岩十二岁时跟随道惠和尚学习《论语》、《孝经》，开始接触"忧国"、"爱民"、"孝悌"等儒家伦理思想。幼时的儒

---

① 原文为日文，笔者译。芳贺幸四郎：《中世禅林の学問および文学に関する研究》，第5页。《芳賀幸四郎歴史論集Ⅲ》，思文阁出版，1981年。
② 玉村竹二：《五山文学新集第四集》，東京大学出版会，1970年，第572页。
③ 原文为日文，笔者译。西村天囚：《日本宋学史》，朝日新聞社，1951年，第51页。
④ 原文为日文，笔者译。上村観光：《禅林文芸史譚》，大鐙閣，1919年，第393页。
⑤ 原文为日文，笔者译。北村沢吉：《五山文学史稿》，富山房，1941年，第239页。

典学习对其一生产生了深远的影响。二十二岁时师从五山禅林儒学先驱虎关师炼和尚，时虎关和尚撰写《元亨释书》，不见诸客，唯独允许中岩和不闻和尚来访。期间，中岩接触到众多高僧事迹，拓展了视野。二十六岁时，留学中国，师从大慧派门人东阳德辉，并与中国文人交友唱和，谈太极无极之义，以及如佛一贯不二之道，佛法儒学均精进不少。

深厚的儒学素养与幼时的特殊经历使中岩十分关心百姓疾苦，他在《自历谱》中多记载天灾及百姓遭难的情况，如正安二年"洪水，民间多患赤包疮"①，正安三年"镰仓大灾"②。在讲经时，中岩强调"开宗名义第一章仲尼"③，认为禅僧应该重视儒学学习，关心百姓。

中岩在《送泽云梦》④一诗中描写了百姓遭受战乱之苦的悲惨景象。

> 乾坤干戈未息时，氛埃昧目风横吹。
> 饿者转死盈道路，荒城白日狐狸嬉。

"氛埃"指尘埃、尘土，此处比喻战争。"氛埃昧目风横吹"是战乱频繁的象征。"饿者转死盈道路，荒城白日狐狸嬉"运用白描手法勾画出百姓饥饿倒死路边，城池荒废的悲惨景象。

《拟古三首》⑤第一首描写了作者不忍看百姓遭受战乱之苦的复杂心情，塑造了一位忧国忧民的儒者形象。

> 浩浩劫末风，尘土飞蓬蓬。
> 天上日色薄，人间是非隆。
> 蚂蚁逐臭秽，凤凰栖梧桐。
> 独有方外士，俛仰白云中。

---

① 《仏種慧済禅師中巖円月和尚自歷譜》正安二年条，第612页。玉村竹二：《五山文学新集第四集》，東京大学出版会，1970年。
② 同上，第612页。
③ 《中巖和尚住相州乾明山万寿禅寺語録》，第504页。玉村竹二：《五山文学新集第四集》，東京大学出版会，1970年。
④ 中巖円月：《東海一漚集・一》，第335页。玉村竹二：《五山文学新集第四集》，東京大学出版会，1970年。以下注释中，该书出处省略。
⑤ 中巖円月：《東海一漚集・一》，第331页。

"劫"是佛教用语，是一个亘古绵长的时间单位。《俱舍论》认为在一劫将要结束时，劫末之风将会把整个世界化成粉末。此处以劫末风比喻战争，以"尘土飞蓬蓬"的劫末世界之景象比喻战尘飞扬、生灵涂炭的人间世界。"浩浩劫末风，尘土飞蓬蓬"不仅暗喻了战乱之频繁，民众之悲惨，而且劫末之风猛烈，整个世界将要分崩离析化为粉末的描写奠定全诗混乱、不安的基调，突出了诗人不忍看民众承受战乱之苦的沉重心情。"天上日色薄，人间是非隆"分析了战争频发的原因。此句以天日暗喻天皇，暗示了天皇权力遭到严重削弱，武士阶层为争夺权力频繁发动战争的社会现实。在这种情况下，"蚂蚁"即"小人"攀附武士阶层为自己谋取利益，"凤凰"即"隐士"隐居山水之中不问世事，等待贤主的出现。唯有中岩俯仰白云之中。"俛仰"指反复抬头低头。"白云"暗指五山禅院清幽恬淡的环境。说明诗人虽身居五山禅院，远离战火，寝食无忧，却心怀天下苍生，身在幽境但心难超脱。刻画了一位忧国忧民的儒者形象。

《坛浦》① 则批判了争名夺利频繁发动战争的统治者。

晚浦烟横日影斜，渔歌送恨落苹花。
封侯能有几人得，战骨干枯堆白沙。

坛浦是源平之战的最后战场。平家惨败后，平清盛之妻二位尼怀抱年仅八岁的安德天皇投水自尽，满门尽灭。诗的首句"晚浦烟横日影斜"描写出一片略带苍凉却十分平和的景象。缭绕的雾气，倾斜的日影，这景象如此平静，似从亘古绵延而来，丝毫不能让人忆起当年源平之战的惨状。然而响彻坛浦上空的渔歌却仍在倾诉平家战败的仇恨与怨念，这歌声如此幽怨竟催落了浦边的苹花。坛浦之"烟横日影斜"为"静"，渔歌之"送恨落苹花"为"动"。坛浦之景象为"色"，渔歌之幽怨为"声"，动静相映，有声有色。于是随着时间的流逝，早已归于平静的坛浦的平和景象，与历经百余年仍绵延不断的平家之怨念形成强烈对比，凸显了平氏一门争名逐利的形象。最后"封侯能有几人得，战骨干枯堆

---

① 中巌円月：《東海一漚集・一》，第327页。

白沙"化用曹松的"凭君莫话封侯事,一将功成万骨枯",揭示了当权者不应为争夺名利陷民众于战火的主题。

中岩在《和实翁相阳怀古》①中表达了相同的主题。

> 天晴海面渺无穷,俄顷云雷鼓黑风。
> 陵谷松枯并石老,林峦雾捲又烟笼。
> 万家结构七乡满,百载经营一旦空。
> 自古英雄难久业,霸心休效晋文公。

相阳指相模以南之地,此处指镰仓。此诗作于镰仓幕府灭亡后不久,感叹权力更迭之迅速,告诫当权者不要痴迷于争权夺利。全诗采用比兴的手法,以自然景观作为作者感怀的起兴,以自然事物的无常比喻权利斗争胜败的无常。首联"天晴海面渺无穷,俄顷云雷鼓黑风"描写天候的变化无常。天晴时海面的浩瀚无边与云雨时的黑风卷浪形成鲜明的对比,"俄顷"表现出天气的瞬息万变。颔联"陵谷松枯并石老,林峦雾捲又烟笼"中山陵瞬息变为谷地,长青之松树干枯,坚硬的磐石崩坏,山林中的雾气时而笼罩时而消散。运用连续列举的方式强调了自然事物的无常。首联与颔联对天气和自然景观的描写令人感受到深深的无常。镰仓有"七乡"故说"万家结构七乡满"。自承治四年(1180年)源赖朝定都镰仓至承久元年(1219年)源实朝被杀共四十年,其后北条氏掌权至正庆二年(1333年)灭亡共计一百五十四年,因此说"百载经营"。"万家"指霸业之大,"百载"强调霸业之久。但是,如同干枯的松树和崩坏的磐石一样,镰仓的百年霸业一日成空。尾联"自古英雄难久业,霸心休效晋文公"点出诗题,告诫当权者不要痴迷于权力斗争陷民众于水火之中。

中岩在诗中多次表达愿为百姓倾尽所有,奉献一生的决心。他说"古来献替忠良事,岂弃苍生辞逆鳞"②,心系天下苍生,毫不惧怕触怒朝

---

① 中巌円月:《東海一漚集・一》,第 351 页。
② 中巌円月:《東海一漚集・一》,《寄前大理藤納言》,第 329 页。

廷。他在《藤荫杂兴二十首》中写道"功夫不为苍生著，寂寞无人能正名"①，感叹无人能正君臣之名，救万民于水火。《庚午三月，东阳和尚书所见诗韵》② 则是这类诗的典型。

> 女儿佣织布，日为家人哺。
> 年荒将缩手，未忍弃而走。
> 鬻技不当值，圭撮轻两疋。
> 质躬获数钱，助馈慈母筵

这首诗是中岩在元朝留学时所作，常被认为是"描写悲惨社会现实"③ 的诗歌。但是笔者认为这是一首言志诗，作者以卖身救家的少女自喻，表达了愿为国为民鞠躬尽瘁的决心。

首先从诗的叙述重点来看，不是侧重于描写百姓的困苦生活，而是塑造了一个为了家人牺牲自我，帮助慈母支撑家庭的少女形象。全诗以少女自白的形式写成，字里行间虽能感受到百姓生活的艰难，但是更突出的则是少女在家庭困难之时，欲转身逃离却又不忍"弃而走"，最后决定卖身的心理过程。诗中，作者以少女自喻，以家人喻百姓，以慈母喻君主，表达了作者在国家战乱的危难时刻，不愿独善其身，宁可粉身碎骨也要报效国家，拯救黎民百姓的决心。

其次，此诗是中岩赠与其师东阳德辉和尚的，如果仅仅是"描写悲惨社会现实"的诗歌，则诗中缺少了二人的感情交流和信息传递。《文明轩杂谈》中有如下记录：

> 先师东阳在婺、修葺九龙寺、住百丈明年、以予爱竹故、意欲使卜居于彼、作诗为寄看院者云、去岁畬田想有秋、山中数口可无忧、更须绕屋多栽竹、待我归来翠满楼。④

---

① 中巌円月：《東海一漚集・一》，藤蔭雜興第七首，第 345 页。
② 中巌円月：《東海一漚集・一》，第 324 页。
③ 原文为日文，笔者译。高文漢：《五山文筆僧中巌円月の世界》，日本研究第 18 集，角川书店，1998 年，第 73 页。
④ 中巌円月：《東海一漚集・四》，第 468 页。

中岩于天历元年（1329年）抵百丈寺，"住百丈明年"即至顺元年庚午年。可见这段文字与此诗写作时间相同。东阳和尚爱中岩之才，因此在九龙寺中绕屋栽竹，挽留中岩。此诗应该就是中岩为拒绝师傅的盛情挽留所做。他以危难中不忍抛弃家人的少女自喻，表达了愿为国家百姓牺牲自我的决心，谢绝了师傅。其后不久，中岩回国，上书朝廷，进谏治国安民之策。中岩在诗中描写百姓的困难，表达爱民之心，为民奉献之意，这在五山文学史上具有特殊意义。

（二）报国之志

救世报国是儒家的基本思想。中国历代文人志士多抱有"至君尧舜上，再使风俗淳"①的政治理想，他们寄其志于诗文，"捐躯赴国难、视死忽如归"②，"先天下之忧而忧、后天下之乐而乐"③，"位卑未敢忘忧国"④等诗句为人们所熟知。五山禅僧儒学教养深厚，怀着富国安民的理想，活跃于幕府的内政外交中。

中岩是一位有很高政治理想的禅僧。他的"文学作品表现出强烈的政治志向，他致力于政治改革、改良，经常论述经世济民之策。"⑤高文汉曾在《五山文笔僧中岩圆月的世界》中以《上建武天子表》、《原民》、《原僧》、《中正子》为文本论述中岩的治国思想。但是上述四篇文章均是中岩归国后不久所作，不能反映其治国思想的全貌。因此，在本节中，笔者把文本拓展到汉诗、《文明轩杂谈》等其他作品，希望尽可能完整、全面地反映中岩的治国思想。

1333年，中岩谢绝恩师与好友的一再挽留，毅然回国。当时，公武之间斗争激烈，战乱频繁，中岩在《拟古三首》⑥中表达了自己的痛心与忧虑。

---

① 杜甫：《奉赠韦左丞丈二十二韵》。
② 曹植：《白马篇》。
③ 范仲淹：《岳阳楼记》。
④ 陆游：《病起抒怀》。
⑤ 原文为日文，笔者译。高文漢：《五山文筆僧中巖円月の世界》，日本研究第18集，角川书店，1998年，第60页。
⑥ 中巖円月：《東海一漚集・一》，第331页。

> 天上何所有，仰看色苍苍。
> 两轮于其中，驱逐相继光。
> 星宿杂经纬，纵横灿然张。
> 下土地不平，风恶尘飞扬。

《逍遥游》中说"天之苍苍，其正色邪？其远而无所至极邪？"庄子怀疑天空苍茫的色彩或许不是它本来的颜色，只是过于高旷辽远无法看到它的尽头而已。中岩在这里借用天空的苍茫之色暗喻国家脱离正规，战乱频繁的状态。两轮指代日月，暗喻公武两家。当时公武斗争非常激烈，后醍醐天皇推翻了镰仓幕府的统治，推行新政，模仿中国式的中央集权统治，设置中央最高机关记录所、杂诉决断所，希望把权力集中在以天皇为中心的公家手中。但是，新政迅速招致了寺社、武士、农民等各阶层的不满，不久就夭折了。其后，足利尊氏迫使后醍醐天皇退位，拥立北朝的光明天皇，重开幕府。后醍醐天皇逃出京都，在大和国的吉野建立南朝，日本历史进入了长达五十年之久的南北朝对立时期。因此，诗中中岩把日月的自然交替描写为"驱逐相继光"，以日月争辉象征公武政权的交替与斗争。排列杂乱放射出异常光芒的"星宿"暗喻地方叛逆者即恶党。镰仓中后期至南北朝时期，恶党的活动十分频繁。他们劫掠各处庄园，袭击重要港口和商贸市场，严重威胁了幕府和庄园领主的统治，是社会不安的主要因素之一。中岩在《原民》中指出"民无不衣甲手兵者，百姓各息其业，相互侵夺以为利也……祸乱之大莫之过焉。"[1]认为地方叛逆者的活动严重扰乱了社会秩序，引发了全国性的混乱状态。自古以来，儒家就认为天人关系紧密、相互感应，政治上的过失必然表现为自然界的异常现象，异常的天象是上天对人的警告。因此作者通过不能辨认本来颜色的苍茫天空、驱逐相继光的日月、杂乱无章异常闪烁的星宿描绘出一幅奇异的天象，影射了国家的混乱状态，表达了作者心忧国家百姓的复杂心情。

面对国家的混乱状态，中岩感叹"功夫不为苍生著，寂寥无人能正

---

[1] 中巖円月：《東海一漚集・二》，第393页。

名"①，希望运用儒家正名思想安邦定国，平复战乱。"正名"是孔子政治哲学的重要组成部分，是治国安邦的基本政治原则。孔子正式提出正名是鲁哀公十年，是年孔子自楚返卫，子路向孔子提问"卫君待子而为政，子将奚先？"②，孔子回答"必也正名乎"③。"名"指名位、名分，是政治地位的象征，规定人拥有的权利和应尽的义务。当时"周之子孙日失其序"，周朝建立的政治伦理秩序遭到严重破坏。周天子失去了统治各诸侯的能力，诸侯的权力又被世卿大夫所夺，出现了"礼乐征伐自诸侯出"，"自大夫出"，"陪臣执国命"的混乱现象。孔子的正名思想就是针对当时的社会动乱提出的，希望通过正君臣父子之名，使各阶层享受的权利待遇及所尽的义务与他们的名分相符，从而达到建立井然有序的社会秩序的目的。

归国后不久，中岩在外护者大有贞宗的陪同下进京觐见后醍醐天皇，提出以正名思想为安邦定国的治国之策。他认为应该建立以天皇为首的中央集权统治秩序，君、臣、民三阶层各司其职。

他在表文中称赞后醍醐天皇："恭维陛下、明继周文、德承神武、兴王除霸、柔远包荒、高天之下厚地之上、莫不宾顺非聪明睿智得命于天者、孰能与于此哉。"④

"周文"指周文王，是"遵后稷、公刘之业，则古公、公季之法，笃仁、敬老、慈少、礼下贤者、日中不暇食以待士、士以此多归之"⑤的圣君。"神武"指日本皇室的祖先神武天皇。中岩认为后醍醐天皇秉承皇室血脉，睿智贤明，继承皇位是天命所授。正如高文汉所指出的"天皇掌权是中岩的救世思想的根本"⑥。

实行文治、任用贤臣是天皇应尽的义务。中岩指出天皇应该"耀德不观兵"，以德服人，不能滥用武力，进而从根本上改变混战的状况。建

---

① 中巌円月：《東海一漚集·一》，藤蔭雜興第七首，第345页。
② 《论语·子路》。
③ 同上。
④ 中巌円月：《東海一漚集·二》，上建武天子表，第381页。
⑤ 《史记》卷一·五帝本纪第一。
⑥ 原文为日文，笔者译。高文漢：《五山文筆僧中巌円月の世界》，日本研究第18集，角川书店，1998年，第64页。

武新政时洛中骚乱,《二条河原洛书》① 逆用放牛归马的典故,讽喻当时的混乱状况:"花山桃林寂寞,牛马遍满华洛"。因此中岩提出的文治政策应该是符合民意的。

任用贤臣也是天皇的重要职责。中岩在随笔集《文明轩杂谈》中说:"古今天下国家,一治一乱,虽云命在于天,系乎时运,然复夫政事善恶如何耳,所以明主必用君子,君子者以清廉行政事,故其国不危矣,暗君多任小人贪惏,故国乱矣"②,指出君主是否能够任用贤臣是国家治乱兴衰的决定因素。此类诗句也有很多:"鼓瑟虽工奈好竽"③,"汲井瓶赢遭车碍、鸥夷肠大有人沽"④,"轰雷瓦缶器遭重、注水金瓶嘴忌长"⑤,无一例外都批判了天皇亲近奸臣,疏离贤臣的现状。

中岩认为臣子应该忠于天皇,努力推行实施天皇制定的各项国策,即"布其政令"。臣必是儒臣而非武士。他在《和前韵寄院司二首》⑥ 中就曾感叹"哪堪章甫居岛国,不见哀公复问儒"。"章甫"本指儒者之冠,这里指代儒家的礼乐教化。"哀公"即鲁哀公,他曾向孔子询问政事。中岩认为儒家的礼乐教化不能在日本推广是因为当权者不重儒臣,不施文治。中岩主张任用文臣应该是对宋朝中央集权统治制度的学习和模仿。宋以前,各朝重武将,导致地方藩镇势力强大以致威胁中央统治,造成了君弱臣强、藩镇割据混战的局面,"帝王凡易十姓、兵革不息、苍生涂地"⑦。宋太祖听从赵普的意见,任用文官担任地方官吏,削减地方的权力,保证中央对地方的绝对统治关系,加强中央集权统治制度。中岩曾经引用《宋史纪事本末》中"以文臣知州、以朝官知县、以京、朝官监临财赋、又置运使、置通判、置县尉、皆所以渐收其权、朝廷以一纸下郡县如身使臂、如臂使指、叱咤变化、无有留难、而天下之势一矣"⑧ 一段文字,赞赏宋朝的中央集权统治制度,而且期望把这一统治制度引入

---

① 建武元年,写于京都二条河滩的讽刺时政的打油诗。
② 中巌円月:《東海一漚集・四》,文明軒雑談,第467页。
③ 中巌円月:《東海一漚集・一》和前韻寄院司二首第二首,第340页。
④ 同上。
⑤ 中巌円月:《東海一漚集・一》,和答明巌,第356页。
⑥ 中巌円月:《東海一漚集・一》和前韻寄院司二首第二首,第340页。
⑦ 邵伯温:《聞見前録》。
⑧ 中巌円月:《東海一漚集・四》・《文明軒雑談》,第466页。

日本，以改变日本君弱臣强的局面。

其次是民众的义务。中岩指出："淳世之民、各务本修业、故国富且强矣、所以农者播禾谷种菜、工者营栋宇造器皿、贾者通其有无。"① 认为民众应该谨守本分，致力于经济生产活动，这才是国富民强的根本。当时日本兵农尚未分离，地方富有农民等阶层经常武装争斗，破坏了统治阶级的统治秩序。武士原本是以武艺为职业的特殊集团。武艺包括骑和射两种，骑射战是主要战法。由于马匹稀少，武士多出身于经济富裕的家庭，人数不多。镰仓中期以后，骑射战逐渐被游击战、奇袭战、埋伏战等战法代替，对步兵的需要大幅增加。并且由于当时战乱频繁，需要不断补充作战人员，被称为"凡下"、"甲乙人"的下层民众逐渐流入部队。以这一时代为背景的军记物语《太平记》中有许多关于游击战的描写，这里的部队大多不是正规部队，而是由各村落的佣兵组成。这样，许多民众被卷入战争之中，致使经济生产活动不能正常进行。针对这种状况，中岩提出兵农分离的建议："如非官军者、衣甲手兵则诛之、使彼士农工贾……各务本修业、则富强之国、其庶几乎"②。

当时武家势力强大，是时代的主流，毋庸置疑在这样的时代建立以天皇为中心的中央集权统治秩序是不可能的。但是当时社会动乱严重，因此迅速平复动乱，使各阶层各守本分，建立井然有序的社会秩序的建议是有积极意义的。特别是兵农分离政策的提出意义重大，是根治地方暴乱的有效方法。中岩的理想社会与德川时代非常相似，各阶层享受的权利与应尽的义务十分明确，兵农分离，社会安定。但是中岩的上书仅数百字，只有基本原则而没有具体实施方法。这也可能是其上书没有引起朝廷注意的根本原因。

二 守道与固穷的君子人格

随着禅宗传入日本，五山十刹官寺制度也被移植进来。幕府直接管理位列五山、十刹、诸山的寺院，依据法令决定住持的任免、僧职的进

---

① 中巌円月：《東海一漚集·二》·《原民》，第393页。
② 同上。

退、寺领的与夺。禅僧可由诸寺升任十刹、五山,直至位列五山之上的南禅寺住持。在将军眼中,"禅僧不仅是宗教的传播者,更是中国贵族文化的介绍者"①。因此禅僧在研习佛法的同时,积极学习儒学及中国贵族文化,作为幕府内政外交的顾问活跃在政坛上。

当时中国禅林有十方住持制度,住持圆寂后从五山中择有才能者继任,不问宗派。此制度也被引进日本,但不久后逐渐废弛,与将军关系亲近的宗派得到特别庇佑。且寺内重职乃至住持人选均由将军一人裁决,因此各派别斗争激烈,不乏向将军献媚者。随着禅宗与权力的结合,禅宗制度化、世俗化的倾向愈加明显。比起对佛法的体悟,处事决断具有政治头脑的禅僧更受幕府青睐,五山中名利斗争十分激烈。

从这方面来说,日本禅僧与中国士大夫所处环境极为相似。如何应对禅林的世俗化和禅林中的名利纷争是每个禅僧必须考虑的问题。中岩从中国文人的气节中发掘了自己的处世之法,以儒者守道的品格和固穷的操守从容应对。

(一) 守道的品格

"古之人未尝不欲仕也,又恶不由其道,不由其道而往者,与钻穴隙之类也"②,儒者自古以不由其道的出仕为耻,崇尚"富贵不能淫,贫贱不能移,威武不能屈"③ 的高尚人格。中岩倾慕儒者的品格,坚决拒绝不由其道的出仕。

在中国的禅林中,为了防止师徒间产生私人恩情,滋生帮派争斗,禅僧均在僧堂起居,整个禅院在住持的统帅下集体生活。住持任期满后必须离寺,禅僧得度后便挂籍在某个寺院中,随后游历遍参以待开悟。日本镰仓时代的禅院最初也井然有序,但是建武中兴后,禅院中禅规废弛,"塔头寮舍制度"④ 渐渐滋生出来。住持任期满后并不离寺,而是在寺内营造"退居寮",死后亦葬于此处,称为"塔头",又从其门徒中选

---

① 原文为日文,笔者译。古川哲史、石田一良:《日本思想史講座2》,雄山閣,1977年,第196页。
② 《孟子·滕文公下》。
③ 同上。
④ 详细内容请参考玉村竹二:《五山叢林の塔頭について》,叢書禅と日本文化第五卷,ぺりかん社,2002年。

派专人守护,称为塔主。其后"塔头"逐渐演变为门徒们的居住地,由此产生了以塔主为首的小教团。于是,各寺内塔头林立,"各塔头内建有众寮、僧堂,各塔主分别教育培养本派弟子,清净无瑕的禅林修行之地堕落成了各派别门徒的养成所。"①

寺院的此种变化,使师徒关系趋于固定化。因此中岩所生活的时代,即使游历遍参,在他派高僧指导点拨下顿悟佛法也必须嗣授业恩师之法。雪村友梅、龙山德见等高僧都在报授业之恩的名目下继承了授业恩师的衣钵。强调"直指人心,见性成佛"的禅宗逐渐失去了直接体验性。室町时代以后,禅僧已不再游历遍参,而是终生追随授业恩师,在恩师指导下参禅悟道,恩师死后直接成为后继塔主。各派任人只问门派亲疏,不管才能高下。如《慈圣院并寿宁院遗诫》中有"本院塔主,须是小师之中选人以任之,不必用耆旧、亦莫择才能、只需请以道为念以戒修身者"的戒规,已公然将"莫择才能"一条纳入遗诫中。各派任人唯亲,不择才能,因此禅僧一旦脱离本派,仕途升迁必然无望。

中岩认为这种"师焉而尚,宗焉而党"②的门派意识使禅僧无法真正体悟佛法,因此坚决拒绝嗣授业师之法。授业师东明慧日多次请中岩出任寺中前堂首座、后堂首座,都被中岩拒绝了。从其写与竺仙和尚的信中,可以推测出他不愿在本寺中任职的理由。"志立而不屈,气养而不馁、守信而不失、适义而不偏、宁可百千此身而以见粉齑、决不可枉已自辱、以为媒于立身扬名之捷径也"③。

中岩十五岁入曹洞宗宏智派学习佛法,拜东明慧日为授业师。但是中岩无法理解曹洞宗宗风,其自历谱说"然予心粗,不能达其密意"④。入元中,在东阳德辉座下参禅,收获良多,最终决定嗣法大慧派。若此时接受授业师邀请在寺中任职,自然要嗣授业师之法,必会违背自己追求佛法的本心。因此中岩在信中以儒者之精神自勉,表明"决不可枉已

---

① 原文为日文,笔者译。玉村竹二:《五山叢林の塔頭について》,叢書禅と日本文化第五卷,ぺりかん社,2002年,第189页。
② 中巖円月:《中正子·問禅篇》,第433页。
③ 中巖円月:《東海一漚集·二》,第388页。
④ 《仏種慧済禅師中巖円月和尚自歴譜》正和五年,第614页。玉村竹二:《五山文学新集第四集》,東京大学出版会,1970年。

自辱、以为媒于立身扬名之捷径"① 的决心。

为不降其志不违本心，中岩决定退寺。他把自己的决定告诉授业师后只得到"退寺无粮"② 的回复。此后又被恩师多次邀请在寺中任职，"及乎被逼，弃而上京"③。他以伯夷叔齐不食周粟的精神勉励自己，写下"畏时辞粟蔗甘采"④ 的诗句，表明自己的决心。伯夷叔齐是商末孤竹国王子，据《史记》记载："武王已平殷乱，天下宗周，而伯夷、叔齐耻之，义不食周粟，隐于首阳山，采薇而食之。其辞曰：'登彼西山兮，采其薇矣。以暴易暴兮，不知其非矣。神农、虞、夏忽焉没兮，我安适归矣？于嗟徂兮，命之衰矣！'遂饿死于首阳山。"⑤ 伯夷叔齐以独行其志，耻食周粟的精神为历代文人学者褒奖，孔子在《论语》中曾多次赞颂伯夷、叔齐，给予二人"不降其志，不辱其身"⑥ 的高度评价。中岩仰慕伯夷叔齐的人格，即使退寺无粮也不愿违背本心。

一三三九年十二月三日，在吉祥寺宗举行的追荐大友贞宗的升座说法中，中岩表明嗣法大慧派之意，此后屡遭宏智派迫害。与授业恩师关系恶化，从"从来无人教坏我，我又安能教坏人"⑦ 的诗句中可以了解到东明慧日对中岩的不满。中岩在师恩与佛法的夹缝中痛苦万分，在《赠训事者》⑧ 一诗中表明自己的心境。

> 昏鸦犹记宿，远客盍思乡。
> 可知洞山意，不归情未忘。

昏鸦尚且记宿，远客无不思乡。诗中中岩以曹洞宗门徒自居，表明

---

① 中巖円月：《東海一漚集・二》，第388页。
② 《仏種慧済禅師中巖円月和尚自歴譜》正和五年，第619页。玉村竹二：《五山文学新集第四集》，東京大学出版会，1970年。
③ 同上，第620页。
④ 中巖円月：《東海一漚集・一》利根春贈山中諸友，第357页。玉村竹二：《五山文学新集第四集》，東京大学出版会，1970年。
⑤ 《史记》卷六十一・伯夷叔齐列传第一。
⑥ 《论语・微子》。
⑦ 《東海一漚別集》，第568页。玉村竹二：《五山文学新集第四集》，東京大学出版会，1970年。
⑧ 中巖円月：《東海一漚集・一》，第362页。

自己"不归情未忘"的心意。其后中岩往来于镰仓藤谷的崇福庵和利根的吉祥寺之间,隐居二十余年。友人也曾劝说中岩重回宏智派,中岩在《和答东白》①中如此作答:

> 宁可化为碧,暮景谁华予。
> 设使长不死,肯为窃药储。

诗中连用苌弘、嫦娥两个典故拒绝了友人的斡旋。"苌弘蜀人,被杀之后,血流不止,蜀人藏其血,三年后化为碧"。中岩运用此典故,表达自己"志立而不屈"的决心。又逆用嫦娥窃取不死药的典故,表明不管自己能够得到何种利益也不愿枉己自辱的信念。

中岩的隐居生活十分清寒。"着麻衣破那堪补,烧叶灰寒难再红"②,"楮衾如铁不堪拥,忍听山风卷叶声"③等诗作是他困穷生活的真实再现。贫寒的生活中,中岩仍然固守其志,独立不迁,诗中充满对中国文人固穷气节的倾慕。

(二) 固穷的操守

"君子固穷、小人穷斯滥矣"④。正如《论语》中所说,能否在贫困中保持操守是判断君子与小人的重要标准。儒者固穷的操守无疑是支持中岩在困境中坚持理想,不失真我的精神支柱。

中岩的隐居生活不论精神还是物质上都陷入了窘迫之境。中岩隐居中所做的《和别源韵》⑤,其困苦状态可见一斑。

> 梦觉楼头四鼓鸣,斜斜残月半窗明。
> 楮衾如铁不堪拥,忍听山风卷叶声。

---

① 中巌円月:《東海一漚集・一》,第334页。
② 中巌円月:《東海一漚集・一》和别源韵第四首,第330页。
③ 中巌円月:《東海一漚集・一》和别源韵第二首,第330页。
④ 《论语・卫灵公》。
⑤ 中巌円月:《東海一漚集・一》和别源韵第二首,第330页。

《敕修百丈清规》① 中有"四鼓鸣住持出"的记载,"四鼓鸣"声是坐参完毕,住持出堂的象征。但中岩当时隐居藤谷,远离禅院,不可能听到四鼓鸣声。因此诗中所说"梦觉楼头四鼓鸣",大约是中岩梦回五山禅院,在梦中实现了经世治国,拯救黎民的理想。梦醒后重回现实,却只看到半窗残月,无限凄凉。梦境之美好与现实的残酷形成了鲜明的对比,尤其是残月的清寒之光促使了本诗无奈、凄凉的基调的形成。其后的"楮衾如铁不堪拥,忍听山风卷叶声"更细化和明确了这种基调。拥被入怀,只觉冰冷如铁,可见其生活之困窘。侧耳倾听,只听到山风卷叶的凄凉,可见其精神上的痛苦与孤独。其中"楮衾如铁"化用了杜甫的"布衾多年冷似铁","山风卷叶声"化用了苏轼的"黄叶卷秋风"。"不堪拥"和"忍听"更加凸显了作者的主观感受,使读者切身体会到"楮衾"的冷与硬,山风卷叶声的凄凉,由此一股沉郁、悲伤的情感在诗中氤氲开来。

但是,中岩并未在困穷的生活中迷失自我,他固守儒者的操守,始终没有放弃最初的理想。

> 着麻衣破哪堪补,烧叶灰寒难再红。
> 寂寞谩将古人比,却惭道业不相同。②

身着的麻衣已然不堪缝补,用来取暖的枯叶中看不到一丝红色,更感觉不到一丝暖意。这样的孤寂和孤苦并未将中岩打倒,他只是惭愧自己不能勤于道业。这正是儒者忧道不忧贫的精神。

"坡上青青松树间,浩然之气傲齐桓"。中岩在《和酬东白二首》③中如此赞扬松树的浩然之气。在儒家文化中,松树傲立风雪之中千年常青的精神正是儒者理想人格的象征。正如古人所言,"岁寒,然后知松柏之后凋也"④,"岁不寒无以知松柏,事不难无以知君子"⑤,君子身陷窘

---

① 中国元代的禅门清规书。
② 中巖円月:《東海一漚集・一》和别源韻第四首,第330页。
③ 中巖円月:《東海一漚集・一》和酬東白二首第一首,第335页。
④ 《论语・子罕》。
⑤ 《荀子・大略》。

境不失其理想与操守，松柏傲风斗雪不失其苍翠。松树以其千年常青的特质被文人称为"君子树"。中岩在诗中称赞松树的浩然之气，表达了对君子固穷气节的倾慕。其后"脱粟乏储心自足，寒床早起梦常残"一句，使作者固穷的心境更加清晰地呈现出来。

陶渊明深受佛道思想的影响，又因其"少无适俗韵，性本爱丘山"①之性情，早早远离了仕途的樊笼，归隐田园。五山禅僧仰慕陶诗物我一如的境界，称赞他"体悟到了禅者安心立命的心境"②，因此以陶渊明为题材的诗作和偈颂不胜枚举。"三径就荒松菊存，南山在眼掩柴门"③，"仕途高揖入桃源，稚子侯门鸡犬村"④，"云自无心鸟倦飞，只应出处共忘机"⑤，无一不是五山禅僧对陶渊明诗作和人格的倾慕。只是禅僧们似乎都没有看到陶渊明受儒家思想影响的一面，没有留意陶诗中固穷的气节。陶渊明的隐逸生活始终与贫寒相伴，"弊庐交悲风，荒草没前庭"⑥，"夏日常抱饥，寒夜无被眠"⑦，"饥来驱我去，不知竟何之"⑧ 等诗句展现了他隐居生活饥寒交迫的一面。陶渊明并未因此丧失气节，"宁固穷以济意，不委曲而累己"⑨，"竟抱孤穷节，饥寒饱所更"⑩，其诗作中抒发了安贫乐道、固穷守志的情怀。而后为维持生计，陶渊明摒弃了儒家轻视体力劳动的思想，躬耕自资。深受儒家思想影响的中岩捕捉到陶渊明被五山禅僧遗忘的一面，在诗中多次表达对陶诗固穷气节的赞赏。如在《客有寄诗数篇，其首题曰读陶渊明归去来辞，余甚有激，故书其后云》⑪一诗中写道"归去复何意，折腰谁弗辞"，表达了对陶渊明固穷气节的共

---

① 陶渊明：《归园田居其一》。
② 原文为日文，笔者译。芳贺幸四郎：《中世禅林の学問および文学に関する研究》，第265页。《芳賀幸四郎歷史論集Ⅲ》，思文閣出版，1981年。
③ 春屋妙葩：《渊明爱菊》。
④ 春屋妙葩：《渊明爱菊》。
⑤ 瑞溪周凤：《读渊明归去来辞》。
⑥ 陶渊明：《饮酒二十首·其八》。
⑦ 陶渊明：《怨诗楚调示庞主簿邓治中》。
⑧ 陶渊明：《乞食》。
⑨ 陶渊明：《感士不遇赋》。
⑩ 陶渊明：《饮酒二十首·其一》。
⑪ 中巖円月：《東海一漚集·一》，第353页。

鸣。在《又酬刑部二首》①中咏道："梓匠通功犹食粟，先生底事不能竽。邻僧最爱陶彭泽，那惜邀君破戒沽"，以此勉励刑部宁可像陶渊明般躬耕田园，也不可丧失节操。

《寄东白》②一诗，中岩把是否具有固穷的气节作为君子和小人的根本区别。

> 倚桐寄生十仞岳，处身孤危远鸟雀。
> 鸟雀适为鹯所逐，暂时来投欣有托。
> 幽谷积阴长待秋，风吹寒藤响索索。
> 自然势不雀辈便，莫言倚桐难栖泊。
> 久矣倾枝欲待谁，世间无复见鸾鹫。

"凤翱翔于千仞兮，非梧不栖"，凤凰是只栖于梧桐的灵鸟。诗中中岩以凤凰自喻，表示不愿与鸟雀为伍。其后言明小人与君子的不同之处。小人不能安守"幽谷积阴长待秋、风吹寒藤响索索"的困穷境地，只是"暂时来投欣有托"，而君子"处身孤危"却不言"倚桐难栖泊"。诗中最后暗示作者倾枝以待伯乐的隐居意图。固穷气节也是中岩交友的标准。在《寄藤刑部忠范》③中，称赞友人"家乏储粟儿童饥，不肯炙手向权势"的气节。

固穷的最高境界是固穷之乐。中岩虽有抒发沉郁心情的诗句，但多因为其志向无法实现，他无疑体悟到了固穷之乐。"志高不肯尝姜杏，蒙养功成最可欢"④，"万事应知穷则变，桂轮看看待圆来"⑤"世事皆非常，识者笑怡怡"⑥等诗句中可以了解到中岩超越得失的达观心境。

---

① 中巌円月：《東海一漚集・一》，第341页。
② 同上，第337页。
③ 同上，第336页。
④ 中巌円月：《東海一漚集・一》和酬東白二首第一首，第335页。
⑤ 中巌円月：《東海一漚集・一》藤蔭雜興，第347页。
⑥ 中巌円月：《東海一漚集・一》和韻贈太虛，第337页。

三 待时而动的儒家隐逸观

儒学是一门入世的哲学,"修身齐家治国平天下"是儒家思想的根本。正如《论语》中所说"隐居以求其志,行义以达其道"①,儒家的隐逸多是为了不降其志,不辱其身。中岩隐居长达二十余年,却始终没有放弃出仕之志。他在隐居期间博学广思,修身养性,始终在等待出仕的机会。

（一）不弃出仕之志

儒学的根本在于经世济民,隐逸只是权宜之策。正如李白诗中所说"苟无济代心,独善亦何益"②,因此许多儒者即使暂时归隐山林也不会放弃经世济民的理想。中岩圆月就是典型代表,他隐居期间的诗作中,志不可得的痛苦和不弃出仕之志的顽强精神相互交织融合,其矛盾复杂的心境跃然纸上。

中岩在隐居期间的诗中愧疚自己不能报效国家,安抚百姓。

> 麦秋今岁亦尝新,多愧人间闲着身。
> 若及瓜时犹未死,更烦老圃送供频。③

初夏,正是小麦成熟的季节,所以称"麦秋"。"尝新"指初次吃当年产的大米,小麦等粮食。小麦的成熟与自己仕途的无果形成鲜明对比,中岩感到愧食供养,因此说自己多愧"人间闲着身"。"瓜时"指七月瓜熟之时。中岩说若到瓜熟之时自己尚在人间,就烦请老农送瓜来。此处的"犹未死"和"闲着身"相同,表达了作者不能实现经世济民之志的惭愧之情。需要注意的是,"麦秋"、"瓜时"不仅是指代时令的词汇,还是计量时间的单位。麦或瓜成熟一次意味着一年时间的流逝。如唐代西门元佐《宫闱令西门珍墓志》中的"凡积星岁,逾十瓜时"。因此从

---

① 《论语·先进》。
② 《赠韦秘书子春》。
③ 中巖円月:《東海一漚集·一》,第347页。

"麦秋今岁"、"若及瓜时"中能清晰地感到时间的匆匆逝去,"犹未死"和"闲着身"的表达又把作者惭愧自己无用之身的心态展露无遗,字里行间流露出"志不可得,而年命如流"①的感伤之情。

这里不得不提中岩诗中多次出现的"闲"字。禅僧的诗作中,"闲"字多用来表现作者闲适的心情,如雪村友梅"掩室闲眠休讨古,恐看断木到机春"②,"毋亡穷巷僧同榻,闲看空庭鸟啄台"③。义堂周信"病夫懒着游山屐,闲卧空吟乐道歌"④ "老师静退掩闲房,夏木阴中爱纳凉。"⑤其中的"闲眠"、"闲看"、"闲卧"、"闲房"无不表现出作者不为外物所累的自由闲适心情。而中岩多用"闲"字指代自己的隐居状态,表达自己空有济世之志,却无处施展的忧郁心情。如《新年》⑥一诗:

> 天下至公惟岁华,未尝行不到闲家。
> 今朝四十何方愕,暮景寻常亦可嗟。

此诗作于历应三年(1339年)新年。据《自历谱》记载,历应二年(1338年)十二月,"追荐江州升座次,表法嗣百丈老师之意,既上镰仓,洞宗之徒欲害予"⑦。历应三年(1339年)"作琐细集,誓杜藤谷门"⑧。正是这一年,中岩誓杜藤谷门,开始了自己的隐逸生活。中岩在诗中惊愕自己转瞬已到不惑之年,但却一事无成,不禁嗟叹自己"暮景寻常"。"天下至公惟岁华"一句颇有自嘲的意味,自己不受命运眷顾,被世间遗忘在藤谷一隅,没有忘却自己的只剩下匆匆流逝的岁月。一个"闲"字,凝结了作者多少抑郁不得志的无奈、悲凉。一个心怀高远治世

---

① 叶嘉莹:《〈古诗十九首〉的多义性》,第117页。叶嘉莹:《叶嘉莹说诗讲稿》,中华书局,2008年。
② 雪村友梅:《拙斋》。
③ 雪村友梅:《再次毛懿甫苔字韵》。
④ 义堂周信:《次韵国清圆天鉴三首》。
⑤ 义堂周信:《次韵奉答此山和尚三首》。
⑥ 中巌円月:《東海一漚集・一》,第332頁。
⑦ 《仏種慧済禅師中巌円月和尚自歴譜》正安二年条,第621页。玉村竹二:《五山文学新集第四集》,東京大学出版会,1970年。
⑧ 同上。

理想，却只能空叹时光流逝的儒者形象跃然纸上。《鹁鸠》① 一诗中，作者以鹁鸠自喻，叹息自己"千痴百拙不成谋，屈颈闲眠是事休"。

《己丑元日》② 一诗同样抒发了作者"志不可得，而年命如流"的悲叹之情。

五岁贞和历首开，春风尚未属寒梅。
咋宵伯玉悔非去，今日仲尼知命来。
照古菱惊双鬓雪，座团蒲任寸心灰。
偶因俗客贺年至，又把茶瓯作寿杯。

"五岁贞和历首开，春风尚未属寒梅"，中岩在开篇点明自己的境遇。贞和五年结束，迎来了观应元年（1349 年），中岩五十岁。作者以寒梅自指，表达了独立不迁的志向。"尚"字展现了作者依然时运不济的现状和仍未放弃济世之志的复杂心境。开篇就为全诗奠定了"志不可得，而年命如流"的情感基调。"伯玉悔非"出自礼篇《蘧瑗敬上》，"周卫蘧瑗，字伯玉。年五十，知四十九年之非"。这不仅暗合中岩的年龄，更是中岩反躬自省的人生态度的象征。而"仲尼知命"是中岩对自己怀才不遇命运的顿悟。从"伯玉悔非"的积极的人生态度到对自己命运的顿悟，其中包含了作者无尽的苦痛和无奈。饱尝人生跌宕的中岩在古菱镜中看到自己双鬓斑白，跌坐蒲团上不禁心灰意冷。"照古菱惊双鬓雪"，化用杜甫《江上》"勋业频看镜，行藏独倚楼"，作者年命如流，时不我与的悲叹声闻纸上。诗中最后写道："偶因俗客贺年至，又把茶瓯作寿杯"。作者虽然疲于世俗的应酬，但是并未完全断绝和友人、朝廷官吏的联系，这也是他未放弃出仕之志的体现。

中岩在与友人的赠答诗《船中赠别源，时肥后寿胜寺请至》③ 中也表达了自己的出仕之志。

---

① 中巌円月：《東海一漚集・一》，第 361 页。
② 同上，第 349 页。
③ 同上，第 344 页。

> 君方瑞世向肥阴，我入旧山幽墨深。
> 踪迹三千南北路，情怀一片古今心。

别源是中岩为数不多的朋友之一，两人同出身于曹洞宗宏智派。是时，肥后的寿胜寺请别源任职，此诗正是中岩写给别源的送别诗。友人别源赴肥后的寿胜寺任职，仕途通达，而自己隐居于故乡镰仓的深山中，不为人知，两人的境遇形成鲜明的对比。"幽墨深"形象地表现了中岩隐居之地藤谷的偏僻深幽，以及作者理想被压抑的忧郁心情。而后作者笔锋一转，写道"踪迹三千南北路，情怀一片古今心。"中岩与友人别源，一个隐居于北方深山中，一个远赴南方任职，南北相隔千里，境遇亦不可同日而语，但却同古往今来的仁人志士一样，都怀有一片经世济民的赤子之心。"三千南北路"，"一片古今心"，在时间和空间上营造出宏大的气象，表现出作者理想的高远坚定。

如上所述，中岩的诗中"志不可得"的痛苦和不弃出仕之志的顽强精神相互交织融合，构成了中岩隐逸思想的核心。青山秀水往往难以慰藉他矛盾苦痛的心灵，他在《岁晚》①中写道：

> 岁晚天寒处，风清月白时。
> 长吟乘逸兴，独坐叹悠姿。
> 世事那堪说，人生自有涯。
> 目前如可遣，身后不须期。

微风清凉，月色皎洁，景色如此幽美。然而之后再无对宜人景致的描写，忽而转为作者的心境独白。中岩感叹世事无常，不可预料，悲叹自己无用的闲身。诗的结尾浩叹"目前如可遣，身后不须期"，表达了作者强烈的出仕之志。如上所述，中岩诗中对清幽之境的描写大都异常简短，且多被大量的心境独白占据。因此他鲜有寄情山水的作品，留下的是大量心境独白之作。诗中无不交织着"志不可得"的苦痛和"难弃出世之志"的矛盾心情。意味深长的是中岩虽无隐逸之心，诗作中却流露

---

① 中巌円月：《東海一漚集・一》，第330页。

出避世之情。

> 日月蹉跎时屡迁，几回嗟叹思悠然。
> 何如放下诸缘了，独向云林深处眠。①

岁月匆匆流逝，自己却始终时运不济，无数次的嗟叹思虑后，作者不禁感慨"何如放下诸缘了，独向云林深处眠"。

《无题》② 中也流露出作者的避世之情。

> 耳背闻声任不真，眼昏观月尽双轮。
> 何当一洗浑身痒，成个世间无事人。

当时贵族和新崛起的武士阶层之间战争频繁，人民饱受灾荒战乱之苦，"耳背闻声任不真，眼昏观月尽双轮"即是对当时动荡不安的社会现状的映射。中岩回国后，上书后醍醐天皇，欲以孔子的正名思想为指导，建立以天皇为首的统治秩序，君臣民三阶层各司其职。但是中岩的才能并未得到天皇的肯定，其治国之策也未得到朝廷的采用，之后中岩又屡次遭受宏智派的迫害，几近丧命，种种经历使他感到不如隐居山林，做个"世间无事人"。

中岩不仅因为嗣法他派遭到宏智派的迫害，而且屡次卷入权力斗争之中。中岩任建长寺前堂首座时，住持嵩山圆寂，于是寄信给禅律奉行日野有范："谨呈御奉行以求新住持之人也、幸而明公营领奉行事官、伏望选举宗眼明白者、请而补之、不翅山门增光而已、抑复国家善政之一助也。"③ 希望奉行能够在五山丛林中举荐有才能者，补建长寺住持之缺。但是当时禅宗各派争斗激烈，曾欲以自派僧徒继承住持之位。于是中岩无意间卷入各派争斗之中，在建长寺受到迫害排挤。中岩屡遭迫害，质问"何处世途非履冰"④，慨叹不如舍弃胸中之爱，隐居山林。

---

① 中巌円月：《東海一漚集・一》和别源韻第三首，第 330 页。
② 中巌円月：《東海一漚集・一》，第 353 页。
③ 中巌円月：《東海一漚集・二》，第 383 页。
④ 中巌円月：《東海一漚集・一》，藤蔭雑興十二首，第 346 页。

总体而言，中岩流露避世之情的作品不多，多集中在隐居早期的作品中。而且此类诗作与表达不弃出仕之志的作品常常交替出现，因此隐逸初期的诗作中"行藏"二字屡次出现，"行藏于世总无心"①、"去就误行藏"②、"强分人我较行藏"③、"行藏动辄事多妨"④，作者矛盾的心态可见一斑。但是，随着时间的推移，中岩的决心愈加坚定，流露避世之情的作品也逐渐消失。

（二）修身待时而出

"君子藏器于身，待时而动"⑤是儒家隐逸观的根本特点。隐逸中的中岩一直在修身养性，等待时机。中岩在《藤阴杂兴十二首》⑥中，吟咏道：

> 月白风清秋满怀，闲房僻处小门开。
> 吟哦倚栏三更过，此夕情人来不来。

风清月白的秋夜，中岩开放院中小门，独自凭栏吟哦等待情人即伯乐的到来。"月白风清"、"闲房僻处"描绘出一幅清幽宁静的画面。作者独自凭栏吟哦的景象为本诗增添了一份落寞孤寂的情绪。"此夕情人来不来"的质问则是本诗的点睛之笔，作者等待伯乐，翘首以盼的感情喷薄而出。此诗中的景色描写与心境独白转化自然，浑然天成。清幽的景象，落寞的身姿愈发衬托出作者感情的浓烈。

宋代诗人叶绍翁《游园不值》一诗脍炙人口，诗中游人推测小园主人闭门不开的原因为"应怜屐齿印苍苔"。中岩在《藤阴杂兴十二首》⑦中假托小园主人的口吻，回答了游人的推测"俗人哪识闲人意"。从此处推测中岩等待的伯乐不仅要赏识他的才能，更要理解他高远的志向。怀

---

① 中巌円月：《東海一漚集・一》，第331页。
② 中巌円月：《東海一漚集・一》，招友，第339页。
③ 中巌円月：《東海一漚集・一》，壬辰正月六日作，第356页。
④ 中巌円月：《東海一漚集・一》，和答明巌，第340页。
⑤ 《周易・系辞下》。
⑥ 中巌円月：《東海一漚集・一》。
⑦ 同上。

才不遇的中岩转而博览群书，修身养性。

> 空房高咏碧云句，一榻相思雨夜灯。
> 几度吟哦搜万物，自惭才力竟难能。①

"碧云句"化用江淹《休上人送别》中"日暮碧云合，佳人殊未来"一句，暗指中岩等待佳人即伯乐的心情，与"相思"二字遥相呼应。"碧云句"、"雨夜灯"点明时间的变化，作者从日暮直等到深夜，只是"佳人殊未来"。"空房"、"高咏"、"雨夜灯"展现出一种孤独冷寂的气氛，衬托出作者孤寂，落寞的心情。失望中的中岩转而"吟哦搜万物"，勤读诗书，惭愧自己才力尚不足。中岩在《和前韵寄院司二首》②中，勉励院司勤学苦读，等待时机。

> 官冷不愁才过人，莫期阴骘但修身。
> 勾萌得养夜存气，草木敷荣时在春。

此诗是和院司前韵所咏，以勉励院司并自勉。"官冷"为官职低下，不受重用之意。"阴骘"一词出自《书经·洪范》"惟天阴骘下民，相协厥居"，意为使民众安居乐业。中岩在诗中主张即使不受重用，无法实现救世济民的理想，也不必自怨自艾，只需修身养性，等待时机。"勾萌"即草木的新芽，"夜存气"出自孟子的"夜气之说"，谓晚上静思所产生的良知善念。中岩借此勉励院司，小小新芽只有受到夜气滋养才能在春天百花繁茂，逆境中的人只有博学广思才能受时运眷顾，担当大任。《自责赋》③序文中可以窥见中岩夜以继日博览群书的情形。"坐矮窗凭桊几，蠹简腐编，狼狼藉藉，纷纷披披，而不知其劳也，犹恨邺侯之三万轴，不得施诸吾家，但惧其览之不博，闻之不多，则伏猎弄獐之为误，金根杖杜之不知也，故旁驱冥搜诸子百家之说，至天文地理阴阳五行卜筮之

---

① 中巌円月：《東海一漚集·一》，第346页。
② 同上，第340页。
③ 同上，第320页。

书，亦不废焉，既而稍倦，欠伸而起复坐，俯而默静而思"。

在学问方面，中岩提倡踏实深入的学习方法。在《惜阴偶作》① 中，中岩批判了当时五山禅僧不求甚解的学习态度。他把丧失求道精神的五山禅林比喻成无根的绿树，覆盖山林，郁郁葱葱，一排繁盛的景象。但是绿树不久就会腐朽衰败，这种状况连佛祖都会忧愁。

在《和答钝夫》中岩提到"苟使本根固，枝条当自调"②，告诫钝夫做学问应该探其深意，切忌停留表面。在《和韵赠大虚并序》③ 中说：

> 丈夫期远大，莫甘他残杯。
> 天理有定分，乐极便生哀。
> 且如今年春，早暖晚雪催。
> 桃花夸艳冶，俄然色如灰。

桃花在中国的古诗中意象十分丰富。三月桃花盛开，万物蓄长，桃花自然被认为是春天的使者。其花色娇艳，给人以柔媚之感，因此诗人常以桃花喻美人。桃花易落，使人徒增伤春之感，因此桃花也常是悲情的象征。此诗中作者依据桃花徒有娇艳外表，却不胜春寒，转瞬凋落的特点，以桃花来比喻不求甚解，华而不实的做学问的态度。告诫大虚，如此学问也必会像桃花一样"俄然色如灰"，禁不起推敲，没有长远的发展。希望大虚心怀高远的理想，踏实勤学，坚持自己的观点。

中岩在隐居期间，潜心研究史学，著有《日本书》一书。书中质疑神武天皇乃天照大神后裔的传说，提出日本皇室为中国吴太伯后裔的观点。但此书不久后成为禁书被焚，《日本书》的内容成了一个难解之谜。关于日本皇室为吴太伯后裔一说，桃源瑞仙在《史记桃园抄》中这样推测：

> 吴国位于中国东部，与日本是一衣带水的关系。经教常经吴国

---

① 中巌円月：《東海一漚集・一》，第352页。
② 中巌円月：《東海一漚集・一》和答钝夫第一首，第350页。
③ 中巌円月：《東海一漚集・一》，第337页。

传播至日本，日本的使者也常被派往吴国。中岩圆月可能根据两国地理位置相近，推测日本皇室为吴太伯之后裔。其后，此书被焚，不行于世。①

现代学者玉村竹二也指出，吴太伯一说的提出是"依据中国史书记载和中日两国地理关系进行实证分析的结果"②。

需要注意的是，中岩撰写《日本书》时正是日本神国思想风行之时。时蒙古入侵日本，遭飓风而退，人们把此事与在伊势神宫举行的异敌降服的祈祷相联系，认为日本是受神明保佑的国家。此后，神国思想愈加盛行，渗透到日本各个阶层。中岩敢于怀疑神国思想，运用实证的方法探求历史真相，这种精神本身就值得赞赏。

结　语

五山禅僧虽倡导仁政，但他们多在禅院修行，远离世俗生活，鲜有底层生活的经历。而中岩由于其孤儿经历，尝尽人世悲苦，深知在天灾、疫病、战争中挣扎求生的普通百姓的不易。他不仅将对底层民众的同情与关爱咏入诗中，并上书天皇，商讨治国救民的良策。是时五山诗作多脱离现实，一味讲求技巧、字句斟酌，因此中岩直视社会，饱含爱民之心的诗风在五山诗作中别具一格，熠熠生辉，且在日本汉文学史上占有特殊地位。

当时的禅宗界小教团林立，禅僧求道心尽失，只知党护己派。禅僧只嗣授业恩师之法，后继塔主也只在己派中选任，各派成为一个封闭的团体，一旦脱离这个团体，个人的出仕升迁将化为泡影。中岩猛烈地抨击了这种"师焉而尚，宗焉而党"的堕落倾向，并嗣法在元留学时自己受益良多的大慧派。其后屡遭迫害，生活困顿，但中岩以儒士固穷的操守、守道的品格激励自己，始终未曾动摇。诗中所洋溢的志立而不屈的

---

① 原文为日文，笔者译。龟井孝・水沢利忠：《史記桃源抄》の研究，日本文化印刷社，1967年，第388页。

② 原文为日文，笔者译。玉村竹二：《東海一漚集雜感》，第342页。《日本禅宗史論集上》，思文閣，1976年。

决心，安守穷困的信念无不彰显出其儒士风骨。

中岩嗣法他派后，仕途无望，最终选择隐居。隐居中的中岩一面博采百家之长，提高自身修养，一面等待伯乐的到来。诗文中交织的志不可得的无奈苦痛与等待伯乐到来的焦急心情展现出一位"待时而动"的儒家隐者形象。面对五山禅林的堕落，一休宗纯最终脱离五山，"自负"、"狂行"，绝海中津身处官场，寄情山林，中岩痛苦与希望交织的隐逸观是五山文学多样隐逸观之一，其中迸发出的强韧乐观的精神具有积极意义。

参考文献

1. 足利衍術，（1932），《鎌倉室町時代の儒教》，日本古典全集刊行会。
2. 海村惟一，（2004），《五山文学研究の諸問題》福岡国際大学紀要，No. 11。
3. 荒木見悟，（1963），《仏教と儒教》，平楽寺書店。
4. 今枝愛真，（1970），《中世禅宗史の研究》，東京大学出版会。
5. 上村観光，（1919），《禅林文芸史譚》，大鐙閣。
6. 王家驊，（1988），《日中儒学の比較》六興。
7. 亀井孝、水沢利忠，（1967），《史記桃源抄の研究》，日本文化印刷社。
8. 蔭木英雄，（1994），《中世禅林詩史》，笠間書院。
9. 蔭木英雄，（1987），《中世禅者の軌跡：中巌円月》，法蔵館。
10. 北村沢吉，（1941），《五山文学史稿》，富山房。
11. 吉川幸次郎，（1962），《宋詩概説》，岩波書店。
12. 久須本文雄，（1992），《日本中世禅林の儒学》，山喜房仏書林。
13. 五味文彦，（2008），《詳説日本史研究》，山川出版社。
14. 後藤丹治、釜田喜三郎，（1961），《日本古典文学大系35 太平記》，岩波書店。
15. 高文漢，（1998），《日本研究第18集五山文筆僧中巌円月の世界》，角川書店。
16. 佐藤和彦，（2000），《中世社会思想史の試み—地下の思想と営為》，校倉書房。
17. 竹田和夫，（2007），《五山と中世の社会》，同成社。
18. 玉村竹二，（2003），《五山禅僧伝記集成（新装版）》，思文閣出版。
19. 玉村竹二，（1955），《五山文学——大陸文化紹介者としての五山禅僧の活動》，至文堂。

20. 玉村竹二，(1970)，《五山文学新集第四集》東京大学出版会。
21. 玉村竹二，(1978)，《五山詩僧》，大日本印刷株式会社。
22. 千坂嵃峰，(2002)，《五山文学の世界：虎関師錬と中巌円月を中心に》，白帝社。
23. 中川徳之助，(1999)，《日本中世禅林文学論攷》，清文堂。
24. 西村天囚，(1951)，《日本宋学史》，朝日新聞社。
25. 芳賀幸四郎，(1981)，《芳賀幸四郎歴史論集Ⅲ 中世禅林の学問および文学に関する研究》，思文閣出版。
26. 芳賀幸四郎，(1981)，《芳賀幸四郎歴史論集Ⅳ 中世文化とその基盤》，思文閣出版。
27. 古川哲史、石田一良，(1977)，《日本思想史講座2》，雄山閣。
28. 増田知子，(2002)，《中巌円月東海一漚詩集》，白帝社。
29. 村井章介，(2003)，《分裂の王権と社会》，中央公論新社。
30. 森茂暁，(2007)，《南北朝の動乱》，吉川弘文館。
31. 俞慰慈，(2004)，《五山文学の研究》，汲古書院。
32. 入矢義高，(1972)，《中巌と〈中正子〉の思想的性格》，《中世禅家の思想》，岩波書店。
33. 蔭木英雄，(1968)，《中巌円月の人と作品》《国文学》第四十三号，関西大学国文学会。
34. 久須木文雄，(1969)，《中岩円月の中国文学的背景》，《禅と日本文化の諸問題》，平楽寺書店。
35. 佐々木朋子，(1981)，《中岩円月行動・思想の変化と詩の展開——私詩から偈頌へ》《日本文学》9 日本文学協会。
36. 孫容成，(2006)，《中巌円月の楊雄観》《日本・中国交流の諸相》勉誠社。
37. 玉村竹二，(1976)，《東海一漚集雑感》《日本禅宗史論集上》思文閣。
38. 玉村竹二，(2002)，《五山叢林の塔頭について》，《叢書禅と日本文化第五巻》，ぺりかん社。
39. 芳賀幸四郎，(1937)，《五山文学の展開とその様相》，《国語と国文学》昭和32 (10)，東京大学国文学会。
40. 芳賀幸四郎，(1936)，《五山文学の展開とその基本的動向》，《国文学解釈と鑑賞》昭和31 (6)，至文堂。
41. 原美鈴，(2005)，《二条河原落書について》，《悪党と内乱》，岩田書院。
42. 久木幸男氏，(1981)，《教育思想の比較文化的考察——中巌月の場合を例として》，《教育哲学研究》，教育哲学会。

43. 古沢未知男,（1953）,《僧中巌の学的要素——主として其の導入について》《熊本女子大学学術紀要》5（1）。

44. 森野知子,（1992）,《中巌詩の特質、典故とその使用法》,《日本研究》Vol. 6, 日本研究会。

45. 安良岡康作,（1994）,《虎関師錬・中巌円月》,《仏教文学講座第三巻法語・詩偈》, 勉誠社。

46. 葛兆光,（1986）,《禅宗与中国文化》, 上海人民出版社。

47. 周裕锴,（1998）,《文字禅与宋代诗学》, 北京高等教育出版社。

48. 张文利,（2004）,《理禅融会与宋诗研究》, 中国社会科学出版社。

49. 冯友兰,（1985）,《中国哲学简史》, 北京大学出版社。

50. 叶嘉莹,（2009）,《迦陵论诗丛稿》, 北京大学出版社。

51. 叶嘉莹,（2008）,《迦陵说诗讲稿》, 中华书局。

52. 司马迁,（1982）,《史记》, 中华书局。

53. 潘守皎,（2007）,《从〈论语〉看孔子的隐逸思想》, 齐鲁学刊。

54. 催　伟,（2003）,《儒道隐逸思想浅探》。

55. 邹晓霞,（2001）,《陶渊明的固穷之志论》, 辽宁师范大学学报。

56. 马振铎,（2001）,《论孔子的正名思想》, 河北学刊。

第五章　义堂周信的文学观

在日本中世文学研究史上，禅林文学一直处于不受重视的境遇之中，有文章认为，日本的五山文学仿佛如日本文学研究对象中的孤儿般不受重视。事实上，众所周知，日本中世社会武士阶级纷争格局，战火连绵，在这种形势下，文化成果面临传承危机，而此时身处禅林之中的五山僧侣们，远离俗世利益纷争"为日本中世文明的传承起到了桥梁的作用"[1]，其贡献和力量不容忽视。五山文学诞生于镰仓末期，历经足利时代由临济宗五山硕学僧创作而成。汉文学自传入日本历经了奈良朝、平安朝，最终在中世形成了以五山文学为代表的禅林文学，蔚为壮观，因其创作群体"禅僧"深受"不立文字"、"直指人心"的禅宗思想的影响，明显呈现出在多文化领域融会贯通的特征。五山文学前期的研究者卜村观光曾对五山禅僧做出了如下高度评价"在我国中世文明史上，一群拥有特殊才能的人大放光彩，当时战乱相寻，文教之颓废亦甚，而能够超然存立于此番战乱之外，能够权衡利弊，运筹帷幄之中者当属五山文学僧们，其价值与传承延续欧洲中世纪文明的耶稣教徒们相似"[2]。

禅林文学虽起源于中国，但在中国一直没能发展壮大，时至今日也不过作为一种文学形式存在而已，当然这与儒家思想在中国传统思想中近乎牢不可破的正统地位有关。但是禅林文学东传日本后，历经"传入"、"吸收"、"转变"之后，形成三大主要体系，日益发展壮大，并且有相当数量的作品流传于世。日本的禅林文学按照所受到的主要影响可

---

[1] 原文为日文，笔者译。伊藤博之など：《仏教文学講座　第九卷　研究史と研究文献目録》，勉誠社，1994年，第106页。

[2] 原文为日文，笔者译。上村観光：《五山文学小史》。

分为如下三大体系："第一体系主要受到宋末俗化的禅林文学的影响，尤其是受到以一山一宁为代表的渡日高僧的直接指导，诞生了以虎关师炼为首的学问僧，这一体系最终奠定了东福寺传统；第二体系主要是元朝偈颂运动即当时的留学僧受到以古林禅僧为中心的金刚幢下①的直接影响，出现了义堂周信，并且在日后奠定了相国寺传统；第三体系主要是当时的留学僧受到了明初重视在俗文学的禅林文学影响，产生了以绝海中津为中心的五山文学的诗文僧，并在日后形成了建仁寺的思想传统。"②。但是，有人认为五山文学"虽然号称五山，但主要的创作主体为活跃于京都的临济禅僧们"③，而在中世禅林的临济宗中，首屈一指的当属构筑了五山文学最为鼎盛时期的临济宗梦窗派其派及下众多门人。有人认为，梦窗派下的众多弟子中，"其中有七十人，大概如龙似蛇，由以义堂称魁首"④，由此可知，义堂周信在当时的梦窗派中的地位和影响力不容忽视。对此，著名评论家寺田透认为"诞生于五山之中的古文，由虎关师炼首倡，中岩圆月与之共鸣，二者在文辞方面才能卓越，但虎关之文终归摆脱不了禅门语录的气息，而中岩之文体又难免过于晦涩，到了义堂时方显文辞富瞻，才气横溢，终于将古文创作达到炉火纯青的地步。"另外对义堂周信的汉文创作大加赞赏，认为其"诗格文气清拔，更少有禅林僧门之创作弊病，可谓凌驾于觉范、契高之上"⑤。在论及五山文学时，后世著名儒学家林罗山认为"南禅寺义堂、相国寺绝海草创之裨甚乎"，而曾经编写过《五山诗抄》的赖山阳认为"五山僧侣颇为瘦硬绝句。其中巨擘，有义堂、绝海。颇雄奇。有台阁儒绅不及处。当时王霸盛衰，渠辈冷眼旁观，颇形之吟咏，含有讥讽。

---

① 因古林曾使用"金刚幢"的别称，该派门人自称"金刚幢下"。这一派创作的作品大多以佛教题材为主，采用偈颂形式，接近纯文学表现的禅僧辈出。原文为日文，笔者译。
② 原文为日文，笔者译。愈慰慈：《五山文学の研究》，汲古书院，2004年，第240页。
③ 原文为日文，笔者译。山岸德平：《日本古典文学大系89 五山文学集·江戸漢詩集》，岩波书店，1966年，第21页。
④ 原文为日文，笔者译。北村沢吉：《五山文学史稿》，富山房，藏版，1941年，第353页。
⑤ 原文为日文，笔者译。岡田正之著 山岸德平 長沢規矩也 補《日本漢文学史》，吉川弘文館，1954年，第349页。

又非近时君子，徒镂刻风月，无为益诗及也。"① 由此可见，义堂周信的作品在日本汉文学史上的地位弥足轻重。另外，身处中世武家社会权利鼎盛时期的义堂周信，深受当时权力者足利义满的信赖，在讲授禅宗经典的同时，通过介绍外典的形式，向其讲解传授中国以儒治理天下的思想，起到了政治顾问的作用，为五山制度的最终确立起到了不可磨灭的作用。义堂周信作为五山时代最大宗派梦窗派的代表人物，深受当时公家和武家的青睐及追随，在进行汉文学创作的同时，广泛结交禅林内外的重要人士，因此可以说无论是在五山文学达到鼎盛期还是在五山禅林制度的最终确立上，都起到了主导者的作用。

一　道理与文章

　　义堂周信是日本中世南北朝时期临济宗梦窗派的禅僧，别号空华道人。出生于土佐国高冈郡，十四岁时因亲眼目睹亲人死于非命，于松园寺落发出家，翌年在还历寺登坛受戒。十七岁时第一次拜见了梦窗疏石，成为梦窗派门下的弟子。康永元年（1342）刚入禅门不久的义堂就立志前往禅宗的发源地中国留学，回乡里做留学准备。途中因为身体羸弱，遇风浪患病，深感无法承受海上长期的旅途颠簸，不得已放弃了留学的想法。再次回到梦窗疏石门下，从打扫僧做起，出法兄力外宏远亲自指导，潜心修行，严守克己。在梦窗圆寂后，入建仁寺龙山德见的门下继续修行。1395年，受将军足利基氏②（1340—1367）招募，前往镰仓传播禅宗思想。在关东的二十年间，相继在常陆的胜乐寺、镰仓的善福寺、瑞泉寺、圆觉寺的黄梅院修行并开创了报恩寺，因其为人正直、修养深厚，深受当时将军足利基氏、义满和武将上杉朝房等的信赖，在向他们传授禅宗思想的同时，还讲解儒家经典倡导的为政之道。晚年在南禅寺内建造了慈氏院并居住于此，直至六十四岁圆寂。与其交往密切的友人主要有石室善玖、春屋妙葩、太清宗渭等，其诗人弟子主要有玉畹梵芳，

---

　　① 原文为日文，笔者译。《芳賀幸四郎歴史論文集　中世禅林の学問および文学に関する研究》，思文閣，1981年，第343页。

　　② 南北朝时期的武将。尊氏之子。初代镰仓公方，确立了室町幕府在东国的势力。原文为日文，笔者译。

法嗣有大春周亨等。义堂擅长创作汉诗文，尤其以文见长，与绝海中津的汉诗并称"五山双璧"。主要著作有《义堂和尚语录》（四卷）、诗文集《空华集》（二十卷）、日记《空华老师日用工夫略集》等，除此以外，编辑整理了前人创作结集成《贞和类聚祖苑连芳集》（十卷）及《禅仪外文抄》等流传于世。

朝仓尚在其论文中指出，义堂"在理性思考方面异常早熟，展现了其异才、秀才的一面"①。义堂在思考问题时之所以显示出早熟于同龄人与其留学元朝未果或许有关。义堂所处的南北朝时代迎来了汉文学前所未有的隆盛期，留学僧、归国僧络绎不绝，在那些到过中国，亲身体验过当地文化及文学创作的人面前，不免有些底气不足，因此每逢遇到归国僧或来日僧乃至来日工匠等都乐意与之交往，以期更多了解中国禅林的情况，其始终以谦虚谨慎示人，因而留给后人早熟、擅长理性思考的一面。梦窗疏石圆寂后，入龙山德见门下继续修行。龙山德见在元共四十五年，住在兜率寺（隆兴寺）中，精通汉语，熟悉当地的文学、文化及风俗习惯，对中国的禅林规矩、习惯更是烂熟于心，甚至因为习惯了中国禅林的生活，曾产生一度放弃回日本的想法。不仅如此，因受到有"偈颂创作第一人"之称的古林清茂（1162—1329）的直接指导，与当时"禅林四六文创作第一人"笑隐大䜣（1284—1344）有过交往。在对中国风土文化充满渴望的义堂眼里，有如此经历的龙山德见可谓是其"朝思暮想，为之倾慕"的老师，而在龙山德见看来，在元四十余年，以六十六岁的高龄回到日本能遇到天资聪慧、上进好学的义堂也可谓是其"人生暮年得到的宠爱弟子"②。德见为义堂周信提供了一个更为直接、准确了解中国文化及文学的平台。义堂"通过德见得到的最重要的收获是领略了古林派的气脉，另外通过中岩获得了大慧派的创作精髓，秉承了当世的文学创作风格"，③ 义堂在继承传统的同时不落窠臼，积极吸取提炼

---

① 原文为日文，笔者译。朝倉尚：《五山版〈新撰貞和分類古今尊宿偈頌集〉〈重刊貞和類聚祖苑聯芳集〉の刊行をめぐって——義堂周信の存在証明》，国語国文，第七十四卷，第六号，第3页。
② 同上，第4页。
③ 原文为日文，笔者译。玉村竹二：《日本歷史新書　五山文学——大陸文化紹介者としての五山禅僧の活動——》，至文堂，1955年，第99页。

其中精华为自己的汉诗文创作所用，有《空华集》二十卷流传于世，其中有汉诗 1739 篇、汉文 476 篇，无论是创作的数量还是水平在五山文学中都是屈指可数的。

中岩圆月为《空华集》作序写道："友人信义堂。禅文皆熟。余力学诗。风骚以后作者商糸而究之，最于老杜老坡二集。读之稔焉。而酝酿于胸中既久矣。时或感物。兴发而作则。雄壮健谈。幽远古淡。众体具矣。若夫高之如山嶽。深之如河海。明之如日月。冥之如鬼神。其变化如风云雷电。其珍奇。如玉贝金壁。以至其纵逸横放。则如猎虎豹熊貅之猛然。（中略）。义堂设心在焉。自非禅文兼熟者。安能如斯之为"。由此可知，义堂的作品可以说在一定程度上折射出了五山文学的创作风格。斋藤拙堂曾给予义堂的汉文以高度评价："余在读文章时，其中可称道者，室町氏之时无文章，然余观义堂空华集，颇有可诵者，最喜其深耕说，文字非无瑕疵，然说理核实，意在笔先，今世文章家，能无愧乎"①。义堂的汉文创作秉承宋代清新文风，文笔流利通畅，文风苍劲有力。另外汉文学家猪口笃志指出："义堂擅长诗文创作，其博学堪称五山第一，其诗不逊绝海，其文不输虎关、中岩"②，可以说义堂的汉诗文创作在五山禅林文学中独放异彩。不仅在日本国内，中国四明的诗僧楚石读过义堂的诗文稿后不禁感叹道"不谓日本国有此郎耶"③。

（一）"道"乃文章之根本

源自印度的佛教传入中国后，与中国固有的文化相结合，产生了新的佛教流派。对此，玉村竹二先生认为"在原始佛教无神论的形骸之中，融入中国式的合理主义精神，随着兴建佛殿，礼拜本尊，向诵经回向的神秘主义妥协。小乘色彩强烈，强调志同道合者相结合，占据广大山林，以重视佛教的实践方面为己任，强调日常生活中的规矩即'日用工夫'，严格按照'清规'，实践同志僧人的集团生活"④，"禅宗"可以说是佛教

---

① 原文为日文，笔者译。北村澤吉：《五山文学史稿》，冨山房，1941 年，第 364 页。
② 原文为日文，笔者译。《日本漢詩鑑賞辞典》，角川书店，1980 年，第 94 页。
③ 《空華集》，第 456 页。
④ 原文为日文，笔者译。玉村竹二：《五山文学——大陆文化紹介者としての五山禅僧の活動》，至文堂，1955 年，第 28 页。

与中国传统思想有机结合的产物。可以说日本禅宗及五山制度"移植"于中国禅宗，自传入后历经消化、吸收、改变的过程，最终发展成为日本文化不可缺少的组成部分。

宋末，在中国的禅林社会中流行着竺仙梵仙及其弟子的思想，他在继承了大慧派纯文艺创作风格的同时，主张文学创作应当回归宗教文学创作范畴之内。有一次，竺仙梵仙的弟子问"大凡作诗作文，怎样做才能尽僧家本宗之职责"，竺仙梵仙回答道"作为僧人应该以学道为本，文章次之。虽说如此，但凡会道者，即使不能作文也无妨"①。由此可见，在中国禅林文学中，"禅"与"文"的关系是禅僧之间经常提起讨论的话题之一。科举落榜生中，有些人是因为无心再考，躲避禅林自寻清净，有些人是为了寻求官途以外的出世之道，出家为僧，而他们中很多人自幼学习儒家经典，擅长四六文的创作，因此在进入禅林之后，将日常熟悉的四六文写作习惯应用到禅林文书的创作之中。随着士大夫阶级进入禅林，禅林社会与士大夫阶级的交流日益密切。伴随着禅宗的日益贵族化，为了更好地与士大夫名流交往，作为当时社交手段之一的汉诗文创作也被禅林社会所接受，并呈现出积极学习和创作汉诗文的局面。因此在中国，禅宗与汉诗文创作有着天然的关系。在禅宗传入日本的同时，汉诗文的创作的风习也随之传入，镰仓时代的日本禅林以渡日僧为主导，这些高僧将汉诗文的创作作为选拔弟子的衡量标准，作为出世必要条件之一的汉诗文创作成为禅僧们竞相追逐的对象，于是，日本禅林中出现了学习汉诗文创作的热潮，迎来了日本汉文学前所未有的兴隆期。

当时的汉文学作者"为了满足高度的理性欲求，掌握赅博的古典知识的同时，显示出与其说缜密不如说有些晦涩的运笔，有的作品晦涩难懂"②，禅林中的汉文学创作重点不再是获取宗教式的领悟和说教的手段，而是为了迎合武士阶级贵族化的需求，不断追求文章辞藻的华丽。针对禅林文学创作的不断俗化，无论在汉诗文创作还是在日记中，义堂始终倡导回归禅林文学创作宗教性的原点，"道"是其汉诗文创作追求的根本。

---

① 原文为日文，笔者译。玉村竹二：《五山文学——大陆文化紹介者としての五山禅僧の活動》，至文堂，1955年，第90页。

② 同上，第208页。

首先从义堂作品中出现的与"道"相关描述展开考察。他在文中写道,"夫道也生者。生灵之大本。至理之所出也"。能够决定世间一切、生灵之本的不是他者,正是"道",有"道"存在的地方才能自然生"理"。于是有"道存。则虽巷居之陋。瓢饮之微。人必敬之"①,也就是说对于追求"道"的人而言,无论其居所如何,只要心中有"道",即使处于多么卑微的境地,也必然会得到周围人的尊敬。"古之尊宿。率以道自牧。故卑而益尊。谦而益光。其为徒者。亦以道师之。故群居而不挠。独处而弗孤。以之居山林。山林益重,以之处业林也。业林益振。是无他也。以道是尊而然耳也"②,从禅林传统看来,凡是有成就的僧人大都以求"道"为己任,因为他们的存在,无论多么卑微的环境也显得尊贵,愈谦和愈受人尊敬。"古人标格今人则,人也虽亡道自馨"③,真正能够流传于后世的不是名声也不是财富,而是一种精神。义堂非常尊敬拥有高古精神的先人,也很看重以求"道"为本业的后辈僧人,只有追求精神境界的不断完善,才能看清自己,悟出世间真谛,即使独处也不觉得孤单,因为有一种精神陪伴,禅林之中如果多几个这样的尊宿,则禅宗精神的长久传承、发扬光大也指日可待了,因此一个宗派壮大的根本原因在于重视"道"的作用。

除此以外,在义堂眼中能够做到"以道自牧"的君子,则能做到"处卑而弗争。居尊而能降。故位益高而不危。名益瘅而不辱"。④ 只要心中追求"道",即使身处俗世,身陷卑贱之中,也不会卷入纷争之中,即使位高权重,也能够做到不被左右心智,虽然地位越来越高,但不会高处不胜寒,即使身份越来越低微也不会自视卑贱,在这纷扰俗世中实现自保,不受屈辱也没有惶惶不可终日的危机感。义堂全力倡导的"道",在其描写兰的一首汉诗中也有所体现:"骚人且莫嫌香少,在德须知不在香"⑤,诗中义堂没有说"别看兰香气少",而是采用了第一人称的口气对前来观赏的文人骚客自白道:我虽然香气少,但您要知道真正值得关

---

① 《空華集》,第 785 页。
② 同上,第 888 页。
③ 同上,第 660 页。
④ 同上,第 896 页。
⑤ 同上,第 501 页。

注的不是香气而是品德的高洁，与外在相比，内在的精神更为重要。这里描写的"德"与之前倡导的"道"所指一样，强调内在的修养和高尚的品格。至于"德"的重要性从《题扇面》四十二首其一中可以得到启示："人归德也水归海，云在山兮树在林。"义堂采取了一贯的平明诗风和类似楚辞的诗歌形式，通过水终将归于大海，云终日萦绕山峰，树存在山林之中这种形象的类比诠释了"德"是人的天然归宿和存在根本。义堂强调"道"的重要性，认为"道为万物之宗"①，道是"世之最高者"②，是"一切万法之出"，因此只要把握住"道"，就能掌握世间万物的变化规律，只要按照"道"的要求行事，一切问题皆能迎刃而解。

"道"的表现形式有很多种，例如"心"就是其中之一，本文认为义堂所坚持倡导的"道"和佛教经典之中频繁出现的"心"息息相关，其文中有："夫心也者群灵之本，万法之原"、"心也者万法之攸归，众生之本有。"③ 义堂所追求的"道"和佛教经典中的"心"一致，都是万物之本源，世间万法之初出。在禅宗经典中有"以心为本"、"即心即佛"的说法，这里的心不是肉体上的心而是万事万物的本体，放之四海皆准的真谛。作为禅宗重要经典之一的《坛经》对此有如下表述："闻其顿教，不假外修，但于自心，令自本性常起正见。"④

禅宗并非否定世间万物的存在，只是不主张将全副心思寄托在具体的形骸上。义堂将"道"和"心"作为追求的目标，并且身体力行，切身实践，于应安四年（1371）十二月二十五日在日记中写道："凡吾宗以人心为宗。苟心存则宗脉源源不绝也。"⑤ 认为"心"是万物本宗，但是今世禅林以"名利"、"地位"为本宗，疏远佛法是禅林一大憾事。"夫道之成也初无方所，为独得之心而已。"⑥ 也就是说"道"既没有一定的产生规律可循，也没有具体的形式可以依照，如果仅以此为依据的话，不过是缘木求鱼，真正追求"道"的人是靠自性成佛，靠自身的佛性

---

① 《空華集》，第926页。
② 同上，第934页。
③ 同上，第894页。
④ 《坛经》，华夏出版社，2006年，第69页。
⑤ 《日工集》，第115页。
⑥ 《空華集》，第935页。

开悟。

南北朝时期刘勰（465？—520？）在其《文心雕龙》中写道："爰自风姓，暨于孔氏，玄圣创典，素王述训，莫不原道心以敷章，研神理而设教，取象乎《河》《洛》，问数乎蓍龟，观天文以极变，察人文以成化；然后能经纬区宇，弥纶彝宪，发挥事业，彪炳辞义。故知道沿圣以垂文，圣因文而明道，旁通而无滞，日用而不匮。"① 在此值得注意的是"道沿圣以垂文，圣因文而明道"，由此可见"道"不仅为禅宗倡导，也是圣人一致追求的精神境界。那么义堂苦心经营的"道"究竟所指什么呢？正如其在文中问"道也者何也"，答"中道也"，更具体的是"三教之徒所学也"②，因此可以推断禅僧义堂追求的"道"不仅局限于禅宗内部，受当时佛道儒三教合一思想的影响，主张三教"皆以学此也"。

在"道"与"文"的关系方面，《空华集》的序文中有很清楚的表述，"道充乎内。文发乎外。道与文相须也。"③ "道"是文章的内在支撑和根本，文是"道"的外在表现。以"道"为内在支撑的文和仅仅追求外在形式的文，有着本质的不同，因为重视内容和精神的文章是一种高尚精神的自然流露和生动体现，义堂追求的是一种以"道"为根本的文章创作。

刘勰虽然提到"道"对于文学创作的作用，但没有具体区别自然之文与人为之文。另外值得注意的一点是南朝时期"堕落"、"奢靡"的文风一度流行，刘勰提倡"明道"，也就是以儒家为主，道教和佛教并用，以期顺应封建社会的需要，提出了"明道"的思想主张④。进入唐朝以后，韩愈（768—824）在其《原道》篇中写道："吾所谓道也，非向所谓老与佛之道也。""尧以是传之舜，舜以是传之禹，禹以是传之汤，汤以是传之文武周公，文武周公传之孔子，孔子传之孟轲；轲之死，不得其传焉。"⑤ 韩愈在其文章中多次主张排佛，因此韩愈所倡导的"道"是儒家主张的"道统"思想，而且他认为自孟子之后"道统"思想不复往日。

---

① 周振甫：《文心雕龙 今释》，中华书局，1986年，第14页。
② 《空華集》，第917页。
③ 同上，第935页。
④ 周振甫：《文心雕龙 今释》，中华书局，1986年，第9页。
⑤ 韩愈、欧阳修等著：《唐宋八大家散文》，北京出版社，2006年，第18页。

其实早在韩愈之前，梁肃对"道"与文的关系有过论述："文本于道，失道则薄之以气，气不足则饰之以辞。盖道能兼气，气能兼辞，辞不当则文斯败矣。"① 由此可知，在当时判断一篇文章的好坏标准由高到低依次是"道"、"气"、"辞"，只有形式的文是失败的，一篇好文章一定会潜藏着某种精神方面的诉求。在诸种精神诉求中，道德修养乃是文章追求的根本。服务于封建统治者的儒家思想，其倡导的文学理论自然离不开社会人生的方方面面，在平安时代备受日本人推崇的白居易在其诗中写道："文章合为时而著，歌诗合为事而作。"② 也就是说文学作品的机能不仅仅是对美的理解，更重要的是服务于当时社会，也就是"文以载道"的思想。而这里的"道"是儒家倡导的"道统"，是符合统治者要求的人之"道"。而义堂倡导的"道"不局限于当世社会，也不局限于禅宗内部，而是不依赖外界事物的精神要求，不因外在因素而改变的天之"道"、自然之"道"。作为禅僧的义堂受禅宗"即心即佛"、"直指人心"思想的深刻影响，认为"心"是开悟的必要手段，并以此鼓励后辈僧人："学道非难事，惟人贵久长。晚成真大器，竞出尽群芳。"③ 追求"道"并不是一件很难的事情，只要坚持不懈，终将有所作为，还认为"人之学道得其本"在"己"不在"外"④。面对日益颓废的禅林社会，不断俗化的禅林文学，义堂忧心忡忡多次提到作文章时，要"以道德为主。章句为次。"⑤ 只有以"道"、"德"、"心"为根本的文章才能到达蔚然天成的境地，让读者耳目一新，有所感触。

综上所述，中国传统的道统思想提倡"文以载道"，重视文学对维持社会秩序的作用。义堂主张的"天之道"与儒家的"人之道"思想有所不同。义堂认为"道"是世间万物发展的自然规律，一切都要遵循这个规律，并将这种思想作为自己创作的根本。

---

① 梁肃（753—793），字敬之，一字宽中，郡望安定乌氏（今宁夏固原东南），曾为右补阙，翰林学士等。《全唐文》存文六卷。在古文运动前驱者中，梁肃是承前启后的人物。该段话见于《补阙李君前集序》。
② 《全唐文》《与元九书》。
③ 《空華集》，第 600 页。
④ 同上，第 845 页。
⑤ 同上，第 777 页。

（二）"理"乃文章之灵魂

斋藤拙堂先生读义堂的汉文感叹道："最喜其《深耕说》，文字非无瑕疵，然说理核实，意有笔先，今世文章家，能无愧乎。"① 《深耕说》内容短小精悍，在此不妨借此以期对义堂文章的说理性有一个直观的感受。

> "空华叟郊居无事。出游泛观。田野桑拓之间。有大麦同畝而异熟者。怪之质于老者。曰惰农为也。问其所以。曰凡地耕而浅者。所种之者。必早熟而不茂。深而耕者。所种之者。必晚熟而肥硕。是以善学稼者。患乎耕之浅。不患成之晚也。而彼惰者。用力弗专。所以耕有深浅。而熟有早晚也矣。嗟乎今之吾徒也。耕道不深。而患名晚者。其无愧于老农之言也耶。余窃有感于中。遂书以告同学端介然。深耕者之徒也。"②

义堂借老农言，通过深耕则庄稼成熟晚但肥硕，而浅耕虽然成熟早但是不够茂盛的耕种道理，告诫当下禅宗弟子，不应将心思过多用在追求名利仕途之上，而应该趁着年轻以学习为主，潜心修行，不断完善。通过日常生活随处可见的例子提醒后辈僧人，其中闪耀着理性的光芒。义堂没有去过中国，但能够熟练掌握中国文字并运用到日常创作③中，虽然在文章用词方面不能说没有瑕疵，但全篇充满智慧。再者，义堂的汉文创作脱离了形式上的模仿，更多是结合自身的修禅体验，从自己的心境出发进行创作，可以说是日本文学自照性传统的一种体现。

义堂作品的说理性还体现在对"道"的论述上，在其《贺誓大信住曹源颂轴序》一文中写道："辟之江水出岷山。其源仅可以滥觞。及乎至浔阳。分为九派。其势益张。奔放横肆。洋洋乎楚东南之域。呼吸万里。

---

① 岡田正之著　山岸徳平・長沢規矩也補《日本漢文学史》，吉川弘文館，1954年，第341页。
② 《空華集》，第882页。
③ 1. 语录、善福、建仁、南禅三会，一卷；2. 空华集，二十卷；3. 日工集，四十八卷；4. 百丈清规抄；5. 古今杂集；6. 东山和尚外集抄；7. 禅仪外文抄，十二卷；8. 枯崖漫录抄，二卷；9. 新刊贞和集；10. 祖苑联芳集，十卷。

吐纳零潮。而与海相若。是亦无它也。以其源深也……大信果能以是道。力行而弗止焉。则曹源一滴之流。支分列派。横批乎。天下之大。未晚。"① 义堂严以律己，做到以道自牧，他没有罗列大堆道理而是用河流的比喻告诉大信，不要终日担心派系不够壮大，将"道"比作江水，与江水发源地的水量多少、水势大小无关，只要不放松对"道"的坚持，长期下去派系的发展壮大也在情理之中。这样简单形象的说明更容易引起他人的思考，而且印象深刻。文中用来说理的文字自然推进，没有矫揉造作的感觉，由此可见，义堂的外典知识储备丰富，对文章的驾驭能力很强。

另外，义堂文中的举例贴切，紧扣文章主旨，且多为日常生活中随处可见的现象。例如，义堂在论述"文"与"道"的关系时写道："夫人之有道也。犹水之有源。源浚则其流益远。道存则名益振。苟或道之不修。源之不养。则欲其流之远。名之振。不亦难也哉。"② 义堂将"道"比作水，利用这种简明的例子阐释了难解的道理，源头深则能源源不断，流才能更远，正像"道"对于人一样，一个人只有重视"道"的作用，以"道"为自己的追求，才能受人尊敬，为人所熟知也是自然的。

义堂厌恶俗世社会的应酬，但他为人谨慎谦和，经常受托于友人及后辈僧人，为他人做了很多解释道号的文章也就是"名字说"。但是义堂的"名字说"不是一味的夸赞奉承或简单的典故解释，而是通过字说对前来求"名字说"的僧人或寄予厚望或有所警醒，字字珠玑，蕴含一定的道理。

例如曾有一位名为月舟的僧人前来求"名字说"，义堂借"月舟"二字展开了如下的解释："三舟共观一月，一舟停焉，而二舟南北焉。其南焉者。见其月千里随南焉。其北焉者。见其月千里随北焉。其停焉者。见其月而弗移焉。是乃一月不离中流。而南而北也。不独而南而北也。百千共观。八方各去。则百千其月。各随方而去也。此盖言佛之法报。一身多身。应机而现者也。"③ 文中没有对月舟二字的典故来源展开解释，

---

① 《空華集》，第785页。
② 同上。
③ 同上，第901页。

而是通过处于不同位置的三艘船共同观月,虽然他们看到的是同一个月亮,但因为一艘船不断向南行进,所以从这个角度观察到的月亮是不断向南移动的,而在北边船上的人不断向北行进,从这个角度观察到的月亮是不断向北移动的,而一直原地不动的人,他观察的月亮也是静止不动的,三个人的观察结果之所以各不相同,主要是他们的船所处位置不同造成的。义堂从观月位置影响观月结果的现象揭示了追求佛法真理的人因所处环境不同造成对佛法的不同理解,而佛法本身并不因人而改变。因此,追求佛法真理的人不应该过度关注事物的表面现象而应该重视内在的修养。

在《月谿说》中有:"昔岩头雪峰钦山。结为三友。一夕月道聚。峰蓦指一椀水。钦曰水清月现。峰曰水清月不现。岩头则踢却水椀而去。空华子曰,是三友者。一人见月不见水。一人见水不见月。一人水月俱不见。且问客是三人。哪个是哪个不是。客卒而答曰。是则三人俱是。不是则三人俱不是。毕竟真月在何处。(中略)到头雪夜月,任运落前溪。"① 岩头、雪峰、钦山主客三人于月下相聚,一个人只看到月亮没看到水,一个人只看到水而没看到月亮,第三个人既没看到水也没看到月亮,三个人面对同样一碗水呈现出同样的月影,其表现截然相反,于是问来客哪个人的观点正确,客人回答说,如果正确三个人都正确,如果错误三个人都错误,因为真正的月亮不在碗里而在天上。义堂用"到头雪夜月,任运落前溪"极具偈颂意味的一句话作为总结,希望以此引起来客更多的思索。此处从侧面反映了禅宗"无相为宗"的观点,任何事情都没有标准答案,关键在每个人内心的感悟。

另外,在培养人才时,采用循序渐进、融会贯通的方式:"世之最高者。莫逾于道。苟欲其道高。必先卑其身。譬之养树而成乔林。曰先深其根。根既深矣。则其杪不欲高。而自高矣。"② 中国传统中有"十年树木百年树人"的观念,将培养人才比作种植树木,将"道"比喻成树根,用根深才能枝繁叶茂这样的自然法则告诫后辈僧人,不要好高骛远,应当重视"道"的作用,不断完善自我,一定会得到周围人的

---

① 《空華集》,第909页。
② 同上,第934页。

尊敬。

　　义堂因其知识渊博、为人正直，在当时禅僧乃至武士中间具有很大的影响力，他在严于律己的同时很重视对后辈的培育和帮助，对与生俱来的聪颖之人更是寄予厚望："良木必先采苗盈尺者。养之封之。以固其根。剪洗以疏其枝。始于盈尺。而挺乎百围累丈之材。以待梓人之虚也。既遇梓人。则加之斤斧。挽之牛车。登之庙堂。而乃规而园之。万而方之。绳而直之。水而平之。细而锥者。为栋为梁。（中略）余谓人之生也。孩而父母毓之。童而师友训焉。成人而遇王公大人。而登焉庸焉爵禄焉。而为文物之官。或为释老之长。任其能也。美木是类焉。"① 这段文字将天资聪颖的孩童比作盈尺之苗，只有遇到赏识他的人，经过悉心的培养才能成为栋梁之材，如果没有经过磨炼很有可能沦为庸才。在这里值得关注的是，人才有良莠之分显然不符合禅宗倡导的"万物一体"思想，但是整段文字说理举例并不晦涩，而是生活中常见的现象，特别是"规而园之"、"万而方之"、"绳而直之"、"水而平之"、"细而锥者"，一系列动作的描写，显示出工匠对于良木的珍视，同样也反映出义堂对于人才的渴望和爱护。

　　义堂擅长说理，表述极具逻辑性的特点不仅体现在作品上，在日常生活的小插曲中也随处可见，其中于应安五年（1372）十一月八日的日记中出现了如下一段主客间的对话："妙见余吐痰为秽，余戏问曰，即今作秽相者是何物。妙曰，我也，余诘曰，尔自顶至踵，或皮或骨，乃发毛爪齿等也，于此中间何物是我，妙无以答，余曰，我既无，则净与不净相果何在，妙笑而答曰，我不是佛，何得知无我，余曰，尔即是佛，妙曰，佛者放光，我是无光，何得谓之佛，余曰，若以放光为佛，尔必被狐惑，狐亦解放光，慎勿认光为佛，妙诺而退。"② 有别于文学作品的构思创作，日记具有随机性和不定性。《日工集》在五山文学乃至中世史研究中作为不可缺少的研究资料之一备受关注，北村泽吉认为其字里行间"随笔挥洒，便成章，纪叙议论秀峭、清丽、苍劲、巧妙，全

---

① 《空華集》，第822页。
② 《日工集》，第125页。

篇绚丽多彩，令人目不暇接。"① 多以简短记述的形式展开，较少有描述性的段落，但读此段文字时仿佛真有主客二人正在针对发光者才是佛展开问答，妙趣横生，这体现了义堂高超的语言驾驭能力。禅宗认为一切皆有佛性，因此义堂认为来客是佛，但是客人说会发光的才是佛，我不发光因此我不是佛，义堂认为不应该以发不发光作为判断是否是佛的唯一标准，世间因会发光为人所知的还有狐，义堂巧妙的作答令来客心服口服。

随着禅宗传入日本，禅宗典籍以及儒家经典也一同传入日本，作为禅僧的义堂精通禅宗经典，同时努力吸取外典的养分，能够灵活掌握各个典故的含义，运用自如，很少有生硬、牵强的感觉，可以说其作品代表了五山文学汉文创作的最高水平。另外，重视"坐禅"、"念佛"的义堂，强调"道"是文章的根本，"理"是文章的灵魂的创作观念，其汉文创作中自然平添一份超然脱俗，沉静自得的闲适。

二 恬静超脱的汉诗

禅林文学里出现的汉诗，从形式上看与一般人所作汉诗没有区别，无外乎绝句、律诗、五言、七言等，但受禅宗精神影响的禅僧以"坐禅"、"念佛"为伴，在诵读禅宗经典时，每有所感即述诸笔端，禅僧所作的汉诗充满了禅精神，起到传播佛教思想的作用，这种借世俗汉诗的形式宣扬禅宗精神的创作形式叫"偈"。禅宗传入日本之后，这种作"偈"的习惯也一并传入日本，并作为一种教养学识的证明成为禅僧之间竞相模仿学习的对象。因此，对于禅僧而言，作诗并非背离本宗的行为，而最终发展成为有利于自身开悟，发觉潜在佛性的手段之一。

在五山文学研究史上，有"本土派"和"游学派"的说法，义堂作为"本土派"的代表与"游学派"的绝海一起，将五山文学的创作推上了最高峰。这一时期的五山汉文学创作已经完全脱离了对中国汉诗文的模仿，表现出自省的特征，字里行间流露出追求精神的至高

---

① 原文为日文，笔者译。北村泽吉：《五山文学史稿》，富山房，1941年，第366页。

境界,"深沉"而且"厚重"①。只有真正脱离俗世羁绊投入天地之间的人才能创作出清新自然、字字隽永的文学作品。研究者荫木英雄多次强调义堂学识丰富,在诗歌创作中频繁自然地引经据典,如数家珍,并指出其汉诗创作的特点主要有"诗歌出典"、"诗情的复合美"以及"思想的多重性"②。《日工集》应安二年(1369)七月十四日的一条记录引起了很多研究者的关注。"余十五年前,在京之西山,作颂艺商人皈九州诗曰,海上仙山即九州,平生有意踏鲸游,秋窗一夜闲欹枕,望看灵槎犯斗牛,今日上人来谒,且云,以此诗及所记五六首,举似唐人,唐人皆云,疑是大唐人作也。"③倡导谦逊、严格、谨慎的义堂特意将此事记入日记之中,虽不可否认其中的自豪之情,但从另一方面可以证实义堂的作品已传入中国,并且受到高度评价。由此可知作为"本土派"代表的义堂,虽然没有亲自前往中国学习,但是当时中日交流频繁,内典外典被大量带到日本,加之义堂虚心好学,汉诗已达到相当高的水平。

(一) 自在风雅的诗境

在五山文学中,同出身于土佐(今高知县),而且同为梦窗派的代表人物,义堂和绝海成就最为突出。评论家江村北海在其《日本诗史》中对义堂和绝海的作品做出了如下论述:"五山作者,至今徵其名者不下百人,且绝海、义堂当选其中,绝海、义堂世多并称,以为敌手,余尝读蕉坚稿,又读空华集……论学殖则义堂似胜于绝海。"④江村在仔细阅读了二人的诗文集后得出义堂在学识方面优于绝海,再次肯定了"本土派"禅僧的创作水平。义堂虽没有到过中国,但广泛阅读五山版作品,潜心学习,故对典故的引用也能做到应用自如,游刃有余,在汉文学创作时毫不逊色于"游学派"。义堂对文字有很强的驾驭能力,通过汉诗这种高密度的表现形式表达自己的思想,营造出自在、风雅的诗境。《空华集》二十卷中汉诗形式多种多样、涉猎广泛,古诗七首、歌⑤三首、楚辞一

---

① 高文漢:《五山文学の研究価値》,第4页。《日文研》第18期,1977年。
② 原文为日文,笔者译。蔭木英雄:《義堂周信》,研文出版,1999年9月,第9页。
③ 《日工集》,第28页。
④ 《日本詩話叢書》,1972年所收。
⑤ 义堂作品中出现的一种文学形式,格式不齐,较为随意的创作。

首、四言绝句十二首、五言绝句五十六首、六言绝句十一首、七言绝句一千零八首、五言律诗一百九十三首、五言排律两首、七言律诗四百五十首、七言排律一首①组成，由此可见，义堂最常用的汉诗形式为七言绝句和七言律诗，尤其是七言律诗令人称赞。

  义堂的汉诗创作深受古林派禅僧的影响，古林派的创作脱离一般文艺诗要求的"高雅的贵族式教养"和"华丽的辞藻"②，重视诗歌的思想表现力，主要表现为"偈"的形式。虽然用词充满"贵族风韵"，但丝毫没有"纤弱"、"颓废"之感，相反，正因为其"正统性、健全性"才能够超越"俗世限制"，以"高雅劲直"的诗风③为世人所知。义堂通过龙山，与古林派禅僧一脉相承，创造出自在风雅诗境的同时，重视自身的禅体验，精神的共鸣，而非一味地追求辞藻华丽。玉村竹二指出，五山文学中最值得关注的是"偈"，其中蕴含着禅僧充满智慧的感悟，尤其对义堂的"偈颂"大加赞赏，在其编集的日本禅语录中特意加以解说和鉴赏。在五山文学的研究史上，"偈颂"究竟是什么引起了诸多研究者的关注。玉村竹二认为"以佛教为题材"④的诗歌形式是"偈"，芳贺幸四郎认为"通过自身的宗教体验象征性地表现自己的心境"，"将自己的精神感悟寄托于自然景物所作的诗歌"是"偈"⑤。可以说无论是哪一种解释都突出强调了"偈"重视宗教精神方面的体验和感受。

  本文按照义堂作品的不同表现形式的分类，用中国诗歌传统的理解方法，对其作品中经常出现的诗歌意象进行数据分析，以期对其诗境能有一个较为客观的理解。

---

① 岡田正之著　山岸徳平・長沢規矩也補《日本漢文学史》，吉川弘文館，1954 年，第342 页。
② 玉村竹二：《五山文学——大陸文化紹介者としての五山禅僧の活動》，至文堂，1955 年，第89 页。
③ 同上，第83 页。
④ 同上，第87 页。
⑤ 芳賀幸四郎：《中世禅林学問および文学に関する研究》，思文閣，第373 页。

表1 常用诗歌意象的数据统计

常用意象 诗歌形式	四言绝句 数量	四言绝句 比例	五言绝句 数量	五言绝句 比例	六言绝句 数量	六言绝句 比例	七言绝句（第二卷）数量	七言绝句（第二卷）比例	五言律诗（第六卷）数量	五言律诗（第六卷）比例	七言律诗（第七卷）数量	七言律诗（第七卷）比例
鸥			1	3%			4	1%	8	4%	4	2%
兰	2	40%	1	3%			3	1%				
梅			2	6%			20	9%	11	6%	8	4%
竹			2	6%			11	5%	10	6%	10	5%
云			5	15%			33	15%	33	17%	37	17%
睡							10	5%	2	1%	8	4%
扁舟	1	20%	3	9%	3	42%					1	0.5%
梦			2	6%			18	8%	20	10%	30	14%
春			5	15%	3	42%	52	24%	43	23%	40	19%
雪	1	20%	8	25%			35	16%	38	20%	32	15%
月	1	20%	3	9%	1	18%	35	16%	25	13%	44	21%
总数	5	100%	32	100%	7	100%	221	100%	190	100%	214	100%

以上是义堂汉诗中常用意象的统计结果，其中"云"、"梦"、"春"、"雪"、"月"的使用率最高，在四言绝句中虽然较少出现"云"意象，但在其他诗歌表现形式中所占比例大致为15%到17%。"梦"和"云"一样，在四言绝句中的出现比例较低，但在其他诗歌表现形式中所占比例最高可达到15%左右。在这几种常用诗歌意象中，"春"所占的比例最高，如上表所示，最高占到24%，最低也能达到15%左右。"雪"和"月"在四言绝句中所占比例大致在20%左右，正如诗歌中写到的那样"夜坐月为友，秋眠云作衣"，义堂十分重视"坐禅"、"念佛"的作用，每当夜深人静，陪伴自己的还有天上的月和游历四方的云。

其中，"云"、"梦"、"雪"、"月"的共同特征是颜色比较浅而且以白色为主，与鲜艳的色彩相比，白色能令人产生远离俗世的隐逸之情。佛教典籍中经常将"云"和"泥"放在相对的位置上，将远离世俗纷扰、寄情山水、云游四海的人称为"云脚僧"，与之相对的不能摆脱世俗名利诱惑的人则是"泥"。南朝梁时，陶弘景①（456—536）隐逸于句曲山，遇到齐高帝萧道成，萧道成问他"山中何所有"，答道"岭上多白云，只可自怡悦，不堪持赠君"②。由此可知，对于隐逸之人能够终日以萦绕于山峰间的白云为伴是一种不可多得的乐趣，"云"逐渐成为隐逸之人的代名词。终日疲于世俗应酬、人情往来的义堂在其作品中写道"独坐看云眇五峰"③，坦言羡慕无拘无束的山间云朵，不受束缚、自由自在。无独有偶，诗人似乎特别钟情于"云"，唐玄宗天宝年间（1045—1105），李白在送别好友刘十六时曾赠诗一首写道，"楚山秦山皆白云，白云处处长随君，君入楚山里，云亦随君渡湘水，湘水上，女萝衣，白云堪卧君早归"④。这里将隐逸之人比作"白云"，体现出崇尚隐逸，寄情山水之人高尚洁白的风格。义堂的诗句"云抹山腰白，水摇桥影斜"⑤中打破一般人以"山"、"桥"为主体的审美意识，赋予"云"和"水"以主动性，充满了灵动和飘逸，而且"抹"和"摇"如此富有慢镜头效果的字眼，折射出诗人悠然自得的心境，由此可见，义堂深得中国作品中"云"意象的精髓，但并不是刻板重复，而是加以灵活应用，传达自己独特的心灵体验。

现在大家都知道日本的国花是樱花，但早在平安时代因为受到中国唐文化的影响，皇室贵族间无论是日常生活还是诗词歌赋大都崇尚"梅"的形象，进入中世之后，一方面受平安贵族审美意识的影响，另一方面以自称"以梅为妻，以鹤为子"而闻名遐迩的林和靖的作品在五山禅林中大受欢迎。义堂作品中有，

　　　　　　梅竹清寒配拒霜，
　　　　　　梅翁竹丈本同乡⑥

---

① 中国，梁朝道士。秣陵人。字通明。隐居茅山，推进道教的理论化发展，精通药物学。著有《本草经集注》等。
② 〔清〕王士禛选：《古诗笺》（全二册），上海古籍出版社，1980年，第386页。
③ 《空華集》，第491页。
④ 《白云歌送刘十六归山》《李白诗选》，人民文学出版社，1961年，第60页。
⑤ 《空華集》，第616页。
⑥ 同上，第493页。

的诗句,将"梅"与"竹"并用,赋予"梅"以"清寒"的性格,由此可见,义堂受"梅"洁白高尚性格的影响。另外在《墨梅》诗中写道,

> 梦入罗浮小洞天,幽人引步月婵娟。
> 晓来一觉知何处,雪后梅花浅水边。①

诗平明自然,循循善诱,将读者引入一个自在的梦幻世界。在描写一个充满禅味的梦境,一旦入此境地,没有世事纷争,人便可忘却俗世烦恼。王安石也有一首写梅的诗,

> 墙角数枝梅,凌寒独自开。
> 遥知不是雪,为有暗香来。②

诗中借"梅"香气清淡,花形较小的特征,表面上是在赞美梅花不以香气、花形吸引别人关注,实是借以表达作者政治生活中郁郁不得志,但能坚持自己的政治理想。在中国传统写景状物诗中,经常采用托物言志的手法。因现实生活中很难做到直抒胸臆,常常寄情于山水,借以表达自己的某种政治诉求。对比二者不难发现,作为禅僧的义堂,熟知"万物皆有佛性"、"万物一体"的教义,在描写梅的时候,不只是从一个观赏者的角度出发,而是赋予"梅"以佛性,通过"梅"唤醒自身潜在的佛性,是禅僧开悟的一个辅助手段和契机。

再者,一年四季的转换和周围事物的瞬息万变无不令诗人敏感纤细的心灵产生共鸣,更何况是重视自然体验,投身于自然的禅僧。义堂擅长描写细腻的心理感受,令读者仿佛身临其境。

> 来宿梅花树下房,雪残经案月残床。③

---

① 《空華集》,第573页。
② 《宋诗别裁集》,上海古籍出版社,1961年,第188页。
③ 《空華集》,第494页。

由此可知，那夜义堂留宿的僧舍附近种植着梅花，一阵寒风吹来，梅的香气也幽幽袭来，沁人心脾。诗中没有用雪"落"在经案上，也没有用月亮"照"在床上，二者皆用一个"残"字，这里赋予"雪"和"月"以能动性，诗人与周围的环境融为一体，不分主客，将本来枯燥无味，日复一日、年复一年的"坐禅"、"念佛"的寂寞生活描写得如此风雅，也只有真正陶醉于此间生活的人才能做到如此洒脱和出入自如。"夜坐月为友"，"秋眠云作衣"的诗句，对于彻底坚持"坐禅"、"念佛"，时刻按照禅林生活规范严格要求自己的义堂而言，"坐禅"、"念佛"不是一件苦差事，相反，夜深人静，独自一人以月为伴，以云为友，虽晚秋时节不免寒气逼人，但与自然融为一体，清静自然，怡然自得。与此类似的还有，

清游最好深秋夜，雪晒芦花月一蓬。①

诗人似乎特别偏好秋天深夜时分，如遇上有月相伴自然更佳，岸边的芦花随风摇曳，月光倾洒在停于湖中的蓬船上，动静结合，富于光色的变化，在诗人的日记中"正心"二字随处可见，也正因诗人自在的心境才能很好地勾勒出如此风雅的诗境。

风雅的诗境描写不仅限于对"雪"、"月"、"云"的倾心，在描写日常生活中简单的人际交往时也能运用自如，如《山茶花》② 二首其一：

老屋凄苔半遮，门前谁肯暂留车。
童儿解我招佳客，不扫山茶满地花。

"老"、"凄"、"半"三个字足以体现义堂居所的简陋，但居住环境与"道"不一定成正比，虽处于陋室之中，依然会有"佳客"前来拜访，尤其是最后一句"不扫山茶满地花"，在诗人眼中，自然之态是最美不过的了，而且对能够领略义堂用心的童儿流露出了赞许之情。短短

---

① 同上，第507页。
② 同上，第513页。

四句营造出自然风雅诗境的同时，也为追求自然风雅的主客提供了一个自然清新的场所，相交往来不受世事拘束，这也是义堂一直追求的一种心境。

> 三度频频谒上方，半窗每见掩斜阳。
> 东风似解□人意，吹落梨花满路香。①

"三度""频频"流露出热切盼望之情，即将西下的斜阳透过半遮半掩的窗户撒在屋内，此时一阵东风吹来，将两旁的梨花吹落，铺满了前行的道路，伴随着扑鼻而来的阵阵香气，路途的劳累也一扫而光。诗中巧妙地借助夕阳、东风渲染了日暮之时温暖的气氛，仿佛诗人身于满是梨花的环境中，如同真有梨花随风扑面而来一般。

如上所述，义堂在诗中常用诗歌意象营造出一个自然风雅的诗境，且始终没有刻意描写周围环境，随时都是身处其中，与周围的环境融为一体，自然流露，毫无矫揉造作之感。义堂在积极保持禅林文学主题性的同时，不是晦涩刻板描写，能做到灵活驾驭语言传达自己的思想，诗中不乏自然清新之感。

（二）淡泊高尚的诗情

日本进入中世以后，一改平安时代宫廷贵族统治的局面，武士阶级登上历史舞台，掌握政权。随着这种权利的更迭，思想文化方面也在发生变化。一个新的阶级成为统治阶级之后，必然需要一种与前一时代不同的文化形式。而相比于平安时代的贵族阶级，武士阶级的文化传统远没有那么深厚，于是重视直观感受和直接体验的禅宗恰好迎合了武士阶级的心理要求。在这种社会环境影响下，渡日僧和留学僧往来频繁，中日两国的禅宗交往日益密切，模仿中国禅林制度的日本五山制度逐渐建立和完善，在禅林之中逐渐形成了五山十刹的局面，五山禅寺的官寺性格又迎合了武士阶级统治思想文化方面的心理需求。

---

① 《空華集》，第448页。

表2　五山十刹

	五山之上	五山第一	五山第二	五山第三	五山第四	五山第五
京都	南禅寺	天龙寺	相国寺	建仁寺	东福寺	万寿寺
镰仓		建长寺	圆觉寺	寿福寺	净智寺	净妙寺

五山文学的发展进入隆盛期后，随着禅林与世俗社会的关系日益密切，禅林之中名利与权势的纷争日益浮现出来，能够进入当时禅宗最大门派的临济宗便意味着可以通过诸寺、十刹、五山的顺序一步步成为在禅林乃至对政治产生一定影响力的人物。原本淡泊名利的禅林成了禅僧们争名逐利的场所。其中，临济宗梦窗派在当时禅林社会中首屈一指，其弟子人数众多，影响力大，作为梦窗派主要人物之一的义堂，如果顺应潮流弘扬宗派、扩大本派的话也无可厚非，但事实上，义堂一直以来崇尚门派无大小强弱，只要大家一心追求"道"，一定会得到周围人的认可和尊重。因此，义堂虽身处禅林名利权势的漩涡之中，但能做到清心寡欲、崇尚自然和隐逸的生活，此实属难能可贵，因而受到统治阶级的青睐。义堂年轻时创作的作品《遣闷》[①]中流露出了对远离世俗社会的隐逸生活的憧憬之情，

半生清苦怯哀穷，心似死灰无复红。
桃李春风心事外，池塘芳草梦魂中。
燕知社日来南国，雁背斜阳入塞空。
睡起西窗吟抚几，人间得丧付鸡虫。

年轻时候曾立志前往元朝，但因体质较弱不得已放弃后，重新回到梦窗门下继续修行，自愿担任厕所清扫的工作，甚至用手指甲清理其中污物，因其勤勉严谨的为人，逐渐得到梦窗的赏识，成为侍奉汤药的僧人。这段可称为"半生清苦"的经历让他一度"心似死灰"，在禅僧修行生活中有"小悟数十回"的说法，"一旦意识到开悟，就将被证悟所束

---

① 《空華集》，第650页。

缚"①，在此可以看出年轻时期的义堂受当时禅林不良风气的影响，一度因为无法从证悟的烦闷中脱离而深感沉闷。通过"桃李春风心事外，池塘芳草梦魂中"传达出自己沉浸于先辈高僧的循循教诲之中，与追逐于名利权势的风气无关，一觉醒来伏案吟诗，自得其乐。费尽心思得到的东西最终也不过是过眼云烟。年轻的义堂能够做到视名利权势为身外之物，崇尚自得自在的隐遁生活，在其《竹雀》②三首中有，

> 不啄太仓粟，不穿主人屋。
> 山林有生涯，暮宿一枝竹。
>
> 莫羡云霄远，休嫌枳棘卑。
> 结巢虽至窄，犹胜鹊无枝。
>
> 风枝栖不稳，露叶梦应寒。
> 莫近高堂宿，公孙挟弹丸。

"不啄太仓粟，不穿主人屋"告诫他人世俗社会潜在的危险性，不要盲目追求生活的富足，对雀而言，真正的幸福是自由飞翔，栖息之地只需要山林中的一根竹子。另外，身边既会有默默无闻的平凡之辈，也会有仕途坦荡的成功者，既不要对别人的成就徒增羡慕，也不要妄自菲薄，要认真过好自己的生活。义堂借生活中随处可见的"雀"的形象告诫那些一心想谋求名利权势的禅僧，上层社会虽奢侈华丽、无限美好，实则处处险恶。但由于拥有洁白高尚的心境，义堂无论身在何处，地位如何，都能做到心智清净、淡泊名利。

义堂毕生都在求"道"之中度过，以其道义高古的人格、谦逊的性格、渊博的学识赢得了将军乃至整个上层社会的信赖。处于举足轻重地位的义堂，虽然心向世外隐逸生活，但终究避免不了与俗世社会的往来，苦于世俗社会的应酬往来及其繁文缛节。义堂无时无刻不期待着能够逃离俗世社会的牵绊重归自然。在其《壬寅瑞泉兰若席上和通叟诗奉赠武

---

① 原文为日文，笔者译。蔭木英雄：《義堂周信》，研文出版，1999年9月，第25页。
② 《空華集》，第469页。

卫将军源公兼简幕下诸公》① 二首其一：

> 借问篸亭分豆粥，如何禅榻看茶烟。

将与府君同席和上层社会频繁往来的出世生活比作在草庵分食豆粥，与之相比，义堂更倾心于坐在瑞泉寺的禅床上看茶烟的悠闲生活，直言对隐逸生活的无限渴望。

为扩大和巩固梦窗派在关东地区的影响力，义堂受招前往镰仓后的第三年，苦于周旋于将军及上层贵族中间，疲于日日受束缚的生活而不得解脱，写下了如下诗句，

> 三年不作禁城游，几度东风唤客愁。
> 今日暮檐春风里，对花犹认旧风流。

诗中用"禁城"指京都，而"东风"是指从京都吹到镰仓的风。对于受招前往镰仓的义堂而言，在镰仓终归逃不掉"客"的身份，每当落雨时节，凭栏远眺，伤怀之情不禁袭来，颇有汉诗中"独在异乡为异客"的寂寥。这首诗表面上在写对京都生活的无限怀念，但对于出生于高知县的义堂而言，京都也是客居之地，因此，在京都时虽身为无名小卒，但同时也摒除了世俗干扰，能够做到清心寡欲、潜心修行，这样的生活才是义堂真正向往的生活。在《人日偶读杜诗有感复用前韵呈阳谷》② 一诗中有，

> 万里江湖鱼脱笥，百年尘土蛤投篮。

诗中借离开万里江湖的鱼和被人捡拾后的蛤来表达自己如今不得自由的苦闷，内心对云游四海的僧人生活充满了无限的向往，厌恶被名利权势束缚内心，渴望能够逃离这个没有自由的俗世。义堂厌恶周围僧人

---

① 《空華集》，第691页。
② 同上，第699页。

为了权力而不惜一切代价的嘴脸，痛心曾经的人间净土变成了名利场。看到禅僧不坐禅，疏于念佛追逐名利时十分气愤，因此在诗中常常痛心疾首，呼吁和告诫后辈僧人要以"道"为追求目标，如《送选书记归赤松山》① 中有：

> 为僧不羡居官寺，肯羡人封万户侯。
> 但羡金仙方外去，袈裟稳伴赤松游。

由此可见，义堂为僧本意不是成为朝廷和幕府任命的住持，也不是做一个拥有万户子民的诸侯，他只想能够远离俗世纷争，过上超脱于世外的闲适生活。很多人可能会产生疑问，一向厌恶俗世名利权势之争的义堂，终日与将军幕府往来密切，而且对当时政治产生了一定的影响，这不矛盾吗？《空华集》卷十三《漏屋吟唱集叙》② 中有："余以官差起相之报恩。迁于洛之建仁。（中略）凡六月间，未尝一日不归坐禅，盖以身先众也。"从此文可知，义堂之所以身居官寺不过为了报恩，本文认为这里应该指报梦窗的恩，扩大梦窗派的影响力，即使上洛之时也无一日疏于坐禅，凡事能够严于律己起到身先士卒的表率作用。另外，对隐逸生活的无限向往之情不仅表现在汉诗文创作中，在日记里也随处可见，《日工集》应安五年（1372）七月三日中写到："老拙平生不欲与世相交，而事不得已，每与官人相会，是即所以报佛恩，不为一身也。"③ 义堂在日记中一吐真言，他与世俗权利之人往来，不是为了谋取权力和地位，而是为了弘扬佛德、普及佛法，因此身居官寺不过是他修行的一个手段而已。康历元年（1379）五月二日的日记中有如下记载："诸长老僧俗贺春屋皈洛，弔武州归田，余曰，弔贺皆世礼也，与吾何干。"④ 文中对弔问往来等俗世生活的繁文缛节表现出了不满，禅僧自当超凡脱俗，不与俗人为伍，自然不必在意那些俗人间的礼节规范。另外，在义堂的日记中，请求府君准许自己隐居故里的记录也屡见不鲜，但是每每都被

---

① 《空華集》，第 504 页。
② 同上，第 832 页。
③ 同上，第 127 页。
④ 《日工集》，第 197 页。

拒绝，对此《谢客》① 中有诗："病夫不耐送迎烦，云卧终朝只掩门。"流露出了对世俗交际、往来礼仪的厌恶之情，以至于为了减少应酬只好称病闭门谢客，心中对陶渊明"采菊东篱下，悠然见南山"的田园般生活充满了渴望，《谢苗道者惠菊花》② 中有："折腰未必似柴桑，三径从他半就荒。官寺浑如田舍趣，一篱晚菊驻秋香。"全诗流露出身处官寺心系淡泊、自在的田园生活的志向。在题扇面诗中，能够做到借物抒情，一抒胸臆，借以表达无时无刻都希望脱离官寺生活的心意，如《题扇面寄相阳故人》③ 中写道："海国归心若个边，芦花浅水白鸥天。殷勤寄谢渔竿客，我亦秋风理钓船。"全诗流露出诗人淡泊的心境。义堂多次在各种场合向府君表达希望隐退的愿望，每次府君都以各种理由加以拒绝，即便如此，义堂对与世无争的隐逸生活的向往之情从未改变。诗中通过在浅水边随风轻曳的"芦花"和自由飞翔的"白鸥"，婉转表达自己无心于官寺生活，只愿驾一叶扁舟独自离去，从此过上向往已久的自在清净的生活。

义堂一生中身居官寺，德高望重，于至德二年（1385）三月二十日受命作为南禅寺第四十四代住持。次年七月十三日，由义堂进言，从而使南禅寺位居五山第一，三日后义堂心生退意。就在他即将击响隐退法鼓的时候，遭到了南禅寺众禅僧的阻拦，情急之下由近侍弟子击响隐退法鼓，终于成功隐退。幕府见其退意已决，不得不接受了他隐退的要求，隐退之后的义堂难以掩饰内心的激动和欣喜之情，作了《退居辞南禅口占》④："老来住院一池鱼，放向江湖乐有余。天上龙门高万仞，百雷辛苦欲何如。"脱离人为建造的鱼池回到没有束缚的江湖之中得以畅游，对鱼而言这是一大幸事，成功出世之人虽权高位重，但离天空越近，受到电闪雷鸣的威胁就越大，这是最辛苦的。诗人借此表达了与每日不得不忙于世俗应酬的生活相比，身为佛教徒的自己更希望回到禅林，终日以"念佛"、"坐禅"为伴，唤醒自身潜在的佛性，到达真正的三昧境界。

如前所述，义堂为人谨慎正直、学识渊博，虽受府君器重，但没有

---

① 《空華集》，第595页。
② 《空華集》，第563页。
③ 《日工集》，第359页。
④ 《空華集》，第570页。

迷失在名利权势面前，厌恶俗世间流于表面的繁杂应酬，时刻不忘自己佛教徒的身份，潜心修行，向往淡泊自在的生活。其创作的汉诗无时无刻不在传达着渴望回归自然的愿望，体现了作者淡泊高尚的诗情。

（三）苍劲深远的诗意

研究者北村泽吉曾写道"拥有学者风范的义堂器识渊伟、豪爽俊快，虽不可否认其中含有应变滑脱之妙机，总之极为严肃，能够严守法规清白为人，切实贯彻高古的道义并为立身之本"且"为人协调。是故度云衲数千人，面向武夫说法且能长久保持作为老师的地位"①。禅宗的根本在于"通过静坐到达三昧境地有所开悟"②，在"坐禅"、"念佛"方面要求严格，但是当时禅林充溢着名利权势和宗派纷争，禅僧疏于"坐禅"、"念佛"，一心追求名利权势。义堂一心求道，面对佛法日益衰微的局面痛心疾首，在其作品中屡次告诫后辈僧人，汉诗文创作应以高僧作品为榜样，以禅宗精神自律，强调作文先正心，提倡平明自然的诗风，避免陷入晦涩难懂的文字游戏中。

义堂严于律己的同时，不忘记对后辈禅僧的教育和提携，在其《佛成道》③ 中有，

> 六年冷座道难成，捱得身形太瘦生。
> 末法比丘多懈怠，和衣睡卧到天明。

首先，"佛成道"讲的是菩萨修行开悟成佛的过程，传说释尊于腊月八日，在菩提树下面向明星终得真意。义堂以成道会为契机，针对禅僧纷纷疏于"坐禅"、"念佛"的现象，感叹"佛法衰微"、"道难成"。另外在《己酉二月十三日因事谢瑞泉》④ 一诗中写道，

> 三年土木苦囚山，几度求闲未得闲。

---

① 原文为日文，笔者译。北村沢吉：《五山文学史稿》，富山房藏版，1941年，第349页。
② 原文为日文，笔者译。角川源義他编：《日本文学の歴史 愛と無常の文芸》，角川书店，1967年，第231页。
③ 《空華集》，第570页。
④ 同上，第507页。

对禅林大兴土木的现象表示不满的同时，流露出身为住持身不由己的无奈。在《日工集》应安元年（1368）十二月八日的日记中有"宗门兴衰在乎得人之贤否，不在屋宇壮丽，今时往往不务人才，而专务土木之时，是乃般若业林所以致寂寥也"①，痛心于禅宗各派竞相修造殿宇，大兴土木而忽视了人才的选拔培养，认为这是佛法衰微，宗派后继无人的根本所在。义堂作为梦窗派最具影响力的禅僧之一，热心于后辈禅僧的教育工作，心系禅林兴衰，这种苦口婆心的姿态反映出了义堂"老婆禅"②的师家姿态。

另外有一点值得注意的是，"窃食"一词在义堂的偈中频繁出现，例如"窃食何妨此息机"③、"半年窃食帝城东"④。首先"窃"有偷窃的含义，但这里是义堂自谦的一种说法。身居高位但能够时时不忘自省，认为自己的道德行为还不足以让别人如此重视和尊敬，虽每日居住在禅林之中，但日日心有不安。这种诚惶诚恐的态度反映出义堂强烈的责任心和谦逊谨慎的为人，他之所以能够得到武家等上流社会的极度信任和尊崇，与他正直的为人及具有协调性的性格息息相关。

除此以外，义堂经常在深夜独自一人"坐禅"，此时白日的喧嚣聒噪一扫而去，也是沉静自我的时刻，每当此时心有所感一定落于纸上，面对佛法日益衰微的现象心痛不已，在《二高僧画像》⑤中有："只知瞌睡成三昧，不觉身遭蛇蟒缠。"禅宗经典里经常出现的"瞌睡"指念佛、坐禅，"三昧"是集中精力、破除杂念最终达到无我的精神状态。重视传统禅宗精神的义堂十分看重"坐禅"的作用，不仅自己严格执行，还积极教育后辈禅僧。在其《举似堂中首座宗镜湖》⑥中有，"等持三昧是家常，分岁何须特地忙。"义堂身在俗世还能保持一份清净的心境，他认为作为禅僧之本分应该是通过坐禅念佛以期到达三昧境地，而不是像俗人

---

① 《日工集》，第38页。
② 积极热心地向后辈禅僧们传授求道和学问知识。
③ 《空華集》，第570页。
④ 同上，第641页。
⑤ 同上，第573页。
⑥ 同上，第535页。

一样岁末年初忙于准备应酬。《退居辞南禅口占》① 其二中有,"茫茫苦海浪粘天,八面风撑百漏舡。度人未了先回棹,依旧芦花浅水边。""苦海"是佛教用语,多指俗世的苦难,义堂认为自己不足之处尚多,虽历经层层努力,但不足以普救众生,解救他人脱离苦海,再者如果想脱离苦海,前往真正的极乐世界,仅靠他人的点化、教诲是远远不够的,只有通过自身的不断修炼和努力才能悟出其中真谛。

当时禅林文学受俗文学的影响很深,禅僧忽略禅宗精神,一味追求用词的华丽和技巧的创作。针对这种现象,义堂在文中屡次写道:"官样文章攀不及,禅林风月且容同",② "休把僧仪混俗情,林间无事可经营。"③ 他认为世俗社会之中很多人通过写文章考试谋取功名利禄,但是禅林不同于俗世,没有名利权势可言,一切皆有佛性,万物生来平等,提倡禅僧的创作应该以林间月雪为伴,寄情于自然,万万不可醉心于俗世文学,由此可以看出义堂对后辈禅僧教育心切,用心维护禅林的一片清净。《因风口号》④ 二首中有:"九月忽惊西北风,把茅卷去走蓬蓬。大家只解撑门户,不省身中有八风。"因为刮风,义堂所在禅寺的茅屋被卷走了,于是不禁有感而发,认为大家都只看到了居住的房子被吹走了,剩下空荡荡的一片,与外在的事物相比,内心的不强大应该引起众人更多的关注。义堂一直倡导无论作文还是做事首先应该保持一颗正直的心,如:"要使千年播德光,先须自晦众中藏。"⑤ 唯有从内心修行开始,才能实现禅宗的道德精神传播久远,与外在条件相比,应该重视内心的修行。义堂鼓励后辈禅僧通过修行保持内心的正直和清净,不受外界环境的影响,避免陷入名利权势纷争的漩涡之中。义堂时时刻刻不忘通过自己的直接体验告诫后辈僧人一定要重视修行内心,其正直严谨的性格直接体现在苍劲深远的诗意上。

义堂重视坐禅,强调直接感受,因此其偈中充满了宗教式的心灵体

---

① 《空華集》,第570页。
② 同上,第504页。
③ 同上,第535页。
④ 同上,第562页。
⑤ 同上,第546页。

验，如《三月初吉陪普明国师及诸长老于持地院 以古寺看花为题各赋一绝》① 中有："雨后来寻鹫岭春，不劳拈起一枝新。饮光尊者呵呵笑，人看花兮花看人。"没有对花的具体形态、颜色等进行描写，而是借花为题，引出拈花一笑的佛教经典故事，主观的人和客观的花融为一体，不分彼此，与自己的禅体验相关联，体现了义堂作为禅僧切实的宗教精神和高远的见地。

当时禅林之中，热衷于名利权势的僧人比比皆是。义堂在五山禅林及五山文学中有举足轻重的指导作用，他仰慕高僧自在隐逸的生活气节，通过修行不断完善自身的同时，不忘记对后辈禅僧的培养和教诲，其为人正直，谦和谨慎，在复杂的人际关系中有很好的协调能力，因此成为众多武家和禅僧追逐模仿的对象。义堂强调作诗时需要先正心，重视坐禅修行，其诗意苍劲高远，在精通禅宗经典的同时，熟悉中国文化典籍，并在其创作中运用自如，营造出了自在风雅的诗境。

三　义堂的文学思想

禅宗自诞生起，就以"直指人心"、"见性成佛"、"不立文字"、"教外别传"而广为人知，禅宗似乎与文字之间存在着不可调和的天然鸿沟，因此，禅宗与文字之间的关系也是禅林文学研究者不能绕开的问题。佛教源自印度，相传达摩在南朝梁武帝时航海到广州，因闻梁武帝信佛，于是至都城建业会梁武帝，面谈不契，遂一苇渡江，北上北魏都城洛阳，后在嵩山少林寺，面壁九年，传衣钵于慧可。这里有一点值得关注："面谈不契"，梁武帝信佛，在教义方面应该较易沟通，而语言不通带来的交流不便可能是造成达摩面圣没有成功的因素之一。达摩面壁九年，靠他的毅力感动信者逐渐为人所追随，这与渡日僧一山一宁最初被认为是元朝间谍不被认可，最终凭借高尚的人格魅力折服众人很相似。因此"不立文字"展示了禅宗直接简明特点的同时，与初期禅宗高僧语言不通，不善于文章词句的传统有一定的关系。正因为这种不靠具体语言文字，凭借行为举止便能影响他人，也是禅宗能够漂洋过海传到日本并且发扬

---

① 《空華集》，第 571 页。

光大的优势所在。由于中国传统文化巨大的影响力和包容力，佛教作为外来文化形式，传入中国后没有展现出与之抗争的性格，而是顺应中国文化阶层的文化需求，不断融合、改变、逐渐形成新的佛教形式"禅宗"。而汉诗汉文作为中国文化有力的表现手段之一，成为禅宗积极接纳吸收的表现形式。六祖慧能就是凭借"明镜亦非台，何处染尘埃"这首偈成为禅宗的传人。由此可知，禅宗与文字并不矛盾，禅宗所倡导的"不立文字"不是远离文字，而是不要过于依赖间接的文字作用，通过自身的体验获得更为直接的感受。

（一）以文补禅

日本汉文学发展到五山时期，已经超越了对中国汉诗文简单模仿学习的阶段，能够准确把握中国典故的含义并灵活运用到创作中。宋元时代，随着中日两国禅僧逐渐频繁地往来，宋元的汉诗文创作理论传入日本，可以说这一时期的日本汉文学才真正摆脱了"舶来品"的性质，成为日本人表达思想，传达感情的手段之一。另一方面，随着五山禅林制度的逐渐完善，五山禅寺的官寺性格更为突出，禅僧与武家上层社会的往来日益密切，步入禅门作为出世手段之一得到更多的关注。与此同时，禅僧之中鱼龙混珠，很多禅僧为了谋求更高的僧职，不顾坐禅修行，一心放在汉诗文创作上，禅林中出现前所未有的汉诗文创作高潮，客观上推动了五山文学的发展。但禅林文学的最大特色应该是禅宗精神的体现，而不是模仿俗文学创作。如《空华集》序文中写到"禅文兼熟"[①]，崇尚禅宗精神的义堂在擅长汉诗文创作的同时能做到潜心修行、不忘坐禅，视汉诗文创作为自己修行的辅助手段之一，因此，其创作往往能做到立意高远，充满禅体验式的灵动。

再者，《坛经》中倡导"无念为宗"、"无相为体"、"无住为本"的观点，也就是说觉悟不体现为一个念头、一个具体的现象，不是固定不变的，觉悟具有因人而异的灵活性，因此禅宗强调通过坐禅冥想等到达不受外界干扰的境界，有所觉悟。禅宗经典中有一个广为人知的典故，释尊在灵山会上，手拿一枝金波罗花一言不发，众人皆不解其用意，众门人之中只有摩柯迦叶尊者理解其中含义，会心一笑。释尊见摩柯迦叶

[①] 《空華集》，第551页。

尊者领悟了其中道理很是欣慰,因此决定将正法眼藏涅槃妙实相无相的法门传给摩柯迦叶尊者,后人称之为拈花一笑①,以心传心。由此可见,佛教向来倡导真正的觉悟不依靠具体的解说也不依靠具体的形式,因此修行路上没有真正可以追寻的理论,这也是佛教研究者玉村竹二十分重视的"直观"。在《坛经》中写道:"自修自作自性法身,自行佛行,自作自成佛道,(中略)故知一切万法,尽在自身中,何不从于自心之中顿现真如本性。"②"识心见性,自我佛道,"③ 文中强调在修行过程中,自我所具有的无可替代的作用,"禅的觉悟是一种个体的直接体验。理性的思考方式、固定的学习模式、通过语言文字的传授虽不能说全无效果,但终究无法到达终极目标,无法实现彻底的觉悟"④。在与高僧交往的过程中,在日常生活的点点滴滴中获得感悟和启示,只有依靠自身的修行和努力才能到达三昧境界。不拘泥于具体语言表达的禅宗重视直接体验,否定过多的理论性思考,棒喝等方式也是辅助禅僧有所觉悟的手段,即使需要文字表达,也多倾向于用象征性的语言给予对方相对直接的感受。因此,禅宗经典中名词及比喻手法使用较多,行文之中多用韵文的形式。

关于佛教与中国传统文化的关系,周裕锴先生有下面一段评述,"唐代禅宗最重要的贡献,就在于把佛教的禅学从印度的话语系统移植到中国的话语系统之中,即由'如来禅'变成'祖师禅',使之成为佛教徒的日用之事,这就是禅宗的中国化和诗化。"⑤ 由此可见,作为佛教流派之一的禅宗,其形成和发展与中国文化的影响密不可分,而且在某种程度上可以说,禅宗是佛教传入中国后为了迎合中国文化阶级的需要做出相应改变的产物。

渡日元僧一山一宁对日本五山文学产生了很大影响,因语言不通,中日禅僧交流时文字成为可以借助的重要手段之一。因此一山一宁虽并没有直接推动五山文学的发展,但客观上促使日本禅林涌现出学习汉诗

---

① 原文为日文,笔者译。须藤隆仙:《佛教故事名言辞典》,新人物往来社,1982年,第866页。
② 《坛经》,华夏出版社,2006年,第75页。
③ 同上。
④ 张晶:《禅与宋代诗学》,人民文学出版社,2003年,第51页。
⑤ 周裕锴:《文字禅与宋代诗学》,高等教育出版社,1998年,第29页。

文的热潮，这一时期的五山文学主要停留在禅宗戒律经典的传播和解说上。一些高僧与弟子的问答流传开来，为了教学的方便，公案逐渐被禅僧们所重视。周裕锴先生的解释有助于理解这种现象。"禅宗所谓'不立文字'很大程度上是指'不立经教'，排斥概念化的、说教式的佛经中的文字，而并非完全否定语言文字本身。"① 例如对著名公案"羚羊挂角"的理解就不能过多考虑文字表面的含义和所指的动物形象，应当避免对语言的逻辑推理，重视第一感受。

首先，关于禅与诗的关系在中国古代诗学中多有论述，其中南宋诗人严羽在《沧浪诗话》中最早提出以禅喻诗的观点，他认为禅宗强调的"妙悟"与诗学思想的核心"灵感"是相通的，只有靠自身的感悟获得，无法依靠他人的指导。注意到这一点的还有宋代诗人吴可②，在他的《藏海诗话》③ 中有："凡作诗如参禅，须有悟门。"也就是说，作诗和参禅一样都是需要自身的感悟，也就是人们常说的悟性如何。《学诗诗》④ 中有两首：

> 学诗浑似学参禅，竹榻蒲团不计年。
> 直待自家都了得，等闲拈出便超然。
> 学诗浑似学参禅，头上安头不足传。
> 跳出少陵窠臼外，丈夫志气本冲天。

作诗如同参禅，需要耐得住寂寞，经得住考验，只有通过日复一日、年复一年的长期修行磨炼才能悟出其中真谛。金代元好问（1190—1157）曾作《问诗》⑤："诗是禅客添花锦，禅是诗家切玉刀。"在此传达了作诗与参禅二者之间并不矛盾，禅借用诗的表现形式。诗歌中充满了清新脱俗的禅味，用禅宗的"觉悟"同作诗的"妙悟"把禅宗与文学联系在一

---

① 周裕锴：《文字禅与宋代诗学》，高等教育出版社，1998、11，第28页。
② 吴可。宋代诗人、评论家。字思道，号藏海居士。大观三年（1109）中进士，曾官于汴京，先后任团练使，武节大夫等职。宣和末辞官。建炎后，转徙楚豫之间。
③ 郭绍虞：《宋诗话考》，中华书局，1979年，第51页。
④ 同上。
⑤ 《元遗山先生集》。

起了。

随着中国禅林中流行的汉诗文创作热潮传入日本，受中国"诗禅一味"思想的影响，很多禅僧理所当然的沉浸于汉诗文创作中，从而忽视了坐禅、念佛等本业，禅宗也由一开始的不立文字到后来的"文学有用论"，甚至产生了"文本禅末"[①]的思想。在文学创作上，义堂主张应该维护禅林传统的文学理论，学习高僧的作品，其作品中多次就文和道的关系展开论述，例如《和答玑叟》[②]一诗："见说文章一小技，谁能传道至玄来。"与道相比，文章不过是小伎俩，不足以登大雅之堂，唯有道才应当是禅僧们追求的目标。"文章一小技"在义堂的作品中频繁出现，如《空華集》第十六卷《锦江说送机上人归里》中："君子学道。余力学文。然夫道者。学之本也。文者。学之末也。譬如锦江。则道着锦之经也。文者。锦之维也。而本者江之源也。末者江之流也。然则未有无经而有纬者。又未有无源而有流者也。"再如："老杜以文章自负者。尚不曰乎。文章一小技。于道未为尊。"[③]作为禅僧，学道是根本，如果有余力方能学作文，如若不然只能是无源之水，无本之木。杜甫以擅长作诗闻名，即使是杜甫也认为道为本，文为末。由此可见，义堂完全继承了杜甫的"文章一小技"的观点，对禅僧而言，唯有求道之心才是根本，文只不过是辅助开悟的手段之一而已。杜甫在其《赠华阳柳少府》[④]一诗中写道"文章一小技，于道未为尊。"杜甫的汉诗有诗史之美誉，处于战乱社会中的杜甫关注国家能否长治久安，百姓能否安居乐业，相比之下，作诗写文实在是微不足道。但是本文认为，杜甫提倡"道"应该指儒家的道统思想，封建社会的统治之道，而义堂提倡的道则是禅宗的道。义堂在《即席用前韵谢严海二书记志登二侍者》[⑤]中写道："文章学得等屠龙，小艳吟成意缺浓。"诗中出现的"小艳"同"小技"，面对当时禅林社会佛法日益衰微的现象，义堂告诫那些不坐禅念佛，一味沉浸在汉诗文创作中的禅僧，如果没有道的话，即使学会作文章，也毫无用处，即

---

① 高文漢：《五山文学の研究価値》，日文研，第2页。
② 《空華集》，第672页。
③ 同上，第905页。
④ 《全唐诗》卷221—20《贻华阳柳少府》。
⑤ 《空華集》，第481页。

使用词华丽也缺少意境。"内史新题墨未干,禅林便作翰林看。殷勤说与后来者,莫把雕虫纸张赞。"① 当时禅僧竞相学作汉诗文,禅林甚至与翰林无异,义堂苦口婆心地劝说后辈禅僧,切记不要因为会作文章就洋洋自得。在《次韵戏呈摄政殿下》② 诗中甚至说:"小伎文章不值钱,争如默座只安禅。狂言绮语防违犯,佛灭于今岁二千。"诗中直言技巧性的文章不过是不值钱的雕虫小技,哪里比得过坐禅念佛,但当下禅僧疏于坐禅念佛,纷纷学做汉诗文,而这种没有佛德的创作不过是胡言乱语罢了。这种本末倒置的现象令义堂痛心不已。《日工集》应安四年(1371)五月六日的日记中有"福鹿诸公,各袖近作求改,余皆却而告曰,余今病与鬼邻,无复从时绮语之间,一夏默坐过日。"③ 义堂强调"坐禅"自省的同时,凡有人来求改诗稿也一一婉言相拒,并且以身作则,希望周围禅僧能热心于坐禅念佛。正如诗中所言:"莫把西来意,换做东鲁文。"④ 这里的"西来意"是指禅宗经典,"东鲁文"指汉诗文的创作,告诫后辈禅僧,应当以禅宗精神为本,切不可本末倒置。当时主次不分的禅僧为数不少,每当遇到这种情况总会流露出无奈的感伤,义堂虽常说文章不过雕虫小技,但并非否定文学的作用,不仅如此,他还认为,如果能够加以合理运用,则有助于提高自身的修养,辅助修行。只有禅文兼得的人才应当委以重任,"呜呼难矣哉才之兼全也,或禅全者文缺,或文长者禅缺。然则今之世欲得其禅文兼全者俾居是职不亦难矣乎。"⑤ 当时禅林之中能够在禅文两方面都擅长的人才很难得,由此也从侧面显示出当时禅林中选拔人才的标准是二者兼备。《空华集》第十一卷《筑云三隐倡和诗叙》⑥ 中有,"古之高僧居岩穴修戒定慧而余力及诗。寓意于讽咏。陶冶性情者。固多矣。而视其诗则率。"义堂认为,作为禅僧首先应当重视"戒"、"定"、"慧",不断提高自我修行的境界,在修行达到一定程度后余力作诗。而且始终少有应酬往来之作,借讽咏诗传达自己的思想,因

---

① 《空華集》,第581页。
② 同上,第574页。
③ 《日工集》,第107页。
④ 《空華集》,第629页。
⑤ 同上,第829页。
⑥ 同上,第777页。

此，义堂提出禅僧作诗应该学习高僧的诗体。

针对禅僧是否应该作汉诗文的问题，义堂在《用文解送艺上人归番易》①一诗中，首先否定"儒而命用文宜也。释且禅。而曰用文似乎不称焉"的看法，然后感叹道"盱眛者扼乎儒释，局乎禅文"，最后得出结论认为禅僧应当"禅文兼备"。由此可知，义堂不仅没有因为求道而否定文学的作用，相反看重禅文兼备的人才。在编辑整理《新撰贞和分类古今尊宿偈颂集》时，义堂给出了如下标准，"精选诸尊宿的偈颂诗，以期对本朝作家的悟境所在及深浅有所了解"②，并且指出作为禅僧不应该忘记本分，应该学习高僧创作所具有的禅精神和禅体验的作品，"但使心灯长普照，区区何必效雕虫。"③ 只要求道之心不改，则不必在乎汉诗文创作技巧是否娴熟，自然会创作出自然清新的作品。于此相类似的论述在《日工集》中也随处可见，应安二年（1369）九月二日的日记中有，"为二三子，讲三体诗法，因告曰，凡吾徒学诗，则不为俗子及第等，盖七佛以来，皆以一偈见意，一偈之格，假俗子诗而作耳，诸子勉之，又诗有补于吾宗"④，明确地叙述了自己的禅文观。义堂并不反对禅僧学作汉诗文，但禅僧所做汉诗文应当与自己的禅体验相关联，应当多学高僧做一些充溢着禅精神的偈颂。这令人联想起南宋严羽在《沧浪诗话》中的"夫学诗者，以识为主。入门须正，立志须高；以汉、魏、盛唐为师，不作开元、天宝以下人物。若自生退屈，即有下劣诗魔，入其肺腑之间，由立志之不高也。"⑤ 有志于学习汉诗文创作的人，其作品一定要发自肺腑有真情实感，应以汉、魏、盛唐为学习对象，也就是说立志要高，这与义堂提倡的学习高僧作品如出一辙。应安三年（1370）二月二十三日，义堂应秀嵩侍者的请求讲授杜甫诗作，其中有，"秀嵩侍者求讲诗史，余反劝以佛学，嵩恳请说北征一篇，余云，此乃少年暂时所好也，今时学

---

① 《空華集》，第974页。
② 原文为日文，笔者译。《五山版〈新撰貞和分類古今尊宿偈頌集〉〈重刊貞和類聚祖苑聯芳集〉の刊行をめぐって——義堂周信の存在証明》，国語国文，第七十四卷，第六号，第4页。
③ 《空華集》，第649页。
④ 《日工集》，第53页。
⑤ 严羽（著）郭绍虞（校释）《沧浪诗话》，人民文学出版社，1983年，第1页。

诗者，专以俗样而为习，是可戒也，假俗文之礼，为吾真乘之偈，是则名为善用者也。"① 由此可见，俗文不过一时之好，难以长久，只有禅宗经典才能够真正流传久远。禅僧创作应借汉诗文的俗体表达禅宗真意，也就是"惟夫道德积乎内而文采发乎外"②，以道为本文为末，即是厚积薄发。

综上所述，义堂作为禅僧在精通禅宗经典的同时，汉诗文方面也才华出众，是不可多得的禅文兼得之人。他主张求道中人一定要以道为本，文为末，切不可本末倒置，不必花过多精神在文章技巧的学习上。同时不否认汉诗文的创作对开悟的辅助作用，如"梅花竹月家常饭，饷与诸人当小参"③ 中所言，对于擅长汉诗文创作的义堂而言，写诗作文如同日常起居一般再自然不过了，当告诫众人切不可以汉诗文创作为中心。另外，突破汉诗文"有用论"的说法，提出"道之与文譬如一树而有根柢枝叶之别，皆由一气所发焉。道德文章是吾心之固有也。有于中者必形乎外"④ 的看法，再次强调道为本、前、主，文为末、后、从，二者不可颠倒混淆，以文补禅方能有利于开悟。

（二）释为主、儒为辅，释儒并用以通文

在日本宗教史上，佛教与儒教思想对日本的思想和文化产生了巨大的影响，尤其是五山禅林中，渡日僧和留学僧往来不绝，受中国禅林的直接影响很大，五山禅僧通晓佛教经典的同时潜心于儒家思想的学习，热心于汉诗文创作。随着禅宗思想的影响范围日益扩大，儒家思想也为武士阶级所接受并视为经典。将军义满经常请义堂为其讲解其中的治国之道，一方面，为了迎合统治阶级对儒家思想的需求，另一方面，二者交流频繁，禅宗思想也随之渗透到武士阶级之中，因此，从接受者的角度来看，拜访禅僧的过程中可以受到来自释儒两方面的教诲和熏陶，在他们看来二者是合为一体的，作为禅僧二者皆要精通。研究者北村泽吉曾做出如下评论："义堂生来具有学者风范，如果脱掉僧衣立于世间和落

---

① 《日工集》，第66页。
② 《空華集》，第936页。
③ 同上，第530页。
④ 同上，第927页。

发后的学者藤原惺窝无异",但不同于"生活在世俗腐朽之间的远离灵界气息浅薄卑陋的世儒"①,学识渊博但远离俗世污浊,自然超脱于世外。

受当时禅林"释儒一体论"和"三教合一"思想的影响,义堂提出了"释儒并用以通文"的文学观点,在禅僧是否应该学习儒家思想,释和儒的关系方面在《惟忠说》②和《用文解送艺上人归番易》③分别有如下表述,"释而通儒,故其文字章句。往往有可观者","禅文兼备。儒释并通。而妙乎用文者也",肯定了禅宗思想与儒家思想对汉诗文创作的推动作用,精通禅宗经典擅长汉诗文创作,如果能将儒学思想应用其中,其文章之中一定有值得关注的地方。义堂之所以重视儒学思想的作用与其从小受到的教育有关。《日工集》元弘元年及二年分别有如下记载,"七岁,入小学,依邑里松园寺净义大德,读法华经及诸儒书","一日,于家藏集书中,探得临济录一册,喜而读之,宛如宿旧,(中略)师之祖父某,学儒释之教,专修禅那"。④由此可见,义堂七岁时,偶然接触了《法华经》,并着迷于此,然后学习儒家诸思想,其家中有藏书习惯,尤其其祖父通晓儒家思想及禅宗思想,可谓家学渊源,自小耳濡目染,受其影响深远。在其《德标说》⑤中有"戒定慧佛德之标也,仁义礼智儒德之标也",中国儒家思想提倡"忠",从汉字结构看"忠"可分为"中"和"心",这里所谓的"中"可以看做是天下的中央,"心"可以理解为佛祖所传的"妙心"。在儒学中,"中"可以归为"仁、义、礼、智、信","妙心"则可以归为佛教的"戒、定、慧",二者可以兼容并用,互通有无,将禅宗与儒家的经典思想统一起来。另外,在《和仲说》⑥中,用禅宗和儒家思想对"和"做出了如下解释:他认为与儒家提倡的"礼之用和为贵"相对应。佛教中有"戒和"、"见和"、"身和"、"利和"、"口和"、"意和"等六和的说法,义堂在文中对释儒两家思想

---

① 原文为日文,笔者译。北村沢吉:《五山文学史稿》,富山房,蔵版,1941年,第351页。
② 《空華集》,第918页。
③ 同上,第974页。
④ 同上,第1页。
⑤ 同上,第921页。
⑥ 同上,第949页。

运用自如，巧妙地应用于文章的论述中，提出了只要重视"和"的作用，没有必要区分释儒，则"何道而弗成，何事而弗辨"。

当时禅林中很多禅僧名义上是僧，但往往热心于外典的学习，疏于坐禅念佛。针对这种现象，有人提出"如有人佛名而儒行者。吾子引之乎。麾之乎。"义堂答道，"若乎先告之以儒行。令彼知有人伦纲常。然后教以佛法。有天真自性。不亦善乎。是则予所以引之而不麾之"。① 可见义堂在肯定重视"人教"的儒家思想与重视"天教"的禅宗思想二者并不矛盾的基础上，视儒家思想为佛法的教化手段之一加以利用，每每遇到对释儒关系产生疑问的人，义堂总能灵活地运用释儒两思想消除其心中的顾虑。应安四年（1371）九月二十八日，义堂设筵讲圆觉经，有两三个禅僧没有前来听讲，看到这种情况，义堂怒斥道"自今誓断儒书，不然余必聚合院外典于中庭而焚之，以供天地"。② 面对禅僧们热心于汉诗文创作和儒家思想的学习而疏于坐禅念佛，不禁感叹道，"今时吾徒，不坐禅，不看经，但驰骋外学，他日登狮子座，对人天众，说个什么，是乃佛法灭尽之相也，可痛哉"。③ 义堂将这种现象归结于外典的过度盛行，此时的禅僧学习外典是为了创作出更好的汉诗文，以博得他人赏识谋求权势地位，这与其提倡的"以文补禅"的思想相差甚远，令为人一向谦和的义堂勃然大怒。"佛法将微一发悬，晓星残月忆耄年。白头望断长安日，人在云居北斗边。"④ 看到这种佛法日益衰微的情境，义堂深感自己日益老弱，已无能为力。

义堂一直没有否认儒家思想对于禅僧修行的辅助作用，但是当他看到儒家的治国思想日益得到武士阶级的重视，为了满足这种文化需求，禅僧们纷纷热心于外典的研究之中，不坐禅不念佛，禅宗思想岌岌可危，义堂一改释儒一致的文学思想，开始反对禅僧学习外典，试图重新树立禅宗思想的主导地位。如永和元年七月八日的日记中有，"身为沙门，口读儒典，教坏诸佛子之徒，令起邪见，虽不足论，而末世附佛法之魔也，佛法衰微之渐，可不戒乎。"前面也曾提到过，义堂虽然积极创作汉诗

---

① 《空華集》，第789页。
② 《日工集》，第110页。
③ 同上，第113页。
④ 《空華集》，第534页。

文,学习儒家思想,但身为禅僧自幼受到禅宗思想影响,认为汉诗文和外典不过是自身开悟的辅助手段之一,而当时禅僧本末倒置,舍本而逐末,再不加以制止的话,禅林不过有名无实而已。

  从以上史料不难看出,无论是儒学、文选还是诗话,义堂对外典表现出绝对的排斥态度,但事实上,义堂深受儒家思想的影响,擅长汉诗文的创作,精通中国典故,在很多时候不难看出其对儒家思想宽容的一面。研究者久松潜一认为,对中世的汉诗文的理解不能停留在文字表面,因为这些作品无论在禅宗史研究中还是在日本中世儒学思想研究中都是不可缺少的丰富史料,留下划时代的业绩,无论在一般思想研究史上还是在精神史研究中,都具有很大的价值①。因此从某种角度上可以说,日本中世汉文学与禅宗和儒家思想有着天然的联系。在义堂的汉诗文创作中,随处可见看到对释儒两种思想的灵活运用以及浑然天成的效果。如《演宗讲主诗序》中有如下一段文字:"观其送树中心一篇。词丽而不蔬筍焉。理深而不肤浅焉。非佛儒兼通者。安能尔耶"。② 在义堂看来,好文章的评价标准是用词恰当,说理深刻,而只有通晓佛儒思想的人才能深得其中精髓。文章的好坏不在辞藻是否华丽,也不在形式是否优美,关键在于有没有深刻的思想内涵,"口头说去非真说,纸上传来岂密传。好在西窗秋雨夜,青灯白发对床眠。"③ 这首诗充分说明了禅宗重视直接体验,主张一切真知只有依靠自己的亲身体会才能得到。因此,无论是师傅的口传身教还是前人的文字著作都不能作为开悟的主要途径,与之相对,如果想真正开悟只有依靠自己的潜心修行,克服孤独感,超越肉体的束缚,靠自身开启佛性。诗中出现的"西窗秋雨"、"青灯白发"无不显示着只有诗人才有的对环境敏锐的感知度。因此义堂本身的实践证明,如果对文字加以合理利用的话,不仅不影响禅僧修行,相反培养其敏锐的感知,更容易获得禅宗真谛,但与求道修行相比,做文章终究不过辅助手段之一而已。应安四年(1371)五月十二日的日记就很好地证明了这一点,"凡作文作颂,当先得意,然后得句,意为主,句为伴,苟

---

① 原文为日文,笔者译。久松潜一など:《日本文学史中世》,至文堂,1977年,第299页。
② 《空华集》,第789页。
③ 同上,第560页。

得意,则句不必工亦也,句工而不得意,则吾不取也。"① 这里的"意"指文章中蕴含的道理,而"句"指文字章句等外在表现形式,如果道理深刻的话,则用词即使欠妥也没有关系,但是一篇文章如果立意不够高远的话,无论辞藻如何华丽都是失败的,这段话更好地说明了思想的重要性。

受当时盛行的"释儒一致论"和"诗禅一体"思想的影响,义堂提出"以文补禅"、"释儒并用以通文"的文学思想。但是有别于前人的是,义堂认为文章创作是修行的辅助手段,一篇好的文章要超越世俗形式立意高远,在思想方面一再强调释为"本"、"主"、"前",儒为"末"、"从"、"后"的关系,另外指出对禅僧而言,禅宗思想应起主导作用,外典不过是辅助手段而已,而汉诗文创作则处于从属地位。针对禅僧们为了名利权势纷纷放弃坐禅念佛的状况,作为当时禅林社会及文学创作指导者的义堂在感叹禅林动荡、佛法衰微的同时,以其正直的为人、热忱的求道心,苦口婆心地劝说和告诫后辈禅僧应当远离世俗社会,潜心修行,一定程度上扭转了禅林日益俗化的局面。

结　语

进入室町中期以后,中国的禅林制度和汉诗文创作风匀传入日本禅林,日本汉文学迎来了前所未有的兴隆期,这一时期涌现出了一大批优秀的汉诗文创作者,其中以义堂周信和绝海中津最为著名。这一时期的汉诗文创作突破了对中国汉诗文创作简单模仿的阶段,积极学习包括儒家思想、文集、诗话在内的外典知识,将中国典故灵活运用到创作中去,用来自异国的文学形式表现日本独特的文学感受,从自己的禅体验出发,重视直接感受,呈现出独特的自照性、表现性和思想性。

其中,义堂周信通过龙山和中岩深得五山文学新旧两个系统的精髓,加上学识渊博、为人正直,为后人留下了创作纯熟的诗文集《空华集》二十卷,其中处处流露出汉诗文创作是修行的辅助手段之一,作为禅僧应该以求道为本职的观点,否定一味追求辞藻华丽的创作。在汉文创作

---

① 《日工集》,第108页。

方面，强调"道是文章的根本"、"理是文章的灵魂"，主张通过身边显而易见的例子说明深刻的道理，避免晦涩难懂的行文。重视"道"和"理"的同时，积极学习中国四六文的作法，将禅宗公案和中国典故在文中加以灵活运用，创作出了有别于俗文学且具有旋律感的文章。

　　义堂虽然身处官寺，但不贪图世俗名利权势，期待有朝一日能够远离世俗社会的束缚，寄情于自然万物，崇尚自在、风雅的山林生活，在其汉诗创作中习惯使用与自然相关的诗歌意象，流露出淡泊高尚的诗情。为人正直的义堂，以其渊博的学识和谦虚谨慎的为人深受足利义满将军的信赖，在当时禅林中处于主导者位置，对后辈禅僧严格要求，提倡平明自然的诗风，强调禅僧的本分在于坐禅念佛，很大程度上纠正了禅文学俗化的风气。除此以外，强调每日坐禅修行，重视自性，提倡依靠自力唤醒潜在的佛性，充满禅体验式的日记《日工集》本身就是一个禅文有机结合的产物，处处闪现出生活的灵动，体现了义堂禅文一味的生活态度。义堂还认为，与俗文学不同的是，作为禅僧应创作出洋溢着禅精神的汉诗文，重视自照性与真实性，努力探寻修行的真谛和最高层次，将汉诗文创作作为辅助修行的手段加以合理利用。最后，受当时"文字有用论"思想的影响，义堂肯定了语言文字对修行的辅助作用，积极地从文学创作中吸取养分，获得禅体验的觉悟，但与此同时他强调释为本，儒为辅，要以禅宗精神为本宗，无论是外典知识还是汉诗文创作不过是修行的辅助手段。

参考文献

1. 荒井健，（1963），《中国詩人選集二集 第7卷 黄庭堅》，岩波書店。
2. 秋山虔，（1972），《中世文学の研究》，東京大学出版会。
3. 阿部正路など編，（1978），《日本文学概論》，文書院。
4. 猪口篤志，（1980），《日本漢詩鑑賞辞典》，角川書店。
5. 伊藤博之、今成元昭、山田昭全，（1994），《仏教文学講座 第三卷 法語・詩偈》，勉誠社。
6. 伊藤博之、今成元昭、山田昭全，（1994），《仏教文学講座 第九卷 研究史と研究文献目録》，勉誠社。
7. 入矢義高，（1990），《新日本古典文学大系 五山文学集》。
8. 上田真，（1975），《日本文学理論——海外の視点から》，明治書院。

9. 上村観光,（1964）,《五山文学全集：第二卷》裳華房。
10. 小川環樹,（1958）,《中国詩人選集別卷　唐詩概説》,岩波書店。
11. 小川環樹,（1962）,《中国詩人選集二集　第 5 卷　蘇軾 上》,岩波書店。
12. 岡田正之（著）山岸徳平・長沢規矩也（補）,（1954）,《日本漢文学史増訂版》,吉川弘文館。
13. 大庭脩・王暁秋,（1995）,《日中文化交流史叢書［1］歷史》［編］。
14. 蔭木英雄,（1999）,《義堂周信》,研文出版。
15. 蔭木英雄,（1994）,《中世禅林詩史》,笠間書院。
16. 角川源義など編,（1967）,《日本文学の歴史　第 5 卷　愛と無常の文芸》,角川書店。
17. 北原義雄,（1936）,《漢詩大講座　第九卷　名詩評釈》,福山書店。
18. 北村沢吉,（1941）,《五山文学史稿》,富山房蔵版。
19. 義堂周信著,辻善之助編,（1939）,《空華日用工夫略集》,太洋社。
20. 窪徳忠・西順蔵,（1967）,《中国文化叢書 6　宗教》,大修館書店。
21. 小山弘志編,（1985）,《日本文学新史》,国文学解釈と鑑賞。
22. 清水茂,（1958）,《中国詩人選集　第 11 卷　韓愈》,岩波書店。
23. 菅野礼行、徳田武,（2002）,《新編日本古典文学全集 86　日本漢詩集》小学館。
24. 鈴木修次・高木正一、前野直彬,（1967）,《中国文化叢書 4　文学概論》大修館書店。
25. 玉村竹二,（1983）,《五山禪僧傳記集成》講談社。
26. 玉村竹二,（1955）,《日本歴史新書　五山文学——大陸文化紹介者としての五山禅僧の活動》,至文堂。
27. 近藤春雄,（1985）,《日本漢文学事典》,明治書院。
28. 寺田透,（1977）,《義堂周信・絶海中津》,筑摩書房。
29. 久松潜一,（1977）,《日本文学史中世》,至文堂。
30. 前野直彬、石川忠久,（1979）,《漢詩の解釈と鑑賞事典》,旺文社。
31. 水田紀久・頼惟勤,（1967）,《中国文化叢書　日本漢学》,大修館書店。
32. 明治書院,（1984）,《研究資料日本古典文学　第十一卷　漢詩・漢文・評論》,明治書院。
33. 山岸徳平,（1966）,《日本古典文学大系 89　五山文學集・江戸漢詩集》,岩波書店。
34. 吉川幸次郎,（1962）,《中国詩人選集二集　第 1 卷　宋詩概説》,岩波書店。

35. 吉川幸次郎述、黒川洋一編,（1974）,《中国文学史》,岩波書店。
36. 芳賀幸四郎,（1981）,《芳賀幸四郎歴史論集Ⅳ　中世文化とその基盤》,思文閣。
37. 芳賀幸四郎,（1981）,《芳賀幸四郎歴史論集Ⅲ　中世禅林の学問及び文学に関する研究》,思文閣。
38. 俞慰慈,（2004）,《五山文學の研究》,汲古書院。
39. 朝倉 和,（2002）,《五山文学における〈和韻〉について絶海・義堂を中心に》。
40. 朝倉 尚,（2005）,《義堂周信〈空華集〉の基礎研究——部類構成と作品配列を指標として》,日本研究,和漢比較文学会東部例会。
41. 朝倉 尚,（2005）,《義堂周信〈空華集〉をめぐって——禅林研究者の憂鬱》,国文学攷。
42. 朝倉 尚,（2005）,《五山版〈新撰貞和分類古今尊宿偈頌集〉〈重刊貞和類聚祖苑聯芳集〉の刊行をめぐって——義堂周信の存在証明》国語国文,第七十四巻,第六号。
43. 朝倉 和,（2007）,《義堂周信〈空華日用工夫略集〉の主題に関する覚書》,古代中世国文学。
44. 上村観光,（1906）,《五山文学全集　第二巻》裳華房。
45. 海村惟一,（2004）,《五山文学研究の諸問題》,福岡国際大学紀要,No.11（37—47）。
46. 蔭木英雄,（1967）,《義堂周信の文学観と詩風》国文学（通号41）。
47. 木宮泰彦,（1955）日華文化交流史,富山房。
48. ささきともこ,（1980）,《鎌倉在住時代の義堂周信》日本文学,Vol.29。
49. 鈴木 勤,（1967）,日本歴史シリーズ第7巻南北朝世界文化社。
50. 鈴木智大,（2007）,《南北朝期の五山叢林における僧堂生活の実態》,日本建築学会計画系論文集。
51. 須藤隆仙,（1982）,《仏教故事名言辞典》新人物往来社。
52. 古沢未知男,（1953）,《僧義堂の学術と其の傾向》熊本女子大学学術紀要 Vol.5, No.2。
53. 名波弘彰,（1973）,《義堂周信詩論稿　偈頌と文芸詩との観点から》国文学言語と文芸77号,桜楓社。
54. 俞慰慈,（2003）,《五山漢詩の〈起源〉に関する研究》,福岡国際大学紀要, No.9（51—66）。
55. 横山文綱,（1989）,《禅僧の文学観　義堂周信の場合》禅学研究第53號,禅文化研究所。

56. 复旦大学中文系古典文学教研组选注，(1961)，《李白诗选》，人民文学出版社。

57. 冯友兰，(2004)，《中国哲学简史》新世界出版社。

58. 顾学颉、周汝昌选注，(1982)，《白居易诗选》，人民文学出版社。

59. 郭绍虞，(1979)，《宋诗话考》，中华书局。

60. 韩愈、欧阳修等著，(2006)，《唐宋八大家散文》，北京出版社。

61. 鸠摩罗什（后秦）慧能（唐）著、史建、翟霞注，(2006)，《中国古代闲情丛书　金刚经　坛经》华夏出版社。

62. 孟昭毅，(2001)，《东方文学交流史》天津人民出版社。

63. 上海佛学书局（影印本），(1986)，《实用佛学辞典》浙江古籍出版社。

64. 王士禛选、闻人倓笺（清），(1980)，《古诗笺》上海古籍出版社。

65. 王运熙、顾易生，(2006)，《中国文学批评史新编》复旦大学出版社。

66. 魏庆之编（宋），(1959)，《诗人玉屑》，上海古籍出版社。

67. 徐有富，(2007)，《诗学原理》，北京大学出版社。

68. 严羽（著）郭绍虞（校释），(1983)，《沧浪诗话校译》，人民文学出版社。

69. 游光中，(2004)，《历代诗词名句鉴赏》四川辞书出版社。

70. 叶嘉莹，(2007)，《迦陵论诗丛稿》，中华书局。

71. 叶嘉莹，(2008)，《叶嘉莹说杜甫诗》，中华书局。

72. 张晶，(2003)，《禅与唐宋诗学》，人民文学出版社。

73. 张景星、姚培谦、王永祺（清）编选，(1978)，《宋诗别裁集》，上海古籍出版社。

74. 张少康，(1999)，《中国文学理论批评史教程》，北京大学出版社。

75. 周裕锴，(1998)，《文字禅与宋代诗学》，高等教育出版社。

76. 周振甫，(1986)，《文心雕龙　今译》，中华书局。

77. 陈坚，(2004)，《禅宗"不立文字"辩》，华东师范大学学报（哲学社会科学版）第36卷第3期。

78. 方立天，(2002)，《禅宗的"不立文字"语言观》，中国人民大学学报2002年第1期。

79. 高文汉，(1977)，《五山文学的研究价值》，日研文总第18期。

80. 梁道礼，(1992)，《禅学与宋代诗学》，陕西师大学报（哲学社会科学版）第21卷第3期。

81. 卢宁，(2005)，《"知"与"力"的结合——论韩愈柳宗元对文以明道和文学本位关系的发展与超越》，河南教育学院学报（哲学社会科学版）第24卷总第

93 期。

82. 马歌东，(2003)，《日本五山禅僧汉诗研究》，唐都学刊 2003 第 1 期第 19 卷（总 75 期）。

83. 孟昭毅，(2003)，《日本汉诗及其汉魂》唐都学刊第 19 卷第 76 期。

84. 尚永亮，(2006)，《论前期五山文学对杜诗的接收和嬗变——以义堂周信对杜甫的受容为中心》中华文史论丛。

85. 丸井宪，(2003)，《日本早期"五山汉文学"渊源之探讨——以中国宋元代"禅文化"东传为中心》。

86. 王京钰，(2004)，《义堂周信诗文中的"江云渭树"日本五山文学杜甫受容的一个侧面》辽宁工学院学报第 6 卷第 5 期。

87. 王京钰，(2005)，《概论日本汉文学中的杜甫受容》辽宁工学院学报第 7 卷第 1 期。

88. 阎福玲，(1995)，《禅宗·理学与宋人理趣诗》中州学刊 1995 年第 6 期。

89. 杨芬霞，(2005)，《论日本汉诗中梅和樱的意象》第 21 卷第 3 期。

90. 张文宏，(2004)，《禅宗与日本五山文学》佛山科学技术学院学报第 22 卷第 6 期。

第六章　绝海中津的文人风致

　　五山文学是指镰仓时代末期到江户初期，由五山十刹的禅僧创作的汉诗文的总称。作为日本中世文学精粹的五山文学，其继承了奈良平安时代对汉文学模仿的传统，形成了自己的特色，在与日本本土文化的不断融合中，促进了具有日本特色的汉文学的发展。五山的汉诗文中不乏富含审美情趣，沉浸于个人感动又探求人性本质的作品，极具文学价值。而作为五山文学的创作者，五山禅僧们崇尚中国文化，他们大量研读经史子集，攻习诗文作法，兼修书画，仿效中国文人墨客。亦有部分僧人远赴中华参禅求学，交游于中国文人高僧之间，深研禅法，广习诗文、墨韵、丹青、庭园艺术等，成为中国文化在日本传播的重要力量。怀着济世利民的理想，在宣扬佛法的同时，参与幕府政治统治，成为将军的政治文化顾问。

　　绝海中津是五山禅僧的白眉，与义堂周信并称为"五山文学双璧"。他曾远渡中国，历经九年，遍访名僧，交游于文人墨客之间。在修习禅道的同时，研习诗文，具备了中国文人的素养。绝海以其汉诗扬名中华扶桑，曾于英武楼与明太祖吟诗唱和，大受褒奖，被后世学者赞为"绝海诗非但古昔，中世无敌手也，虽近时诸名家，恐弃甲宵遁①"。其四六文得全室和尚真传，成为五山四六文之典范。其才华横溢，精通书画理论，长于书法，颇具文人风致。绝海中津为五山文艺注入新风，将五山文学推向鼎盛，为整个室町文化的发展起着不可磨灭的作用。

　　本章分三部分论述绝海中津的文人风致。第一部分从绝海中津的生

---

① 江村北海在著作《日本诗史》中对绝海中津诗文的评价。大谷雅夫：《日本詩史・五山堂詩話》，第77页。《新日本古典文学大系65》，岩波书店，1991年。

平出发,通过与史料的结合,就其方正刚直的性格与任真自得的心境进行阐述,论其文人风致的内涵体现。第二部分围绕绝海中津诗文集《蕉坚稿》,论述其诗作对中国古典文学的借鉴与吸收,从中发现其作品的古典韵味,进一步突显其诗人气质。第三部分从绝海中津书法出发,论述其书法和书画论的特点及其对五山文艺及至整个室町文化发展的影响,显现其文人涵养与艺术风致。

一 坦率之性与脱俗之心

随着五山十刹官寺制度化、僧人世俗化,禅林派别斗争日益激烈,阿谀奉承之风盛行。禅僧们陷于名利追逐的泥沼,渐渐悖离佛家悟道修行、无欲离世之理。在此浊流中,绝海中津可谓一异数,"穷则独善其身,达则兼善天下①",其完美地将两者统一,实现了历代中国文人不懈追求的理想。即便身居五山高位,从不随波逐流,保持着文人特有的洒脱与傲性,可以说,绝海中津是五山禅僧中最具有中国文人气质之人。日本近代汉文学家冈田正之曾评价绝海"神秀超迈,怀抱旷达。……(中略)……带诗人之性情。……(中略)……放朗山水,有悠然自得之趣。绝海以诗于五山学僧中出类拔萃,是其诗人性格之使然。②"。绝海之诗文卓越,得益于其性格。下文以绝海之性情为绪,步入其诗文的世界。

(一) 绝海中津其人

绝海中津,临济宗梦窗派禅僧,是日本室町时代"集朝野尊信的稀有高僧③"。其十三岁时入籍天龙寺,侍奉当时天龙寺的住持梦窗疏石。梦窗疏石被后世颂为"七朝帝师",享有盛誉。梦窗见其才能卓越,为之惊叹,赞曰:"此儿他日必为御侮之器者④","子他日能支临济者欤⑤"。

---

① 《孟子》〈尽心章句上〉。

② 原文为日文,笔者译。冈田正之:《日本漢文学史》,第355页。《日本漢文学史》,吉川弘文館,1954年。

③ 原文为日文,笔者译。大野实之助:《绝海と蕉堅藁》,第60页。《漢文学研究》,早稻田大学漢文学研究会,1962年。

④ 《佛智广照净印翊国师年谱》贞和四年条。《蕉堅藁年谱》,梶谷宗忍訳注,思文阁出版,1975年。

⑤ 《佛智广照净印翊国师年谱》观应元年条。

正如**梦窗**所预见，绝海在之后对临济宗乃至整个禅林的发展起到不可磨灭的作用。十六岁时受戒于梦窗，成为大僧。在梦窗入寂后，因仰慕古林派（金刚幢下）传人、五山文学偈颂祖师龙山德见之高风，随法兄义堂周信等赴而师事之。金刚幢下之家风"极尽高雅劲直四字。实无夸张，且存贵族之风韵，决不流于纤弱，不堕于颓废。既有正统之健全，又远超凡俗之常识①"，"不拘于高雅的贵族修养，流丽的词藻，其作品表现形式几乎为偈颂②"。绝海在东山期间，"锐志讲习，研磨斯文，操觚咏赏月夕风晨③"，深受中国禅林文学古林派的影响，在文学上已颇有成就。

应安元年（1368年、洪武元年），绝海远渡中华。是年，正值明将元逐出中原，统一全国。此后九年，绝海遍游江浙一带，参禅于季潭宗泐（全室）、清远怀渭等高僧之处，勤于修行。季潭、清远为明大慧派笑隐大䜣（蒲室）门人中高弟者。其中季潭宗泐被称为文字禅之巨匠，明太祖称之为"泐秀才"，赞其"博达古雅，实当代弘秀之宗"。季潭进一步发展大慧派的宗风，使禅林纯文学的倾向愈加明显。在季潭的熏陶下，绝海在参禅的同时，精进诗文，继承了大慧派最正统的宗风。大慧派的特征在于"彻底使用四六骈俪文体，作为贵族社会的社交手段或修养，赏玩纯文学（诗文)④"。在其影响下发展的五山文学自然呈现出纯文学的倾向。

洪武九年（1376年），明太祖朱元璋召见绝海于英武楼，咨问法要，并命之以徐福祠为题即兴作诗。绝海赋"熊野峰前徐福祠，满山药草雨余肥。只今海上波涛稳，万里好风须早归"，在讴歌太祖缔造的太平盛世的同时，抒发自己盼望早归故土的心情。太祖闻之大喜，遂和诗一首（熊野峰高血食祠，松根琥珀也应肥。当年徐福求仙药，直到如今更不归），并大加赞赏绝海的诗才。绝海中津与洪武帝朱元璋之间的唱和被传为中日两国交流史上的佳话。

---

① 原文为日文，笔者译。玉村竹二：《五山文学——大陸文化紹介者としての五山禅僧の活動》，至文堂，1955年，第83页。
② 同上，第89页。
③ 《祭寿天锡文》《蕉坚稿》。
④ 原文为日文，笔者译。玉村竹二：《五山文学——大陸文化紹介者としての五山禅僧の活動》，至文堂，1955年，第92页。

永和三年（1377年），绝海自明朝归国。他带回大量法器、佛经以及美术工艺品①，丰富了五山禅林的内涵，为五山文化注入新风，将五山文学从偈颂的佛教气息中解放出来，并将其引向纯文学性的道路，进而推向了鼎盛。回国后，绝海在各地寺院进行说法，大力宣扬禅宗教义，极大地影响了五山禅林乃至整个社会。

康历二年（1380年），绝海中津入住慧林寺，京都、东海道、神奈川等地有名的禅僧济济一堂，连衽成帷。绝海"不拒之。孜孜诱掖"，应其所求，讲说法华经、楞严经、圆觉经等。听众中"缁素②"众多，可见绝海说法的普遍性与广泛性。

至德三年（1386年）某日，龙湫周泽听绝海说法后，喜极而泣道，"先师说法体裁有之"，赞其得师梦窗疏石之真传，并赠以梦窗的法衣。

嘉庆二年（1388年）正月九日至十九日间，绝海于三条宫家的宅邸讲金刚经；二十三日为香严芳林太夫人讲圆觉经；明德四年（1393年）夏，每日于花之御所讲楞严经。之后，绝海受足利义满邀请，讲说十牛图③之宗旨。从此记录可知，绝海中津之说法影响的不止于五山禅林，还扩大到贵族，甚至统治者。绝海中津广泛传播禅宗教义，为禅宗的发展作出重要贡献。

绝海中津的才能德行受到室町幕府的赏识，先后入住等持寺、等持院等寺院，并三次被任命为相国寺的住持。在此间，五山十刹的地位发生巨大的变化。由于足利义满极其尊崇绝海，明德元年（1390年），将等持寺晋升为十刹之首，应永六年（1399年），变换相国寺与天龙寺之位次，将相国寺置于五山第一。而且，继春屋妙葩后，绝海被任命为鹿苑院僧录，掌管五山之下住持的任免权。自此，绝海成为五山十刹重要的管理者。

应永之乱（应永六年、1399年）时，足利义满派遣绝海为专使，赴

---

① 其中最有名的是明代文正所绘的《鸣鹤图》（对幅），现藏于相国寺承天阁美术馆中。
② 又称缁白。出家众着黑衣，在家者服白衣。故借指僧人与俗人。
③ 以牛来比喻人类与生俱来的佛性（真如、法性），以牧童与牛的故事来说明由迷起事的十个阶段（寻牛、见迹、见牛、得牛、牧牛、骑牛归家、忘牛存人、人牛俱忘、返本还源、入鄽垂手）。每阶段附一画一颂。此处说的《十牛图》为日本著名水墨画师天章周文所绘，绝海中津题颂。现藏于相国寺承天阁美术馆中。

和泉界与大内义弘会谈。应永之乱虽以义弘之败死而结束，其中绝海为世间和平而做的努力却不容轻视。作为禅僧，绝海参与到军事之中，可见室町政府对其之重视，同样亦能窥视其才能之卓越。此外，应永十年（1403年），绝海中津作为幕府的外交顾问以四六文书写向大明递交的国书，此表文开创了禅僧写作对明外交文书的先例，在日明关系中起着巨大作用。承袭其传统，应永十年的表文制成之后，无论外交文书的起草还是遣明使的派遣皆从五山禅僧中选拔。

应永十二年（1405年）四月五日，绝海中津示寂。应永十六年（1409年），后小松天皇颂扬绝海之高德，"德溢寰区。泽被殊域。所谓仪范佛祖师表人天者也"，赐谥号为"佛智广照国师"。应永二十三年（1416年），称光天皇赞誉道"阴翊四海同文之圣治。乃佛智广照国师也。兹恨生晚不及瞻其光仪矣"，加赐谥号为"净印翊圣国师"，表达对绝海中津的崇敬仰慕之情。

（二）"方正刚直"的性格

绝海中津世称"诗僧"，正如此称号，其极富中国诗人的气质，感情丰富，言行坦率。玉村竹二曾评价其"狂狷不羁，感情激越，缺乏妥协性，是拥有异常正义感的诗人。因此，其敢于再三忤逆足利义满，隐遁性与流浪性相当强烈①"。

关于绝海忤逆足利义满一事，《佛智广照净印翊圣国师年谱》至德元年（1384年）条记载道："至德元年甲子。师四十九岁。师力任宗柄。议论公评刺举无所避。适以直言忤相公之旨。师长揖而去。夏六月隐于摄之钱原……（后略）"绝海中津在议事之际，恪守公平正义的立场，直抒己见，忤逆将军义满之意，遂辞去所任僧职，隐居于钱原。在钱原，绝海深悟自己的性格与此世间格格不入，吟道"世事从来多变态，当初早悟有如今。青山高卧茅檐下，不许白云知此心"（《钱原和清溪和尚韵》）。事实上，他并不后悔自己直言冲撞将军一事，反而怡然自得于山间茅舍的隐居生活。虽然如今并未留存当时的详细情况的相关记载，但

---

① 原文为日文，笔者译。玉村竹二：《五山文学——大陸文化紹介者としての五山禅僧の活動》，至文堂，1955年，第189页。

从"准三后大相国悔往愆①"可知,议事时错在于义满。

义堂周信的日记《空华日用工夫略集》中记录道,

"(前略)…又话及绝海,府君谓余曰,绝海在下国,居处身事果如何哉。余曰,或人传,绝海今在海国村院,寂寞枯淡,然于道学禅诵,无一所退倦。君曰,在国既及一两年,上京其可也。余曰,绝海性坦率,而忤君旨…(后略)②"

义堂周信将绝海忤逆义满的原因归咎为"绝海性坦率"。这是"对绝海客观的评价③"。确实,直言不讳以论事,不畏权势决然辞去僧职而隐居山林,足以可见绝海"坦率"之个性。义满挂念绝海,向义堂询问"绝海在下国,居处身事果如何哉",并认为"在国既及一两年,上京其可也",期盼其回到京都。后来,义满多次遣使召绝海回京,但均被其以抱病为由谢绝。最后,四国的总辖桂岩居士持义满亲笔书信,连夜拜访绝海,泣涕而言,"法门污隆陋邦安危系师之出处④"。为了禅宗的发展与国家的安定,不得已,绝海只好终止短暂的隐居生活,于至德三年(1386年)三月八日返回京都。

同年十月二十九日的《空华日用工夫略集》中有如下记载。

"廿九日,本院请府君,为红叶会也。是日,府君面责播柱二侍者不请暇夜宿云门之罪,摈出相国寺云云。晦日,余往等持将谢府君昨日之临驾,府君不赴佛事会,盖为绝海昨于常在院救播柱二侍者也…(后略)⑤"

由于"播柱二侍者"未经许可留宿他寺,受到将军义满的处罚被逐

---

① 《佛智广照净印翊国师年谱》至德元年条。
② 《空华日用工夫略集》至德三年二月三日条,辻善之助,太洋社,1939年。
③ 原文为日文,笔者译。朝倉和:《日記類に見る絶海中津——〈坦率性〉に注目して》,第10页。《禅学研究79》,花園大学国際禅学研究所,2000年。
④ 《佛智广照净印翊国师年谱》至德元年条。
⑤ 《空华日用工夫略集》至德三年三月廿九日条,辻善之助,太洋社,1939年。

出山门。身为等持寺住持的绝海对"播柱二侍者"伸出援手,将其留宿于常在院。关于"播柱二侍者",太白真玄在《赠播柱二上人①》中对其进行褒奖"(前略)…且拔取大方名缁二百枚,吾门曰播,曰柱,持在其首选,盖夫以,二人者,岁仅弱冠,而高才美誉过人也远矣…(后略)"绝海帮助此二人,亦因赏识其"高才",不忍如此有才之人受尽磨难而已。但也因此,绝海再度违背将军之意,激怒了义满。

明僧录左善世(僧侣中的最高地位)道衍为绝海的诗文集《蕉坚稿》作序,"故禅师得诗之体裁,清婉峭雅,出于性情之正",指出绝海之诗由"性情之正"中衍生出来的。"出于性情之正"一说与宋末郭麟孙"诗本源于性情之正,当其感物兴怀,因时感事,形之于诗②"的理论相同,提倡诗源自于诗人真性的流露。只是,诗是诗人真情的吐露,但"性情之正"中含有"思无邪③",诗与诗人的品性息息相关,诗之咏言与性情相关,是以诗人的本性表现真情。绝海之师季潭宗泐亦认为:"诗乃性情流至者,苟本性情而发,则如风行水面,自然成文④",主张诗作自性情而发。绝海之诗咏其真性情,体现出诗人高尚的人格。

"江天日暮雪㴲㴲,客路湘南魂易消"(《题江天暮雪图》)是绝海的诗作。这一描写雪景的诗中,寄宿着中国伟大诗人屈原的灵魂。

屈原不堪国破之痛,悲愤难捱,自沉于汨罗江。《史记·屈原贾生列传》中记载道:

> (前略)……博闻强志,明于治乱,娴于辞令。入则与王图议国事,以出号令;出则接遇宾客,应对诸侯。王甚任之。……(中略)……邪曲之害公也,方正之不容也,故忧愁幽思而作《离骚》。……(中略)……屈平正道直行,竭忠尽智以事其君,谗人间之,可谓穷矣。……(中略)……其文约,其辞微,其志洁,其行廉,其称文小而其指极大,举类迩而见义远。其志洁,故其称物芳。其行廉,

---

① 《峨眉鸦臭集》《五山文学全集》第3卷,上村观光,帝国教育会出版部,1936年。
② 〔清〕顾嗣立:《郭麟孙祥卿集》,影印文渊阁四库全书《元诗选三集》卷二,上海古籍出版社,1987年。
③ "子曰、诗三百、一言以蔽之、曰思无邪"。(《论语·为政》)。
④ 《跋王达善梅花诗》《全室外集》卷五。

故死而不容。……（后略）

屈原乃"方正"、"正道直行"、"志洁"、"行廉"之人。因其"博闻强志"，富有卓越之才，曾深受怀王赏识，官至左徒。然而也因其"方正"刚直的性格与踔绝之能，受到同僚的嫉妒，亦遭到怀王的猜疑与疏远。国破家亡后，不胜悲愤，投江自尽。屈原以其忠荩之心、经纬之才、伯夷之风，数千年来一直深受中国人民的喜爱与景仰，是中国文人的代表。处于糜沸蚁动之乱世的五山禅僧们，深深地体会屈原内心无垠的孤独、忧闷与激情，从《离骚》、《九歌》、《九章》等作品中领略其超群的文采与方正的品行，并寄情于诗以表敬慕。

后文将会论及，绝海私淑于屈原，向天质问。钦慕中国诗人的绝海从屈原身上寻找到与自己近乎相同的性格。他将对屈原的景慕写入诗歌，并将此诗题入绘画《江天暮雪图》中，"罢钓渔舟有何意，冰生野渡懒移桡"。悠然自得于江天暮雪的世界中的渔父，就是那于泽畔与屈原对话的渔父吧。

屈原爱兰。于是，绝海将屈原喻作兰花，作诗道"兰生幽谷独开花，蔼蔼国香堪自夸。寂寞楚江无逐客，孤芳移在野僧家。"（《移兰》）绝海借兰花之淡淡幽香赞扬屈原之高尚人格。绝海甚至骄傲地声称：楚江上其实并没有被国家抛弃的屈原的身影，这是因为象征屈原的兰花，已然来到不拘礼数的贫僧家中。"兰生幽谷独开花"，那暗吐幽香的兰花独自盛开在绝海家中，绝海的家便等同于"幽谷"。抑或说，孤高的花朵已在绝海的内心"幽谷"中纵情盛开。绝海如此将自己比作屈原，陶醉于孤独之中，冷静地凝视这世间的凡俗。

绝海学习屈原，保持屈原般的本性，无所忌惮，有着中国文人特有的"狂狷"之气。然而，其实绝海也有与屈原不同之处。他更为坦率地直面自己的内心，以禅为镜，与自己对话，早已领悟到世事的变化与自然的变迁一样，皆是无常。无论世事如何变幻，自己的禅心绝不会受其影响。禅为绝海开启了一个更为广阔纯净的世界，绝海才得以坦率地直面自己方正刚直的性格。因此，绝海虽然也如屈原一样受到王的怀疑，却未"忧愁幽思"，郁郁寡欢，而是"道学禅诵，无一所退倦"，"青山高卧茅簷下，不许白云知此心"，悠然自得于山林隐居生活。

"方正刚直的性格"在让绝海感受到官场浮沉的同时，也使其坦率地直面人生，悟得禅之真理。因此，在绝海的诗中，既无对于失败的无奈抱怨，亦无成功后的得意欣喜，只有简单朴实的文字与清澈的音韵，蕴含深远，淡淡飘香。

（三）任真自得的心境

绝海凭借其卓越的才能、高尚的德操，受到禅林的推崇，深受幕府的信赖，被委以重任。他为发扬禅宗精神、实现社会安定竭尽一生，鞠躬尽瘁。然而，绝海虽身在五山，位居高官，其心却并未留恋于此，而是游走于远离俗世的山林之间。

绝海中津一生淡泊名利，任心自在。远在中国游学时，其才华便已熠熠生辉，颇受名家赏识。据《佛智广照净印翊国师年谱》，"大明洪武元年二月。航溟南游。寓杭之中竺依全室禅师。甚器重之。命俾作烧香侍者。后复又转藏主。……（中略）……入大明最初依清远于道场。以侍局命。辞不就。……（中略）……良用贞引以灵隐书记。辞而不就。……（中略）……是岁登径山省全室和尚。延以后堂首座。师辞不就。……（后略）"初至大明时，清远怀渭命其为侍局，绝海"辞不就"，后用贞辅良任命其为书记，绝海亦是"辞而不就"。再后季潭宗泐推荐其为后堂首座，仍是"辞不就"。值得一提的是，后堂首座"位居后板，辅赞宗风，轨则庄端，为众模范①"，其责任是扶赞宗风，为众僧之楷模。季潭荐绝海任后堂首座，一是对其才能的赞许，亦是对其德行的推崇。归国后，绝海中津受赤松则村邀请入住法云寺受住持。法云寺是当时十刹之一，绝海却而不就，"举汝霖佐公代之②"，足见其不追逐名利与地位的淡泊之心。

在《与光禄相公书》中，绝海写道："（某）丘壑野情，无求于世，未曾趋谒达官贵游之门"，述说自己钟情于山林，不苛求于世，亦不醉心于官场。"远托鸿庥，息影此地，晨禅夜诵，一遵旧规，暇则倚轩啸傲，以陶写乎云树猿鸟之趣"，日日修禅，闲时作诗赞颂自然风情。如此远离尘世喧嚣，专心研究禅道及诗文。他还在《答椿庭和尚书》中写道："逢

---

① 《敕修百丈清规》卷四后堂首座条。
② 《佛智广照净印翊国师年谱》康历二年条。

山水幽胜之处，披衣散策，而陶冶于猿鸟云树之趣，悠然如游乎物化之元，人生未尽，只得为太平之逸民其亦足矣"，在聊表心愿的同时，毫不隐讳地吐露出对鹭朋鸥侣的隐居生活的热爱、憧憬与向往。

前文论及，至德元年（1384年），绝海中津因忤逆将军义满之意，"长揖而去。夏六月隐于摄之钱原"，"二年乙丑。师四月始到羚羊谷牛隐庵①"。激怒将军之后，绝海毫不犹豫地辞去当时所任的慧林寺住持之职，极其洒脱地长揖而去，隐栖于钱原，一年后隐于羚羊谷牛隐庵。而今，绝海于钱原与牛隐庵的隐栖生活未留记载，但从其诗作中仍可窥见一斑。前节列举的《钱原和清溪和尚韵》之后，有《和前韵答崇大岳》一诗。禅僧大岳周崇至钱原拜访绝海，适逢其外出，不得相见。绝海归回后赋诗一首，在诗序中写道："拙者八月廿六日，乘凉出游。州中名山曰胜尾，曰箕面，曰神咒，曰十轮，穷奇探胜，兴寄浩然。遂诣西宫之社，所谓剑珠者，盖绝世之奇观也。凡经四日而归钱原之寓所。……（后略）②"。此距违逆义满之意，别离京都不过二月有余。绝海丝毫未受其影响，而乘秋风出游四日，访名山，赏胜景，乐享于悠闲自在的旅途之中。

绝海"狂狷不羁"，热爱自然生活，他寄情于山水，借诗咏怀，赞颂隐居生活"晨炊不羡五侯鲭，葵藿槃中风露馨。霜后年年收芋栗，春前日日劚参苓"（《山居十五首》）的自由自在。在山林之中，他顿悟禅之真谛。"问我山居有何好，此中即是四禅天"，他在山林中开阔了禅宗的境界，完成了禅的思想与自然的融合。在修行之际不忘体味自然，观察天地的微妙变幻。因此，其作品中具有酷似于中国唐代山水田园派的诗风，拥有平淡娴静的意境，空寂而辽远。

绝海借助对山水的描绘，吟咏"陶冶于猿鸟云树之趣"的脱俗之心，通过对所有远离世俗之物的讴歌，寄托超然淡雅的心境。竹、梅、鹤等，皆为超凡脱俗的象征。绝海曾以"秦爵虽贵，乃心弗迁"（《题画》三）赞美泰山五大夫松虽身为显贵却傲然挺立之高洁；以"玉立万夫状，高堂日夜清"（《扇面竹》）歌颂修竹不屈服于污浊世俗之高雅。

---

① 《佛智广照净印翊国师年谱》至德元年条。
② 据荫木英雄：《蕉坚藁全注》、梶谷宗忍：《蕉坚藁年谱》、入矢義高：《新日本古典文学大系48 五山文学集》，胜尾为兵库县丰岛郡胜尾寺，箕面为岛上郡箕面寺，神咒为武库郡神咒寺，十轮之地不详，西宫之社为武库郡西宫的广田神社。

他倾心于高雅脱俗之人。在绝海的诗中,登场次数最为频繁的当属"采菊东篱下,悠然见南山"的陶渊明。《晋书·列传第六十四·隐逸》中对陶渊明有如下记载:

"(前略)……潜少怀高尚,博学善属文,颖脱不羁,任真自得,为乡邻之所贵。……(中略)……闲静少言,不慕荣利。……(中略)……州召主簿,不就,躬耕自资,遂抱羸疾。……(后略)"

陶渊明不愿与世俗同流合污,辞官而归田园,躬耕自资,世称"隐逸诗人之宗",是备受五山禅僧尊敬的诗人。景徐周麟在《安容斋记①》中,记载道"(前略)…古人以陶潜称为诗家第一达摩,所谓采菊东篱下,悠然见南山,得非少林拈华之旨耶,参诗参禅,安心岂有二乎。…(后略)"赞赏陶渊明之心境是禅者安心立命之境界。陶渊明乐享的富于清淡闲适的情趣,远离世俗烦恼的娴静世界,适合禅僧修行。绝海钦服陶渊明,从陶的心境中得到自己苦苦追寻的"任真自得"。他与渊明有着相同辞官归隐的经历,亦有着同样恬静淡泊、超然脱俗的内心。他将渊明《归田园居》诗五首融为一体,咏作"柳色阴阴隔水村,休官归去问田园。义熙年后无全士,独喜先生靖节存"(《题归田图》),赞美陶渊明高洁之风,追忆自己不再复返的隐居生活。渊明酷爱菊花。绝海在自家庭院中种植菊花,回归自然,过着"膏雨晴时春正深,东篱移菊慊幽心"(《移菊苗》)般悠然自得的生活,或依照陶渊明旧居的风格布置自己的居所,"傍人应比渊明宅,三径有松牀有琴"(《移菊苗》),并以此为豪。

陶渊明在大自然的亲切柔和之中,寻得己求,守护着原初的内心的"真"。同时,在纯朴的田园之中,发现寄托心灵的超俗的天地,于是便于其中"自得"。他从自然中发现人生的乐趣,在"山气日夕佳,飞鸟相与还"时,吟诵着"此中有真意,欲辩已忘言"。绝海亦是如此,他在山水之中获得创作的灵感与生命力,以"挥毫兴与沧洲远,落日明边白鸟飞"(《赵文敏画》)抒发心中豪气,从周围微小的事物中感受到自然之趣,咏作"一掬盆芦凉露浮,轻风吹送小飕飕"(《盆芦》)等佳句。绝

---

① 《翰林葫蘆集》《五山文学全集》第 4 卷,上村観光编,五山文学全集刊行会,1936 年。

海即便身处官寺，也从未停止过追求"陶冶于猿鸟云树之趣，悠然如游乎物化之元"的生活。无论隐于山林，还是身处五山官寺，他都不断地憧憬与追求着脱俗之人与物，坚守着自己任真自得的心境。

挣扎于混沌俗世的五山禅僧十分向往山林隐居生活，他们书写了大量诗篇抒发内心的憧憬，毫不掩饰地吐露对远离凡尘俗世生活的渴望。然而，真正付诸实际少之甚少，尤其身为五山住持的高僧们更难实现。绝海对五山僧职的毫不留恋，发现自己性格与世不容时的毅然归隐，正是陶渊明等中国文人的本性体现。

可以说，正因为"方正刚直的性格"，绝海才能坦然直率地面对一切，才得以开辟心中阔达的世界。另一方面，正因为"任真自得的心境"，他才能远离尘世，纵情于自然，从自然之中找寻纯真与乐趣，以"本性"咏唱"真情"。以此"方正刚直的性格"与"任真自得的心境"，绝海为后世留下无数绝美佳句。

二　源于中华的传世诗作

绝海中津以其诗才闻名于世。室町时代，被后辈禅僧们尊称为"诗祖"、"诗的祖师"。江户时代著名的汉文学家江村北海对其做了最为代表性的评价——"论学殖，即义堂似胜绝海。如诗才，即义堂非绝海敌也。绝海诗非但古昔中世无敌手也。虽近时诸名，恐弃甲宵遁①"，将绝海的诗置于最高地位。中国文学研究者神田喜一郎在《五山文艺》中写道："（义堂周信与绝海中津）皆善诗文。义堂周信长于文，而绝海中津长于诗。可以说义堂周信之文与绝海中津之诗为五山文学之最高峰②"。在对此"五山文学双璧"的诸评价中，近乎一致地将义堂周信与文、绝海中津与诗相联系。实际上，绝海之文章并不逊于义堂。绝海在明从季潭宗泐处习得蒲室四六文之精华，并得禅林四六文作法之精妙，被称为日本

---

① 日本江户时代的汉文学家江村北海在著作《日本诗史》对绝海中津诗文的评价，可谓对绝海评介中的代表之言。大谷雅夫：《日本詩史・五山堂詩話》，第77页。《新日本古典文学大系65》，岩波书店，1991年。

② 原文为日文，笔者译。神田喜一郎等：《書道全集》日本八南北朝・室町・桃山，平凡社，1966年，第26页。

"蒲室疏法传授之开祖"、五山四六文的"元祖"、五山禅林四六文之第一人。

绝海中津留有《蕉坚稿》一部，其中有诗165首、疏12篇、榜1篇、序（叙）3篇、题跋1篇、书9篇、说2篇、铭6篇、祭文3篇。《蕉坚稿》虽为绝海的弟子鄂隐慧奯编纂之物，但由于另一弟子龙溪等闻渡明时曾向道衍求序，向古春如兰求跋，向祖芳道聊求《绝海和尚语录》的序，因此认为该集中的诗文由绝海本人精选，具有自选集的性格①。作品集中的诗文极其少量，然而从整体上看，"精金美玉，无一不为佳篇，可谓惊目动心②"。

如兰在跋中赞道："（前略）…今观蕉坚稿，乃知绝海得益于全室为多。其游于中州也，观山水之壮丽，人物之繁盛，登高俯深，感今怀古。及与硕师唱和，一寓于诗。虽吾中州之士老于文学者，不是过也，无日东语言气习，而深得全室之所传，其疏语，绝类蒲室之体裁，其文缜密简净，尤得一家之所传，诚为海东之魁，想无出其右者…（后略）"。正如其所说，绝海在中国直接受到文人们的影响，诗文的灵感源自中国壮丽河山，因此没有日本人常见的"和臭"，巧妙而超俗。

笔者以《蕉坚稿全注》（荫木英雄著、清文堂、1998年）为据进行考察，发现绝海的165首诗中的引典，自先秦至明朝，经史集有《诗经》、《论语》、《老子》、《楚辞》、《蒙求》、《史记》、《汉书》、《晋书》、《后汉书》、《唐书》、《淮南子》、《战国策》、《文选》、《三体诗》、《易经》等35种，佛教经典有《无门关》、《碧岩录》、《圆觉经》、《五灯会元》、《观无量寿经》、《法华经》、《楞严经》、《贤愚经》等8种，几乎都与中国古典存有千丝万缕的联系。相关的103名诗人中，屈原、陶渊明、王维、李白、白居易、杜甫、杜牧、许浑、贯休、苏轼、韦应物、李商隐、高启等著名诗人出现频率居高。由于唐代诗人数量占据优势，亦可说其受到唐诗的影响显著。这与其"在唐诗中追求诗歌的理想，喜读唐

---

① 应永十年，绝海中津的弟子龙溪等闻渡明时，持绝海的《蕉坚稿》与《绝海和尚语录》向明代高僧求得序与跋。而且，比起同为"五山文学双璧"的义堂周信传世的《空华集》中两千余首诗，《蕉坚稿》中的作品数可谓寥若晨星。以此推断，《蕉坚稿》为绝海中津自选诗文集。

② 原文为日文，笔者译。今関天彭：《五山の四大詩僧》，出版社不明，1933年，第59页。

代作品①"的说法是一致的。

对于中国古典，绝海并非单纯地机械性地模仿。他将其丰富的诗情与在中国习得的理论相融合。这种积极的借鉴与接受给绝海提供了更为宽阔的创作空间，将其作品引入更为深远的意境之中。以下从诗句、典故、诗风三个方面考察绝海之诗与中国古典的深厚渊源。

（一）诗句的借鉴

北宋王安石曾叹道，"世间好语言，已被老杜道尽；世间俗语言，已被乐天道尽"，提出在诗句中运用新的语言极其困难。北宋文豪黄庭坚认为"自作语最难，老杜作诗，退之作文，无一字无来处。盖后人读书少，故谓韩、杜自作此语耳。故之能为文章者，真能陶冶万物，虽取古人之陈言入于翰墨，如灵丹一粒，点铁成金也②"，肯定自行造词之困难，主张对古人诗词的借鉴，应当巧妙地利用古人之佳句，在旧的诗句中增添新的情趣，达到言虽尽而意未竭的境地。绝海中津积极地效仿前人，在创作上独具匠心。其诗句中对中国诗句的借鉴可归结为以下三种，而这些借鉴皆非单纯的沿用，而是模仿上的创造，是对原文的升华。

首先是活用古人的佳句妙句，使其富于生命力的模仿。本稿以"取语"一词进行论述。《赋山水图，赠无外归瑞鹿》的"平生丘壑意，偏爱虎头痴"中的"平生丘壑意"即是对张镃《伏口》中"平生丘壑意，不受暑寒迁"的直接引用。说是模仿，不如说是剽窃。然而，诗的后句对诗赋予了新的韵味。绝海以顾恺之的小字"虎头"一语双关，在指代圆觉寺中虎头岩的同时，暗示顾恺之画谢幼舆肖像图的故事。谢幼舆是东晋的隐者，回答晋明帝的提问时说"一丘一壑，自谓过之③"，诉说自己对山水的钟爱。因此，画家顾恺之将谢幼舆绘入岩石之间。由此，绝海给"丘壑"一词添加双层含义，从诗的世界引入绘画的世界，最后扩展到自然的世界。这虽说是对诗句的沿用，却赋予了新的情趣。"江流无声，断崖千尺。赤壁之游，风清月白"（《题画》二）也属于取语一类。

---

① 原文为日文，笔者译。大野实之助：《绝海と蕉坚藁》，第72页。《漢文学研究》，早稻田大学漢文学研究会，1962年。
② 黄庭坚《豫章黄先生文集》卷十九、〈答洪驹父书三首〉其二。
③ 刘义庆：《世说新语》品藻第九。明帝问谢鲲："君自谓何如庾亮？"答曰："端委庙堂、使百僚准则、臣不如亮；一丘一壑、自谓过之。"。

诗句借鉴苏轼的《后赤壁赋》的"江流有声，断岸千尺"与"月白风清，如此良夜何"，只是消除了江流之声。然而，由于听觉的移出，使得想象的空间无限延伸，诗境也随之开阔。这正是"虽取古人之陈言入于翰墨，如灵丹一粒，点铁成金也"的效果。于是，绝海在沿用古人诗句的同时，将更为深远的意味植入诗中，为诗赋予了新的生命力。

唐代的张继以《枫桥夜泊》一诗名扬天下。绝海的诗中有三首可见此诗之踪影。僧人文焕章回姑苏时，绝海以"枫落秋江水，钟清夜泊船"来述说依依惜别之情，同时表达身在异乡的自己的心情。诗句中的"枫"、"落"、"江"、"钟"、"夜泊"、"船"虽皆见于张继之诗，但由于姑苏这一特定的地名，却是诗景中常见的表达。绝海借鉴张继之诗，并非为描写姑苏夜景，而在借其诗意，表达游子"对愁眠"之心。这种表达深化了诗的主旨，提高了诗的格调，是"取意"之法。绝海借鉴《枫桥夜泊》所作的诗《钟声近》中有"清夜沉沉群籁收，疏钟声近月中楼"一句。万籁俱寂的夜里，远远传来稀疏的钟声，近在耳畔。钟声近，以有声衬无声，展现出一个静谧的世界。诗将《枫桥夜泊》中的落月高高悬挂，去除乌鸦的啼叫，开拓更为静寂幽远的境界。这也是"取意"。如前诗一样，未习其寂寥之心，而得月夜清幽闲静之趣。无论人之情感，事物之情趣，皆为诗中隐藏之真意，即诗之宗旨。"取意"取原诗之真意，超脱形式上的模仿，注入新意。

绝海之"取意"亦见于对长诗赋之宗旨的浓缩。欧阳修作宋代文赋之典范《秋声赋》。《秋声赋》从对秋声的描写转向对季节变化的理性思考，陈述对人生的感伤，深深地抒发诗人对宦海沉浮的感慨。绝海亦从季节的推移来感悟人生，"秋声一拂，青者化红。人甚于物，勖哉尔童"。绝海之诗，未取《秋声赋》中对人生的浓浓感伤，亦无其迫人之势。绝海冷静地品味自然的善变，得悟人生之理，以"勖哉尔童"勉励后辈。虽说是"取意"，绝海却在此"盗取"之意上增添了新意。

"溪边古木弄残晖，千里行人初到时。自说三年征役恨，谁能双鬓不成丝"（《行人至》）是仿杜甫《兵车行》的主题而咏作的诗。《兵车行》是批判朝廷兵制的问答体的诗。诗人通过设问引出对穷兵黩武、祸殃百姓的愤懑之情。《行人至》以"溪边古木弄残晖"为诗加入自然的背景，借景抒情，将全诗笼罩于静寂暗淡的氛围之中。"自说三年征役恨"一改杜诗一问一答的问答体，以"自说"独白的形式叙情。正因有"自说"，行人与诗人的对话在诗的世界之外得以展开。或者说，诗人自身虽未在诗中出现，却客观地记述了行人的"自说"。这与杜甫《石壕吏》中"无问有答"的对话形式相似。换言之，绝海将杜甫《兵车行》中行人的恨以《石壕吏》的形式表达出来。自《兵车行》中"取意"，自《石壕吏》中取其构造、即章法，开辟新的意境——即"取势"。然而，读者却无法从绝海的《行人至》中感受到杜甫诗中那种难以言尽的愤恨。前文亦有触及，绝海在室町时代是享有朝野尊重的稀有高僧。由于他位居五山官寺的最高位，虽处战乱之世，却未曾遭遇颠沛流离之苦，难以体味百姓析骸而炊之悲惨、锋镝余生之庆幸。因此，其诗中却没有杜甫鸾飘凤泊的失意、对乱世的切身痛感与对社会的控诉。他站在禅僧的立场，以普度众生的慈悲心述说着对民众的同情。因此，相对于杜诗"沉郁顿挫"的诗风给予读者的强烈印象，绝海之诗给人以轻快平稳之感。

"诸昆若问南游事，八月飞槎两浙间"（《赠笑山侍司还土州省亲》①）、"到时诸昆如问我，倦怀不似昔清狂"（《送人之相阳》②）、"长安如有故人问，白首垂纶碧海前"（《送复无已归京》③）明显取《兵车行》中"有问有答"的形式。诗中流露的是对远逝的过去的回想与怀念。①是在中国游学生活的回忆，②是"清狂"的过去，③虽述说如今的禅定生活，其实与①相同，是对中国的怀想与回忆。而且，此三首诗中皆有"若"或"如"，看似构成了提问与回答，实际是绝海的自问自答。问答体的诗还有一首。"一笑问真宰，百年何寂寥"（《冬日怀中峰旧隐》）并非前述的"有问有答"，亦非"无问有答"，而取屈原《天问》的提问方式。东汉王逸在《楚辞章句》中提出"何不言问天？天尊不可问，故曰天问也①"。由于问天天亦不作答，故称为"天问"。绝海也对着"真宰"提问，"百年何寂寥"，然而能作答的只有悟得真理的绝海本人。绝海向天问的，并非如屈原一样的怀才不遇，而是不满百年之人生的寂寥。其时，不知绝海是否已然领悟。

---

① 《楚辞章句》卷三，《楚辞章句诗集传（精装本）》，王逸、朱熹编，岳麓书社，1989年。

绝海之"取势"还有对杜甫"当句对"的借鉴。杜甫首次将五言律诗的"当句对"引入七言律诗中，丰富了七言律诗的对句形式。杜甫的七言律诗中，"当句对"有八句。《曲江对酒》的"桃花细逐杨花落，黄鸟时兼白鸟飞"便是一例。在一句之中，桃花与杨花，黄鸟与白鸟对仗，且前后两句对偶。像这样的对句绝海的67首七言律诗中有五首。"碧海丹山多入梦，湘云楚水少同游"（《山居十五首》二①）、"浮岚浓翠湿窗纱，玉气丹光接太霞"（《山居十五首》七②）、"寒露清霜残夜梦，紫参红枣旧山秋"（《乡友志大道金陵卧病》③）、"怪岩奇石云中寺，新月斜阳海上舟"（《赤间关》④）、"宝树宝池天上寺，春风春雨过归期"（《古河杂言》一⑤）。①中，"碧海"与"丹山"在一句中成对，不仅名词的"海"与"山"，形容词的"碧"与"丹"亦成对，并形成鲜明的色彩的对比。后句的"湘云"、"楚水"中，表示地名的"湘"与"楚"，自然景物的"云"与"水"分别对偶。相对于杜甫的"桃花"、"杨花"、"黄鸟"、"白鸟"，绝海的"当句对"似乎更为巧妙。值得注意的是，杜甫的"自去自来梁上燕，相亲相近水中鸥"（《江村》）中出现动词的当句对，并不见于绝海的诗中。绝海的"当句对"中形成对偶的名词全部为表示自然风物的词。这大概是由于绝海亲近于自然，在自然之中打开悟境，并于自然这一悟境中解放了自我。

本稿将绝海诗中对中国诗文的借鉴归结为"取语"、"取意"、"取势"三词。绝海的"取语"并非单纯的模仿，而是借助名诗文的佳句，添入新的情趣。在"取意"、"取势"时，绝海显现出极其巧妙的技巧。对同一首诗，取其二意，咏作不同的诗境，并且升华原诗的诗意，深化其意境。他学习名诗的章法，丰富诗的体裁，提高诗的艺术性。然而，单有诗句的借鉴并不能咏出佳品。锦上添花的是对典故的引用。

（二）典故的引用

善用中国典故，是绝海中津诗作的一大特色。典故精练简洁，寓意丰富，能为诗歌充实内容，加以润色。可谓"据事以类义，援古以证今"（刘勰《文心雕龙》）。历史故事能为诗情增添历史的厚重感，给读者以想象的余地，增加诗歌的思想性。与此相对，神仙故事等传说为诗歌添加奇幻之美，为读者开拓联想的空间，增加诗歌的艺术性。绝海通过引用《史记》、《后汉书》、《蒙求》、《庄子》等书籍中的故事，构成诗歌的综合美。

"深入朱仙临北虏，不知碧血痊南州。垄云空映吴员庙，湖水无期范蠡舟。四将元勋俄寂寂，两宫归梦谩悠悠。他年天堑人飞渡，添得英雄万古愁"（《岳王坟》）中引用了《庄子·外物篇》中的苌弘与伍子胥、《史记·货殖列传》中的范蠡、《宋史》中的中兴四将、钦徽二帝的故事。代表苌弘的"碧血"与岳飞抗金之地的"朱仙"，同为忠臣而命运相异的"吴员"与"范蠡"，岳飞等忠肝义胆的"四将"与愚昧的皇帝"两宫"分别形成对偶。由此，在工整韵律的同时，给诗歌赋予超越时空的历史感。诗中缅怀因莫须有的罪名含冤而逝的岳飞，继而跨越千余年追忆与其同样命运的忠烈之士苌弘与伍子胥，以英雄的悲壮为诗笼罩永劫的悲愤与哀伤。诗人兴致挥毫，在宏大的历史画卷上泼洒悲壮之色，勾勒出忠烈之姿。在诗中展开的广阔的历史空间中，读者也与绝海一同回顾过去，共缅悲剧的英雄们。诗人在"兴亡一梦岁云徂，葵麦春风久就芜。父老何心悲往事，英雄有恨填平湖。朱崖未洗三军血，瀛国空归六尺孤。天地百年同戏剧，燕人又献督亢图"（《钱塘怀古次韵》二）中感慨南宋王朝的兴亡，寻觅早已远逝的历史的痕迹。诗沉浸于亡国之恨中，似乎演绎着悲壮的历史剧。该剧如《平家物语》一样，以感叹世事的无常开幕。而后，百姓、英雄、战士、帝王等不同身份的人相继登场，痛诉国破之恨，家亡之哀。最后以"天地百年同戏剧、燕人又献督亢图"中的"荆轲刺秦"的典故将戏剧推向最高潮。荆轲受燕国太子丹之命，携藏有匕首的督亢地图图谋在晋见时刺杀秦王，失败后身亡，后燕国灭。诗人通过这一特殊的典故，将怀古之题一般化。换言之，以众人皆知的"荆轲刺秦"的故事，将荆轲之恨变为所有救国英雄之恨，将燕国的灭亡变为后世王朝之亡国。千百年来，无数像荆轲一样的壮士为国献身，繁及一时的王朝灭于强敌之手。"荆轲刺秦"的典故将诗的背景从南宋扩展到秦之后的王朝，诗人对过去的追忆因此无限延伸。南宋时代的该剧冲破时间的桎梏，加强了传说的色彩，由此其艺术性得以提高。另一方面，此剧以重色调演绎了王朝的兴亡，给观众即读者以思考的余地。释清潭评价此诗道："绝海之诗雄奇。可称台阁儒绅所不及。（中略）如义堂只是寻常人勤奋之所作。至绝海方分天人之别。（中略）可谓前无古人，后无来者。非此八字无可赞赏①"，高度赞誉绝海之诗才。

《画鹤》（仙质昂然胎化禽，乘轩曾感懿公心。千年留影松堂上，只尺蓬莱月色深）中引用《左传·闵公》中卫懿公爱鹤与《搜神后记》中丁令威爱鹤的故事，将历史故事与神仙故事相融合，丰富诗的内涵。卫懿公爱鹤成痴，给鹤官位俸禄，每次出游，必带鹤，载于车前，号称"鹤将军"。辽东出身的丁令威亦是好鹤之人，学道成仙千年后化鹤回故里，飞舞而歌。诗人引用历史故事中的鹤给诗歌以现实感，再用神仙故事中的鹤给诗歌以神秘感，两者结合，模糊了现实世界与虚幻世界之间的界线。《古河杂言》（二）在诗的尾联（且待蓬莱清浅日，蹈鲸直欲访安期）中制造了一个神话的空间。诗与《画鹤》一样，以"蓬莱"一词开启神仙居住的世界之门。"蹈鲸"源自李白的自称——海上骑鲸客。元和九年（1623年）编纂的《后素集》神仙部中，记有"李白乘鲸图，为李白乘鲸，游于海上②"。"长庚入梦"与"捉月骑鲸"等传说，以及贺知章对李白的美称——"谪仙人"等都是世人将李白视作神仙的理由。此处可以看到，五山禅林广习外典，涉猎老庄道家思想并深受其影响，而这种影响不仅体现在文学上，亦体现在绘画等艺术中。《古河杂言》（二）的尾联中麻姑、王方平、李白、安期生等人的出现，表明绝海亦接受了道家的神仙思想。在绝海的其他诗作中，也频频出现神仙的踪影，以及与此神仙颇有渊源的故事。道家的神仙传说为诗歌的世界蒙上神秘的面纱，将读者的联想从诗的现实世界引向仙家居住的理想世界，进而至未知的想象世界，丰富了诗的意境，展示了诗的艺术高度。

绝海诗中出现的《蒙求》的故事引人注目。《蒙求》是中国唐代儿童用的教科书，其特色是，以四言韵文归纳名人逸事，每四字一掌故，内容相似的两句对偶，每八句换韵。由于朗朗上口，用于平安时代贵族子弟的教育中，广为流传，甚至有"劝学院之雀鸣啭蒙求"之说。其中的故事亦受五山禅僧欢迎，绝海的前辈中岩圆月在其诗中引用《蒙

---

① 原文为日文，笔者译。清潭：《名诗评释》，第123页。《漢詩大講座》第九卷，アトリエ社，1936年。

② 原文为日文，笔者译。山崎誠：《後素集とその研究》（上），第167页。《調查研究報告》第18号，国文学研究资料馆文献资料部，1997年。

求》8次①之多。绝海诗中有"以志养亲者,岂徒师老莱"(《巧拙叟省亲》)中的"老莱斑衣"、"小斋萤雪愁同案"(《寄宥宽仲》)中的"车胤萤光"与"孙康映雪"、"桥架银河迥,松荣雨露新。相如题柱后,丁固梦应频"(《题扇面画》二)中的"相如题柱"与"丁固生松"等故事。"老莱斑衣"是二十四孝之一,指老莱子自年少起就孝敬父母,虽年过古稀,仍着彩衣扮婴儿嬉戏以取悦双亲。绝海以至孝之人老莱子为例,赞颂巧拙叟对父母的孝顺。《蒙求》中的典故仅用四字就表达寓意深刻的故事,偶俪之语,言简意赅。引用妇孺皆知的典故,更具说服力。若说典故是浓缩的表达,那四字一掌故的《蒙求》中的典故无疑是二次浓缩之物。若再将《蒙求》中的典故进行整合,如"小斋萤雪愁同案"之类,一句中包含车胤练囊借萤光苦读,孙康雪地借月光勤学的故事,诗句内容丰富,意味深长。而且,由于多典故的运用,使得诗歌表现空间扩大,艺术性得以提高。儒家典籍《蒙求》的故事在绝海作品中频繁出现,也说明绝海中津深受儒佛一致思想的影响及熏染。

如前所述,绝海的诗文中,常用《史记》等经史典籍中的典故,使诗的表达更为精炼,寓意深长,表现力提高;同时也为诗歌增加了艺术美。

(三) 诗风的影响

大野实之助在《绝海与蕉坚稿》中指出"(绝海)学杜甫、苏东坡、黄山谷之诗。……绝海诗之特色在于,与盛唐王维、中唐韦应物二人所代表的唐代自然诗人的风雅相通的部分极其浓厚②",但对其受到山水田园派的影响并未进行详细说明。据笔者考察,山水田园派诗人擅描山水自然风光,"一切景语皆情语"的风雅同样见于绝海描写自然景色的诗句中。绝海与韦应物之间的联系,正如大野氏所论,体现在诗句中多用"幽"字上,但就诗风而言,笔者认为其受王维的影响更为明显。

王维长于文学、绘画、书法、音乐,乃风华绝代、名贯古今的天才。

---

① 参照森野知子:《中巖詩の特質;典故とその使用法》,第15—16页。《日本研究》Vol. 6,日本研究研究会,1992年。

② 原文为日文,笔者译。大野实之助:《绝海と蕉堅藁》,第74页。《漢文学研究》,早稻田大学漢文学研究会,1962年10月。

北宋文豪苏轼曾绝口称赞其诗"味摩诘之诗，诗中有画，观摩诘之画，画中有诗"。王维精通佛学，以诗悟禅，以禅证诗，在其诗闲适幽深的艺术境地中处处蕴藏空门禅悦之奥妙。绝海的诗中亦透出与其诗风酷似之处。

"独坐幽篁里，弹琴复长啸。深林人不知，明月来相照"（《竹里馆》）是王维吟哦隐者娴静舒适的生活的诗歌。诗人用自然平淡的笔调，以琴与口笛之音映衬月夜的幽静，以明月之光烘托深林的黑暗。诗中有现实的幽静之景，亦有虚幻的孤独之情，两者对立并整合。绝海也曾咏作如此的佳作。"山暮秋声早，楼虚水气深。知音今寂寞，壁上挂孤琴"（《期友人不至》）中以沉浸于夜暮中的早秋的幽邃与水气氤氲中的小楼的空寂书写诗人的寂寞。琴发出悦耳之音，却因无知音之人，只能孤独地依在墙壁上。绝海将情与景相融合，在无声的世界中又加无声的境界，通过自然景色烘托友人未至的寂寥之情。从中清晰可见禅之"空"。"林泉最幽处，猿鸟自成群"（《题白云山房画轴》）中并未使用表示声音的词语，但以猿鸟的活动为诗歌赋予声音，以有声衬无声，进一步烘托山林的空寂。王维的"山路元无雨，空翠湿人衣"（《山中》）中用浓郁的绿描绘出一个湿润的世界。漫步在无雨的山路上，穿行于苍翠欲滴的山岚中，似乎感觉衣衫亦已湿润。这样空寂润湿的山林景色在绝海的诗句"濛濛空翠沾经案，漠漠寒云满石楼"（《山居十五首》二）中更为浓郁地呈现了出来。小屋中的经案亦被山岚弄湿，这更加突出周围松柏的翠色欲流。绝海似乎特别钟爱湿润的空间，他在"浮岚浓翠湿窗纱，玉气丹光接太霞"（《山居十五首》七）与"透牖浮岚湿，缘阶细草薰"（《题白云山房画轴》）中以山岚设色之妙，呈现出雾气笼罩，草木飘香的世界。"千峰收宿雨，万象弄春晖"（《送俊侍者归吴兴》）以"收"字写意地绘出群山叠峦的雨后之景，气势恢宏。

王维的诗中充满了光与音律之美。诗人以对自然的敏感，捕捉细微之美，勾勒纤细之美。"明月松间照，清泉石上流"（《山居秋暝》）中静寂的树木中，从松树枝叶上透出的月光照在石上流淌的泉水上，月光与水之光交互辉映，无人的静谧中微微流动着细细的"清泉"之音。王维巧妙地将光与音律之美融入诗中。绝海亦在光与影的对比、声音的调和上匠心独具。"春风暖动鹡鸰草，海月光翻乌鹊枝"（《喜谅信元至》）

中，诗人绝海并未使用表示声音的词汇，却将春风吹动青草律动之音、树枝摇曳之音、风拂动之音、波浪翻滚之音、鹡鸰与乌鹊鸣叫之音相融合，在寂静的世界中演奏海的奏鸣曲；并以"翻"字描绘月影零乱之美，呈现出更为宏大的场面。绝海借助日月之光，雪、水反射之光，描绘光影明暗流动之景，为诗所表现的平面的绘画赋予立体感，并将流水、风、波浪、鸟、虫的声音带入画中，将视觉的美感与听觉的美感相搭配，为诗赋予生命感。

王维与韦应物在对色彩的处理上呈现出不同的特色。韦应物之诗，画面色彩较淡且清冷，而王维擅用鲜艳的色彩对比。韦应物的"青苔幽巷遍，新林露气微。经声在深竹，高斋独掩扉。憩树爱岚岭，听禽悦朝晖。方耽静中趣，自与尘世违"（《神静师院》）创造出满目苍翠的诗境，而王维的"荆溪白石出，天寒红叶稀。山路元无雨，空翠湿人衣"（《山中》）在浓绿色中添加石头明快的白、枫叶鲜艳的红，描绘出色彩斑斓的绚丽景色。绝海中津也如韦应物一样，频繁地使用"清""幽"二字，但其诗较韦诗色彩对比鲜明，近似于王维诗中的色彩感。"柴门掩在水之湄，惯看沙鸥稍不疑。香气阴窗晨雾润，棋声深院夕阳迟。翠杨烟暗藏鸦叶，红杏花低挂乌枝。买地剩栽松与竹，愿言长作岁寒期"（《古河杂言》三）以树木的绿色作为基调，突出杏花的艳丽之红，又以柴门、沙鸥、乌鸦、乌等暗色彩调为诗境增添沉静之色。与韦诗的清冷相比，显然倾向于王诗明快的诗风。"滴残松桂博博露，落尽兰苕淡淡花"（《山居十五首》七）中纤细的色彩美，"京口云开春树绿，海门潮落夕阳空"（《多景楼》）中壮丽的色彩美。"云根山气润，野火薜纹干"（《三生石》）中未使用表示色彩的词语，却以云雾的白、野火的红、苔藓的绿、山石的赭石等色彩渲染画面。

"寒山转苍翠，秋水日潺湲。倚杖柴门外，临风听暮蝉。渡头余落日，墟里上孤烟。复值接舆醉，狂歌五柳前。"（《辋川闲居赠裴秀才迪》）是王维的代表作。王维在诗中将山、水、日、烟等景物以柴门为中心巧妙地联系在一起，勾画出一幅悠远娴静的黄昏图。这正是王维的"诗中有画"。"于越晴峰翠作螺，钱湖新水碧生波。徒闻家近支郎住，安得诗同灵澈哦。满院梨花春昼静，空山蕙帐夜寒多。扁舟未遂东游约，孤负沧浪月一蓑"（《寄定静庵》）中，绝海用与王维相同的观察法，如绘图一般，描写着各种景物。画的中心，即视点，是小庵。诗人以定静庵为立足点，将远处的山峰、湖水，近处的庭园、船、月一收眼底，细细观察后置于诗中之画里，将绘画的"散点透视法"淋漓尽致地运用于诗歌的创作中。钱湖之水起微波，给诗以跃动之感；山水之绿与梨花之白交相辉映，为"画境"增添色彩之美；清朗的吟咏之声为娴静的"画境"注入生气，白昼到黑夜的变换与素娥之光一起带来光的明暗感。这悠然的美的世界中隐隐溢出诗人的孤独，借景抒情之法达到极致。

王维的诗中有亲近于自然的闲适的情趣，平淡的诗语中暗藏着深邃的意境。其清新雅致、冲淡恬静的诗风对绝海诗风的形成影响颇深。绝海与王维一样，思慕花鸟风月，以山水陶冶情操，借景抒情。在此风雅的背后有着两人在人生境遇上的相似性。王维位居尚书右丞，虽经几度沉浮，却没有杜甫等的落魄潦倒。绝海身居五山官职，三度任相国寺住持，司五山之下住持的任免权，受到幕府的重用。二人皆为贵族诗人。而且，王维虔心修佛，享有"诗佛"之美誉，使之与身为禅僧的绝海在精神、思想上有着相通之处，因此，两者在诗作的构思上也有相同。换言之，绝海私淑于王维，源自对相似经历的共鸣。

绝海中津自汉诗的母体——中国古典中寻求到诗作的源泉。他积极地修习中国古典，不断从中汲取养分，无限扩大创作的空间。中国古典为绝海提供了创作的灵感，使其题材丰富，言辞殊丽。诗的意境由于典故的历史厚重感与传说的神秘感的添加愈加深远。由于受到唐代山水田园派的影响，其诗中充满着清淡典雅之趣，自然闲适的诗境中洋溢绘画的美感。绝海之诗兼备艺术的复合之美，丝毫不逊于中国诗人，受到中日两国学者的绝口称赞。另一方面，通过对古典的积极学习，绝海加深了对中国文化的理解，具备了中国文人特有的修养。这些修养越出诗文的世界，在墨迹、丹青的世界中亦显现出来。

三 泽被禅林的书画艺术

现代日本文学家安良冈康作曾在《中世文艺史中的五山文学》中指出绝海中津在中世文艺史上享有的崇高地位。他写道："中世文艺史的顶点，当属室町初期的应永·永享时代（一三九四——一四四一）。代表这一时代的作家,是能的世阿弥和五山文学中的绝海中津。……(中略)……永和四年(一三七八年),绝海自大明国求学归国,将中国明代纯文学的诗风与禅林四六文的作法传入日本,教授并传播。其于建仁寺培养众多门人,在其应永十二年(一四零五年)圆寂之后,弟子昙仲道芳、太白真玄……(中略)……仲方圆伊等的门生,在应永·永享期大展才华。可以说,五山文学正于此时得以成熟与完成。①"绝海从中国明朝将"纯文学的诗风"与"禅林四六文的作法"传入日本。不仅如此,在诗文的外在表现形式——书法以及与书法同源的绘画中,绝海亦显现其非凡的造诣,其文人气质在其间体现得淋漓尽致。

(一) 五山书风的指导

景徐周麟在《旭岑诗并四六序②》中写道:

> (前略)…蕉坚大士壮岁南游,入全室室,其诗也,文也,笔迹也,与彼山川风物争其壮丽,明人跋其稿曰,虽吾中州之士老于文学者不是过。且无日东语言气习,而深得全室之所传也,评其书则曰,得楷法于清远,可谓集而大成矣,既而归朝,吾徒之从事于此者,竞游其门,删诗定四六之体,变书法之卑弱,各得其所,至今丛林无不被其泽者…(后略)

将绝海的书法评价为"笔迹也,与彼山川风物争其壮丽"、"得楷法于清远,可谓集而大成矣"、"变书法之卑弱"。绝海之书法可与中国的锦绣山河争壮丽,可见其之笔精墨妙;其楷法师从清远怀渭,集名家之大成;后世摹习其书法,一变书法之格调,可见其影响之深。

绝海的墨迹现藏于镰仓圆觉寺、京都林光院等寺院,其中最负盛名的是相国寺承天阁的藏品——《十牛颂》。其由来在《佛智广照净印翊圣国师年谱》中有如下记录:

---

① 原文为日文,笔者译。安良冈康作:《中世文芸史における五山文学》,第2页。《新日本古典文学大系48 五山文学集》,入矢義高,岩波書店,1990年。
② 《翰林葫蘆集》《五山文学全集》第4卷,上村觀光編,五山文学全集刊行会,1936年。

> 应永二年。一日太相国依十牛图请益宗旨。师云。宗门直指之旨非纸墨言说所能也。然古德十牛之设。为中下机强立无途辙中之途辙。而显无功用之功用也。说始自寻牛终至人牛俱忘。及人入廛垂手。师云。此是相公自己本地风光。非从人得。得后只是叩门瓦子而已师肆辩引譬剀切也。不备录。太相国颇得至诀。遂请师手书梁山廓菴十牛图叙并偈。命工绘之所常居禅观之室壁。贴叙偈于上。公暇览之乃为修禅之资。

记载中言，应永二年（1395 年），绝海应足利义满之要求，根据《十牛图》解释其宗旨，并写下叙与偈语。义满请绝海讲述禅宗之教义，不仅表现了其对佛教的皈依之心，还表明其对绝海的信仰，以及绝海在禅林中的重要地位。请绝海书写《十牛图》的叙和偈，更是强调对其的崇信，及对其书法之臻微入妙的认同。绝海所作的《十牛颂》中的楷书遒劲有力、古拙清雅。"在一字一字以楷书端庄之笔致构成中，观者在感受其格调高雅的同时，亦看到绝海的为人禀性[①]"。

中国明代的书论家费瀛在其著书《大书长语》的开篇中写道"杨子云以书为心画，柳诚悬谓心正则笔正，皆书家名言也。大书笔笔从心画出，必端人雅士，胸次光莹，胆壮气完，肆笔而书，自然庄重温雅，为世所珍。故学书自做人始，做人自正心始，未有心不正而能工书者；即工，随纸墨渝灭耳"，论说书法与"心正"密不可分，主张研习书法首先要学做正直之人。正如"心正则笔正"所说，只有品行端正之人，才能写出"庄重温雅"的书法作品。也就是说，想要写出好字，一定要有高尚的人格，也只有品行方正之人所作的书法才能称为佳品。正如前文论述所说，绝海中津与屈原一样，性格"方正刚直"。因此，其"方正刚直的性格"必然以格调高雅、力透纸背的书法体现出来。"胸次"，即胸怀。凡事不拘泥于小节之人才能笔走龙蛇，文采炳焕。黄庭坚在《论书》中说："学书须要胸中有道义，又广之以圣哲之学，书乃可贵。若其灵府无程，政使笔墨不减元常、逸少，只是俗人耳。余常言：士大夫处世以百为，唯不可俗，俗便不可医也"，提倡"胸中有道义"，即心胸豁达、志

[①] 原文为日文，笔者译。《京都五山 禅の文化》，東京国立博物館，2007 年，第 315 页。

向高远之人，其书法作品方称为"可贵"。换而言之，书法作品的高雅，与书写之人的高尚的品格、恬淡纯净的心境密不可分。绝海乃得道高僧，追求"陶冶于猿鸟云树之趣，悠然如游乎物化之元"的生活方式，超脱世俗，拥有陶渊明般"任真自得的心境"。并且，绝海广泛涉猎佛教、儒家、道家经典，"广之以圣哲之学"，实践了苏轼在杜甫的"读书破万卷，下笔如有神"基础上发展的书法理论。书法家绝海的"方正刚直的性格"、"任真自得的心境"、"圣哲之学"，在气韵非凡、超脱自然的书法作品中表现得酣畅淋漓。

"通过绝海的墨迹追溯其来源，其充满中国韵味的笔锋继承了元赵子昂一派，即所谓元代正统派的风格，其书风可谓端庄、实是稳当。其一，源自与其性格不可分割的品性之高尚，最为主要的是，其入明后承袭了元末明初的书风①"。绝海书法风格的形成，源自其人品的高尚、心境之阔达、博学多识，亦与其师承息息相关。

正如景徐周麟所言，关于绝海书法的师承之处，首先必须提及明朝僧人清远。清远，即清远怀渭，书法名家，是绝海在明朝游学时最早依从之师。《佛智广照净印翊圣国师年谱》中有记载，绝海在应安元年（1368年、洪武元年）二月到达中国，最初在万寿寺侍奉清远怀渭，后任命为"侍局"，然绝海辞而不就。从此事中可以看出，清远十分赏识绝海的才华。在绝海的诗文集《蕉坚稿》的卷头，有绝海与恩师清远怀渭临别时的唱和之作《呈真寂竹庵和尚》。清远也在该诗的序中写道："绝海藏主力究本参，禅燕之余间事吟咏，吐语辄奇。…（中略）…予老矣，无能为也。不觉有愧后生之叹。遂次韵用答。诚所谓珠玉在侧不自知其形秽也"，以表对绝海的赞赏之情。而明僧易道夷简所和之诗的序中写道"绝海藏主，尝依今龙河全室宗主于中天竺室中，参究禅学。暇则工于为诗又得楷法于西丘竹庵禅师。故出语下笔，俱有准度。…（后略）"中可知，绝海之楷法师从于清远怀渭，因而精于笔墨，收放有度。绝海的另一师傅季潭宗泐亦为书法大家，擅长隶书。在诸多史料中都对绝海师事于季潭，继承大慧派的宗风，故长于诗文有所记载，却未记录绝海自季

---

① 原文为日文，笔者译。伊東卓治：《絶海中津の墨蹟》，第114页。《絶海国師と牛隠庵》，雅友社，1955年。

潭研习书法之事。然而，从绝海长年在季潭身边研究佛法一事来看，除了在宗教思想上、文学素养上的影响之外，绝海也在书法方面受到季潭的熏陶。该点在伊东卓治的《绝海中津的墨迹》中的如下描述可以作证："绝海的墨迹中，可见其两位师傅的作品风格，实在耐人寻味。清雅秀媚似清远，而浑厚有力则似季潭，此一特点引人注目①"。

前面提到的《十牛颂》是一幅与佛教相关的书法作品。其收藏者足利义满在欣赏《十牛颂》时，从中悟得禅宗教义，同时也受到绝海书风的影响。如此，禅僧绝海中津在抄写佛经，宣扬佛教教义的同时，其书风亦影响了其追随者。不仅如此，身为五山住持、僧录，绝海日常必须写作大量的文书。《蕉坚稿》中收录的"榜"等上对下的公文书，曾被张贴于寺院各处；"书"等同门之间往来的私文书，在交友的过程广为流传。此外，如《萨戒记》中记载"应永卅二年八月十四日，……（中略）应永元年烧亡，其后又造营，于今不周备，但七堂被造营了，所々额承（胜）定国师笔也，此寺为五山第一，仍以南禅寺为五山之上也，今化一片烟，可惜可悲②"，相国寺诸堂的额匾上有绝海的真迹。随着绝海的墨迹以多种方式广传于世，其书风亦广泛地影响着室町社会。佛教的信徒为佛教的普及与发扬大量抄经，同时将书法艺术广传世间，同样，绝海中津朴拙雄浑的书法亦成为之后五山风书风的标准，改变了以往书法的"卑弱"之风。

（二）禅林画论的先驱

绝海中津墨迹的另一种表现形式是绘画的题诗。《墨梅图③》便是代表作之一，其题诗④在《蕉坚稿》中以如下形式收录：

（其一）孤山曾访中庸子，照水梅花处士家。

---

① 原文为日文，笔者译。伊东卓治：《绝海中津の墨蹟》，第115页。《绝海国師と牛隐庵》，雅友社，1955年。

② 参照《大日本史料》第七编之七应永十二年四月五日条。東京帝国大学，黎明堂，1927年。

③ 藏于大阪正木美术馆。作者不详。尺寸129.0×35.4cm、纸本墨画。推测为1390年的作品。

④ 题诗为"孤山曾访中庸子，照水梅花处士家。驿使不传南国信，黄昏和月看横斜。"

驿使不传南国信，黄昏和月看横斜。

（其二）德寿宫中奉勅梅，君恩咫尺愧无媒。

兰亭久逐昭陵化，柳骨颜筋俗眼猜。

作右画者，不显姓名，只号九州狂客。余尝见之涂中，躬荷交牀而行，遇胜景则辄靠此以啸吟，出语颇异。盖善画而隐于狂者也。然其用笔失于瘦硬，不满人意。故后诗以解嘲云。

以往的研究，根据此记载，推测此《墨梅图》极可能原本是对幅。并且，关于后记中提及的"九州狂客"，推断为相国寺的画僧如拙。近年来的美术诸书中，关于此画的解释似乎已经定论：此《墨梅图》原本为对幅，相传为如拙之作。此外，高桥范子指出，绝海题跋的《墨梅图》与中国扬补之所著的《墨梅图》（对幅）在绘画构图上存在一定联系。

以往对"奉勅梅"的解释，均为德寿宫中所种植的梅花①。笔者认为，此处的"奉勅梅"是否就是北宋画家扬补之的"奉勅村梅"。扬补之（扬无咎）长于画梅，曾将梅花图献于宋徽宗。因徽宗不喜其梅花的"清瘦"笔法，故称之为"村梅"。于是，扬补之在自画中题"奉勅村梅"。然而，徽宗被俘后，南宋开国，宋高宗酷爱扬补之的梅花图，视其为珍宝，并饰于自己的宫殿德寿宫中②。悬挂于德寿宫中的"奉勅村梅"图，曾经与君王相距咫尺，却无法得之青睐。同样，绝海题跋的《墨梅图》亦将因其"其用笔失于瘦硬，不满人意"而不被世间所接受。

比较绝海题跋的《墨梅图》与扬补之的《墨梅图》，在梅枝的处理

---

① 荫木英雄著的《蕉坚藁全注》，第157页中，"德寿宫"的注释为"《乾淳起居注》淳熙五年二月初一日，上过德寿宫起居，太上留坐冷泉进泛索讫，至石桥亭子上看古梅。"他认为，诗中之"奉勅梅"是指奉宋孝宗之旨意种植于德寿宫中的梅花。高桥范子在《絶海中津の賛のある水墨画をめぐって》中将起承二句解释为"南宋孝宗的德寿宫中奉皇命种植的梅。虽傍于皇帝身旁却不得合适的媒介，终究不蒙得圣恩"。《禅林画赞》中星山晋也解释道"杨补之曾在宋高宗的德寿宫的庭院中奉命画梅。虽与君恩相隔咫尺，却无缘蒙受"。

② 五山其他禅僧在诗中有相关记述。例如，《翰林五凤集》卷六春部《补之红绫上所作着色掀篷梅》（宜竹、即景徐周麟）"德寿宫中杨补之、村梅奉勅墨淋漓"。可见扬补之"奉勅村梅"之事已为五山禅僧熟知。明代刘玉《已疟编》中记载"补之作梅自负清瘦，有持入德寿宫者，内中颇不便于逸兴，谓曰'村梅'。补之因自题曰'奉勅村梅'"。明代解缙的《跋王待郎所藏扬补之梅》中有记载北宋灭亡，宋室南渡后，宫中张挂杨之梅花于壁间，而常招蜂蝶集其上之事。

上，绝海题跋的较为柔和，洋溢着风吹灵动之感，而扬画苍劲有力，甚至能感受到垂至地面的梅枝的沉重。确实，如后记所记载，绝海题跋的《墨梅图》"用笔失于瘦硬"。然而，绝海并未否定这幅《墨梅图》。他写道"故后诗以解嘲云"，为此幅绘画，更为画家进行申辩。正如扬补之的画没有受到徽宗的赞赏一样，绝海题跋的《墨梅图》亦不被当时的世人所接受。但这并不代表画作的粗陋，而是其个中美好不曾被人理解、欣赏而已。"兰亭久逐昭陵化"，王羲之的《兰亭贴》几经波折才传入唐太宗手中，被视作天下极品细心收藏。此绝世珍品随太宗的驾崩而带入墓中，从此再未与世人相见。与之相呼应，"柳骨颜筋俗眼猜"，墨梅图中柳公权般骨力遒健、颜真卿般端庄雄伟的用笔，亦无法为世人所欣赏。

颜真卿没有沿用初唐时期盛行的王羲之遒美健秀的书风，而是首创了多肉多骨的风格。柳公权吸取颜之雍容雄浑，形成柳体遒媚劲健的书风。此二人都展示出相悖于当时正统的书法风格，虽然给当时的书法界以极大冲击，但也曾遭遇过不被世人接纳的痛苦。扬补之一改前人以墨晕画梅的传统，而以水墨线条圈出花瓣之法，描绘出梅花的清雅脱俗之姿。其平淡的画风与当时宫廷所推崇的浓厚高贵画风背道而驰，无法被世人赏识。此三人皆可谓其时代之开拓者，其时褒贬不一。因此，呈现出扬补之之画风、柳公权之骨法、颜真卿之笔致的此幅《墨梅图》的作者，虽然给日本墨梅图的创作注入新风，却不被世间之俗人所接受。绝海在赞美画家的精湛画艺的同时，也流露出惋惜之意。这些对于绘画及书法作品的独到见解，展示出绝海自身的艺术造诣之深。

值得注意的是"柳骨颜筋"与"用笔失于瘦硬"，都是书法理论用语。"瘦硬"一词作为书论用语最初出现在杜甫的诗句"书贵瘦硬方通神"（《李潮八分小篆歌》）中。杜甫的书法"瘦硬"的理论给宋代以"瘦"为美以极大的影响。北宋徽宗时代的宫廷著作《宣和书谱》中，以"瘦硬"一词评价书家作品的有三处，即陆玩的"其笔力瘦硬有钟繇法"、欧阳询的"询喜字，学王羲之书，后险劲瘦硬自成一家，议者以谓真行有献之法"，以及南唐后主李煜"尤喜作行书，落笔瘦硬而风神溢出。然殊乏姿媚，如穷谷道人、酸寒书生、鹑衣而鸢肩，略无富贵之气"。当时书法以"瘦硬"为尊。而深受宋代文化影响的五山禅林亦对此"瘦硬"之风给予高度评价。绝海中津用此词评价绘画之用笔，将"柳骨颜筋"

等书论用语写入题画诗中,评论绘画之用笔,这无疑为当时的禅林之新创。诗中所表现出的对画家的重视,与之相伴的绘画论与书法论的宣扬,是在之前的作品中未曾出现的。以同题的《墨梅图》为例,镰仓时期创作的墨梅图的最早例子——白云慧晓题跋的《梅花图①》中,有如下诗文:

> 左幅　一枝横水边,竖立又冲天。
> 　　　数点花如玉,娟娟五蕊联。②
> 右幅　孤根离地生,的皪影瑛瑛。
> 　　　画得黄昏月,暗香写不成。

左幅诗只是对画面的描写,而右幅诗在起承句歌颂画中梅花的风姿,转结句中评论道"(此画)描绘了夕阳中的月色,却无法书写出梅花散发出的淡淡幽香"。然而,这无非只是表述:绘画作品只能传达视觉感受,无法传达嗅觉感受的局限性。这与绝海对绘画的评价差之云泥。而在绝海示寂八年后,物外绘制的《墨梅图③》中,仲方圆伊在序文

> "江南墨梅谁最雄,近代杨王数二公。杨画野趣笔意浓,气条多刺颇丛々。王贵品格夺天功,却嫌娇额抹汉宫。物外比出碧海东,墨梅以来凡马空。万象惨烈春未融,一朵璧来雹雪中。鹤膝虬枝斗刚风,势如飞腾上苍穹,昔日华光技已穷。徒以十样夸凡工,奈此矍铄物外翁。"

中对于墨梅的画风以及画家给予评价。"杨画野趣笔意浓,气条多刺颇丛々"一句,既赞赏扬补之所画的墨梅自然朴素之情趣盎然,又批判其梅枝上刺多成丛。而对于另一位画梅名家王冕,仲方评价道:"王贵品格夺

---

① 作者不详。三幅。中幅为出山释迦图,两侧为梅花图。左幅为中国南宋的作品,而中、右幅同为镰仓时代的作品。藏于栗棘庵。
② 由于年代久远,下划线部分的三个字在画面中已然模糊不清,但从其字形、字义及音韵,推测为"五蕊联"。《禅林画赞》,第397页中亦认为是"五蕊联"。
③ 藏于正木美术馆。制作于1413年制作。尺寸103.0×37.0cm。

天功,却嫌娇额抹汉宫",赞扬王冕所绘之墨梅典雅,巧夺天工,同时亦指出其装饰过度。并且,正如绝海关注"九州狂客"一般,仲方对画家物外亦格外关注,将其名写入序文。而这一点在美术史上尤为引人注目[①]。另外,类似"鹤膝"、"虬枝"、"十样"等表示墨梅作画技法的画论用语的使用展现了仲方对绘画理论的研究,同时亦暗示绘画理论已然在禅林间传播。

同一画题的《墨梅图》中的题跋,从没有书画理论发展到出现书法理论,再到出现绘画理论,这一现象中可以窥见当时禅林的领导者绝海中津所起发挥的作用。绝海在题画诗中添加的绘画理论在禅僧之间广为流传,发扬光大,不仅丰富了题画诗的内涵,亦为五山水墨画提供了理论指导,促进了绘画的发展。而且,从绝海为"九州狂客"的申辩,到仲方对物外的高度评价,这一发展表明画家的存在得到禅僧们的关注,乃至重视。伴随水墨画在室町时代走向鼎盛,卓越的画僧的频出亦证明了此点。绝海将在中国习得的书法传至禅林,将五山的书风向元代的正统派风格引导。其在明朝学到的书法理论、绘画理论对五山的艺术论发展,以及之后盛行的诗画轴的繁荣发展起到了不可磨灭的作用。

(三) 禅林诗画轴的提唱

绝海中津曾住过的相国寺中收藏着一幅山水图。相传为14世纪,中国元代画家张远笔下的"山水图[②]"。画中群山远卧,幽秀雄奇;树木苍劲,傲然挺立。小桥、流水、瀑布、行人,虽有冬的萧索之意,却在水流人行中显露生机。墨色浓淡,韵味深厚。绘画右上部的余白处题有绝海中津古雅的楷书:

江天落日弄新晴,雪后峰峦万玉清。
好在梁园能赋客,何时起草直承明。

---

① 铁舟德济、玉畹梵芳等的墨竹、墨兰图中有画家的署名。而直至雪舟等杨,将画家之名记入绘画当中的极为稀少。特例有前文提及的画师如拙所绘之"瓢鲶图",制作年代与本图相同,为1413年。

② 藏于相国寺承天阁美术馆。绝海的题诗应该题于1400年前后。尺寸35.9×95.0cm。

此诗收录于《蕉坚稿》中，名为《题伏见亲王画轴》。题诗中讲述世称"赋圣"的西汉司马相如在景帝时代，由于帝王不喜诗赋而不得重用。后遇梁孝王，招揽于兔园（梁园）之中，与众多文人谋士吟诗作赋，写出著名的《子虚赋》。梁孝王逝后回到故乡，贫瘠度日，后因武帝慧眼识英才，沧海遗珠才得以绽放光芒。此中包含怀才不遇者在历经磨难后终能一展抱负之意。

题诗的背景《山水图》属于《群峰雪霁图》或《关山行旅图》一类，多在雪景山水中以行旅之人点景而成，并不含有其他深意①。然而，在题诗的起承两句尽情赞赏画面中的雪后美景后，转句从景入情，陡然开始抒发怀才不遇的落寞。也就是说，题诗的后半部讲述了与绘画毫无相干的内容。可以认为，这与绘画的主人，即向绝海求题诗的伏见荣仁亲王的命运相关。伏见亲王是崇光天皇的第一皇子，至贵出身，却因南北朝复杂的局势而未能登极，度过了其悲剧的一生。绝海在题诗中悲叹伏见亲王的才命相仿的不遇之心。纵有经天纬地之才，也只能在失意中暗度的伏见亲王终能如司马相如一般，意满志得吧。这是绝海的心愿，亦是伏见亲王的期望。然而，人生之不如意，总在事与愿违。绝海在此画中寄予的期待终究未能实现。此间能窥视出绝海与伏见亲王之间的深厚情谊。绝海将挚友伏见亲王喻作司马相如，在赞其才能的同时，亦叹其曲折的命运。这种比喻的方法，即是"见立て②"的手法。在单纯的山水图中，寄寓某种特殊含义的手法，与诗画轴中书斋图的制成密切相关。

关于诗画轴的概念，研究者的意见呈现微妙的差异。字典上定义为"挂轴"，在"画面上方"题有"与绘画相关的汉诗"的作品。在美术相关的书中，有两种倾向。即题有汉诗文的绘画，与题有多首诗歌的绘画。换言之，汉诗的数量成为问题的焦点。现存的诗画轴中，应永、永享期的作品中汉诗文占据画面半数以上的空间，而与此相对，绘画如附属之物，退居于下。而永享期之后，诗文开始减少，有的作品甚至只留有一

---

① 参照大西廣《禅林画赞》，第281页。《禅林画赞》，每日新闻社，1982年。
② 相当于暗喻，多用于和歌等文学体裁的修辞中。在日本绘画，例如诗画轴中以古喻今，将绘画与现实相结合，加深了绘画的内涵。

首诗。而且,"赞者"即题写诗文的人几乎都是京都五山的禅僧,画师不详①。总而言之,诗画轴为绘画中配以诗文的绘画形式,多为挂轴②。自1370年代③起,由京都五山的禅僧为中心进行制作,尤其在应永年间极为盛行,亦称为应永诗画轴。在诗画轴的画题中,最典型的是描绘禅僧心中理想世界的书斋图。此外,还有送别友人的送别图,取材于中国古典的诗意图等。

　　书斋图是诗画轴中最重要的主题,几乎都为山水画。现存的应永诗画轴,例如,《溪阴小筑图④》、《三益斋图⑤》、《待花轩图⑥》等作品,均以高耸的山峦为远景,近景中放置树木环绕的临水小屋。画中所绘之景并非日本之景,而常见于中国绘画当中。《溪阴小筑图》的序文有"盖是得于心,而非境于外焉。然则斯图之作也,心之画也欤",此书斋图中所绘的,并非实际存在的读书之所,而是禅僧们领悟的心中的书斋。也就是说,画中的山水乃是禅僧们愿望织就的非现实的世界。

　　孔子言:"知者乐水,仁者乐山"。中国文人乐享于山水之间,借山水以抒发自己的情感。很多中国诗人舍弃俗世烟火,寄迹山林,餐松饮涧。同样,对隐逸生活的向往在禅僧之间流行,却由于日本中世战乱不断,烽鼓不息,其所憧憬的山林无法存于现实。于是,书斋图便成为演绎其梦想,展现其对非现实世界憧憬的现实存在。人们在书斋图中的非现实世界中,营造其用心期待的山林,并于其中寻得安慰。"所谓门市而心水者欤",无论外界如何变化,只要自己内心清灵,自己所在之世界便是安静,情趣盎然。禅僧们即是以如此之心情在沧海横流的中世,营造内心安静的场所,将对隐逸生活的热切希望注入绘画的世界,并于其中

---

① 如《瓢鲶图》般,清晰记入画师之名的亦是指题跋的诗文中写入了画师的名字。事实上,当时的作品几乎都不知道其作者,只是通过画风及题跋者的情况进行推断。而这时期的诗画轴的作者大多为"传周文",但这样的作品并不只限于周文所绘,同样包括周文样式的作品。
② 也有极少量作品原本为卷轴等形式,之后改装为轴幅。
③ 关于应永期之前的诗画轴的记录,最早的是诗画轴《云树图》。其制作情况记于义堂周信的《空华集》中。岛尾新在其论文《初期詩画軸の様相—〈空華集〉に見える〈雲樹図〉詩画軸をちゅうしんとして—》,(《美術史》32(2)、1983年5月、美術史学会)中认为,其制作时间约为1370年代末。
④ 藏于京都金地院。制作于1413年。尺寸101.5×34.5cm。
⑤ 藏于静嘉堂文库美术馆。制作于1418年。尺寸101.5×38.8cm。
⑥ 藏于东京出光美术馆。制作于1419年以前。尺寸119.8×35.4cm。

别开洞天。

现存作品之中，应永诗画轴最古老的作品《柴门新月图①》之前制作的山水图极为罕见②。而且，据史料，当时的作品普遍围绕某一主题③进行诗画的制作。因此，绝海中津题赞的《山水图》作为之后盛行的应永诗画轴的前提④，占据极其重要之位。其中所用的"見立て"的手法给应永诗画轴，特别是书斋图以极大的指导意义。

原本诗画轴的制作中，序文是请地位名望最高的禅僧书写。由于五山文学双璧的另一人义堂周信早在应永期前的嘉庆二年（1388年）示寂，其死后至应永十二年，五山文学的指导者正是绝海中津。换言之，应永诗画轴风靡之时，禅林中"地位名望最高的禅僧"是极大影响当时政治、文化领域的高僧——绝海中津。《蕉坚稿》中收录着诗画轴的序文与题赞齐备的作品，应该可证明此点。

《题千里明月画轴，寄濡侍者》。五山禅僧的诗文集中，与其同题的有惟肖得岩的《题千里明月图寄濡上人》与惟忠通恕的《题千里明月图寄东濡侍者》。此二诗可认为是题于同一作品《千里明月图》上的题诗。据此三诗可得知，此《千里明月图》为送予禅僧天伿东濡之物。绝海在序文中提到了此诗画轴的制作始末。

"隔千里兮共明月，是盖谢希逸怨皓月而咏怀者欤。千载之下，讽之咏之，使人怆然。龙山天伿濡上人，远游江东而未还。洛社诸彦，咏谢氏之旧歌以寓怀焉。怀而不已，辄命绘事，以馨昙昙装潢，寄以征予诗。予老矣，而废诗久如。迫于诸彦之督责，遂拂拭笔研，率然而作云。"

由于东濡远赴"江东"游学未归，京都诗社中一人倡导，集数人以

---

① 藏于藤田美术馆。制作于1405年。尺寸129.4×43.3cm。
② 除绝海中津题诗的《山水图》之外，还有制作于1317年之前的由一山一宁题跋的《平沙落雁图》。
③ 《空华集》中收录的《云树图》、《春树暮云图》等是以杜甫之诗为内容制作而成的。
④ 参照熊谷宣夫：《応永年間の詩画軸——特に其の山水画の発展に於ける位置に関係して》，第9页。《美術研究》4号，美術研究所，1933年。

谢希逸《月赋》的"隔千里兮共明月"一诗句为题制作诗画轴。然后，向绝海求得序文及题诗。换言之，京都诗社的众人为寄托对东濡的思念之情，以中国古典为据，吟作诗歌。而后请画师作画，进行装裱，再至绝海中津处拜求序文与题诗。绝海题诗与序文之前，画面上应该留有足够的余白部分。

序文旁边附有五言律诗"京华与江表，相别又相望。唯有九霄月，共兹千里光。山空还独夜，水阔更殊方。顾影徒延伫，不堪清漏长"。如序文所说，诗根据"隔千里兮共明月"而作。谢希逸咏"美人迈兮音尘阙，隔千里兮共明月"以寄思念：一别经年，音信沓然，又相隔千里，能与美人相与共的只有皎洁的明月。由此，明月成为人们传递相思之情的媒介。绝海运用明月寄相思的功能，抒发对濡侍者的思念之情。二人虽远隔千里，却因明月这一媒介得以慰藉。颈联与尾联从虚幻的安慰回归现实，感叹千里之距离无法逾越，于是沉于失望郁悒之中。惟肖得岩与惟忠通恕的题诗有异曲同工之妙。诗的前半部分借"隔千里兮共明月"抒发虽远隔千里而同沐月光的心情，倾诉思念之苦。至尾联，惟肖以"何许不愁绝，归时鬓恐斑"表达无法与友人相见的寂寞不停息，甚至使自己的头发染上白霜的强烈感情。与此相对，惟忠通恕借中国古代传说，将等待友人归回的痛苦难熬寄于"却羡嫦娥寡，应无待客归"一句之中。此两人皆以等待远方丈夫归来的妻子的口吻，倾诉对东濡强烈的想念之情。

绝海序文中有"洛社诸彦"，说明题诗的禅僧并不止于此三人。而且"龙山天伓濡上人"表明天伓是南禅寺的侍者，再将此"洛社"仔细考察，可推定为南禅寺诗社①。南禅寺诗社的禅僧们吟诗以怀念东濡。然后，画僧同样以"隔千里兮共明月"为据在画面的下部分添上了绘画。无论诗僧还是画僧，在作此《千里明月图》时，在脑海中一定浮起了一轮明月。秋日澄净的夜空，皎洁的月光辉洒下的林间小屋，孤寂地遥望明月的高士。画的焦点聚于千里之外的东濡亦能望见的明月之上。这幅因思念游学未归的友人而制作的《千里明月图》，是一幅以中国古典诗词

---

① 参照高橋範子《詩画軸の構造と場——杜甫の詩意図をめぐって》，第170页。《講座日本美術史》第4卷造形の場，東京大学出版会，2005年。

为典的，怀友的诗意图。

这幅诗画轴中颇耐人寻味之处，在于序文中"辄命绘事，以罄县々装潢，寄以征予诗"的"县々"。据荫木英雄的解释，"县々"为"长长地垂悬而挂"之意。也就是说，装裱后的画轴为长的纵轴。相对于诗画轴最早记录中的《云树图》的横卷①，显而易见，《千里明月图》具有诗画轴最为正规的形式。据当时的记录所载，很可能纵轴的诗画轴已然存在，但纪录中的诗画轴的形式并不明了。绝海的序文中第一次清楚地指明纵轴的诗画轴的存在。它表明诗画轴的新发展，这一点特别值得注意。

绝海中津示寂的应永十二年（1405年）七月，在相同的地点——南禅寺诗社中，同样以"月"为主题的诗画轴诞生了。这就是现存应永诗画轴中最早的作品——《柴门新月图》。题虽为《柴门新月图》，画中绘的却是闪耀于云雾中的满月。月光洒银下如霜闪亮的岸边，茂竹丛生。竹林围绕的茅屋前立着主人、客人、侍者三人。主客二人依依惜别。画的上部有着画面三倍长的诗文。这是应永诗画轴最为典型的，绘画从属于汉诗文的形式。

画面最上方，是之后晋升南禅寺住持，当时高僧中享有最高地位的玉畹梵芳书写的序文。绘画的名称《柴门新月图》来自于序文的开头②。序文中记述了该诗画轴的制作过程：诗社的禅僧们以杜甫的"白沙翠竹江村暮，相送柴门月色新"为典，制作诗画轴，以寄托对美少年"南溪□周③"的想念之情。除玉畹梵芳外，有禅僧十七人的题诗。题诗部分的最左下处，是惟肖得岩的题诗。惟肖在此诗画轴的制作中起着干事的作用。他是绝海中津的高足，在之后应永永享年间的诗画轴盛行的风潮中起着指导性的作用。《柴门新月图》完成后，首先由惟肖题诗，再是其他禅僧依次题咏。最后留出最上方的余白，请五山的长老玉畹梵芳书写序文。

杜甫之诗，"白沙翠竹江村暮，相送柴门月色新"。禅僧们围绕其诗意，大发诗兴。他们以各自的理解，阐明"月色新"之意。是朔月？是

---

① 《空华集》中为"幻云树半幅于卷首"。
② 序文开头为"题柴门新月图 寄南邻故友诗序"。
③ 画面中此字不清。

初升之月？无论如何，此月仍是传递思念的媒介。画中之人仰望夜空之月，依依作别。制作此诗画轴的五山禅僧凝望着同一轮明月怀念远方的南溪。于是，明月成为画中之人与现实中人之间的媒介。也就是说，此诗画轴的制作者们成为了画中之人。实际上，不仅是制作者，这幅诗画轴的鉴赏者也随着对诗画的鉴赏，进入诗画轴的世界中。这样的感情移入正是之前论及的"見立て"的作用。这幅《柴门新月图》中，"見立て"的对象是五山禅僧。他们将自己当作画中的杜甫与朱山人，在诗画轴的非现实的世界中直接对话。此处的"見立て"有两个作用。首先，杜甫世称中国的"诗史"，其诗《南邻》描写与心灵之友共度安定的隐居生活。禅僧们将自己喻作杜甫，既是赞美自己的诗才，又能满足对隐居生活的憧憬与向往之心。另一方面，通过杜甫与朱山人相别的场面，回想南溪相别的场面，杜甫与朱山人相别又相逢，其在此处（画中）与南溪相见的愿望得以实现。禅僧们便是如此，通过"見立て"，在绘画这一私人的场所寄托着个人的感情。

前述的书画论也见于《柴门新月图》的序文中。"披阅之，所图也诗之无声者。所题也画之有声者"，画是无声诗，诗是有声画。这正是中国"诗画一致"的思想。苏轼在《书鄢陵王主簿所画折枝二首》中指出"诗画本一律，天工与清新"，首先倡导"诗画一律"的见地。其弟子黄庭坚根据这一理论，发展了"断肠声里无形影，画出无声亦断肠"（《题阳关图二首》）的"画乐一律"的理论。苏轼与黄庭坚所提倡的诗与画为同根之物，应予并称的理论为当时中国的艺术界吹入了清新之气。而且，随其发展，到了元代，文人画达到顶峰。在日本，以诗画一致思想为基础，在元代文人画的影响下，诗画轴得以发展。也就是说，诗画一致，是诗画轴最根本的思想。《柴门新月图》的序文中对诗画一致思想的叙述表明，中国宋元明的艺术论在五山禅林已经普及。绝海中津以题诗为媒宣扬的书画论在五山禅林得以展开。

五山文学的第一人绝海中津，将充溢着中国古典美的诗文世界以书法这一造型艺术表现出来，又将其带入诗画轴这一理想的世界之中。书法，以无声之墨，展现出绝海清澄的内心世界、眼中映出的自然之美、耳中听闻的天籁之声。绝海以此书法，将中国文学的精华与艺术的精髓引入禅林之中，使禅僧们对隐逸生活的憧憬在诗画轴二次元的空间中得以实现。绝海以其"清婉峭雅"之诗、"缜密简净"之文、"古拙"之书法，丰富了禅林文艺的表现形式，并以书法与绘画的理论丰富了禅林的思想。

结　语

在战火不息的日本中世活跃于五山官寺的禅僧们，将佛道禅法广传于世，宣扬佛家教义，慰藉人们的心灵。受佛道儒三教一致思想的影响，他们积极修习外典，广泛涉猎名教老庄学说，汉文学造诣颇高。禅僧们长诗善文，在其努力下，日本的汉文学再现黄金时代，形成规模宏大、远泽后世的五山文学。

绝海中津是五山禅僧的代表，他将五山禅林文艺推向鼎盛，并为中世文化增添多彩之美。他在日本承袭元代古林派"高雅劲直"之家风，又于中华大陆继承明代大慧派最为正统的宗风。在其影响之下，五山文学自偈颂禅学之风中蜕变，走向纯文学之路。四六文的作法通过绝海传入五山，使得禅林兴起四六文制作之风潮，进一步推进了汉文学的发展。由于四六文的写作需要涉猎万卷书册，深究诗文真意，使得古典的阅读在五山盛行，为五山文学的学问研究奠定基础。绝海将元代正统派的书风与明代最新的书画论带至禅林，给五山的书风与之后应永诗画轴的兴盛以极大影响。绝海之才能并未止于文艺的世界中，他受到室町幕府的尊信，被任命为五山住持与僧录，成为禅林的领导者，参与幕府的军事、内政外交，为国家的安定、经济的发展、对外关系的推进起着巨大的作用。

其才能的形成之因可以说主要源自其强烈的求道心与向上心，当然，在中国游学的经历以及对中国古典的积极接受，使其阅历丰富，增强了其才干。绝海在中国与天子唱和，师从第一流的文人高僧，与之交游，直接地接触了最先进的文化。此外，中国壮美的名山胜景给其以创作的灵感与题材，在其诗文中增添了中国特有的壮丽与雄浑。中世持续的战乱点燃了诗人的创作热情，为其作品添加了历史的厚重与雄大。室町幕府的信赖为其提供了施展才华的空间，由此绝海的才能在更为广阔的天地中大放异彩。绝海中津之性情与其才能的形成相辅相成。绝海的性情使其诗、文、书法的境界更为深远，格调高雅。其于中国的游学经验为之润色，使之珠圆玉润。诗、文、书法的研习又使其性情得以薰陶，品性得以陶冶。另一方面，诗、文、书法又将游学经历以文字的方式流传，使其瑰丽呈现永久。其书法表现了诗文的文学美，其诗文又丰富了书法的造型美。

参考文献

1. 朝倉和，(2000)，《日記類に見る絶海中津——〈坦率性〉に注目して》《禅学研究 79》花園大学国際禅学研究所。
2. 海村惟一，(2004)，《〈五山文学〉研究の諸問題》《福岡国際大学紀要 No. 11》。
3. 今関天彭，(1933)，《五山の四大詩僧》出版地不明。
4. 入矢義高，(1990)，《新日本古典文学大系 48　五山文学集》岩波書店。
5. 大谷雅夫等，(1991)，《新日本古典文学大系 65　日本詩史・五山堂詩話》岩波書店。
6. 大野実之助，(1962)，《絶海と〈蕉堅藁〉》《漢文学研究 10》早稲田大学漢文学研究会。
7. 岡田正之，(1954)，《日本漢文学史》吉川弘文館。
8. 蔭木英雄，(1998)，《蕉堅藁全注》清文堂。
9. 梶谷宗忍訳注，(1975)，《蕉堅藁年譜》思文閣出版。
10. 上村觀光，(1936)，《五山文学全集第 3 巻》帝国教育会出版部。
11. 上村觀光，(1936)，《五山文学全集第 4 巻》五山文学全集刊行会。
12. 神田喜一郎など，(1966)，《書道全集 20（日本 8 南北朝・室町・桃山）》平凡社。
13. 北村沢吉，(1941)，《五山文学史稿》富山房。
14. 熊谷宣夫，(1933)，《応永年間の詩画軸——特に其の山水画の発展に於ける位置に関して》《美術研究 4 号》美術研究所。
15. 下中邦彦，(1956)，《書道全集 17（元・明 1)》平凡社。
16. 島尾新，(1983)，《初期詩画軸の様相—〈空華集〉に見える〈雲樹図〉詩画軸をちゅうしんとして—》《美術史 32（2）》美術史学会。
17. 島田修二郎・入矢義高，(1987)，《禅林画賛——中世水墨画を読む》毎日新聞社。
18. 承天閣美術館《重要文化財　十牛頌絶海中津筆　十牛図天章周文筆》精

19. 清潭，(1936)，《漢詩大講座第九巻　名詩評釈》アトリヱ社。
20. 高橋範子，(2005)，《詩画軸の構造と場——杜甫の詩意図をめぐって》《講座日本美術史第4巻造形の場》東京大学出版会。
21. 高橋範子，(2002)，《絶海中津の賛のある水墨画をめぐって——〈墨梅図〉と〈蕉堅藁〉》《室町時代研究》室町時代研究会。
22. 玉村竹二，(1955)，《五山文学——大陸文化紹介者としての五山禅僧の活動》至文堂。
23. 玉村竹二，(1967)，《五山文学新集第一集》東京大学出版会。
24. 辻善之助，(1939)，《空華日用工夫略集》太洋社。
25. 寺田透，(1977)，《日本詩人選24　義堂周信・絶海中津》筑摩書房。
26. 東京帝国大学，(1927)，《大日本史料第七編之一》東京帝国大学文学部資料編纂掛。
27. 東京帝国大学，(1929)，《大日本史料第七編之二》東京帝国大学文学部資料編纂掛。
28. 東京帝国大学，(1931)，《大日本史料第七編之四》東京帝国大学文学部資料編纂所。
29. 東京帝国大学，(1937)，《大日本史料第七編之七》黎明堂。
30. 西尾賢隆，(1999)，《中世の日中交流と禅宗》吉川弘文館。
31. 仏書刊行会，(1983)，《大日本仏教全書144 翰林五鳳集一》名著普及会。
32. 仏書刊行会，(1983)，《大日本仏教全書145 翰林五鳳集二》名著普及会。
33. 仏書刊行会，(1983)，《大日本仏教全書146 翰林五鳳集三》名著普及会。
34. 森野知子，(1992)，《中巌詩の特質；典故とその使用法》《日本研究》Vol.6 日本研究研究会。
35. 矢野貫一・長友千代治編，(1986)，《日本文学説林》和泉書院。
36. 山崎誠，(1997)，《後素集とその研究》（上）《調査研究報告第18号》国文学研究資料館文献資料部。
37. 山地土佐太郎，(1955)，《絶海国師と牛隠庵》雅友社。
38. 芳賀幸四郎，(1981)，《芳賀幸四郎歴史論集Ⅲ　中世禅林の学問および文学に関する研究》思文閣出版。
39. 黄庭坚，(1927)，《豫章黄先生文集》上海商务印书馆。
40. 司马迁，(1982)，《史记》中华书局。
41. 中国唐代文学学会等编集，(2008)，《唐代文学研究12》广西师范大学出版社。

42. 潘运告，(1999)，《宣和书谱》湖南美术出版社。
43. 房玄龄，(1997)，《晋书》岳麓出版社。
44. 彭定求，(1996)，《全唐诗》中华书局。
45. 刘义庆，(2007)，《世说新语》重庆出版社。
46. 刘熙载，(1978)，《艺概·诗概》上海古籍出版社。

第七章　景徐周麟的禅儒一致思想

　　景徐周麟（1440—1519）是临济宗梦窗派高僧，是五山文学中后期的代表诗僧。幼年致于学，师从瑞溪周凤、横川景三、希世灵彦等著名诗僧，不断精进文笔，并以其"与生俱来的文笔癖"① 和"爱好文艺之心"② 逐渐在五山文坛崭露头角。文明十七年（1485）四月二十八日，荫凉轩主龟泉集证在向将军足利义政推荐优秀禅僧的问答中说"又上堂禅客谁，答周麟首座……能僧也，御一笑"（《荫凉轩日录》文明十七年四月二十二条）称景徐周麟为"能僧"。文明十七年的《荫凉轩日录》③ 有"早旦小补翁就南禅公事来、桃源④春阳⑤景徐招之、赋小联……客四今商皓……"（《荫凉轩日录》文明十七年八月二十七条）的记载。在此问答中，龟泉集证将景徐周麟与当时被尊为禅林前辈的桃源、春阳、横川并称为当时相国寺文坛的四皓，可见其文笔之出众。在联句兴盛的室町中期，景徐周麟因其独树一帜的文笔和精妙绝伦的联句而颇受贵族社会的青睐，在参加五山联句会的同时，还受邀参加贵族联句活动，并担任联句作品的评分与修改增删等工作，如"昨日御联句景徐和尚合点也"（《实隆公记》永正六·闰八·二十条）、"先日御联句宜竹点拜见了"

---

　　① 原文为日文，笔者译。朝倉尚：《景徐周麟の文筆活動　長享3年＝延德元年》《広島大学総合科学部紀要Ⅰ地域文化研究》，1995 年。
　　② 同上。
　　③ 京都相国寺鹿苑院荫凉轩主的公用日记。记载内容从 1435 年到 1493 年。其中，1435—1466 年由季瓊真蕊，1484—1493 年由龟泉集证记录。记录内容除五山内部事情外，也详细记载了幕府的动向，是室町时代的重要史料。
　　④ 桃源瑞仙（1430—1489）梦窗派灵松门派僧人。五山学僧，精通儒学。
　　⑤ 春阳景昊（1430—1492）梦窗派慈济门派。出云国人。

(《实隆公记》永正六·五·二十三条)等史实即是证明。因高超的汉文学水平而当选贵族联句活动的评分者，这对于当时的五山文笔僧来说是一项极大的殊荣，景徐周麟也因此而声名远播。文明十六年（1484年），十代将军足利义材请景徐周麟撰写遣朝鲜国书，经景徐周麟之手所撰的《遣朝鲜国书》在《翰林葫芦集》中共收录五篇。外交文书是对外表达本国意愿的正式文书，对起草者的汉文水平要求极高。而五山禅僧因具有极高的汉文修养而担任外交文书起草工作，并跻身于幕府政治的中心。现代五山文学研究者山岸德平惊叹其诗文的质与量，"（景徐周麟）多著诗文、偈颂。其作为诗人可与前期的虎关师炼、义堂周信相匹敌。"① 将景徐周麟与五山文学巨匠虎关师炼、义堂周信并列，对其汉文水平给予高度评价。除文笔之外，景徐周麟还精通书法、绘画，且舞技超群，其多才多艺广为人知。延德元年（1489年）九月五日，云顶院（塔头为龟泉集证）召开宴会，"三献了顷、大德景徐翁来、延之宴、歌舞有之、徐翁亦舞、芳翁亦舞、实一时之快也、送徐翁出门及昏黑……"。（《荫凉轩日录》延德九年五月九日条）景徐周麟在禅林宴会上展示舞技，时人认为"实一时之快也"，可见其才艺超绝。

受中国宋学提倡的禅儒一致、儒释道一致思想风潮的影响，五山禅僧醉心于中国古代文化。景徐周麟熟读中国经史子集，博学广知，是当时五山禅林中著名的学问僧。如《实隆公记》② 永正五年十月二十七日条中就有"今日汉书成帝纪、宜竹（景徐）于相国寺方丈被讲之"等关于景徐周麟为五山弟子讲解汉书的记载。此外，景徐在毛诗方面也造诣颇深，曾秘藏亲自执笔抄录的毛诗七册。永正七年五月四日清原宣贤在相国寺内的慈照院内举办了由景徐周麟主讲的毛诗讲义会。此事"作为禅林中毛诗研究的具有历史意义的事件值得高度关注"。③ 此外，《鹿苑日

---

① 原文为日文，笔者译。山岸德平：《日本古典文学大系89　五山文學集·江戸漢詩集》，岩波書店，1996年，第23页。

② 室町时代后期的公家三条西实隆的日记。记载了从文明六年（1474）到天文五年（1536）60年间的见闻。是研究室町后期历史的一级史料。记述内容涉及京都的朝廷、公家和战国大名的动向、和歌、古典文章的书写等多个方面。现存有本人手抄本，1995年被指定为重要文化遗产。

③ 原文为日文，笔者译。芳贺幸四郎：《中世文学の学問及び文学に関する研究》，思文閣，1981年，第97页。

录》中还有景徐周麟研读东坡大全并加以朱批(《鹿苑日录》明应七年正月二日、同八年五月二十一日条)，讲解杜甫诗作(《鹿苑日录》长享二年十六日、九月二十八日条)，开展《古文珍宝》讲座(《鹿苑日录》明应七年正月二日、同八年五月二十一日条)等的记载。而据《汉学纪源》第二卷的记载，"应永年间，南渡归船载《四书集注》与《诗经集传》来、而达之洛阳。于是不二岐阳始讲此书、为之和训、于时东山有惟正、东福有景召（景徐）、二老名衲而同出于不二之门、匪翅精此二书、以博学多闻甚天下"。可见景徐周麟对《四书》《诗经》等儒家经典也颇为精通。

景徐周麟作为五山文学后期优秀的文笔僧、文艺僧、学问僧而为时人所熟知，其诗文总集《翰林葫芦集》更是作为五山文学的代表作令后世景仰。上村观光在其编纂的《五山文学全集 第四卷 翰林葫芦集》的作品简介中这样评价："在五山文学作品中，(《翰林葫芦集》)卷帙浩瀚、史料繁多，与义堂周信的《空华集》堪称伯仲。与横川景三的《京华集》一并成为文明以后五山文学的代表作品，且至德川时代仍有众多史料为后人引用与借鉴，可见其内容之丰富。"

《翰林葫芦集》共17卷，其中第三卷至第六卷为汉诗，合计1522首，其中七言绝句1403首、七言律诗93首、五言绝句23首、五言律诗2首、六言绝句1首。从内容来看，因受义堂周信以来平明稳健诗风的影响，寓情于景的诗作占多数。此外，还有五山禅林独有的试笔（代作）诗、试笔歌和诗、祝节日诗、落成贺诗、惜（贺）落发诗、送人诗、寄（招）人诗、悼诗等等各类形式的诗作，无论从种类还是数量来看，《翰林葫芦集》都是极其可观的庞大汉文学作品群。

景徐周麟的汉诗正如朝仓尚所指出的"多引用典故与逸事、典据甚多"[①]，以旁征博引著称。从《翰林葫芦集》的诗文作品中可看到《易经》、《尚书》、《毛诗》、《诗经》、《礼记》、《春秋》、《左传》、《大学》等儒家经典和《楚辞》、《文选》、《古文真宝》、《三体诗》等中国古代诗文集的影子，此外还受到陶渊明、白居易、杜甫、李白、王维、杜牧、

---

① 原文为日文，笔者译。朝倉尚：《景徐周麟伝記考——修練期の文筆業》《岡山大学教養部紀要》，1979年。

韩愈、柳宗元、苏东坡、黄庭坚、欧阳修、王安石、陆游、范成大等中国古代诗人诗作及《史记》、《汉书》、《后汉书》等大量史学作品的影响。且《翰林葫芦集》中的汉诗不拘泥于所引材料的内容及观点，而是将生命体悟与人生感触巧妙地融于诗作中，赋予作品新的生命。如《翰林葫芦集》中有为数不少的画赞①，景徐周麟不但在其诗作中描写画图中的内容及寓意，更驰骋思绪，将画图在时间和空间上无线延展，或寓人于景，寓事于图，在更为旷达的境界中展示出独特的鉴赏思维。由此可见，景徐周麟不但具有日本文学家所共有的本国文化倾向，更致力于模仿中国文学，并将自我独特的思维与领悟融合在作品中，显示出日本式的文学理解态度。

玉村竹二在《五山文学新集》自序中说"五山文学完全是文学界的孤儿、天涯孤独。"说出了五山文学在日本学术界遭受冷遇、被学者们敬而远之的处境。而对景徐周麟的研究则是更加"孤儿般的存在"。迄今为止景徐周麟的研究者只有日本学者朝仓尚一人、此外几乎无学者涉足。

一 对求道精神的坚持

景徐周麟（1440—1519）是室町时代后期五山文学临济宗梦窗派的禅僧，俗姓佐佐木、讳周麟。道号景徐、半隐、宜竹、对松等。五岁时入相国寺材用堂学习诗文。应仁之乱（1467—1477）时寄身近江国永源寺避难。文明五年（1473）禅林复兴之始，作为当时文坛领袖横川景三和希世灵彦的杰出门生在五山文坛崭露头角，此后不断精进文笔，勤勉修炼，致力于丰富作品内涵与独特文风的养成，于文明十年（1478）正式成为五山文坛新进文笔僧，门下僧徒汇聚。景徐周麟于文明十八年（1486）任景德寺住持，其主持寺务及文笔方面的才能被广泛认可，被评价为"能僧"，并由此进入禅林政治的中心，常常受命主持幕府法务活动，并广交贵族，提拔后进。长享二年（1488）年末，他被任命为相国寺大德院的塔主。延德二年（1490）成为遣明正使候补。此后历任等持寺、相国寺主持，并于次明应五年（1496）移居三代将军足利义满的檀

---

① 针对绘画作品创作的赞诗。

那塔鹿苑院，掌管僧录。明应九年（1500），景徐周麟称病退出鹿苑院，赴汤山治疗疾患，后又于永正五年（1508）回到相国寺。晚年在相国寺内建慈照院隐退。景徐周麟的主要作品除语录诗文集《翰林葫芦集》之外，还有明应九年（1499）五月邀寿春妙永赴汤山疗养期间所作的《汤山联句抄》等。日记有《等持寺日件》、《日用三昧》、《日涉记》、《日件》及《鹿苑日录》的一部分。此外，还著有介绍中国《诗经》的《毛诗闻书》等。

景徐周麟不但文笔卓著，其德行亦出众，备受当时禅林僧众推崇。文明十八年（1486）二月二十七日，经龟泉集证推荐、景徐被任命为景德寺住持。龟泉集证在称赞他的才与德时说"彼仁事其才冠众、其行迹又过众人之由白之"。（《荫凉轩日录》文明十七年八月二十七日条）应仁之乱时祠堂被烧毁，京都的禅寺纷纷荒废。文明十九年（1487）担任等持寺住持后，景徐立志复兴禅林，"集老僧议方丈造营之事"（《等持寺日件》二月十六日条），召集有资历的禅僧商议营造禅寺的事宜并任命修建责任人，恢复古典文献的注释和讲解、并着手整顿寺内礼仪和规范。景徐周麟还利用自己的亲族关系力图重建禅寺和恢复寺庙财产。在各项寺务活动中，景徐周麟也身体力行，受到寺中僧众的尊重与推崇。如长享二年（1488）十二月七日，受等持寺之托做拈香佛事，景徐不顾病体，毅然赴等持寺，厉行禅林清规。长享三年（1489）三月二十六日，将军足利义尚客死近江国①，诸寺住持提出退寺以表哀思。景徐从等持寺退寺时，寺僧访荫凉轩②说"夏中无几程、为一众抑留白度如何……"（《荫凉轩日录》长享三年五月十二日条）请求挽留景徐。而"寺中僧人挽留退院住持的记载极少，可见景徐作为住持有能力且极有威望。"③ 延德三年（1491年）九月，等持寺僧众因对当时的住持及侍衣不满而提起诉讼："住持、侍衣侍家事更不破人心、以前景徐、泰甫于寺家之仪无等闲入麂入细被尽心虑、只今无其仪，以故一众皆叹之云云。"（《荫凉轩日录》延

---

① 属东山道，俗称江州。古称淡海，因境内之琵琶湖俗称"近之淡海"而得名。
② 将军足利义满于京都五山之一相国寺内鹿苑院建立的寮舍。为将军御所，由近侍僧人负责管理。
③ 原文为日文，笔者译。朝倉尚：《景徐周麟の文筆活動　長享3年＝延德元年》《広島大学総合科学部紀要Ⅰ地域文化研究》，1995年。

德三年九月二十七日条。）可见景徐周麟忠于职守，对寺务细微处无不尽心尽力。

（一）"以心为本"与道的内在体悟

自从中国的禅宗与五山制度①被原封不动地"移植"到日本之后，便自然地与日本的贵族社会相融合，而与此同时汉诗文的创作也作为一种社交手段逐渐兴盛起来。为满足贵族对"文辞富丽、才气纵横、得纯粹古文之境"和"高度认知欲"的追求，特别是随着武士阶级的贵族化，华丽而内涵丰富的汉诗文作品逐渐受到推崇。因此，对于当时的禅僧而言，文学素养的高低逐渐取代了道行的高低而成为晋升高僧或名僧的先决条件。于是，大多数禅僧一面研究中国古典以求博文广识，一面琢磨文字，为能够作出辞藻华丽的四六文章而心力交瘁。这样一来，禅林便成为完全类似于官僚贵族的士大夫阶层，这种倾向也使禅林文学呈现出一派世俗化的风气。禅僧对名利和权势的追求乐此不疲，所谓人间净土的禅林渐渐被世俗的风气所染，离开了禅原本"己事究明"、"直指人心"、"见性成佛"的宗要，禅林逐渐形成了"重文轻道"的趋势，禅僧们的参禅求道之心渐渐衰退。

随着五山十刹制度的建立，具有政治、外交等才能的僧侣不断受到幕府重用，在政治舞台上崭露头角。然而，正如义堂周信所感叹的"虽添置十刹、似崇僧室、而恐滥进之徒得意、有道之士退避也"那样，当时的五山禅林出现了才能不足之人凭借贵族出身和社会关系被选拔进五山十刹并占据要职，而有道高僧则被迫引退的异常现象。随着室町幕府的衰落、五山十刹的这种偏重名利的弊端不断凸显，有道、博学的僧人不断减少，致使五山十刹陷入徒有其表的窘境。当时的五山僧侣不察祖师意旨、狂傲轻慢，往往以"圣贤"自居，对此，一休宗纯曾以"惯钓鲸鲵笑一场，泥沙碾步太忙忙。可怜井底称尊大，天下衲僧皆子阳。"这样的诗句对这些僧侣进行辛辣的讽刺。

延德三年（1491）三月十五日，龟泉集证在向将军足利义材的侧侍

---

① 中国南宋的官寺制度，即有朝廷任命住持的五所最高禅寺。镰仓时代，日本仿照南宋五山制度创立镰仓五山（建长寺、圆觉寺、寿福寺、净智寺、净妙寺）、京都五山（天龙寺、相国寺、建仁寺、东福寺、万寿寺）以及五山之上的京都南禅寺共十一座禅寺，合称"五山十刹"。

白次叶室光忠推举景徐周麟时说："彼景徐翁成人才力过人，殊其心法不混当代之人、于五岳内万众皆服之如归市、诚可贵之人、故已前亦荫凉等事者于此人下劣职也云云、重重出世陞座说法实此人之任也云云"(《荫凉轩日录》延德三年三月十五日条。)景徐的品行与才能皆高于众人，尤以其摒弃俗尘烦扰，保持心灵的纯洁与清净的高尚情操使五山内部中人皆衷心信服并追随他。而景徐周麟时任荫凉轩一职，在政治和经济方面与俗世联系颇多，因此对于景徐周麟来说荫凉轩反而成为破坏其参禅清修的低劣职务。总之，景徐周麟被称颂为"保持着道心、具有极高体悟境界和人格完善的僧人"[①]。景徐"特别被人所称颂，这源于他人格之高贵、心灵之纯净、对求道之心的坚持和感化大众的力量"[②]，对纯洁心灵以及求道之心的坚持，正是景徐区别于一般僧人的重要原因。

景徐周麟生活的室町时代后期的五山禅林，伴随着世俗化风潮的加剧，又经历应仁之乱，五山禅林已然到了"五山十刹落叶感秋"的衰败期。目睹佛法的衰微，景徐感叹"洛阳回首诸峰暮、大法何时日下衰"、"前辈凋零莫甚今、眼看秋已属祇林"。诗句中充满对当时禅林社会追名逐利浮躁之风的哀叹与自身寂寥之感。朝仓尚[③]评价景徐周麟"颇通清规、典故"、"性格保守、重视规则仪式"。应仁之乱后，五山各寺不能恪守"坐禅""念佛"等禅僧的本分，也不再遵守传统的清规和基本寺规。长享元年（1488年）、等持寺内发生火灾、当时刚刚担任等持寺住持的景徐周麟强烈谴责火灾事件、对平素等持寺僧众不守纲纪和办事迟缓的行为进行了严厉批评："当寺僧众。或僧其服。俗其心。一对谷贼。每日喫常住饭。费常住菜。剩受施物。有间则游行于酒肆恶行。虽三时行事。二时坐禅。五日三日空其位。正眼看来。泥狗疥猪耳。可憎可憎。"(《鹿苑日录》长享元年十二月二十三日条)景徐周麟愤怒地称那些虽着僧服，却恶行不爽的禅僧们为"一对谷贼"和"泥狗疥猪"，对寺中纲纪紊乱的现象进行了严厉的申斥。

---

① 原文为日文，笔者译。朝倉尚：《景徐周麟の文筆活動　延德3年2》《広島大学総合科学部紀要Ⅰ地域文化研究》，2004年。

② 同上。

③ 原文为日文，笔者译。朝倉尚：《景徐周麟の文筆活動　文明19年—長享元年》《広島大学総合科学部紀要Ⅰ地域文化研究》，1988年。

景徐周麟不与当时五山禅林疏于佛法、以名利为宗的风潮同流合污，坚持并主张禅宗"以心为本"、"即心即佛"的宗旨，保持着求道的向上之心和禅僧本分。作为当时禅林德高望重的高僧，景徐周麟虽身处官寺之中，过着难避世俗的生活，却以不渝的求道之心在悟道之路独行，并苦苦劝诫众僧回归本真。景徐在《翰林葫芦集》中的《清仲字说》一文中说"……故水在澄其源、人在静其心、水不澄则鱼龙变怪、狞飙覆船、欲求一壶之救、不可得矣、心不静则躁欲竞起、尘务塞前、欲求一隙之明、亦不可得矣、上世之人、禀性纯清、而自然不沉耽于利禄声色……噫水必至于海、而会其极者也、淳也清其心、而不容私欲于其间、循其性之所顺、而至于道之极……"。(《清仲字说》) 心的"静"与水的"澄"是共通的，正如"水不澄"则鱼龙怪变一样，"心不静"便会引起追名逐利的欲望，而不可避免地沉溺于世俗中。要像"上世之人"那样，心灵"淳""清"，不容"利禄声色"等私欲、恪守本性的纯净，才能实现对道的彻底体悟。文中，景徐将求道之心喻为水，劝阻禅僧们对功名利禄的追逐。在景徐看来，以禅作为渡世工具的这种名闻利养的行为正是导致"燥欲竞起、尘务塞钱"的原因，只有保持着禅纯粹的"大光明心"，才能体悟道的至高境界。

关于"道"，道家的老子在《道德经》中说"道生一、一生二、二生三、三生万物"、"天法地、地法天、天法道、道法自然"，将"道"定义为天地万物的本源。五山文学中期的禅僧义堂周信在强调"道"的重要性时主张"道为万物之宗"①"世之最高者""莫逾于道"②，"道"包含着万象的变化、掌控着世间的一切规律、赋予万物以生命。禅宗的主旨是通过戒律智慧修行，以破除无明业识的黑暗，彻见永劫不变的佛性，以获得随时随地的大自在。而"永劫不变的佛性"即是禅乃至佛教所要开悟的境界，是禅僧参禅悟道的第一要义。正如竺仙梵仙所主张的"僧宜以学道为本"，景徐周麟亦主张禅僧应回归"学道"的本分。

"道"正如"是明万象之中主，有物无形本寂寥"(《南容》)所描述的那样，为无形之物。作为对无形之"道"的体悟方式，禅宗重视

---

① 《空华集》。
② 同上。

"心"。"夫心也者群灵之本、万法之源。""心"与"道"相同,是万物的本源,并作为世间万法之源为禅宗所重视。这便是作为禅宗宗旨的"以心为本"、"即心即佛"、"明心见性"的由来。景徐周麟在《书般若心经序》中说"今之一百卷、以心以笔而笔正、以心为墨而墨香、以心为楮而楮白、以心为文字而文字则摁寺、摁寺则大神咒也、以此达于三世佛佛、以此感于上下神神……"认为禅的开悟全依于"心"。关于禅僧之根本的"心",渡日僧兰溪道隆在对禅侍者说教的法语中说"首正其心、诚其意、目不邪视、口不乱谈。"(《大觉禅师语录卷下》〈示了禅侍者〉)即"心"是参禅学道的要领。再如无学祖元所说的"学道先正心,心正可学道。"(《佛光国师语录卷七》〈偈示糟屋三郎江卫门〉)强调怀有诚意的"正心",孜孜以求道,并最终到达开悟的境界。而景徐周麟也主张"大丈夫为心祖难,管中容易莫窥看。青灯十载殷人学,黄卷三分释道安。"(《天序》)为成"心祖"、必"正心"且要有"青灯十载",矢志不渝的求道意志。

对于禅宗而言,心乃是宇宙世界的中心,世间万物必须通过心才能得到体悟。而所谓"我"这样的自我意识则是人的存在方式。《坛经》有云:"闻其顿教、不假外修、但于自心、令自本性常起正见。"景徐周麟在自作的偈颂中也说道"物物皆心是道场。立贤自古更无方。谁知屋里菊光佛,不借阎浮九月霜。"(《东英号》)求道不是追求俗世的虚妄名利,而是通过"本性"获得"正见",达到禅的开悟。禅的本性与"明心见性"的"明心"相通,"心似碧潭清不波"(《友月》),"一段大光贞实心"(《赞不动》)"永明宗旨一湖水,四海同源如镜清"(《文忠号》),通过本性中存在的佛性,达到开悟,即实现禅宗的"明心见性"宗旨。而"明心"不但是禅的宗旨,更是儒释道三教共通的宗旨。"天下无两道、圣人无二心。若识得圣人心、即是本源自性。"①"三教圣人、互相出与、各立门庭。示真实相、无非只要天下人迁善远恶、明心见性。虽然殊途、究竟同归一理。"② 在儒释道一体风潮盛行的五山禅林,儒与道相通,而景徐周麟更是禅儒一致思想的绝对推崇者,景徐周麟认为

---

① 兀庵普宁《语录》卷中。
② 同上。

"古人所谓孔子生西方、设教如释迦；释迦生中国，设教如孔子者、晓其道之无二也。"主张儒与佛只是有地理上的差异，并不存在主旨上的区分。而像这样将禅儒思想巧妙融合以主张"明心见性"的文章在《翰林葫芦集》中并不少见。景徐周麟将文学作品的创作作为禅的开悟之辅助手段，创作出很多思想丰富、内容充实的汉诗作品。例如，《对酌》一诗"鸟舞花歌一百年，只须日日醉樽前。两人对酌胸无物，往席宴安蛟鳄渊。"本诗引自李白《山中与幽人对酌》诗中"两人对酌山花开，一杯一杯复一杯"的句子，人只需在花鸟歌舞中醉卧百年，但要如诗中二人一般，对酌时胸中无一物，各自处于开悟的境界。过度沉溺于俗世便如临蛟鳄之渊，对禅僧来说是极其危险的。景徐周麟正是以此诗来告诫当时的五山禅僧虽然身处贵族宴饮的享乐中，却不应忘记禅僧的本分，应时时在悟道上精进。

参禅须心灵清净，远离尘嚣，而五山禅僧却多与贵族交友，以上这首诗正是基于对这种对立的思索而作。通过富于儒教、道教色彩的典故解明禅的宗旨正是景徐擅长的创作手段。例如以下这首《画轴》诗"冠者二人吟倚栏，蓑翁罢钓暮风寒。关西夫子江湖客，何事三鱼换一官。"诗的前两句描写画中景物，后两句则引用了西汉杨震的典故。杨震，字伯起，幼而好学并精通儒学，时人称之为"关西孔子杨伯起"。常客居湖畔，十几年未曾出仕为官，却因三鱼出现的奇瑞①而出任官职。景徐周麟认为杨震为官之后一荣一落而导致的一喜一忧正是杨震晚节不保自污名声的结果。景徐周麟在诗中借杨震这位不彻底的隐者的典故批判当时五山禅林沉溺俗世的风潮，并提醒自己不忘作为禅僧的本分，规劝众僧回归本性。

景徐的汉诗中多出现"心"，正是其所坚持的求道之心在文学作品中的体现。身处"官寺"的景徐周麟因不免接触尘世喧嚣而耻于自己道心的遗失，吟诵出"老我对花多愧色，出红尘又入红尘"（《溪寺看梅》）这样的诗句，表达对偏离禅僧本分的深刻反省。而"人皆附暖又离寒，宠辱不惊方寸安"、（《次波多野修理亮韵》）"莫托人间桃李场，祇园择

---

① 《蒙求杨震关西》"后有鹳雀、衔三鳣鱼、飞集讲堂前、都讲取鱼进曰……先生自此升矣、年五十乃始仕州郡、安帝时为太尉……"。

地养孤芳。夜来花亦叫成道，可有师兄在雪堂。"(《梅坡字序》)等诗句则批判当时五山禅僧的趋炎附势，同时也表现出对俗世和贵族社会的强烈抵触情绪，主张作为僧人，应摒弃俗念，时时保持心灵的清净与安宁。文明七年（1475），尚处于青年时期的景徐就曾在兰坡景茝在仙馆院主持召开的诗会上写出了"仙只在人宁在境，出门成市入成山"的诗句。诗中强调，仙、仙境是否存在全在于人心，对仙境究竟存在于"市"还是"山"这样的思索已经在年轻的景徐心中展开。可见年纪尚轻的景徐就已经意识到应保持本分，不沉溺俗世的道理，并时时对身处俗世的自己敲响警钟。此后在"官寺"中任职的景徐周麟逐渐认识到身与心的不同处境，吟诵出"身虽朝市心丘壑，不避官人喝道声"(《新居植松二首》)"身居洛北古禅院，心在城南潜邸祠"(《又次韵岁寒老人达摩忌之作》)等诗句，表明自己虽身不自由，但并未失去"心"的洒脱。再如"银河不远心如水，一咲开门即市尘"(《星夕前会新居》)、"缟衣白与雪堂白，不著人间一点尘。"(《缟衣道士》)这样的诗句则表现出作者时刻追求心灵纯净的意志。景徐的住所名为"宜竹轩"，他将其与宫殿的"殿阁"对照，写出"殿阁微凉万户侯，人间六月探支秋。清风一掬心如水，也足野僧宜竹楼。"(《清风楼》)一诗，比起王室、武家的宫殿，还是自己的"宜竹轩"更令人心静。

"心"作为"道"的内在表现被禅僧所重视，而通过"心"获得体悟也是禅典型的生活方式。在五山禅林以出人头地作为人生目标的浮躁风气中，"道心"的保持实为难事。景徐周麟出身贵族并在五山十刹担任要职，却始终不忘"以心为本"的禅的理念与宗旨，寄心于佛道，时时保持着作为禅僧应有的立场、生活方式与参禅悟道的本心。受当时的禅林社会"佛儒一致论"和"佛儒道一体论"的影响，景徐将禅与儒巧妙地融合在诗文中，将儒学与汉诗文作为参禅悟道的辅助手段，在诗文中表达出保持求道的向上之心和禅"明心见性"宗旨的意志。

（二）"万物一体"与道的外在诉求

禅将亲近自然，投身于山林之中与万物同乐作为求道的手段之一。应仁元年（1467）景徐周麟拜访栖身于江洲慈云庵的横川景三时，受到其"满目满耳、涧水松风、尽是一性所印"的教诲后实现了顿悟。据《翰林葫芦集》中的《答友竹藏主书》中的描述，景徐周麟在向友竹藏主

"每日礼佛看经、经者非黄卷赤轴、佛者非木刻雕像、屋上之山即法僧、屋下之水即广舌、而在此中、以啸歌、以哞嗟、礼佛看经、如斯而已矣"的近况报告的回信中说："下视山河大地草芥人畜情与无情、全非他物、而后道余礼青山青山亦礼余亦也得、道余闻溪水溪水闻余也得、道山色法身也得。道溪声广舌也得、道泥木非佛也得、道黄赤非经也得。"在这段话中，景徐阐释了"道"与自然万物相通的见解。而在与净土宗沙弥庆善的对话中，景徐则引用了阿弥陀经中的"水鸟树木悉皆念佛念法"一句来明确提出了禅的玄旨。怀有这样自然观的景徐周麟将参禅悟道诉诸于"心"的同时，更着眼于自然万物，显示出将求道诉诸于外部事物的倾向。

中国古代哲学思想的根本观点之一是"天人相应"、"天人合一"，这也是儒家、道家、佛家思想的共同思想。如儒家经典《易经》中就有"太极生两仪、两仪生四象、四象生八卦、八卦演万物"①、"天地感而万物生"②的说法。庄子的《齐物论》中也说"天地与我并生、万物与我为一"，第一次提出了"万物一体论"的思想。佛家主张"众生皆可成佛"。五山初期的梦窗疏石就曾和时任将军足利义直的问答中说"凡夫所见山河大地草木瓦石皆归其本分之田。"③ 从禅的角度对天地万物归于道的认识进行了阐述。这与拔队得胜有名的《盐山假名法语》中所说的"天地与我同根、万物与我一体、微尘宜别无他物。溪水声、风声亦若人语。松青雪白亦若人色"有异曲同工之妙。五山禅僧正是以儒释道三教相通的"天地同根"思想作为对求道人生的指引。

景徐在《翰林葫芦集 梅龙字说》中写道："古人有以梅为太极者、又有谓梅花枝上识乾坤者、易有太极、是生两仪、两仪生四象、四象生八卦"，景徐周麟将"梅"看做万物之源。即梅成为"道"的外在、具体的形象。景徐又在一偈中说"一气本从何处来，时人多认外边梅。此枝不借春风力，须有心华连夜开。"(《阳中》)认为梅花的盛放并不因春风，而是因"心"，这就将求道的内在形式与外在形式联系了起来。除梅

---

① 《易传·系辞》。
② 《丰卦·彖传》。
③ 《梦中问答 九十下》。

花之外,"柏"也被景徐认为是"道"的外在形式或具体意象。如"四德缠分清者天,始呼一气本浑然。皮肤脱落有真宝,成佛须还柏树先。"(《乾贞号》)一偈中所说的,柏树是一切事物的先驱。不仅如此,景徐还将"梅"与"柏"比作具体人物,如"万象之中生栋梁,栽培全不假阴阳。与他括柏同根否,人有名僧地有樟。"(《豫南》)一诗认为孜孜求道的高僧与"柏"是同根的。这样,景徐就将"天地同根、万物一体"的认识扩展到整个自然与所有生灵。"一气之元乾大哉,清升浊降两仪开。圣人门下典刑在,学者中擎麟角来。"(《九成》)、"下其重浊上轻清,一大为形不可名。特地豁开文户口,僧中又有李长庚。"(《天启》)"庄严域移海上天山、天地同根万物一体、广照祖唱济北道、日月合璧五星连珠……春则学诗秋则学书、才高艺苑、武而用金文而用木、名振缁林、心牧秦耕汉耘、梦游洛河伊水、芙蓉生秋江上、忆光状元于龟山、芭蕉送夜雨声、得王和尚于相国。"(《金溪住相国》)这些"圣人"、优秀的学者、僧人与天地同辉,他们达到了"天人合一""天地同根"的境界。正如中川德之助①将禅僧的这种"天地同根、万物一体"的自然观评价为"在悟道方面的实践性行为"那样,与自然山林亲近的禅僧们将眼前的风景也纳入了"道"的范畴中,随时随地体验着悟道的人生。禅通过见性和悟道后的修行以达到自他不二、真俗不二、万物与我一体的境界,引导人们获得修佛的善果。

本来禅是以"不立文字"②、"教外别传"③为宗旨,即不通过文字、不引用经典、只通过人与人心灵的相通、达到直观、开悟的境地,认为自性即佛,并不通过外在的表现方式将自己的所悟和精神境界的内涵传达出来。在"诗禅一味"风潮渐盛的室町时代的禅林社会,"文"作为"道"的一种外在表现方式被提倡。而景徐周麟在对"道"的外在诉求中,认为求道在文学方面的表现即是对"道德文章"的推崇。"德"与"道"是相通的,指人的内在修养及高尚的品格。关于"道"与"德"

---

① 原文为日文,笔者译。中川德之助:《五山文学の世界》《大東集記念文庫公開講座講演録 五山の学芸》,1985年。

② 阐释禅宗根本立场的表达。体悟的内容不通过文字和语言表述的原则。佛教的教义直接通过心灵由师父传授给弟子,以达到以心传心的境界。

③ 禅宗传授对佛的体悟时,不通过语言文字,而是靠心灵相通来传达。

的关系，老子《道德经》中认为天地万物皆"道生之、德蓄之、物成之、势形之"①，即万物的形成都是通过"道"，而其长期的存在要依赖"德"。正如儒家经典《易经》中"君子以厚德载物"所主张的，"君子之德"正是儒家思想所最为推崇的。关于"道"与"文"的关系，《易经》中有"道之显者、谓之文、盖道无形、先于文而后乃见。"（《显甫字说》）的表述，认为"文"也是"道"的外部表现。"道德文章"是儒家价值观的外在表现，而景徐则从禅儒一致的立场出发提倡"道德文章"，"至若道德文章震耀乎一世、而戒乘急乎其内、则天下仰之、以为古佛在矣。"（《含雪轩图诗序》）把道德高尚的儒学家比作恪守戒律的佛教僧人，由此，儒与禅在"道德文章"中实现了相辅相成的关系。

景徐周麟在《翰林葫芦集 梅坡字序》中说"孜孜读书、以至于雪堂青城之才之美文之华发乎外、而曾祖道德之实具乎内、挺出于丛林岁寒之后……。"借教育年少僧人，揭示为文的原则。由于五山禅僧不可避免地与贵族有文笔的交流，所以"美文之华"是必须的，而在景徐看来，"道德之实"则更为重要。义堂周信主张"以道德为主。章句次之。"②"修德为文、止戈为武"（《空华日工集》永德元年十二月三日条）。对于在禅林进行道德教育的重要性，义堂周信在《工夫集》中应安元年（1368）十二月八日的日记中写道："宗门的兴衰在于门人是否贤良"，禅僧道德品质的高低决定了禅林的兴衰。此后室町时代后期的景徐周麟作为禅林指导者则提出了择取优秀人才的两项基准："美文之华"和"道德之实"。"美文之华"是"发乎外"的，这是对文学作品外在形式上提出的要求；"道德之实"是"具乎内"的，作为禅宗弟子，心中要保持着"岁寒精神"。景徐的汉诗中多见"松"，可见景徐周麟极为推崇"松柏"的"岁寒精神"，而这种"岁寒精神"也是儒家文化乃至整个中国道德文化的重要内核。

> 盖夫草木之嘉者也、拟之于贤人君子而言焉、古今之通论也、黄太史以松之与梅、比之于东坡、坡曰、托物引类、得古人之风

---

① 《道德经》第五十一章。
② 《空华集》。

……古之君子、大率重其在内者、在内者、忠信礼仪是也、孔子有言曰、岁寒然后知松柏之后凋、谓士穷乃见节义也、夫松之为物、挺然而生、上于云汉、而其质与色贯四时、霜之雪之而不少渝、阅世愈久、而愈坚且茂、君子于此诚能视松之茂、以务蓄其德、视松之坚、以务存其意义、视松之阅世愈久、以务养其生、视松之挺然而生、以务立其身……梅兮松兮、在人不在树……。

这是《翰林葫芦集》所收的《松悦字说》的开头部分。景徐周麟借孔子"岁寒然后知松柏之后凋"的名句教育上门求取道号的弟子，他借此希望弟子养德修身。在中华文化中"松""菊""竹""梅"这四种意象被称为"四君子"，特别是"松""竹""梅"自古被称为"岁寒三友"。关于"岁寒三友"，景徐在《翰林葫芦集 三益斋诗 并序》中说"且松之生也、贞坚、竹之生也、挺特、梅之生也、优而洁、又皆历岁寒而不改其操……"。认为因"松""竹""梅"特别具有"岁寒精神"的特质而被称为"岁寒三友"。景徐基于"万物一体"的思想，认为"梅"是万物之源。在中国文化中，"梅"因具有高洁的形象而受到古往今来文人的喜爱，并出现在众多文学作品中。如北宋王安石的"墙角数枝梅，凌寒独自开。"（《全唐诗 梅》）讴歌了不畏严寒自顾盛开的梅花所具有的"岁寒精神"和"冰肌玉骨"。景徐最爱梅花，其诗中最多的意象也是"梅"。如"豫章拔地名僧出，一体同根出万物。竹友松朋喜气佳，我侬骨肉有梅花。"（《松岳》）如果说"竹""松"是诗人之友，那么梅花则与自己亲近如"骨肉"，可见景徐对梅的喜爱。宋代林和靖"梅妻鹤子"的故事在禅林中广为流传，其以梅为妻的高洁的隐者形象尤其受到五山禅僧的推崇。景徐周麟在五山禅僧中最为崇尚林和靖，友人南阳老人向景徐求《岩栖明照塔铭》时，景徐作《梅溪》一篇曰"昔何仲言之在扬州也、吟脉乎梅花下、千古风流也。盖字取诸此、而意在祝乎？彼故家乔木、深根于南屏永元之上、而布荫于东海之外者、久昌而已矣。乔木为何？梅花是也。拙偈一篇系之：鹫岭风香花一枝、非桃非杏又非梨。西湖三百六十寺、涵影水皆含月时。"文中景徐引用林和靖"梅妻鹤子"的典故，颂扬临安禅宗"布荫于东海之外"的功德，同时借"梅"的形象描绘出超凡脱俗的禅僧形象。

中川德之助①从五山禅僧汉诗文作品中的常见意象出发，将五山禅僧们创作汉诗中体现的道德精神总结为"雪精神"、"月精神"和"冰玉精神"。"雪"和"冰"是表征"洁白"的意象，喻高洁的人格。"月"象征孤高傲世，与禅僧超凡脱俗的心境相合。而与林和靖喜爱的"疏影横斜水清浅，暗香浮动月黄昏"中的"梅月"不同，景徐更看重"梅雪精神"。在景徐的汉诗中，如"雪晚今年俗了梅"（《答芳洲》）、"有梅无雪不精神"（《冷香斋》）等表达"梅雪精神"的作品并不少见。景徐认为，因"梅"是岁寒精神的代表，它只有与表征"寒"与"洁"的雪合为一处才能凸显其"冰肌玉骨""清幽香逸"的形象。他模仿林和靖的诗句吟诵出"香影偏从年后加、也胜葛雪打横斜"（《梅花年后多 又》）、"雪到梅边索索鸣，隔窗未辨坐三更。暗香疏影无风夜，花有声耶月有声。"（《梅边听雪》），描绘出梅与雪共同织就的清幽图景。

由于爱好"梅"，景徐将自己喜爱的古代人物喻为梅，以表推崇之意。如借"梅雪精神"描绘林和靖的形象。景徐的《题林和靖二首》诗中有"下有巢由上有尧，梅花门户雪连朝。春风不似东风架，吹过西湖第四桥。"（《题林和靖像二首》）的诗句，林和靖的高洁在臣子中则如许由巢父，在君主中则如尧。在《西湖图》诗中说"苏公堤畔柳藏径，和靖宅前梅卧湾。欲识雪时奇绝处，上方楼阁不人间。"（《西湖图》），认为"梅"与"雪"结合才可称为"奇绝"，以此称颂苏轼与林和靖。再如"谪仙醉传姓兼名，真个于梅集大成。雪后精神尤一倍，花中骨肉是三生。"（《画轴 又》）的诗句中，将"谪仙"李白喻为梅予以称扬。

总之，景徐认为，"梅"乃天地万物之源，通过其诗作中对"梅"高洁形象的描绘，进一步表明其作为禅僧应时常保持高洁的心境，不失其求道之心的主张。除岁寒三友外，"高僧独似傲霜菊，荷尽曾无露一杯"（《次小补大错黄花唱和韵》）中的"菊"、"根茎不借淤泥水，季夏中间别置春"（《原叔》）、"芙渠净色亭亭植，不被淤泥染本质"（《润英》）中的"莲"等意象在中华文化中都寓意高洁，景徐将这些意象融于汉诗作品中，描绘出清新脱俗、心境澄澈的理想高僧形象。可见景徐周麟的求道，不但是"明心见性"的内在探求，更诉诸于具体有形的外在事物，

---

① 中川德之助《日本中世禅林文学論攷》，清文堂，1999 年，第 10 页。

从内外两方面进行探求。通过儒释道"天地同根、万物一体"思想，"道"所涵盖的外部世界无限扩大并具体化，而将中华文化中的精髓之"梅"、"松柏"等意象融入文学作品中，实现了景徐周麟所推崇的"道德文章"与其所追求的体悟境界。

二 禅儒一致与政治理想

临济宗禅僧梦窗疏石因受醍醐天皇、足利尊氏重用而成为幕府政治顾问，进而成为五山禅林的最高领导者。此后将军足利义满继承祖父的临济宗信仰，制定了五山、十刹和诸山制度，强化了临济宗的国教地位。才能卓著的僧侣便逐渐聚集在中央政权之下，这些僧侣受幕府重用，参与国家的政治与外交。由于具有高超的汉文修养，擅于运用四六文写作法语和外交文书，五山禅僧逐渐在幕府中央扮演着"御用文人"的角色。景徐周麟出身贵族，其父是大馆持房，母为室町时期大名赤松则友之女。此外还受细川政国、武田元信等武士贵族的庇护，加之其优秀的汉文修养，自然地受到贵族社会的青睐，其入仕之路也十分顺畅。

景徐不但具有优秀的汉诗文的创作才能，还在儒学研究方面颇有成就。由于五山禅僧在文化、外交、政治等各方面展露才华与能力，他们更便于接触中国儒家经典，这样便促进了五山禅林"禅儒一致"风潮的形成。五山禅僧们不仅熟读《论语》、《孟子》等儒家经典，对《史记》、《汉书》、《后汉书》、《资治通鉴》等中国史书也保持着旺盛的学习热情。与平安时代宫廷唱和诗的作者们不同，身处寺院的五山禅僧们，将目光转向庶民之疾苦、社会、政治、国家的兴衰，创作出大量感怀兴衰与体察民生疾苦的诗作。这些诗作出于"不立文字"的禅宗僧人之手可以说是极其难能可贵的，这种现象在日本文学史上也是极其稀有的。[①] 这些诗作充分表现了禅僧们对太平盛世的憧憬和对当代统治者荒废政治的批判，体现出他们对国家兴衰成败历史的感悟，更体现了他们作为儒学家忧国忧民的情怀。然而，像景徐周麟身处"官寺"和政治中心的五山僧侣们

---

① 吴雨平：《橘与枳——日本汉诗的文学体研究》，中国社会科学出版社，2008年，第128页。

虽有一腔忧国忧民之情怀，也无法直抒胸臆、直言己见，他们的政治理想和主张隐含在委婉柔和的诗文中。

（一）"天下太平"的政治理想

景徐周麟生活在天皇声望空前衰落的时代。应仁之乱后，幕府和将军的统治范围逐渐缩减，而地方大名的势力不断膨胀，国家日渐处于分崩离析的状态。这样的世态唤起了知识分子特有的"忧国"、"忧民"的思想和颓废世道下对国家前途和命运的深刻关怀。而这种关怀便转化为对"治世"、"天下太平"的憧憬、对明君圣主和治国贤臣出现的渴望。尤其在应仁元年（1467）发生应仁之乱后，"抑丁亥岁、京师喋血、诸将左袒右袒、未决胜败矣"（《伯升住临川》）。亲身经历这场战乱的五山禅僧更深刻地体会到太平盛世的美好。这种对"太平"、"治世"的追求与渴盼便成为景徐汉诗作品的一大主题。为避免直抒己见，景徐周麟在诗中追忆应仁之乱前天下太平的景象"天下文明一统春，日重光又月重光。普贤岁旦来相贺，龙种尊王居玉宸。"借描绘天下一统、和平美好的春天、日月光辉普照大地的情景，渴盼政治稳定和国家昌盛的回归，唯此百姓才能安居乐业，禅林才能得到复兴。再如"一王治世号威音，劫劫数来年代深。空手把锄唯种玉，烟和日暖太平心。"（《古田》）作者想象君王治世百姓安乐的情景，字里行间流露出对太平盛世的无限向往与渴盼。

由于武家与禅宗的密切交往，景徐也利用与贵族交游之机不失时机地表达自己"治世"的理想。例如，《汤山联句抄》中的诗句"山割结庵地，国存拜将坛"，前一句将山拟人化设置太平治世的情境，后一句则歌颂天子拜将，表明国家的安稳要靠将军，也借此赞美当时的幕府将军。再如文明十一年（1479），在参加武士家族伊势贞宗组织的诗会之际，景徐周麟为立志治国、励精图治的主人吟诵赞诗一首："一束青云值万钱，有人定策坐炉边。满城和气春如海，昨夜深山烧炭烟。"（《炭宠烟》）胸怀治国安民之青云之志的大人独坐炉边思考着治国良策，在君的治理下伊势城内一派和气、温暖如春，想必昨夜还曾望见深山中烧炭冒出的烟雾吧。作者借勤勉本业的樵夫赞扬主人的励精图治。景徐周麟在诗文中力图避免描绘应仁之乱后的颓唐景象，而是通过心中所期盼的美好画卷委婉、间接地表达政治理想，其儒者形象跃然纸上。

始于孔子（公元前551—479）的中国儒学也称为先秦儒学、原始儒学。孔子作为春秋时代的思想家和教育家，集古来之大成，建立了原始儒学的思想体系。他尊崇尧、舜、周文王、周武王这样的古代明君，提出以"礼"治国的方案，以"仁"作为理想道德，并主张通过孝悌与忠恕实现"仁"的道德理想。早期儒学的代表人物孟子（公元前371—289）提倡王道、基于性善说主张发挥仁义礼智之德。无论孔子还是孟子都主张"以修身为本"，将修身作为人生的起点，继以"齐家"、"治国"、"平天下"，可以说兼具对政治和道德的看法。这些儒学思想于六世纪随着百济五经博士东渡而传到了日本。这样，中国的原始儒学思想便植根于日本人的心中，表达孔子与孟子这样的古代先哲治国思想的经典经过流传并被移植到日本的五山禅林，为五山禅僧们所熟知。

"仁"是中国儒家文化的核心，在政治方面主要体现为"德治"的主张。中国先秦儒学将尧、舜、禹视为理想的明君形象，推崇明君圣主，提倡以德治国。由唐太宗编纂的《帝范》中就说"故尧命四岳、舜举八元、已成恭己之隆重、用赞钦明之道"，只有像尧、舜这样施行仁政才能使天下归顺，实现治世。景徐周麟也在其汉诗中也借尧、舜、禹的形象表达希求明君圣主出现的政治愿望。延德二年（1490）景徐参拜吉田神宫时赋诗一首："有道朝廷例祭神，舜风禹雨摁宜民。皇恩莫大及游手，只可花时睡赏春。"（《天下太平》）朝廷有道则国家昌盛、风调雨顺，可与尧舜治世时相比，朝廷的莫大恩惠连我这个碌碌无为的僧人也感同身受。再如《炙道被尧舜》一诗："背面笑吾常附炎，重瞳八彩共相兼。出门桀纣皆比屋，化国日长三尺檐。"诗题"炙道被尧舜"出自黄庭坚诗《次韵答秦少章乞酒》中的诗句"炙道背尧舜，雪屋相与娱。"《论衡 骨相篇》中说"尧眉八彩、舜目重瞳、禹耳三漏、汤臂再肘"，这里的"重瞳八彩"即指尧舜。同样《论衡》的率性篇中有"尧舜之民、可比屋而封、桀纣之民、可比屋而诛"的句子，景徐在诗中通过对桀、纣等暴君和尧舜等明君相比较，通过鲜明的对照表达期待明君出现的强烈愿望。结句祈愿德治之下的国家日上三竿福泽万民。除此之外，引用了杜甫"生逢尧舜君，不忍便永诀"诗句所作的《潇湘夜雨》"人间生不逢虞舜，长夜漫漫雪亦愁"则从舜的二妃娥皇、女英的视角描绘与明君知遇的理想，由此亦可窥见作者企盼遇到明君以踏入仕途施展才华的政治抱负。

在为臣方面，景徐周麟认为"远投官烛谢公选，自是举贤非宠荣"（《友松斋》），即"举贤"的标准并非取决于荣宠，而取决于才干与德行。这也是基于儒家政治思想中"天下为公"的民本位思想而提出的。景徐将贤明的治国之才比作良马、神龙，"将门出将为君祝，生子当如汗血驹"（《画马三首》）、"神龙八尺产青丘，一洗人间果下骝。奥陆朝嘶沙苑草，九天暮刷帝王州。"（《观神马》）通过这些诗句表达对善于治国的忠臣良将出现的呼唤。当时在禅林中除《帝范》外还流行着唐女皇武则天命人编纂的为人臣规范的《臣轨》，书中详细阐述了为使君王统治长久，为人臣者应有的操守和教养，如正心、诚意、爱国、忠君等。景徐选取吕尚、张良、诸葛亮等古代忠臣良将为题材，在诗中表达对治国能臣出现的渴盼。

景徐周麟的《便面 西伯 太公》、《便面张良》、《诸葛释耒》诗分别以中国古代贤臣吕尚、张良、诸葛亮为题材。吕尚（公元前1128—1115），是活跃在中国古代周朝的著名政治家和军事家，被尊称为"太公望"，后世也称其为"姜太公"。吕尚负有治国才能，为遇贤主而投竿磻溪，一日巧遇外出打猎的西伯（周文王），于是入仕为官，后辅佐周武王讨伐暴政的商纣王，建立了周王朝。吕尚认为如果百姓持续贫困，而统治者日益骄横，统治便难以持久，于是主张轻徭薄赋，开拓疆土，并广泛开展与邻国贸易往来，为周朝成为富饶强盛的国家而鞠躬尽瘁。怀着对吕尚的景仰之情，景徐作《便面 西伯 太公》"猎骑萧萧路入磻，一翁石上跪投竿。青云白发鹰扬日，忍见钜桥烟雨寒。"诗中引用西伯与太公相遇、继而太公入仕的典故，描述周文王在磻溪巧遇吕尚垂钓的情景。李白的《梁甫吟》中有"君不见朝歌屠叟辞棘津，八十西来钓渭滨，宁羞白发照清水"的诗句，赞颂吕尚年过八十仍不坠青云之志的坚定意志。景徐周麟诗中的第二、三句将吕尚初遇周文王时的景象与占领商纣王粮仓"钜桥"的情景作对比。《史记》中有"史佚策祝、以告神讨纣之罪、散鹿台之钱、发钜桥之粟、以赈贫民"的记载。周武王的父亲周文王就是因为得到了吕尚的辅佐，才能够使周武王实现灭商、复兴天下的伟业。在这里景徐避开政治的说教，将周文王与吕尚相遇时的情景、周武王统一天下时的情景、吕尚独自思念周文王的情景连想在一起，赞颂明君与贤臣惺惺相惜的情感，期盼虽年高却不忘青云之志、辅佐贤明君主实现伟业的良臣的出现。

东汉军事家张良年轻时曾在河边巧遇黄石公，并被要求"进履"，黄石公见张良恭敬谦和，遂赠与兵法，张良刻苦研究这部兵法并最终成为著名的军事家。借此典故，景徐吟诵出"殷勤进履野桥雨，毕竟朝端蹑足时"（《张良进履桥》）的诗句，将张良"殷勤进履"的情景和在朝堂上谨慎"蹑足"的情景进行联想，勾勒出一位勤谨恭敬的良臣形象。

三国时代著名政治家诸葛亮经刘备三顾茅庐而入仕为相，协助刘备建立了蜀汉政权，景徐周麟以诸葛亮为题材的诗中说"释耒翻然见益州，草庐风雨卧龙侯。兵为农器岂无日，流马木牛天下秋。"（《诸葛释耒》）"木牛流马"是诸葛亮于北伐时期发明的搬运粮草的工具。南阳躬耕的隐者和"木牛流马"在战场上的大用场，作者在今昔的联想中赞叹孔明的博学与超凡智慧。

在室町幕府声望渐衰，日本踏上衰败道路的现实面前，景徐周麟在诗中将对中国古代的尧、舜、禹等明君圣主和吕尚、张良、诸葛亮等治国贤臣出现的渴望寓于诗中，表达了希望日本走上治世、重新迎来太平盛世的美好政治理想。景徐认为，作为明君，应恪守"仁"的道德规范，实行钦明的政治，作为国之栋梁，应勤谨恭敬，志向高远且才能卓著，明君贤臣应心怀"天下为公"的儒家政治理念，使恩德惠及万民，这才是实现"天下太平"的必要条件。

（二）"有为转换"的政治主张

随着宋明理学在五山禅林的传播，以欧阳修、司马光为代表的宋代史学家也被五山禅僧们所熟知，五山禅僧也逐渐将史书研习作为修身养性的途径。应仁之乱时，景徐周麟在近江国永源寺避难期间，桃源瑞仙在永源寺设筵开讲《史记》、《汉书》，这唤起了青年时期的景徐周麟对中国史学的浓厚兴趣。此后景徐潜心钻研《史记》、《汉书》、《后汉书》、《三国志》、《魏志》、《晋书》、《唐书》、《宋史》、《资治通鉴》等史学著作，并逐渐树立起独特的历史观。"以史为镜，可以知兴替"（《旧唐书·魏征传》），而文学作品有"极帝王理乱之道，系古人归讽之流"[①] 的政

[①] 元结（719—772），著有《二风诗论》。

治作用，唐代白居易说"古之为文者、上以纫王教、系国风、下以存炯戒、通讽喻故惩劝善恶之柄、执于文士褒贬之际焉、补察得失之端、操于诗人美刺之间焉。"《策林·六十八》可见文学有借文士、诗人之笔达到"纫王教""系国风""劝善惩恶"目的的作用。亲历战乱的景徐在其作品中描绘出太平盛世的图景以表达美好政治理想的同时，也创作了大量借古讽今的作品，以借此表达自己的政治主张。

永和四年（1378），将军足利义满迁居京都北小路室町的豪华宅邸。在宽阔的宅邸院落中引入贺茂川的水造池，庭院中栽种多种名花异草，世人称之为"花御所"。八代将军足利义政（1436—1495）时，室町幕府已极其腐败堕落。朝廷课重税于百姓，而财税多用于"花御所"的重修、东山山庄的建造、将军生母居所高乐第的营造。此外，幕府内部还常常进行神社参拜、交游、歌舞伎表演观赏、赏花等宫廷活动，耗资巨大。特别是被认为是应仁之乱始作俑者的足利义政夫人日野富子（1440—1496），她极尽荣华，滥用权力，并通过高利贷聚敛了巨额财富。足利义政和日野富子的荒政乱国直接导致了应仁之乱的爆发。景徐在汉诗中，借中国唐代唐明皇与杨贵妃的故事对足利义政和日野富子进行了讽刺。

杨贵妃（719—756）是唐玄宗的宠妃，时人认为她是引起安史之乱的红颜祸水。白居易曾创作《长恨歌》这一不朽名篇讴歌唐玄宗与杨贵妃的爱情，但是在其后期的作品《胡旋女》中却写道"禄山胡旋迷君眼，兵过黄河疑未返。贵妃胡旋惑君心，死弃马嵬念更深。"即白居易也认为安史之乱的发生与狐媚惑主的杨贵妃有着必然的联系。再如《上阳白发人》一诗写道"未容君王得见面，已被杨妃遥侧目。妒令潜配上阳宫，一生遂向空房宿。"这首诗将杨贵妃完全刻画成了一个残忍、凶恶的妒妇。景徐在其诗作《明皇行幸温泉图》中引用了白居易《长恨歌》中"春寒赐浴华清池，温泉水滑洗凝脂"的诗句，写道"行在温汤年又年，民家竞进洗儿钱。空山今夜九龙店，月照杨妃浴后泉。"诗中的第三句和第四句描绘杨贵妃沐浴华清池的奢华场景，而第一句和第二句则糅合了作者自身的想象。"民家竞进洗儿钱"①，杨贵妃奢侈无度的生活使百姓苦不堪言，诗句从平民的视点出发展现出作者忧国忧民的情怀。再如"闻

---

① 中国古代祝贺生产的喜钱。

昔内园春进瓜，华清风雨野人家。温汤一拘山河溃，万里桥西二月花。"（《二月进瓜》）一诗中作者借二月进瓜至华清宫内园的典故，继而由华清池联想到唐王朝的溃灭。三四句进而联想到"安史之乱"时作者推崇的诗人杜甫避难于百花烂漫之万里桥的情景，更表达出对统治者骄奢淫逸的极大痛恨。再如荔枝本产自岭南，将荔枝送到长安须长途跋涉，唐玄宗因杨贵妃喜吃荔枝，在从岭南到长安的驿道上五里设一瞭望台，十里设一驿站，命人夜以继日向宫中运送荔枝。驿道上因驿马疾驰扬起灰尘，唐代诗人杜牧借此写出"一骑红尘妃子笑，无人知是荔枝来"（《过华清宫绝句》）的名句。景徐引用此诗句创作了《七夕红》一诗："天宝三郎阁万机，昔年七夕约杨妃。荔枝驰入长生殿，一骑红尘露未晞。"景徐通过这些诗作，旨在劝诫幕府统治者从"无为"向"有为"转换，励精图治，惠泽万民。

　　景徐周麟的《翰林葫芦集》中以"亡国之音"、"玉树后庭花"为题的汉诗有三首。"后庭花"①是南朝陈后主所作的宫体诗，南朝被隋灭时这首诗正盛行于宫中，因此此曲被人认为是亡国之音，后世诗人也常以"后庭花"为题作诗讽刺统治者的荒淫失政。其中以唐代诗人杜牧的"烟笼寒水月笼沙，夜泊秦淮近酒家。商女不知亡国恨，隔江犹唱后庭花。"最为有名。夜泊秦淮之际，听闻秦淮河对面的歌姬正在高歌"后庭花"，诗人有感而发，写下这首《泊秦淮》。景徐巧妙地将"玉树"与"后庭花"分开，吟诵出"玉树一声人倚楼，张妃酒醒髻鬟愁。后庭花落风吹断，建邺城边蔓草秋。"（《玉树后庭花 三首》）的诗句。一、二句通过描写"玉树"之"声"和张丽华婀娜之"色"勾勒出陈后主沉迷于声色犬马的堕落生活情景。三、四句笔锋一转，描绘南朝灭亡时的悲惨景象，通过这种一盛一衰的强烈视觉对比，令人感叹"治乱兴亡春梦中"、荣枯浮沉只在一梦之间的人世无常。此外，在《翰林葫芦集》中还有以《建邺秋色》为题的诗三首。建邺城（今南京市）是当时南唐的首都。景徐所作的三首诗都是描写灭亡后的南唐首都建邺城惨淡颓废光景的诗作。通过"建邺城旁蔓草寒""愁云野草六王毕，满目隋堤疏柳烟。""寒烟

---

① 陈叔宝：《玉树后庭花》："丽宇芳林对高阁，新装艳质本倾城。映户凝娇乍不进，出帷含态笑相迎。妖姬脸似花含露，玉树流光照后庭。花开花落不长久，落红满地归寂中。"

漠漠宫纱薄"等这些描写景色的诗句,作者巧妙地将"蔓草"、"愁云"、"野草"、"疏柳"、"寒烟"等这些表征衰落的意象织入诗中,借对亡国后衰败景色的描绘,告诫当朝统治者身为人君当兴盛国家,时时自省,舍弃堕落无为,奋发有为地治理国家。

如前所述,"妇人乱国"是景徐周麟咏史诗的一大主题。在创作特色方面,景徐周麟的咏史诗擅于通过兴与衰的鲜明对比以达到发人深省的目的,此种写法较之严肃的说教与道理的论述更具说服力。如"势似银山忽欲颓,海涛卷地宋朝楼台。观潮亭上七行酒,北使年年带雪来。"(《题宋宫殿钱塘观潮图》)这首诗引用了明朝许邦才《送游人归射洪》中的诗句"自从筇竹通西夏,汉使年年出夜郎。"但作者的笔法显然较原作更胜一筹,特别是"讽喻蕴含、意趣独至"的起句和承句中的"银山欲颓"有一笔双叙之效,随着"海涛"的退去,南宋的繁华锦绣也一去不返。后两句讽刺南宋统治者苟且偷安,笔致素淡,却直击要害,可见其文笔功力之深厚和见解之独到。

应仁之乱导致日本粮食匮乏,发生了大饥荒。面对生灵涂炭,足利义政却不理朝政,一味附庸风雅,沉溺于隐遁生活之中,而其子足利义尚则过着"昼时安寝,夜来如昼"的荒淫生活。因此,幕府权威空前衰落,陷入一蹶不振的境地。亲历乱世并感同身受的景徐周麟面对"王城满目黍离离"的都城和衰微的皇室,追溯历史,遥想《诗经 黍离篇》中的"彼黍离离"的景象吟诵出"三百五篇删后诗,视今如古黍离离。春秋天下分七成,故殿残基黍一犁。"(《读黍离诗》)《黍离篇》是东周大夫看到西周宫室的衰败景象时怀念故国有感而发吟就的。景徐在诗中再现了当时西周诸侯分封的历史,皇室衰微、幕府失势,国家分崩离析,只有"故殿残基"和"黍离离"的光景呈现在眼前,在这样的景色描绘中,作者巧妙地融入了对历史的感慨和皇权丧失的悲叹,句句景语即情语,字里行间融和着作者故国萧条、人生凄凉的深痛感情。

除在诗中描绘国家衰颓景象以表达对历史和现实的感怀这一写作手法外,将纵观历史人物的一生,展开前后的联想,透过纵向的视点表达兴衰感叹也是景徐周麟咏史诗的一大特色。下文将举以汉高祖、唐太宗、宋太祖为题材的汉诗为例进行分析。

汉高祖和宋太祖分别是汉朝和宋朝的开国皇帝,唐太宗虽不是开国皇帝，却作为中国历史上有名的治世明君为后世所景仰。这三位帝王或推翻了腐败堕落的前代王朝，或结束了国家长久的分崩离析，开创了一代治世。但这些开天辟地的帝王在景徐周麟笔下也竟成为了讽喻的对象。汉高祖刘邦起兵反对暴秦，并最终建立了大汉王朝。然而景徐周麟在描绘高祖洛阳赏牡丹，极尽荣华的场面所作的《汉高祖赏牡丹》一诗中，先写"高祖率兵游洛阳，牡丹何幸沐恩光。"接着笔锋一转写道"祸根他日生诸吕，不伐花中异姓王。"景徐熟读《史记》、《汉书》，据《鹿苑日录》的记载，景徐曾经将从禅昌院借阅的三刘宋刊本的汉书一册视若珍宝以致不舍奉还。景徐也曾在其日记中写道："梦见汉高祖对谈。如读汉书。"（《鹿苑日录》永正元年二月七日条）可见景徐对《汉书》的痴迷程度。熟知汉史的景徐追溯汉代历史，想到汉高祖实现统一霸业悠然赏牡丹的情景，便联想到汉高祖死后吕氏一族夺取政权实行专政的情景。景徐周麟的思绪从眼前象征着富贵荣华的牡丹到后来的"花中异姓王"，将眼前的无限风光与日后的朝中变乱，世事无常，历史的翻云覆雨联系在一起，作者视野宏阔，对治乱兴亡的感慨鲜明而深沉。

唐太宗执政期间，实行善政，百姓轻徭薄赋，被认为是中国历史上最开明的君主之一。而景徐所创作的以唐太宗为题材的诗并非称扬其功绩，如景徐借"上尝得佳鹞、自臂之、望见征来、匿怀中、征奏事固不久、鹞竟死怀中"的典故创作了《唐太宗怀鹞子》这首诗。"春如虬髯照碧空，臂鹰终日宴深宫。封伦霸业风霜起，摇动君王怀袖中。"诗中景徐周麟从唐太宗赏玩臂鹰的情景联想到武氏夺取李唐政权的情景。唐太宗虽是励精图治的明君圣主，却也有时耽于享乐，因而导致江山易主，作者出语精警，借此劝诫统治者居安思危、修德守成。

唐太宗喜玩臂鹰，宋太祖则喜爱蹴鞠。蹴鞠兴起于中国汉朝，在宋朝宫廷中达到空前流行。蹴鞠于六世纪随佛教传入日本后，成为平安时代的宫廷贵族喜爱的竞技运动，如室町幕府将军足利义满和足利义政就尤其喜爱蹴鞠。景徐周麟因常与武家和贵族交游赏乐，常参与观看蹴鞠一类的竞技活动。目睹统治阶级耽于享乐不顾国家兴衰的情景，怀着儒学家特有的对国家前途的深刻忧虑，景徐以《宋太祖蹴鞠图》一诗表达了自己的感触。"榻外无鼾王化中，毬场对御辊春风。翠华影冷渡江日，燕蹴飞花落故宫。"前两句描写宋太祖宫中蹴鞠比赛的盛况，后两句联想到北宋灭亡之际，被金兵追赶而无奈南迁的历史事件。在徐徐春风中开展蹴鞠比赛的宋朝开国皇帝宋太祖是否想过眼前的宫殿有一天会变成废弃的故旧皇宫呢。诗中，作者上溯往古、近系时事，字里行间闪耀着洞达的理性之光。

综上所述，景徐周麟的咏史诗多俯仰今昔、穷通对比，且不拘泥于固有或惯用的题材，视野独特，别具一格，诗思穿越悠远广阔的时空，在对历史兴衰成败的深沉感怀中展示出对历史深刻而独特的洞察力。

如果说儒学家的民本思想表现在其对苦难现世的哀叹，那么其深刻的忧国忧民思想则是源于对国家和民族未来命运的深刻思考。这种深刻的忧患意识令他们对腐败堕落的政治保持着高度的警惕，并通过创作极富讽喻效果的诗歌劝诫统治者正视历史、励精图治。怀着这种忧国忧民的思想、"严正的批判精神和毫不动摇的社会正义感"，博学多闻而思想深刻的景徐周麟通过其独特的咏史诗批判对乱世毫无能力的幕府政权，告诫统治者摒弃享乐主义的人生信条，实现政治上从"无为"到"有为"的转变。

三 "身不隐心隐"的思想

隐逸文化在中国古已有之，隐逸思想也是儒释道三教共通的思想。以孔子为代表的儒家以有道无道和治世乱世为评判尺度，主张适时而动的"道隐"。虽心怀入世理想，却难免天不遂人愿，因而儒家讲求灵活的隐逸方式。如"天下有道则见，无道则隐"、"邦有道。则仕。邦无道。则可卷而怀之"、"道不行，乘桴浮于海"等。而孟子"穷则独善其身，达则兼济天下"的隐逸规则逐渐成为后世知识分子的处世宝训，而"独善"、"兼济"也成为古代知识分子在严酷社会背景下的生存箴言。当名士们生逢乱世不能实现兼济天下的理想时，为保持品性的高洁便选择隐逸。而道家偏重无为，与儒家建功立业，兼济苍生等积极的入世态度不同，主张彻底回归自然，摆脱世俗的束缚，保持纯净的天性。元末的陈高说"以清静无为为根底、以恬淡寂寞为门户"，道教提倡的正是清静无为和恬淡寂静。

"我辈习中华文字，修禅之余，著文赋诗，享山林之乐。"（《旭岑诗并四六序》）禅本是以亲近自然、投身于山林与天地万物同乐作为悟道的手段。然而，为迎合贵族趣味的五山汉诗文不免沾染上了世俗气味。景徐不愿耽于贵族生活，他在诗中写"不羡青云接贵游，湖边小集最风流"（《次大调韵》）、"栖枝鸟亦相双立，不学关雎淑女篇"（《便面 潇湘八景》）等诗句来表达自己心在山林，不愿为世俗所染的襟怀。由于身处"官寺"，累于寺庙日常事务和贵族的政治与外交事务，当时的五山禅僧们想成为一名真正的隐者几乎是不能实现的。于是，景徐在世俗与隐逸之间寻求"书"作为平衡，即隐逸于书中，并将此作为自己独特的生存方式，而景徐周麟亦终其一生将文笔的精进作为人生的第一追求。

（一）以"心地"为"宽闲之野"

由于出色的汉文修养和寺务方面的出色才能，景徐周麟逐步进入禅林政治的中心，并于文明十八年（1486年）到明应九年（1500年）的十四年间，历任景德寺、等持寺和相国寺住持，继而在鹿苑寺掌管僧录。文明十八年，景徐入景德寺，被称作"大馆周麟首座"，并成为五山禅林举足轻重的高僧。长享二年（1488年）进入十刹之首的等持寺，负责寺内一切统辖事务。同年末入大相国寺大德院成为塔主，"从政治上的发言权、经济实力和背景以及学问与修养来考量，统率门下众僧当以景徐最为适宜。"① 景徐在统领等持寺一寺僧众的同时，也成为等持寺以下诸寺的实际统辖者。进入等持寺后，景徐展示出出色的政治手腕，并统领全寺积极开展寺内制度的整备、寺领制度的恢复和寺内建设。由于长久劳累致心力交瘁，同年十一月上旬到十二月下旬景徐患重病，"喫败毒散，为寒气中咳痰甚"（《等持寺日件》长享二年二十二日条）。即便如此景徐周麟仍不误公务，坚持带病参加拈香等寺庙活动。后其以病重为由申请辞去寺内职务并表露出隐退意愿时，"等持寺睦首座为首座等六人列参云、当住持不例、依之虽被退事白不可有许诺、且又可有竞望方、是又

---

① 原文为日文，笔者译。朝仓尚：《景徐周麟の文筆活動　長享2年2》《广岛大学综合科学部纪要Ⅰ地域文化研究》，1993年。

不可有许容……为众僧坚可抑留白云云……"(《荫凉轩日录》长享二年十一月晦日条)。等持寺以睦首座为首的寺官以及年长的高僧们向龟泉集证提出了挽留请求。他们要求不予许诺景徐提出的退职请求,并请求拒绝景徐担任别处寺院的住持。① 对此朝仓尚认为"等持寺位居十刹之首,是成为五山住持,出人头地的重要途径。希望在等持寺担任住持的僧人甚多,为景徐的将来考虑,任期满后再退寺无疑是最佳良策。"② 而景徐与细川政国为首的武士贵族的往来也十分密切。细川政国在政治上庇护景徐,景徐在细川政国和五山禅林之间起着桥梁与纽带的作用,且景徐担任细川政国的养子的教育任务,"年甫八岁……命景徐教之"③,这对于景徐将来的出人头地极其重要。同时,景徐还是细川政国的"窗口"。通过景徐周麟,细川政国可以将意见传达给细川京兆家的主人细川政元。特别是足利义尚死后,新将军足利义材向禅林显示出积极合作的姿态,景徐也在其中发挥了极其重要的作用。龟泉集证也通过景徐向细川家族表达自己的意见,以求从侧面协助禅林的各项事务。外部的有利庇护使景徐同武家社会建立起亲密的关系,他经常参与各种宫廷宴会,并积极参与武家与武家之间的赠答。在文坛上,景徐作为公认的文笔僧人,经常参加各寺院组织的诗会等,在禅林文坛发挥着十分重要的作用。文明十五年(1483)景徐从横川景三、桃源瑞仙等在内的七名文笔僧中脱颖而出,被邀请参加将军足利义尚举办的联句会。由于擅长联句,景徐受到了以天皇为首的贵族们的竭力赞扬和推崇。这样,景徐拥有了政治上的发言权,经常协助幕府参与国家的内外事务,曾负责起草《遣朝鲜国书》等重要的外交文书,也被指定为遣明正使的候选人。拥有众多外部的有力庇护者,景徐在禅林和政治等方面得以大显身手。然而尽管如此,作为一名禅僧,景徐一刻不曾忘记隐逸的志向。但从他的周遭环境来看,隐逸志向不可能被外界庇护者允许。"既怀康济业,仍许隐沦心",不能实现"身隐"的景徐周麟将"心隐"作为毕生的隐逸追求。

---

① 原文为日文,笔者译。朝仓尚:《景徐周麟の文笔活动 长享3年—延德元年》《广岛大学总合科学部纪要Ⅰ地域文化研究》,1995年。
② 同上。
③ 原文为日文,笔者译。朝仓尚:《景徐周麟の文笔活动 文明17年と文明18年》《广岛大学总合科学部纪要Ⅰ地域文化研究》,1987年。

"我今承乏住官寺,专为皇家祷万安"(《深草里》)是景徐创作表达自己生活状态的诗句,诗中展现出对争名夺利社会现实的抵抗情绪。景徐站在禅僧的立场上,认为"仙家缥缈官家热"(《栖霞斋》),将世间分为"仙家"和"官家"两个世界,正如"掉头京洛风尘,濯足蓬莱清浅"、"都将浮世先般事情,换得高僧半日闲"(《寄盈进老人》)所吟诵的那样,作者希望与追名逐利的"官家"告别,回到"仙家"那"缥缈"、"清浅"的世界中去。诗中流露出作者被"放浪形骸于山水之间、得悠然自得之趣"的生活所吸引,希望从被名利权势所束、失去自由的俗世中逃脱的真意。作者厌恶世俗的礼节和与上流贵族的交游,向往超然自在、高蹈远引的生存境界。对出身于临济宗的景徐周麟来说,"隐心不隐迹"成为其主要的隐逸方式,其诗文中也无不洋溢着对自在从容的山林之乐的无限憧憬。为探明景徐周麟的隐逸倾向,下文将对其汉诗中出现较多的"鸥"的意象进行分析。

在中国古代诗歌中,"鸟"的意象经常出现,其中又以鸿、燕、鹄、鸥最多。鸟作为自由灵魂的象征经常被诗人们借以表达精神境界的超脱与旷达。而其中,"鸥"的形象更被诗人们所喜爱,并被作为表达自由的典型形象。"鸥"的形象最早出现在《列子》第一章中。

> "海上之人。有好沤鸟者。每旦之海上。从沤鸟游。沤鸟之至者。百住而不止。其父曰。吾闻。沤鸟皆从汝游。汝取来。吾玩之。明日之海上。沤鸟舞而不下也。故曰。至言去言。至为无为。齐智之所知则浅矣。"

这段文字说的是海边有一男子常与海上的百余只鸥嬉戏,久之成为了鸥群的友人,他的父亲要求他将海鸥抓来喂养。而当这个男子再次出海时,鸥群却不再俯身与他嬉戏,而只在他头顶盘旋。列子说"故曰。至言去言。至为无为。齐智之所知则浅矣。"至极的行为存在于无为之中。① 以此为据,在中国文学中鸟的意象便有了"忘机"的概

---

① 原文为日文,笔者译。中川德之助:《五山文学の世界》《大東集記念文庫公開講座講演録 五山の学芸》,1985年。

念,后又派生出"闲",即与名利无关的高洁的特性。诗人们成为远离俗世及名利的鸟的朋友,如杜甫的"自去自来梁上燕,相亲相近水中鸥"(《全唐诗 江村》)、陆游的"利欲驱人万火牛,江湖浪迹一沙鸥"(《剑南诗稿 秋思》)、李中的"无机终日狎沙鸥,得意高吟景且幽"(《全唐诗 思九江旧居》)等等,将对应物无心的向往巧妙地融入作品中。宋朝的黄庭坚在《登快阁》中写道:"万里归船弄长笛,此心吾与白鸥盟",希望与鸥缔结盟约永世为友,堪称"鸥盟"诗中最著名的诗句。这些在文学土壤中形成的鸥的典型形象,在日本文坛被理解和继承。特别是五山的诗僧们,他们将生来对隐逸的向往与鸥的典型形象相结合,创作出大量极具特色的五山隐逸诗。而在五山禅僧的诗文中,鸥有"忘机之鸟"、"无心之鸟"、"闲逸之鸟"等典型形象①。

五山文学的研究者中川德之助②将五山文学中"鸥"的典型特征总结为"忘机"、"信"、"洁"、"闲"、"隐"五种。其中,"忘机"是鸥的基本性格,有"忘机"、"息机"、"无机"、"机事"、"机心"、"无心"、"无事"、"惊起"、"惊飞"等表达。"信"被认为是"忘机"之友,这两种特性相辅相成。"信"有"信"、"不猜"、"不疑"、"莫猜"、"莫疑"、"面熟"等表达,特别在表达与鸥为友的亲近感时派生出"约鸥"、"鸥朋"、"鸥友"、"盟鸥"等表达。"洁"强调鸥坚贞的节操,以"白"、"寒"、"冷"、"清"、"岁寒"等作为其常见表达形式。"闲"是鸥的典型概念中内涵最为广阔的一项,表现为"闲"、"静"、"稳"、"懒"、"眠"、"睡"、"梦"等。"隐"含有对隐逸怀有理想。与"隐"、"江南"、"残生"、"官"、"凤"、"世"、"世事"、"尘世"等意象表达有或正或反的关联。

将以上分析作为判断的基准,下文将景徐周麟《翰林葫芦集》中含有"鸥"意象的汉诗摘出,总结为下表。(同一诗句可能有多种形象表征。)

---

① 同上,第41页。
② 中川德之助:(1999)《日本中世禅林文学論攷》,清文堂,第10页。

表1 "鸥"的形象特征

题目	出现"鸥"的诗句	形象特征
松鸥	夜听风声闲拥被,不知梦作白鸥无	闲、隐、洁
松鸥 又	青松百鸟岁寒同,屋似江湖月一蓬	洁
笋	南风次第吹成竹,可截钓竿随白鸥	隐、洁、信
次大调韵	滔滔平地是非海,开辟王城无白鸥	洁、隐、忘机
跋杨诚斋松鸥诗后	逸屋乾涛钓雪舟,长松树上著沙鸥	隐、洁
跋杨诚斋松鸥诗后 又	六字江湖集里诗,青松扑鹿白鸥枝	洁
蜀江雪浪	想见西江万丈流,风吹春水白于鸥	洁
扇面白鸥	鸥边分席若容我,五白相呼作六人	信、洁
画轴	不见渔人不见鸥,钓鱼亭下小沧州	隐
山房夜话 和韵	万里江湖茶鼎水,白鸥尚不及乡清	洁
画	见白鸥飞又疑雪,水风左右透肌寒	洁
鸥泛春	雪羽霜毛风日晴,不闻鸥泛在王城	隐
次韵西山阳谷少年试笔 又	新河梦信龟山下,积水无鸥奈近人	信
依欢甫留别诗韵	乃翁潜影菰蒲里,又有台书惊浦鸥	忘机
便面	市声四面心春水,不道王城无白鸥	隐
便面	认缁辨素摁皮相,庐丘高僧春水鸥	隐
龙阜月溪鬐年游乎津阳	逐君欲梦作鸥去,万耳芦声风雨窗	隐
扇面	几度君家梦作鸥,砚池倒影读书楼	隐
扇面	同天涵影野塘水,容得闲鸥一只不	闲
送彦龙藏主归东浓	天涯一语烦君寄,安稳江湖万里鸥	闲
钓鱼舟	蓑底不包金马梦,矶头只被白鸥迎	隐、洁
溪桥残雪	天地江鸥知己者,古今越雪舍吾谁	信、洁
春江白鸥	日日沙鸥往又还,斜风细雨小渔湾	闲
画轴	不一渔翁不一鸥,卸帆泊岸暮风收	隐
画轴	吹飘蓑袂似拳鹭,埋遍篷窗疑宿鸥	隐

"鸥"的形象在《翰林葫芦集》中随处可见,可知景徐周麟确有隐遁之心。分析以上表格,可见景徐的汉诗作品中"鸥"的基本性格有"忘机"、"信"、"洁"、"闲"、"隐"等,尤其"隐"占据的比例最大,

而诗语中以"白鸥""梦"多见。白色象征纯洁,象征着最为重视心灵纯净的禅僧。景徐诗中还有很多"梦作鸥"的表达。梦中化作鸥鸟,进入梦幻的境界,忘记俗世的烦恼,于自在闲逸世界中顿悟万物皆有佛性的道理。他的精神世界中时时保持着洁净,憧憬着离开"滔滔平地是非海"的"王城",成为"截钓竿"的"渔翁","鸥边分席若容我,五白相呼作六人"的鸥的"知己",悠然的生活情景。"居庙堂之高"的景徐内心深处的自己是远远离开尘世束缚,自在翱翔的鸥。景徐透彻的心境和闲逸自适的情趣、洒脱淡泊的思想借"鸥"的形象在诗作中鲜明呈现出来。景徐爱好的"鸥"的形象是不容尘俗、洁净的鸥,是远离俗世悠然翱翔的鸥。正如以"鸥"为题材的诗作中,景徐寓情于景,将对自然的热爱和感怀融入作品中,描绘出任运自在的独特心灵视界。《翰林葫芦集》中,描写景色的诗作占多数,景徐善于在诗作中设置意境,并以平明稳健的笔致吟咏出诸多佳作。

真正的隐逸在于心灵的隐逸。景徐在诗作中描绘出禅僧独特而洒脱的诗的意境、闲寂的诗情和隐逸的诗意。如《山寺看花》诗,"路入青山欲暮鸦,白樱树下梵王家。居僧不识惜春意,数杵钟声惊落花"是景徐著名的禅诗,被评价为"体悟精妙、语带禅机"。暮色中的鸦声,山路上的行走和对山寺中白樱的远望,落英缤纷和殷殷的晚钟。对即将逝去的春的惜别、不解风情的禅僧看到在钟声中散落的花瓣时惊异的眼神,富于禅机。景徐以审美联想中生出的错觉描述落花的诗意,以平明的文字描绘出充满禅意和诗情的画卷,渲染出"物我两忘"的风雅境界。

中国古代隐逸文化在文学方面表现为隐逸诗的盛行。中国的隐逸诗发端于魏晋时期,在唐代达到鼎盛。以晋代的竹林七贤、陶渊明、唐代的王维、孟浩然等为代表。五山诗僧们推崇中国的隐逸诗人,将中国的隐逸思想融入自己的诗文中,并逐渐创造出自身所具有的独特隐逸观。

在中国古代的众多隐逸诗人中,景徐周麟尤其受到陶渊明和韦应物的影响。晋代山水田园诗人陶渊明(约365—427)被景徐奉为"诗家第一达摩",受到五山禅林的特别尊重。陶渊明"不为五斗米折腰",抛弃官位,隐居乡里,过着"采菊东篱下、悠然见南山"的自在生活。景徐写道:"治乱兴亡摁不知,南窗容膝易安时。曾闻树上结巢稳,闲看人间累卵危。家第公侯花漠漠,孤峰风雨草离离,幽居地僻客来少,细读渊明归去辞"(《题玉汝琳首座安容斋记后》)。与陶渊明"不为五斗米折腰"导致的隐遁不同,景徐的隐逸来自禅僧的本心。诗中描绘出居幽僻之地,过着轻松悠然的生活,冷眼看世间的"治乱兴亡"的禅僧的洒脱形象,表明了景徐对陶渊明远离朝廷幽居僻地的向往。景徐在陶渊明"归去来兮"的基础上,将隐逸的心意与眼前的景色、想象中的景色交织在一起,写出了禅者超越得失、超逸清旷的襟怀风致。

唐代山水田园派诗人韦应物(737—792)擅长写隐逸诗,后人评价他的隐逸诗善于"以心造景"。他的诗《滁州西涧》"独怜幽草涧边生,上有黄鹂深树鸣。春潮带雨晚来急,野渡无人舟自横"十分著名,后两句是景徐特别喜爱的诗句。远离尘世的"野渡""无人"的时机,一叶扁舟不顾雨水湍急悠然横在水上。这样平静淡泊的诗句被景徐所喜爱,景徐模仿这两句诗,吟诵出"一源济水千波浪,古渡往来舟自横"(《要津》)、"袈裟角秋风起,贪看舟横苇间"(《次东启少年韵》)等诗句,体会波浪湍急却悠然自横的心境。而"日本八洲孤岛云,横渡呼舟津树远"(《答子龙》)等诗句则描绘出枯淡、闲寂的光景。景徐还化"舟"为"笛",描绘出心中向往的田园风光。如"沙村有酒三杯醉,野渡无人一笛横"(《钓鱼舟》)。在无人的野渡只有悠悠飘来的笛声回荡在田园,诗人描绘出一幅有声的画,意境清绝。无论是"绿阳荫里一横笛,落日独骑牛背远"(《泱林》)牧童的"横笛"之悠然还是"野次峥嵘枯木边,老牛楷痒牧童眠。腰间只欠一横笛,闲却斜阳背上天"(《便面》),眼前画中无笛的禅机,图画与声音的巧妙结合,描绘出一幅幅优美的田园生活画卷,寄托着诗人怡淡平和的心境,引人遐思。

除隐逸诗以外,道家的神仙思想对五山禅僧们也有一定的影响。特别是景徐周麟的作品中多引用神仙隐逸的典故,借此表达自己对超脱俗世、神仙般闲逸生活的向往。诗中往往融入自己的隐逸志趣,憧憬着如神仙般潜入山林,将"自古声名不得藏,休夸富贵更归乡"(《赞朱买臣》)的朱买臣、"将谓蓬莱隔海山、安期负去置入寰"(《赞安期生》)的安期生、"自是红尘隔白云,不知五代睡中分"(《陈希夷睡图》)的陈希夷、"山中宰相"陶弘景等道家思想影响下隐遁的典型人物写入汉诗中。而通过景徐的这类汉诗作品也可窥见当时五山禅林对中国神仙思想的吸收与借鉴。

从景徐周麟汉诗所呈现出来的平明、绘画般的诗意中，可见一种闲逸之趣。景徐曾引用韩愈的"耕于宽闲之野，钓于寂寞之滨"，在《耕闲轩记》一文中阐述了他自己所理解的"闲"的内涵。

"在昔尧微服于康衢、有老人击坏而歌曰、凿井而饮、帝力何有于我哉、是乃民得其所乐道之辞也、上世之人、禀性于天、纯清守一、未曾置利欲于方寸之间、自然如理、降而逮于西伯之世、清纯之气未散……吾有吾所耕焉、又恐人之以闭门闲居、为知闲者、不是闲侣也、其出而交于贵公子之席也、杯盘既备、笛鼓共扬、而吾心未尝为不得闲地、退而宴坐于轩中也、焚香偷九衢之闲、过竹院得半日之闲者、吾心未尝得为闲地、吾者不知闲之为闲而闲者也……以心地为宽闲之野。"

文中，景徐称赞"上世之人""未曾置利欲于方寸之间"的"清纯之气"，表现出对其"安贫乐道"的生存方式的向往。这种向往因现实的束缚不能实现，景徐便求在繁杂忙碌的事务和与贵族交游的忙碌中求得一时之"闲"。景徐所谓的"闲"并非一般意义的闲逸，是一种因为身不由己，故而致力于追求心灵的闲逸的精神境界，即将"心地"作为"宽闲之野"的思想。这种思想可以称之为"身不闲心闲"、"身不隐心隐"的思想。景徐周麟虽处"官寺"，却不失禅心，以"心地"为"宽闲之野"，巧妙地模仿中国古代的隐逸思想和诗文中描绘的诗境，以清丽、闲逸、平淡的笔致描绘出优美的诗境，字里行间流露出对超脱世俗的闲逸静谧生活的无限向往。这是对纯净的精神世界和"归复自然"、"任运自在"、山高水长的人间至上的生存方式永远的向往和憧憬。

（二）以"书隐"为生存方式

"书隐"，即隐居在书中，是景徐周麟独特的隐逸方式。延德二年，景徐成为遣明正使的候选人，但他拼命请辞。在通过荫凉轩主龟泉集证呈递给将军足利义材的请辞文章中说"殊自少小病者也、更更正使事不可叶、不断弄文字、谈意读书诗文之外无心之仁也……"（《荫凉轩日录》延德二・闰八・十条）以病弱、病身作为请辞的理由。如果说对弄文字、讲授经典、读书作诗之外的事不感兴趣是景徐请辞的原因之一。那么其

"生来的病弱、病身、也是景徐选择皈依禅门、立志文笔的重要原因和动机。"① 隐逸是对俗世的反抗与自觉疏离,仕与隐可谓朝野殊致、无法同时践履,身处"官寺"而不得不"专为皇家祷万安"的景徐在出人头地和隐逸的矛盾中选择文笔事业作为平衡和独特生存方式。

> 小子甫五岁、养于先师手、曰此儿可教、教以梁千字文唐三体诗及空和尚外集、皆俾背诵之、忘一字则赐一拳、岁稍长、诲励无倦、至十九岁、先师弃小子去、尔来二十八年兹矣。(《文明十八年二月住景德寺拈香语》)

景徐五岁进入相国寺材用堂做侍僧,学习千字文、三体诗和东山外集。文中可见其幼而立志、勤勉学习的情状。应仁之乱时的景徐在地方上避难,在"寒俱彻骨"的艰苦环境中,仍然坚持日夜抄书诵读,熟读经史子集,并不断培养自己的独特诗心。文明十四年(1482)进入禅林,四十三年岁月的景徐终于悟出了自己的隐逸方式——"书隐",并作"书隐三首"以证其志。

一

> 四十年来卜隐迟,书中有地两相宜。
> 春风谷口目耕处,夜雨湖边意钓时。

二

> 暮史朝经盖四邻,十年足不蹈红尘。
> 千钟食尽书中禄,自咲人间为隐人。

三

> 大隐宜书小隐山,家三万轴一身闲。

---

① 原文为日文,笔者译。朝仓尚:《景徐周麟と湯山聯句——成立の背景》《国語と国文学 第60卷3》,1983年。

赋其松菊辞其桂,有友卷中频往来。

　　第一首讲寻找隐逸之地已有四十余载,现在终于发现田地在书中。一片田地在春天的山谷处,以目耕种得闲适之趣,一片田地在雨夜的湖边,以闲适的意念忘掉世间的烦恼"意钓"时的快乐。第二句"春风谷口目耕处"中的"目耕"出自《世说新语 言语下》王韶读书的典故,是将培养读书能力比喻为耕田的表达。第四句引用苏轼《江郊并引》诗中"意钓忘鱼,乐此竿线"的句子。本诗中,景徐提出书隐的两个方式,即以"目耕"和"意钓"为乐趣以安定自己的内心。

　　第二首描述自己朝读经书、暮读史书,十年未曾踏入红尘的生活经历。并自嘲为饮食俸禄多从书中得的人间隐者。这首诗描绘了应仁之乱以后景徐住在京都相国寺中十年来艰苦读书的情景。第二句"千钟食尽书中禄"出自《古文真宝》。开篇的《真宗皇帝劝学文》中有诗曰"富家不用买良田,书中自有千钟粟。安居不用架高梁,书中自有黄金屋。娶妻莫恨无良媒,书中自有颜如玉。出门莫恨无人随,书中车马多如簇。男儿欲遂平生志,六经勤向窗前读。"这首诗是劝学名文,站在儒家入世的立场上阐述了读书的意义与价值。借读书这一途径入仕,即可获得"千钟粟"、"黄金屋"、"颜如玉"所象征的富裕人生,以此教育人们励志读书。然而,饱读儒家经典的禅僧景徐周麟却对这种儒家价值观持反抗与不屑态度。再如在《看山如读书》这首诗中有"山似读书吾亦云,每逢佳处意欣欣。卷中莫买黄金屋,只有白云勘赠君"。其中第二句也引用了《真宗皇帝劝学文》中的"安居不用架高梁,书中自有黄金屋"。作者认为看山如读书,即使读破万卷书也应清贫,只赠予你一朵无依的孤云,劝后进的僧众不以名利为目的、永远保持禅的闲寂情怀,以臻"扣寂眠云心境齐"的超达境界。再如《题画》"谁欤携卷入山深,一点尘氛不上心。老木槎枒即吾屋,书中何必买黄金。"(《题画》)描绘出一位远离尘世、不被俗尘所染,在枯木屋中苦读经书的僧人形象,结句写"书中何必买黄金",可见这是一位不必在书中求取黄金,只是想隐居在书中的脱俗高蹈的僧人。作者并借此劝人莫做身在山林,心在仕途的假隐士。

　　第三首诗中认为隐居在书中才是所谓的大隐,赞叹与书交游的高尚境界。古话说大隐隐于市,我却以为大隐在书中小隐在山林,我家书藏万卷，使我心常闲逸。中国古代的隐逸文化中，有"隐朝市"的大隐，有白居易所主张的兼顾朝市与山林的"中隐"，有苏轼隐于酒中以避世的"酒隐"等等。本诗中，景徐将自己的"书隐"归为大隐一类，它与儒家主张的"大隐隐于市"有异曲同工之妙。诗中三、四句"赋其松菊辞其桂，有友卷中频往还。"无论是赋诗吟咏松菊的节操，还是赞颂桂树的名利，都将书中之物作为友人与其往来。即景徐周麟的"书隐"与"松菊"代表的山林之隐以及朝市的大隐都不冲突，主张只要有书，不管身居山林还是身处现居的朝市都不会有排斥情绪。

以上分析了代表景徐周麟隐逸观的诗作"书隐三首"，这三首诗是景徐自己选定的，符合自我价值观的生活方式。通过"书隐三首"，景徐表达了对隐居于书中，终身与书为伴的憧憬。他的隐逸是不刻意回避朝市的"出而交于贵公子之席"的"大隐"。受到僧俗两家势力关照，对道的体悟和文笔水平都不断精进，入世的道路受到多方瞩目的景徐周麟，无论多么希望"急流勇退丈夫事，一舸何时泛五湖"（《枫叶待霜》）向往隐居，都不被周围的环境所允许。①"此后的景徐不久又开始住持的事务和活动，隐居的志向并未得到实践，但将书隐作为大隐的志向意义深远。"②怀着书隐志向的景徐吟诵着"书斋寂寞涧之幽，依旧竹青人白头。四五百竿五千卷，是真富贵厌王侯"（《便面 三三径》）、"夕闻朝见无尘虑，唯有读书心未休"（《青流斋诗》）表达"贵游"之后又回到幽居的书斋之中，将朝市中热闹的生活和隐于书中的生活兼顾的游刃有余的心境。"书隐"成为景徐出世与入世矛盾之间的平衡点。而主张"而年及志学、所贵者避于嬉游、亲于史书"的景徐的读书生涯并不是以入世作为目的，只是作为隐逸的手段。在他的心中，厌恶与名利权势、贵族社会交往。作品中流露出远离繁文缛节的日常礼仪，在清幽环境下坐禅或读书，追求淡泊诗情及隐逸生活的情愫。

景徐独特的"书隐"也源于当时禅林中流行的"诗禅一味"的风潮。作为诗僧，景徐自身也是"诗禅一味"思想的提倡者。《翰林葫芦集》中

---

① 原文为日文，笔者译。朝倉尚：《景徐周麟の文筆活動 文明15年と文明16年》《広島大学総合科学部紀要Ⅰ地域文化研究》，1986年。

② 原文为日文，笔者译。朝倉尚：《景徐周麟の文筆活動 文明13年と文明14年》《広島大学総合科学部紀要Ⅰ地域文化研究》，1985年。

《安容斋记》一文中有"古人以陶潜称诗家第一达摩、所谓采菊东篱下、悠然见南山、得非少林拈华之旨耶、参诗参禅、安心岂有二乎"的陈述。景徐赞陶渊明为诗人中的第一达摩，他认为陶渊明《饮酒》诗中"采菊东篱下、悠然见南山"的境界与"少林拈化之旨"，即达摩、释迦佛法的深意相通。将参禅与作诗等同，二道共参，以达到"安心"的地步。景徐在《小补次韵菊芳诗序》中写道："……渊明曰采菊东篱下、悠然见南山、诗家以此一联、称之为第一达摩、宋鲁直曰、旧时爱菊陶彭泽、今作梅花树下僧、解者曰、此句自道、而江西推为诗祖、亦是第二达摩也、盖参诗参禅、阿爷阿爹相似也……"将自己所尊重的宋代诗人黄庭坚作为第二达摩，"盖参诗参禅、阿爷阿爹相似也"，将诗和禅的相似性比喻为阿爷与阿爹，只有称呼的不同而已，性质是相同的。再如，景徐在《希逸字偈序》一文中从禅儒一致的立场出发"……客曰、诗者儒家之所专也、禅者莫必焉、别有说乎、予告之曰、古人有谓曰、论诗如论禅、学盛唐诗者临济下也、彼李杜二公、并驰于开元之间、而具正法眼者也、然则禅者亦不外乎是……孜孜学诗学禅……"文中举李白和杜甫的例子认为儒家所专的诗并不受禅家的排斥，"孜孜学禅学诗"正是当代禅僧的生活方式。在五山禅林中文学被肯定、诗文的创作得到繁荣发展，这正是禅儒一致符合现实并有强大生命力的体现。景徐对"诗禅一味"的提倡也在某种程度上为其"书隐"之志提供了正当性与合理性。只有参书参诗，才是离开世俗最合理和便利的方法。景徐也以其读书生涯践行了"书隐"的理想。

《翰林葫芦集》中，描写景徐读书生活的汉诗不少，这些汉诗中描绘的读书场所多为"窗下"、"灯下"。"窗下"象征读书人苦学不辍的"寒窗"，"灯下"则象征着心境空静脱俗，独守寂寞的青灯古佛。如果说景徐心中的隐居之地在无限自由的山林之中，而他实际的栖身之所就是在"窗下"、"灯下"。景徐在"官寺"中忙于寺务和国务，精神世界却一刻不曾懈息。正如"精神脱兔、豪气元龙、湛堂读书、炙青灯于帐底"（《伯升住临川》）所说的那样，精神始终保持活跃，终其一生致力于读书与诗文的精进。而从景徐的诗文中这种"衣带渐宽终不悔"、孜孜以求的读书精神得到了充分的展现。

怀抱着"占得山中施药院，洗空灯下读书堆"（《答芳洲》）的读书之志，景徐在寂寞的禅院中与书为友。晋代的孙康因家贫买不起灯油，借助雪映出的月光读书，这便是"映雪"的典故。景徐借用此典故写出"小窗一夜白于月，树下扫残宜读书"（《梅边评雪》）、"自今无月无灯夜，雪后借窗舒简编"（《雪中客至》）等诗句，描绘出自身不拘场合时时处处精进读书的形象。面对住处荒废的情景，景徐借用苏轼《渚宫》诗中"破窗无纸风嗖嗖"的诗句创作了《破窗无纸》一诗："欲补囊无纸半枚，我窗皆破不劳推。风从床角吹灯灭，雨自檐前湿砚来。"诗中历历可见一位困窘潦倒却立志奋发求学的寂寞僧人形象。而关于读书的时间，景徐认为"市尘隔却绿深处，夏浅胜春宜读书"（《新丰树色》）、"劝君莫待新凉至，灯火可亲宜读书"（《远林暑气薄》）。主张读书不拘时间的限制，应时时勤勉。通过以上诗句可以看出，景徐不分场合、时间、不管处于顺境还是逆境都隐心于书中，埋头苦读，以在书中悠然自处为乐。这种"书隐"的生存方式正是基于景徐立志文笔事业的人生写照。

唐代诗人因"语不惊人死不休"的人生壮志而成为立志文笔的典型形象。其"读书破万卷，下笔如有神"的读书精神、"何时一樽酒，重与细论文"（《春日忆李白》）的钻研精神、"词源倒流三峡水，笔阵独扫千人军"（《醉歌行》）的豪迈志向强烈地影响了景徐。景徐以"读书破万卷"为目标，"读破架头万卷书，夕阳依旧在吾西"（《春窗号》）、"读破君家书万卷，灯前眼不见全牛"（《灯市》），孜孜不倦研读诗文。他学习杜甫"细论文"的钻研精神，"四五更灯闲对客，两三杯酒细论文"（《灯前春酌》）、"二客留舟日已曛，今宵何处细论文"（《书轴三首》）、"东京古寺芭蕉雨，窗下挑灯论此文"（《薰笼秋衣》）、"何夕书堂会汤果，青灯影里细论文"（《答子龙》），不断追求诗文创作的高深境界。他推崇杜甫"笔阵独扫千人军"的豪迈气概，激昂地吟诵"笔阵扫军风在花"（《次芳心试笔韵》）、"紫陌鸡鸣红日高，诗成春色在挥毫。晴窗滴落砚池水，激起词源三峡涛"（《试笔 代朝龙 丙午正月》），期待自己的文采和文笔之源如三峡水般激起千层浪。

选择读书人生、立志攀登文笔的高峰，景徐并未在创作道路上趾高气扬、挥斥方遒，而是以一个隐者、禅者的谦逊、朴素态度孜孜求学、笔耕不辍。景徐于十九岁先师去世后师从于横川景三，奋发苦读二十年。

"予昔年缠十六七、识小补翁、翁与客联句、必招予陪其席、风花雪月、无无之、常有谓内富于才、外工于裁剪、而后能之、著述之第一义也、故古人有拙速巧迟之论、可不慎乎、同视往时二十余年于兹矣、头顾如此、此艺未进可愧矣"(《书连句后》)。虽苦读诗书二十年，却仍旧深感"此艺未进"，展现出一位一生勤勉奋发、"唯读书是务"的谦逊学者形象。

　　景徐不但在自己的文笔创作上不断精进，也悉心指导后辈僧众。他以"三冬苦学梅边雪，时习斋中美少年"(《时习斋》)、"群儿疾走事千般，翰墨场中独自欢"(《次韵东云试笔》)的诗句表扬前途无量的优秀少年诗僧。文明十二年（1480）景徐在写给横川景三的弟子悟公少年的试笔诗的唱和诗《次韵韶悟公少年 小补子》中引用黄庭坚的诗句"清江濯足窗下坐，燕子日长宜读书"写道："睡里青春别置天，世情薄薄似吴笺。风花雪月夫书在，燕子日长人少年。"世态人情薄如纸钱，然而收到横川师父的手书，受到激励，像燕子令日子延长一样，人也应该在少年的时候勤勉努力以待锦绣前程。景徐门下弟子龙子学业怠惰，景徐写诗批评他说"李贺七龄能作诗，又传闰月一篇辞。儿今不学加年二，孤负书窗添暑时"(《读李长吉闰月辞》)。李贺七岁就会作诗，只吟诵了一首闰月就名声在外，而你（龙子）比当年的李贺年长两岁却不学无术，白白虚度大好时光。诗中借"诗鬼"李贺的典故和鲜明的对比对弟子进行严格的督促和训导。

　　由于禅僧与生俱来的隐逸情怀使身处官寺的景徐周麟不断追求心灵的"宽闲"，同时，他深刻把握中国古代隐逸思想的精髓，选择"书隐"的生存方式，一生不断攀登文笔事业的高峰。景徐周麟是五山禅林中少有的以诗书度世，并终身致力于攀登笔墨高峰的一代至情至性的优秀文笔僧。

结　语

　　在中世禅林儒释一体、儒释道一体的思想文化背景下，五山的禅僧们在参禅悟道的同时，还醉心于中国古代儒家经典、史书、诗文集等，并将这些知识与文化巧妙地融入自己的诗文中，恣意挥笔展示着五山禅僧独特的世界观和精神世界，将日本汉文学推向繁荣与鼎盛。

　　五山制度随着武家政权的建立而创立，它也必然随着幕府统治的衰退走向衰落。面对幕府权威的失落和禅林的衰败，景徐周麟不失道心，始终保持着求道向上之心，坚持践行禅所提倡的"以心传心"、"明心见性"的宗旨，不容"利禄声色"的私欲，保持着淳清本性，孜孜以求悟道的极致。同时，又以儒释道所共同提倡的"天地同根、万物一体"思想为基础，将无形的道外化为具体事物，在道德文章中显示着不改初衷的节操与意志。

　　应仁之乱以后，室町幕府逐渐失去权威，大名们各自为政，日本陷入分崩离析的状态。景徐周麟意图通过诗文唤起五山僧众复兴禅林和统治者励精图治的勇气。怀着对太平盛世的渴望，呼唤明君圣主和治国贤人的出现。面对幕府统治者的腐败堕落与骄奢淫逸，怀着知识分子特有的严正的批判精神和对国家民族前途的深刻忧虑，在诗文中劝诫统治者由"无为"向"有为"转变，更在其个性鲜明的政治讽喻诗中表达了对治乱兴亡的独特理解。

　　"官寺"中的景徐不为尘俗所染，崇尚淡泊与自由，怀着对自然的无限热爱，在诗文中讴歌山水花鸟、风花雪月，描绘出一幅幅平明闲逸的自然图景。他还向往"大隐隐于市"的"书隐"，以立志读书作为人生信条，践行着"身不隐心隐"的独特人生。

　　本文从景徐周麟禅儒一致的视角出发，阐述了其对以儒家文化为代表的中国文化的理解和借鉴。景徐醉心于中国文化，通过熟读经史子集获得的知识孕育出独特的诗心。这便是其作品集《翰林葫芦集》得以传之后世的原因。《翰林葫芦集》中的汉诗文中有景徐作为禅僧求道的向上精神，有处于政治中心的儒学家所具有的政治理想和政治批判精神，有高尚的节操与超凡脱俗的隐者精神。通过对这些精神的分析，将景徐周麟对中国儒家文化中的道德文化、政治文化、隐逸文化的理解进行了较为全面的诠释。在缺乏思想，只注重文章辞藻风潮弥漫的五山文学后期，景徐周麟的作品贴近现实，在当时的禅宗的悟道、政治思想等多方面都有着独到的见解，景徐周麟是五山文学后期难得的德才兼备的高僧。

参考文献

1. 秋山虔，(1972)，『中世文学の研究』東京大学出版会。
2. 秋山虔，(1981)，『日本文学全史　中世』学燈社。
3. 朝倉尚，(1985)，『禅林の文学——中国文学受容の様相』清文堂。
4. 朝倉尚，(1990)，『就山永崇・宗山等貴——禅林の貴族化の様相』清文堂。
5. 朝倉尚，(1996)，『抄物の世界と禅林の文学——中華若木詩抄と湯山聯句抄の基礎的研究』清文堂。
6. 朝倉尚，(2004)，『禅林の文学——詩会とその周辺』清文堂出版。
7. 阿部正路，(1978)，『日本文学概論』文書院。
8. 安良岡康作，(1981)，『中世的文芸の理念』笠間書院刊。
9. 入矢義高注，(1990)，『新日本古典文学大系　五山文学集』岩波書店。
10. 入矢義高注，(1978)，『五山文学集　江戸漢詩集』岩波書店。
11. 蔭木英雄編，(1987)，『蔭涼軒日録』東京そしえて。
12. 蔭木英雄，(1994)，『中世禅林詩史』有限会社笠間社。
13. 上村観光，(1973)，『五山文学全集　第四巻　翰林葫蘆集』思文閣。
14. 大曽根章介，(1984)，『研究資料日本古典文学　第十一巻　漢詩　漢文評論』明治書院。
15. 岡田正之，(1954)，『日本漢文学史　増訂版』吉川弘文館。
16. 北山澤吉，(1941)，『五山文学史稿』富山房。
17. 久保田淳，(1976)，『中世の文学』有斐閣。
18. 久松潜一，(1977)，『日本文学史中世』至文堂。
19. 駒田信二，(1985)，『世界の悪女たち』文芸春秋。
20. 佐々木銀彌，(1975)，『日本の歴史　室町幕府』小学館。
21. 玉村竹二，(1955)，『五山文学——大陸文化紹介者としての五山禅僧の活動』至文堂。
22. 玉村竹二，(1978)，『日本の禅語録八五山詩僧』講談社。
23. 玉村竹二，(1983)，『五山禪僧傳記集成』講談社。
24. 玉村竹二，(1985)，『大東集記念文庫公開講座講演録　五山の学芸』財団法人大東急記念文庫。
25. 辻善之助編，(1934)，『鹿苑日録　第1巻』続群書類従完成会。
26. 辻善之助編，(1934)，『鹿苑日録　第2巻』続群書類従完成会。
27. 辻善之助編，(1934)，『鹿苑日録　第3巻』続群書類従完成会。
28. 辻善之助編，(1934)，『鹿苑日録　第4巻』続群書類従完成会。
29. 辻善之助編，(1934)，『鹿苑日録　第5巻』続群書類従完成会。

30. 辻善之助編，（1934），『鹿苑日録　第6巻』続群書類従完成会。
31. 中川徳之助，（1999），『日本中世禅林文学論攷』清文堂。
32. 西谷啓治，（1967），「講座　禅　禅の立場」筑摩書房。
33. 山岸徳平，（1966），『日本古典文学大系 89　五山文學集・江戸漢詩集』，岩波書店。
34. 柳田聖山，（1997），『禅と日本文化　第四巻　禅と文学』ぺりかん社。
35. 俞慰慈，（2004），『五山文學の研究』汲古書院。
36. 芳賀幸四郎，（1981），『中世文学の学問及び文学に関する研究』思文閣。
37. 芳賀幸四郎，（1981），『東山文化の研究（下）』思文閣。
38. 吉川幸次郎，（1962），『宋詩概説』岩波書店。
39. 曹顺庆，（2009），《世界文学发展比较史 上》，北京师范大学出版社。
40. 冯友兰，（2004），《中国哲学简史》新世界出版社。
41. 孟昭毅，（2001），《东方文学交流史》天津人民出版社。
42. 静永健，（2007），《白居易写讽喻的前前后后》，中华书局。
43. 王勇，（2008），《南宋临安对外交流》杭州出版社。
44. 吴雨平，（2008），《橘与枳——日本汉诗的文学体研究》，中国社会科学出版社。
45. 金元浦，（2007），《中国文化概论》，中国人民大学出版社。

第八章　一休宗纯的特异性

中国禅宗早在奈良时期（710—793）就已经传入日本，此后，中日两国禅僧交流之风多年不减。进入镰仓时期（1192—1333），禅宗的"即心是佛"、"明心见性"、"见性成佛"等依靠自力即可解脱的观点，激励了镰仓时代在生死搏斗中渴望掌握自己命运的武士。这种强调自身修养，追求淡泊宁静的精神需求，为镰仓时期的五山文学提供了诞生之机。从此，禅宗在武士阶级和幕府政权的保护下得到了迅速的发展。以五山禅僧为主体的汉诗人开始通过禅宗接受中国的优秀文化，产生了主导日本中世文坛的"五山文学"。五山文学是日本中世文学的主流，它不仅是研究日本禅宗史的宝贵资料，而且具有非常高的文学价值。可以说，五山文学的价值在整个日本文学，乃至于日本文化史上占有相当重要的地位。

镰仓初期，随着中日两国禅僧日趋频繁的交流，中国宋元的文学创作活动及其文风也传入了日本。南北朝末至室町中期，五山文学迎来了其发展的黄金阶段，出现了大量文学价值颇高的作品。有"五山文学双璧"之称的义堂周信与绝海中津就是这一时期的代表。进入室町时代中期，五山禅林越来越官僚化、贵族化，不少五山派禅僧充任足利政权的要员，活跃于政治、外交舞台，五山禅宗完全堕落为幕府的御用宗教。许多禅僧丢掉了坐禅求道、修身养性的本分，对幕府和上层武士政权一味地追随和奉承。与权力的过分接近，使禅林迅速地走上了世俗、堕落的道路。"应仁之乱"的爆发，加速了室町幕府的衰亡，也使依附于幕府统治的五山禅林迅速地走上了衰亡的道路。这一时期的禅僧渐渐失去了过去的创作环境和热情，也缺乏奋发向上的创新精神，使得大部分的作品失去个性，有的甚至只是对前人的模仿和追随。

面对五山丛林的腐朽和堕落，有着放荡不羁、疾恶如仇性格的一休宗纯的出现对当时禅林来说有着特殊的意义。可以说一休既是一个悟道的禅宗大师，又是一个不守清规的僧人。在其诗集《狂云集》中，他反对虚伪，表现了人的真情性；对祖师极为尊敬，同时又保持自己孤高独立的精神。通过他的诗偈可以了解禅宗历史的一端。他极力维护禅宗精神的纯洁，批判以养叟为首的利用禅来追求名利的庸俗僧侣。他坚持淡泊质素的禅风，追求最原始的纯粹禅。

一 对儒家思想的继承

镰仓幕府为了掌控禅宗，直接模仿中国，建立了"五山十刹"制度。通过与宋、元和明朝的交往，禅僧不再仅限于宗教者的身份，还作为外交使者，开始活跃于文学、文化、政治等各领域。当时流传于中国士大夫阶层的儒家经典也成为五山禅僧必修的外典。儒家思想进入五山禅林，并产生了很大的影响。在此风潮中，"五山双璧"之一的著名禅僧义堂周信提出了"禅儒一致"的学说[①]。

一休十三岁时进入建仁寺，在慕哲龙攀门下学习诗作五年。当时，建仁寺由于江西龙派（慕哲龙攀之兄）的名声而成为五山文学的中心地[②]，建仁寺友社成为专门讲授儒家经典的中心地。一休从那时起就开始学习五山禅僧的作诗方法，并且以中国古典为素材，以中国诗文为范本创立了自己的文学。"大道之行也，天下为公"、"坚守忠孝之至道"等儒家的政治思想开始慢慢渗透到少年一休的思想中，并且对其以后的文学创作产生了深远的影响。一休的著作《狂云集》和《狂云诗集》中，以中国爱国诗人杜甫为题材的作品，以及以杨贵妃与唐明皇、王昭君与汉元帝等古代帝妃、皇族相关的历史典故为题材的诗作占了很大的比例。其中，"忠君爱国"思想之热烈，"忧国忧民"思想之深刻尽显无遗。

（一）忠于贤明君王

关于一休宗纯的尊王思想，樱井好朗在其论文《乱世之狂气》中写道："相传一休是后小松天皇的后裔（和长卿记，明应三年八月，东海和

---

① 久须本文雄：《日本中世禅林の儒学》，山喜房仏書林，1993年。
② 编辑委员会：《日本古典文学大辞典》，岩波书店，1986年。

尚一休年谱），虽很难就此认定一休有高贵的皇室血统，但至少可以肯定其对皇室所持的尊严和热情。"这一说法指出了一休宗纯的忠君思想和其高贵出身有着或多或少的关系。高文汉在其论文《中世禅林的异端者——一休宗纯和他的文学》中指出："一休宗纯强烈的尊王、勤皇思想，虽不能说与其高贵的血统毫无关系，但实质上还是植根于其爱民的气质，以及严格的批判精神的社会正义感。"论述了一休宗纯的尊王思想和其出身有关，但也认为社会正义感才是其尊王思想之根源所在。

《东海和尚一休年谱》中记载："应永元年甲戌，师刹利种。其母藤氏，南朝簪缨之胤，事后小松帝，善奉箕帚，帝宠渥焉。后宫谗曰，彼有南志，每袖剑伺帝。因出宫闱而入编民家以产师。虽处褓襁之中，有龙凤之姿，世无有识者。"关于一休皇胤说的研究有很多。以下从一休宗纯对儒家思想继承的角度，以《狂云集》、《狂云诗集》中描写杜甫、王昭君等题材的诗作为中心，试论一休宗纯的忠君思想。

建武新政[①]之际，受儒家思想影响较大，勤王思想浓厚的禅僧中岩圆月，先后向醍醐天皇呈献上《原民》、《原僧》，为国家的再建贡献了自己的力量。到了一休时代，虽说皇室的政治权利衰退，天皇的势力渐弱，但是一休依旧认为天皇是神圣国家的象征，是正义的代表者，并且从心底对天皇有强烈的崇敬之情。"禁城清宴醉醺醺，家国东西仰圣君"[②] 中可以看出一休对天皇的崇敬之情。即便天皇不再承天运，权利也转移到幕府手中，一休仍然写道："仰望春山有主恩，国香花叶满乾坤"[③]，认为天皇至少在精神上还统治着国民，期待天皇能够阻止当世淫靡的社会风潮。因此，一休倾慕不忘主恩的勤王志士，如：《看杜诗两首》中其二："泪愁春雨又愁风，寝食难忘天子宫。诗客名高天宝事，寒儒忠义也英雄。"将中国诗人杜甫吟作忠义的英雄，显示其浓厚的尊王思想。

杜甫是一休最尊敬的诗人之一。古代中国的知识人，受到儒家思想的影响，怀有一腔济世救民之情。其生于玄宗元年（712），一生经历过玄宗、肃宗、代宗三代君王的统治，见证了大唐由盛到衰的过程。早期

---

① 后醍醐天皇在位时实行的新政。元宏三年（1333）6月，推翻镰仓幕府，重返京都，重建记录所，设置杂诉决断所，第二年，改元建武。与足利尊氏相抗衡，仅仅持续了两年半时间。

② 《狂云诗集》之《贺天上美人》。

③ 《狂云诗集》之《兰》。

的杜甫抱着"知君尧舜上,再使风俗淳"①、"回首叫虞舜,苍梧云正愁"②的儒家政治思想,积极踏上仕途之路。然而,到了玄宗后期,政治逐渐腐败堕落、骄奢淫逸之风盛行,尤其是安史之乱后,朝廷日益黑暗。杜甫慢慢看透了朝廷的腐败,对政治开始失望。但是杜甫依然怀抱着对贤明君主的向往,"生逢尧舜君,不忍便永诀",怀念玄宗的早期贤明。杜甫失望之至而隐居,却从没有放弃过儒家传统的忠君思想。"我衰不足道,但愿子意陈。稍令社很安,自契雨水亲"③中体现了杜甫劝说他人忠君的思想感情。杜甫尽其一生忠君爱国的思想成为后世的典范。宋朝王安石评价杜甫:"瘦妻僵前子仆后、攘攘盗贼森戈矛。吟哦当此时、不废朝廷忧"④;苏东坡赞叹道:"古今诗人众矣,而杜子美为首,岂非以流落饥寒,终身不用,而一饭未尝忘君也"⑤;黄庭坚作"老杜虽流落颠沛,未尝一日不在本朝。故善陈时事,律句精深超古,作者忠义之气感发而然"⑥来赞美杜甫的忠君精神。

在室町时代乱世中生存的一休,写道"江海飘零亦主恩"⑦、"寝食难忘天子宫"⑧,认为无论是江海飘零时,还是在吃饭睡觉时,都时刻不忘天子的杜甫才是真真正正的民众诗人,才是对皇帝尽忠的真正英雄。

《狂云诗集》中,有十五首连作七言绝句《王昭君》,均是以王昭君为题材的作品。五山汉文学的范本《新选集》和《文选》中也有不少关于王昭君题材的诗作,但是大部分都是表现以月亮和琵琶为中心的思乡之情。一休从十三岁时,在五山禅僧慕哲龙攀门下学习诗作,因此其作品中的王昭君题材的诗作也是以五山诗、《新选集》和《文选》为背景创作而成,这些作品集对一休创作王昭君题材的诗作产生了很大的影响。然而,细细品来会发现:一休的"昭君诗"中有以前"昭君诗"中所没有的内容,那就是其根深蒂固的"忠君思想"。

---

① 《杜甫诗集》之《赠韦左丛丈二十二韵》。
② 《杜甫诗集》之《同诸公登慈恩寺塔》。
③ 《杜甫诗集》《别蔡十四之作》。
④ 《临川先生文集》卷九《杜甫画像》。
⑤ 《苏轼文集》卷一《王定国诗集叙》。
⑥ 《藩子真诗话》。
⑦ 《狂云集》之《杜诗二首》其一。
⑧ 《狂云集》之《杜诗二首》其二。

一休写道"风流美誉救苍生，不耐君王无限情"①，"万国苍生兴与共，琵琶曲里写愁肠"②，从拯救苍生的角度，把昭君降嫁和亲之事视为"风流美誉"。"家国安危妾一身"③、"汉家明主最风流，万国平安换妾愁"④，在昭君眼中，认为元朝的和亲政策和"家国安危"联系在一起，自己一人的牺牲可以换得"万国平安"，实施此政策的汉元帝乃是风流之明主。"君恩在枕梦魂残，出塞乾坤风色寒"⑤、"别恨茫茫出汉宫，君恩犹在泪痕中"⑥、"君恩千岁深于草，孤虏和亲青眼春"⑦ 等诗句更是从昭君的角度表现了汉元帝的君恩之深。"千岁盛名春色芳"⑧、"明妃未朽汉功名"⑨ 等从明妃王昭君守功名这点可以看出作者一休宗纯重视功名的儒家思想。

中国的历史典籍中，对王昭君虽有记载却过于简单，后人所了解的王昭君形象并非其真实的历史形象，而是文学形象。关于其文学形象，时代不同，主题也就不同。两晋、南北朝时期，社会动乱不断、政权更替频繁，因此这个时期的昭君诗主要以"幽怨"为主题。例如西晋石崇的《王明君词》⑩："我本汉家子，将适单于庭。辞诀未及终，前驱已抗旌。仆御涕流离，辕马为悲鸣。哀郁伤五内，泣泪沾朱缨。行行日已远，乃造匈奴城。"作者从昭君的立场，表现出昭君离开故乡的"远嫁难为情"之悲伤。这首诗确定了"昭君怨"的传统主题。在这个战乱频繁的社会，对王昭君的关心不是在于其和亲政策的意义，而是出于对其个人命运的同情。在当时世事无常的状态下，没有世人所期待的贤明君主，命运的浮沉乃是社会的产物，诗人对于生命的哀伤也只能表达无力的感慨。隋唐时期是经历过二百年分裂后久违的和平时代，昭君诗的主题也

---

① 《狂云诗集》751 首。
② 同上，761 首。
③ 同上，763 首。
④ 同上，755 首。
⑤ 同上，750 首。
⑥ 同上，752 首。
⑦ 同上，763 首。
⑧ 同上，756 首。
⑨ 同上，751 首。
⑩ 〔梁〕萧统：《文选》中册，第 393 页。

多样化。"心随故乡断,愁逐塞云生"① 的思乡之情;白居易的"自是君恩薄如纸"② 中对帝王的批判之情;张仲素的"仙娥今下嫁,娇子自同如。剑戟归田尽,牛羊绕塞多"描写了汉元帝和亲政策所带来的汉族和匈奴的和平景象,表现出对和亲政策的赞美之情;"莫怨工人画丑身,莫嫌明主遣和亲。当时若不嫁胡虏,只是宫中一舞人"③ 中可以看到儒家思想的出仕理想。中国的诗人只是把个人的生平、经历与昭君文学形象相联系,创作出昭君诗的主题。虽然昭君题材的诗作有很多,但是像一休那样从君恩之深的角度来创作的作品较少。这不难看出与一休宗纯的"忠"的儒家思想有很大的关系。一休表现"君恩"之处,如"救苍生"、"万国平安换妾愁"、"家国安危妾一身"等,均是从民众的角度来表现君恩之深。这种表达将一休的忠君思想与爱民的立场相关联,深化了其忠君的积极意义。

本小节通过一休作品中杜甫、王昭君相关的诗作,论述了其儒家思想中强烈的勤王忠君思想。其忠君思想植根于其爱民的气质、严正的批判精神和强烈的社会正义感中。因此一休的"忠"不是中国古代知识分子的愚忠,而是积极的"忠",是对贤明天皇的期待,是站在民众的立场上的对乱世的抗议,即乱世中呼吁和平。对乱世中沉溺于享乐的幕府将军越是反感,其忠君思想便越强烈。从《狂云集》、《狂云诗集》中诸多作品中都可以看出一休不仅是一位爱民、被民众所爱戴、并且超越民众的大众思想家,也是一位有着强烈斗志的忠君诗人。

(二) 以政治批判为基础的"仁"

日本的天子思想是日本的神国思想和中国儒家思想相结合而形成的"神儒一致"的思想④。《记纪》中的天皇形象既是人格的神,又是神格的人。后者可以看做是有德,实施仁政的"圣王"、"圣帝"、"圣君",是儒家天子思想中"有德为君"思想的反映。儒家的仁政思想从古代传入日本,成为统治阶级的指导思想。进入镰仓时代,面对社

---

① 薛道衡:《昭君辞》。
② 《白居易集》第二册,第 348 页,《明君怨》。
③ 《全唐诗》第 15 册,第 5743 页。王叡:《解昭君怨》。
④ 沈才彬:《天皇和中国皇帝》第三章,亚纪书房,1996 年。

会动乱不安,百姓遭受生灵涂炭之苦的状况,受儒家思想影响深远的一休宗纯奉行儒家忠君思想,批判幕府的黑暗统治,呼吁天皇仁政爱民。

　　一休一生漂泊,几乎都在郊外或者乡下生活,和底层民众一起度过了动乱的时代。其亲眼目睹了不绝的战乱与天灾人祸导致的百姓易子相食、饿殍遍野的惨相,也见证了上层社会荒淫无耻的生活:"世道越来越乱,世态愈加炎凉,不管别人如何,只管自身富贵,比平时更追求享乐。"① 面对这种充满苦难的社会现实,一休不再独享粗茶淡饭之乐。在时刻被流血和饥饿所逼迫的社会现实中,他呼吁"尧帝玉阶三尺高"的理想为政者和治世理念,对时世喷发出无限的愤慨,对饱受苦难的民众给予深切的同情。

　　在五山禅僧无视遭受战乱和饥饿之苦的民众,沉溺于文艺之时,一休就长禄四年的大饥荒事件写道:"大风洪水,众人皆忧,夜有游夜歌吹之客,不忍闻之",站在民众的立场上写出了对醉客的愤慨之情。"四条纺桥上可以看到河流上游流尸无数,如积累的石块阻碍了河流,不断散发出腐臭"②。看到此景的一休作诗《宽正二年饿死》(三首),其中写道:"宽正年无数死人,轮回万劫旧精神"(其一);"极苦极寒迫一身,目前饿鬼目前人"(其二)等诉说民众疾苦。

　　《长禄宽正记》中,面对"世间三分之二人饿死,尸体满街"的状况,义政却是热衷于"日日劳民伤财整修山水草木"、"营造新殿"。《应仁记》中记载,义政在短时间内进行了九次大型工程。当时,后花园天皇也批判了义政的豪奢之举,写诗"残民争采首阳蕨,处处闭炉锁竹扉。诗兴吟酸春二月,满城红绿为谁肥",揭露义政的风流享乐和民间苦痛。义政之妻日野富子(1440—1496),可以说是应仁之乱的元凶,凭借将军之权,作威作福。她为了自己一族的荣华富贵,用尽浑身解数藏金纳银,贪得无厌③。对此一休以《骂妇人多欲》为题作诗讽刺日野富子。"美人得宠美人珎,珠玉青鞋脚下尘。

---

① 原文为日文,笔者译。佐々木銀彌:《日本の歴史　室町幕府》,小学館,1975年,第310页。
② 《碧山日録》卷三、宽正二年记载。
③ 佐佐木銀彌:《日本の歴史　室町幕府》,小学館,1975年。

秋满骊山宫树月，荣华可悔马嵬春。"借唐明皇和杨贵妃的故事来讽刺足利义政和日野富子的荒政误国之堕落行径。在一休的作品中，有不少以唐玄宗和杨贵妃为题的诗。但这些诗并未赞美二人的恋爱美谈，而是说"风流圣主马嵬泪，龟鉴明明今日新。"历史乃前车之鉴，今日执政者不能再重蹈玄宗之覆辙。骄奢之者不会长久，这是历史证明的真理。因此，一休相信杨贵妃的惨死注定了日野富子的末路。作诗曰："风流脂粉又红妆，等妙如来耐断肠。知是马嵬泉下魄，离魂倩女谪扶桑。"关于结句的"离魂倩女"，在《无门关》第三十五则，五祖法演公案中有记载，最早可以追溯到《剪灯新话》①中的故事。一休认为，一个倩女（杨贵妃）已经藏身于马嵬的冥土中，与其合体的另一个倩女（日野富子）必定会在扶桑受罚，葬送在民众的愤恨之中。

一休通过中国唐玄宗和杨贵妃的典故来讽刺当时的政治腐败。《狂云诗集》中创作了一系列有关杨贵妃的诗作，批判沉迷于杨贵妃美色的唐玄宗。例如，咏史诗《马嵬》为题的"马嵬何事促愁情，闻道唐朝元太平。因忆汉王青冢泪，铁肠断尽救苍生。"和其二"心肝铁石六军忠，堕帝眼前前代宫。凤辇今无黄路信，长生殿上落花风。"又如，以《华清宫》为题的"六龙车碾玉门中，嫁穑艰难帝业空。琪富西风瑶草雨，骊山秋色满深宫。"通过写马嵬的悲剧和华清宫的荣华来讽刺玄宗的失政。"六军"来自于李商隐的《马嵬》中"此日六军同驻马"，"嫁穑艰难"取自《书经·无逸》："周公曰。呜呼君子。所其无逸。先知嫁穑之艰难。乃逸。则知小人之依。"表现了农耕的疾苦。这种农民视野的表达，是其他五山诗和《新选集》里面所没有的。一休诗中，讽刺当时乱世的讽喻诗极为常见。描写宽正二年的大饥荒状况的《探春宴·辛巳春人多饿死》中写道："吟行处处是春宴，清宴雅筵桃李场。游客不忧亡国睡，海棠花下笑明皇。"站在民众的立场，讽刺游客的态度。该题引自《开元天宝遗事》卷四："都人士女每至正月半后，各乘车跨马供帐于园圃，或郊野中为探春之宴。"转句的"亡国睡"和结

---

① 兴阳张鉴的小女儿名叫倩女，突然某天灵魂和肉体相分离，其中一个倩女和王宙结婚，另一个倩女卧床不起，之后两人又合二为一的故事。

句的"海棠"取自于"杨妃睡海棠"①的故事。一休借此历史典故,把当时无视民众疾苦的五山禅僧的诗宴与唐明皇时代重合在一起加以批判。

一休在昭君诗中,称赞汉元帝的昭君降嫁和亲政策为"风流美誉救苍生",而对唐玄宗、杨贵妃的故事加以批判并借此对当政者进行强烈的讽刺。通过本章节所举的咏史诗可以看出讽喻性。一休忠于贤明君主,同情受苦民众,站在仁爱爱民的立场上讽刺失政的君主,可以说这是一休对"忠"和"仁"的儒家思想的积极继承。一休既怀有一腔忠君热忱,又关心民众疾苦,对颓废的世态感到无限的忧虑,把批判的矛头指向恶德非道的幕府。

二 对淡泊质朴的古禅风的坚守

"古人受用几尝艰,不是寻常谈笑间。饱食痛饮饭袋子,叉衣玩水又游山。②"在一休的著作《狂云集》中,随处可见如此表达对古代禅师的思慕以及对当时名利禅的批判之作。

发源于印度的"禅"传入中国后,成为中国化的佛教③,产生了"禅宗"这种独立化的宗教。禅宗的主要观点④是:"心性清净"、"空寂"、"静悟"等,需要一种"淡泊质朴"、"苦行"的禅风。此处之"禅"为古风禅、纯粹禅。奈良时代,从中国传入日本的禅宗基本上保存了这种古风禅的纯粹禅风。进入镰仓时代后,随着五山汉诗文的发展,禅宗开始与汉诗文相结合,信奉南宋严羽"以禅论诗"的学说,甚至出现了"亦禅亦诗,亦诗亦禅"的诗句,也留下了很多文学价值颇高的俗世之作。五山禅僧大多属于文学僧、诗僧,因此禅也开始踏上了文学创作之路。禅宗所提倡的"苦行"、"自立"、"悟道"因受到当时武士阶级的追捧,禅宗在幕府的保护下日渐兴盛起来。但是,随着禅宗的最大支

---

① 取自于北宋释惠洪《冷斋夜话》卷一《诗出本处》中"上皇登沉香亭、召太真妃子、妃子时卯醉未醒。命力士、从侍儿、扶掖而至。妃子、醉颜残妆、鬓乱铊钗横。不能再拜。上皇笑曰、是岂妃子醉。真海棠睡未足耳"的典故。
② 《狂云集》之《百丈饿死》三首、其二。
③ 张文宏:《禅宗和日本五山文学》,河南师范大学,2004年。
④ 姜文清:《东方古典美》,社会科学出版社,1992年。

持者幕府统治的堕落腐败，禅宗也逐渐丧失了原有的"恬淡素朴"、"深玄幽寂"的禅风。

到了一休生活的室町时代，禅宗已经沦为武士政权的"钱箱"，成为无德恶僧"度世的工具"。当时幕府为了填补财政空缺，随便缩短五山官寺主持的任期，有的僧人即使没有入住过该寺，只要交纳足够的钱财，也可以认定为该寺的主持。通过这种方式，幕府积聚了大量的财富。禅寺成为幕府公然赚钱的工具。禅僧修行的场所，信徒所憧憬的神圣的寺院成为"名利场所"。"上求菩萨，下化众生"、"见性成佛"的心境逐渐丧失，而靠着"枯燥无味的坐禅"来谋取名利、权势的僧侣却越来越多，那些浑身散发着铜臭味的主持也成为"捧心自称法王身，世上弄潮徒怒嗔"[①]的赝僧。在这种恶性循环下，禅宗内部自制力崩溃，越来越多的禅僧疯狂地寻求有力的外部保护者，甘心把自己的学问和人格卖与统治阶级来换取安逸的生活。当初靠幕府的特别保护而发达的禅宗，如今像是要付出应有的代价一样，随着幕府统治的衰退而日渐腐败堕落。

在这股禅林衰败的浊流中，一休宗纯没有随波逐流，而是选择逆流而上。他十六岁时，因厌恶禅宗的门第意识，鄙视禅林的腐败堕落，而决心进行宗教改革。为了追求禅的真意，离开五山，拜师林下倡导开山派宗风的谦翁宗马。谦翁曾经拒绝当时林下盛行的印可证，鄙视形式禅、名利禅，而坚持清贫的禅风。因其谦逊拒绝接受印可证，而得"谦翁"之称号。"一休蔑视形式的左券[②]，并且一生痛骂迷恋左券的僧侣，很大程度上是因为受到谦翁的感化"[③]。一休喜欢清贫的生活，在谦翁门下认真修行，受到莫大的熏陶和感化，坚守纯粹禅。师父圆寂后，一休又拜师比谦翁更为淡泊名利的华叟为师，开始了更加艰苦苛刻的修行，并得到顿悟。

纵观一休的前半生，是为了摆脱世间烦恼，而潜心追求纯粹禅的半生。其忍受风霜雨雪的磨炼，最终成为一名特立独行的真正禅者，继承师父将大法弘扬光大。对其而言，师父所留下的最大遗产，就是清贫主

---

① 《狂云集》之《示荣衔恶知识》二首、其二。
② 同"左契"，是约束的凭证。
③ 原文为日文，笔者译。村田太平：《人間一休》，潮文社，1976年，第55页。

义。《狂云集》中，多次出现"风餐水宿"的字眼，该词表达清贫的生活。一休晚年虽然成为大德寺的主持，却并未入住大德寺，而是一生持续"一钵一衣"的贫苦生活。这种专心修行正法的生活方式，可谓是彻底得到了谦翁和华叟的真传。

相对于当时五山禅林俗化的主流，一休确实是一个五山的脱落者、异端者。他在乱世中用近乎极端的行为，用诗句抗议颓废、堕落的禅林。因此，倾注一生坚守纯粹禅，改革禅林弊风的一休宗纯自然会被孤立于五山文学的主流之外。笔者通过考察一休对俗化堕落禅林的抗议，寻找其一生坚守古风禅的孤独感，进而挖掘这种孤独感下的精神支撑。

（一）对禅林俗化势力的批判

"山林富贵五山衰，唯有邪师无正师。"一休宗纯凭借诗句对五山及林下的衰退状况进行严厉的批判。

日本的禅宗有两大体系：道元开创的曹洞宗和荣西开创的临济宗。因为道元对政治采取了彻底拒绝的态度，曹洞宗一直都继承祖师禅风，在地方扎根布教。临济宗承袭了中国宋朝禅的文化倾向，和中央武士政权关系密切，发展急速，镰仓幕府导入中国的五山十刹制度，设置官寺，制定寺格，进行控制。同样是临济宗的大德寺、妙心寺等不盲目追求权力，没有被列入五山。之后，五山官寺被称为"丛林"，大德寺等在野的寺院被称为"林下"。一休属于大德寺的体系，继承了其禅风。

实际上，五山十刹制度设立之初，坚持十方住持的宗旨，只要是高德有能的禅僧，均可以跨过诸山十刹，成为五山最高位的住持即"僧录"，虽说时间短暂，但也大大促进了禅宗的发展。但是，进入十五世纪后，禅僧受世俗名利所诱惑，渐渐倦怠修行，堕落为追求趣味的、享乐的赝僧。尤其是到了将军足利义政（1449—1473年在位）统治时期，一直受幕府保护的五山堕落、凋零自不用说，就连一直都在躲避政治和权利的林下也急剧世俗化、退废化。丛林和林下争相追逐名利，整个禅林都走上了腐败堕落的道路。一休感慨道："出自俗，比俗更俗。"

关于当时禅林的状况，水上勉的《一休》中有这样的描述："官寺的高僧，都忘记了纯粹禅的要义，拼命结交官府和地方豪商，卑躬屈膝，扩充财政的基础。商人也极力结交高僧，提高权威。积极寻求'道交'的临时居士增加了很多。居士们沉溺于汉诗、饮茶、坐禅、争相进行佛

第八章 一休宗纯的特异性 249

教公案的解说，甚至想要得到印可状，一时伪证书和真证书随处可见。加之和明朝之间贸易兴盛，速成禅成为商业所必需。高僧乘着商船，作为贸易顾问渡海到明朝，成为被称作卖僧的商僧的先锋。高僧一抵达明朝就游遍青楼妓院，回国后成为花柳通。相传应仁之乱后京都的花柳场所的规划和构思都借助了高僧的建议。可以说，这些高僧们一边念着神圣的禅宗语录，讲述着无功德三昧的生活，一边为娼妓街的建设贡献力量。并且，当时禅林中还流行'男色'①。让本来认真监视、进行彻底修行的喝食、童行穿上华美的衣服，梳留海，脸上涂上白粉，成为男宠。高僧的腐败引发了童行、喝食、沙弥②之间的名利之争，寺院王国中的男色淫乱传统就是来源于此。高僧们一有空闲就会举行连句聚会。带着宠爱的男宠，泛舟水池上，散步月光下，举行酒宴诗会。诗会上放歌乱舞，相互传阅着给男色写的艳书'启札'，并且制成文集出版。其中，有的寺院放弃作诗，彻底商业化，在和明朝的交易中获取巨利，通过祠堂钱、酿酒权等扩大财政，经营高利贷。甚至还出现了向幕府购买妻妾权力的禅僧。"③

如同水上氏所写的一样，当时的禅宗界，超出想象的颓废变质。为这些弊害担忧的一休，通过行动，以笔代刀来表达自己的抗议和匡正弊风的决心。　一休革弊的锋芒初露是在其十六岁时。《东海和尚一休年谱》中记载：

> 十六年己丑。师十六岁。结制日。闻秉拂僧喜记氏族门阀，掩耳出堂。乃作二偈，呈慕哲翁。翁曰今日丛林颓靡，非一柱可拄，三十年后，子言必行，忍以待之。其偈曰，说法说禅举姓名，辱人一句听吞声。问答若不识其倒，修罗胜负长无名。又曰，犀牛扇子与谁人，行者卢公来做宾。姓名议论法堂上，恰似百官朝紫宸。

由此可以看出一休对那些丧失了本来的求道心，津津乐道自己富有

---

① 京都市：《京都の歴史》，第 415 页。
② 水上勉：《一休》，中央公論社，1983 年，第 30 页。根据五山文学的资料，其并没有过真正的修行。成为男色的均是相当于童行这种小僧。五山中有很多称作"喝食"的小僧。沙弥也有很多，但是童行与喝食之间没有明确的界限，与童行差不多。在中国，沙弥一般是指比较年长的，在行者身边伺候的，有头发，化妆的和尚。这是五山僧徒作为恋爱对象的喝食行者。
③ 同上，第 42 页。

的家世，轻视他人的俗化恶僧的反感和对此进行的辛辣批判，对无所求行的禅僧在庄严的法堂上自夸家世之肤浅丑行所表示的强烈愤慨。通过此偈可以推测，十六岁的一休已经开始反抗世俗化的赝僧，心中已燃起高洁的正义感，并已开始追求纯粹禅淡泊的禅风。从严肃的法堂上"掩耳出堂"，一休用自己的行动表达对当时禅林强烈的抗议。四十年后，一休以"余四十年前、闻秉拂僧在法堂上而说禅客之氏族焉、于商于工于行仆者流各计其所业，甚者乃臻出手以为模样矣。吁、是何为也。即乃掩耳而出矣。因述二偈、意在革弊。凡四姓之入吾门、皆称释氏、以其乞食而资命、乞法而资身也、亦何贵胄族之有哉。今世山林丛林之论人、必议氏族之尊卑焉、是可忍孰不可忍乎。遂写前偈、以揭示四方、谁敢击节"为前言，将此二偈收入《狂云集》中。四十年后，一休对门第意识的愤慨并没有改变，甚至更强烈，"僧无尊卑"① 的平等意识已经在心里扎根。从这里可以感受到一休决心改革当时禅林弊风的热情。这份革弊心以及对禅林俗化的愤恨和对纯粹禅的追求贯穿于一休的整个生涯中。

　　看着一边念着神圣的祖师语录，过着无功德三昧的生活，一边追求名利的赝僧，一休作诗道"天下禅师赚过人，黑山鬼窟弄精神。"揭露了赝僧获取功利的巧妙性和欺骗行为。"迷道众生劫外愚，人人不识泪穷途。谀官只愿发佳名，真菩提心一点无。"强烈批判了追随官府的彻头彻尾的虚荣僧的真面目。对禅宗界堕落的愤慨之余，一休以《以淫坊颂辱得法知识》为题，作诗："话头骨则长欺谩，日用折腰空对宫。荣衔世上善知识，淫坊儿女着金襕。"其中，"善知识"指讲说正法，正确引导大众的禅师。一休采用反语来讽刺当世赝僧。"淫坊儿女"是指卖身赚钱的人，一休借此来批判那些伪善的僧人卖法求荣。在一休看来，这种丧失人格的行为就如同卖身赚钱的人披着袈裟一样卑劣无耻。

　　如上，一休将继承师父华叟的清贫生活，坚持并发扬光大淡泊质朴的大德寺的禅风作为自己的使命。一休的师兄养叟宗颐② （1376—1458）却作为经营性的禅僧使大德寺兴隆了起来，与其师父华叟的枯淡清净、

---

① 《狂云集》213首。
② 养叟比一休年长18岁，他8岁时出家，先后在东福寺、建仁寺修行，后来师从华叟门下16年。应永26年（1419），接受了华叟的印可状，取名"叟"字。此印可状现在仍保留在大德寺。

孤绝峻严的禅风相悖，最大限度地把禅作为一种度世的道具，完全沦为功名利禄的奴隶。实际上在当时主流派禅僧的眼中，不论是在林下，还是丛林，甚至整个五山禅林中，养叟都是屈指可数的经营人才。他不仅拥有财力雄厚的施主，汇集了大量的信徒，成功地扩大大德寺的势力，使其盛况压过五山官寺。然而，一休却视其为俗化堕落势力的代表，并写了众多的诗偈来猛烈攻击养叟的行为。如：《题大用庵二首》

山林零落殿堂疏，临济宗门破灭初。
大用旃檀佛寺阁，峥嵘林下道人居。
山林富贵五山衰，唯有邪师无正师。
欲把一竿作渔客。江湖近代逆风吹。

相对于五山官寺，林下和山林都是指大德寺派①。大德寺派已经被逆风狂吹，靠着养叟过人的政治手腕，逐渐走上繁荣，地位也逐渐提高。然而，这有悖于祖师当年为坚守唐风禅"清贫"、"枯淡"、"淡泊"的禅风而脱离日渐世俗化的五山官寺的本意。原本作为特异存在一直奉行古风禅的大德寺，如今也堕落为五山的主流。养叟再建大用庵，召集众弟子为了功名利禄讲法的行为，在一休看来就是"唯有邪师无正师"。面对如此浑浊的禅林，一休想要成为自由自在的渔客，无奈此时的江湖却吹起了逆风。诗表达了一休欲放下，却又心系禅林的忧虑和遗憾之情。也透露出一休面对禅林逆风正狂，天下禅风颓废，而仅靠自己一人之力，无法阻止禅林衰败命运的无奈和无力感。

养叟去世后，因其生前政治手段的高明，幕府封其谥号为："宗惠大照禅师"。对此靠着卑劣手段获取的虚名，一休以题名"大用庵养叟和尚，贺宗惠大照禅师号"一诗，"紫衣诗号奈家贫，绫纸青铜三百缗。大用现前赝长老，看来真个普州人"加以批判。"普州人"是指相传以前四川普州有很多盗贼，借以讽刺养叟是戴着长老的面具来卖法求荣的盗贼。

---

① 进入室町时代之后，随着五山十刹的官制化，大寺院全被称作"丛林"，没有加入到丛林中的在野的寺院称为"林下"。足利义满于康历元年设置僧录司，因为僧录司的任命权由幕府掌握，所以由幕府武士阶级支配。但是，厌恶盲目追逐权力，坚守唐代禅的林下的大德寺和妙心寺，一时被五山十刹所孤立。

养叟靠着卖法求荣而得到的紫衣和谥号只不过值三百缗①，这也是对当时禅林中流行的用金钱换取名利地位行为的讽刺。

一休对养叟的猛烈攻击，表达对当时主流的禅僧忘记禅法本意的名利心的愤慨和失望。其毕生的追求是绝缘于名利之外的清贫、淡泊的古风禅。和自己同出身于大德寺的养叟宗颐追求名利富贵的行为却有悖于此禅风。一休打心底深处蔑视此行为，再加上其改革禅林弊风的决心，把师兄养叟一门作为攻击对象是理所当然的。因此，一休在其《狂云集》、《狂云诗集》尤其是《自戒集》中创作了大量的讽刺诗。那么，一休终其一生反抗主流势力，用生命来坚守的古风禅到底是什么？一休猛烈攻击的内心深处，又隐藏着怎样的感情？下一节中，笔者将通过研究一休独守古风禅的孤寂感，来挖掘这种孤寂感下的支撑力量。

（二）"一人担荷古风禅"的孤寂

华叟子孙不识禅，狂云面前谁说禅。
三十年来肩上重，一人荷担松源禅。②

松源禅是指临济义玄—杨岐方会—松源崇岳—虚堂智愚③—南浦绍明（应国师）—宗峰妙超（大灯国师）—彻翁义亨—言外宗忠—华叟宗昙—一休宗纯这一法系。因虚堂智愚尊崇祖师松源崇岳，所以这一法系又被称为松源禅。"三十年来肩上重，一人荷担松源禅。"一休自负地以为自先师华叟圆寂之后的三十年来，只有自己继承了松源禅的真意，并且一直坚守其禅风。下图为一休所画松源禅之法系图④：

---

① 从钱孔中穿一条细绳，缗就是细绳的意思。
② 《狂云集》之《自赞》。
③ 临济义玄、杨岐方会、松源崇岳、虚堂智愚是中国禅僧，以下的六人均为日本禅僧。
④ 寺山旦中：《一休和尚全集 别卷 一休墨跡》，春秋社，1997年，第84页。

虚堂—大应—大灯—{彻翁义亨—言外宗忠—华叟宗昙——休宗纯（大德寺）①
　　　　　　　　　关山义玄（妙心寺）

　　这首诗表面上来看是一休自负的狂气，然而细细品味，可以体会到两层意思。一休当时修行的是有别于其他禅的"松源禅"，也就是中国临济宗创立初期的古风禅，是"一日不作必不食，大人手段作家禅"② 中所吟作的苦行禅。另一层意思就是，一休所尊崇的"松源禅"的继承者只有自己一人，"华叟子孙不识禅，狂云面前谁说禅。"自古代传承下来的临济宗到自己这一代，除了自己之外的其他师兄弟全都"不识禅"，这一句不仅是对俗化禅僧的批判，更是一休发出的无奈感慨，以及其"一人担荷松源禅"的孤寂之情。

　　《狂云集》中，关于松源崇岳、虚堂智愚、大应国师、大灯国师、彻翁义亨、言外宗忠、华叟宗昙等祖师的诗偈频出，其中不难感受到一休对祖师的崇拜和对古风禅的尊敬之情。如：虚堂和尚的"育王住院世皆乖、放下法衣如破鞋"③，大灯国师的"风餐水宿无人记，第五桥边二十年"④、"正邪境法灭却后、犹是大灯辉大千"⑤、华叟宗昙的"灵山孙言外的传"⑥，大应国师的"活眼大开真面门，千秋后尚弄精魂。虚堂的子老南浦，东海狂孙六世孙"⑦、"禅老如无渡东海，扶桑国里暗昏昏"⑧、彻翁义亨的"大灯子大应孙，正传临济宗门"⑨、言外宗忠的"无端灭却大灯家，铁眼铜睛大树牙"等。通过这些赞美临济宗这一法系正传的诗偈，可以看出一休对祖师的尊敬以及对自己能够继承临济正法的自豪之

---

① 柳田圣山：《一休—狂雲集の世界》，第170页。镰仓时代至室町时代，从中国传入日本的禅僧古来分为二十四流和四十八传，其中之一是南宋末的虚堂智愚为祖师的大应、大灯法系。继承唐代临济义玄之法的临济宗杨岐派的一个流派在日本一直持续到今天，就是大德寺和妙心寺。一休自谓虚堂七世孙，就是指的这一法系。
② 《狂云集》之《百丈饿死》三首、其二。
③ 《狂云集》1首《赞虚堂和尚》。
④ 《狂云集》2首《题大灯国师行状》。
⑤ 《狂云集》116首《大德寺火后题大灯国师塔》。
⑥ 《狂云集》122首《赞华叟和尚》。
⑦ 《狂云集》137首《新造大应国师尊像》。
⑧ 《狂云集》202首《赞大应国师》。
⑨ 《狂云集》149首《彻翁和尚》。

情和坚守正法的决心。"放下法衣如破鞋"的淡泊名利,"风餐水宿无人记"的枯淡静寂的禅风确实是一休一贯坚持的古风禅。前文已经探讨过一休的两位师父谦翁和华叟的清贫、淡泊,通过祖师赞中所包含的对祖师的崇敬之情,亦可窥视到一休一生淡泊名利,坚持古风禅的原因。传承了几百年的古风禅,经历了几代祖师的坚持,而师父华叟之后的继承人只剩下自己一人,"一人担荷松源禅",一休深感肩上担子之重,同时,字里行间也流露出一休知音难求的孤寂感。

这种孤寂感是贯穿《狂云集》的一条暗线。因为其隐藏在"自负"、"狂行"的面具下,所以"自负"、"疯狂"、"风流"成为后人研究一休宗纯的重点。但是,"放荡不羁"、"叛逆独行"、"酒肉女犯"等印象只不过是乱世生活中一休宗纯的伪装而已。对于俗化、堕落的禅僧,一休宗纯借助"疯狂"的面具,淋漓尽致地去批判和抨击。其实真正疯狂的不是一休,而是当时作为主流的腐败堕落的禅僧。但是正如市川白玄写的那样:"这个教团佛教的批判者是不可能受到欢迎的。一休责难追随于权力政治和宗教统治的五山以及诸山,当然不会受到政权和教权双方的欢迎。"换言之,在俗化、堕落成为禅林主流势力的当时,坚守禅宗正法的一休宗纯便成为一个特异的存在,其孤寂感也是可想而知。"人多入得大灯门,这里谁捐诗席尊。粗茶淡饭我无客,醉歌独倒浊醪樽"① 中可以体会到一休的孤独感。起句的"人多"是指进入大德寺其他高僧门下参拜的信徒有很多,而相比之下,转句中的"我无客"描绘出自己门下人烟稀少的凄冷,结句中的"醉歌独倒"更加深了一休的这种孤寂感。"无客"的原因乃是一休坚持的是粗茶淡饭的古风禅。相比于其他主流禅僧的名利禅,参拜者稀少。这既是对忘记禅法真意,拘泥于名利的禅僧的批判,又是对古风禅传到当世没有其他继承者的失望。

一休不拘泥于大寺院的束缚,追求"枯淡"、"淡泊"禅风的古风禅,在"无所不在"、"小屋流转"的漂泊生涯中创作了大量的诗篇。通过这些诗,读者在体会到一个隐逸禅者淡泊名利、自由自在享受隐逸之乐之外,也品尝到一种独自漂泊、知音难寻的孤独感。"从此空山幽

---

① 《狂云集》165 首。

谷路，谁人来踏板桥霜"①，深秋的空山幽谷之中，被霜雪覆盖的板桥孤零零横在那儿，除了一休以外再无第二人行走，这种环境带来的孤独正是"一人担荷松源禅"的一休和尚的孤独感。一休入住让羽山后，在山上建了一茅屋，山名唤作"虚堂山"，茅屋唤作"大灯寺"。虚堂和尚和大灯国师对一休的影响在前文已经探讨过，在环境如此恶劣的山上建造的茅屋，一休以自己最尊敬的祖师的名字来命名，从中可以看到一休坚守正法的决心和乐观积极的心态。一休豪言壮语曰："茅屋三间起七堂，狂云风外我封疆"。这两句诗通常被学者拿来证明一休自负狂气。然而后面两句"深夜室内无人伴，一盏残灯秋点长"②，却真正描写了当时一休所处的环境和当时的心境。狂风吹打着茅屋，深夜里独自一人点一盏残灯，一个孤独漂泊、无依无靠、孤独寂寞的禅者形象便浮现在读者眼前。

总之，一休宗纯一生鄙视物质享受，以清贫生活为理想，坚持"百味饮食一楪里，淡饭粗茶属正传"③的古风禅。一休始终认为住破屋、饮粗茶、吃淡饭才是无私无欲的禅法正传，是禅者的正统，是禅者本来应有的生活状态。他用了一生的时间去实践这一坚持。因此，一休一边吟唱着"少林门下没知音"④的孤寂，一边坚持着"苦行是佛祖玄旨"⑤的古风禅。这才是浊流中特立独行的一休宗纯。然而众所周知，在滔滔浊流中坚持正义是非常困难的，"一人担荷松源禅"的一休又难求知音，这种状况下，逃避现实，归隐于江海山林之中是禅者理想的生活姿态。实际上，在五山禅林中像一休这样坚持正义感的禅僧基本上都选择了这种生活方式。那么一休宗纯在这种状况下，选择了怎样的生活方式，采取了怎样的生活态度呢，以下考察一下一休"身隐心不隐"的思想。

---

① 《狂云集》162首。
② 《狂云集》219首《让羽山新创一寺、山名虚堂、寺偏大灯》。
③ 《狂云集》225首《谢人赠盐酱》。
④ 《狂云集》69首《尺八》。
⑤ 《狂云集》147首《苦行释迦》。

三 "身隐心不隐"的思想

"子曰：道不行，乘桴浮于海"①、"天下有道则见，无道则隐。邦有道，贫且贱焉，耻也。邦无道，富且贵焉，耻也"②、"邦有道，不废。邦无道，免于刑戮"③、"邦有道，则仕。邦无道，则可卷而怀之"④。可以看出，儒家思想不仅主张"建功立业"、"救济苍生"的积极入世，而且还主张"天下有道则见，无道则隐"的避世隐逸。孟子的"穷则独善其身，达则兼济天下"⑤之说成为后世动乱社会中知识分子的座右铭。乱世中的仁人志士在自己"兼济天下"的理想无法实现时，为了保持自己洁白清廉的品格往往选择"独善其身"的隐遁之路。屈原、杜甫、李白是这一思想的典型代表。

彻底的隐逸和儒家的"有道仕，无道隐"的隐逸思想不同，往往更偏向于"无为"的道家思想。道家思想是在人和自然的关系中确立自我的人生价值，在自然中追求自我的人生意义。与"建功立业"、"兼济苍生"的积极入世的儒家思想不同，是一种彻底地回归自然、不受束缚、恢复本真的生活方式。在审美形式上，与儒家的"社会美"不同，道家追求的是一种"自然美"⑥。明朝的梁潜指出"夫道教之说，以虚无恬淡为宗，以炼气化神为本"⑦。元末的陈高也指出"清静无为为根本，恬淡寂寞为门户"。因此道家思想的表现形式是隐居的无为。这种"恬淡无为"与禅宗所提倡的"淡泊枯淡"一致，是禅僧所追求的境界。商周时代的伯夷、叔齐、晋宋交替时期有着"中国隐者之宗"⑧之称的陶渊明、唐朝的寒山、宋朝有"梅妻鹤子"称号的林和靖等都是有名的隐者。

五山文学时期，尤其是到了一休生活的时代，面对禅林的官僚化、

---

① 《论语·公冶长》。
② 《论语·泰伯》。
③ 《论语·公冶长》。
④ 《论语·卫灵公》。
⑤ 《孟子·尽心》上篇。
⑥ 柳海莉：《杜诗风格论》，山东大学硕士论文，2008年4月，第57页。
⑦ 山田利明、田中文雄：《道教の歴史と文化》，雄山閣出版株式会社，1998年，第276页。
⑧ 梁代钟嵘：《诗品》《其源出于应璩、又协左思风力。（略）古今隐逸诗人之宗也》。

世俗化，相对于忘却当初严格禅风的主流派禅僧，一些不愿随波逐流的有隐逸倾向的禅僧开始出现。其实这种隐逸倾向在中国的五代、北宋时期已经出现。由于中国佛教界成为的新思潮的念佛禅、中峰明本等的禅佛兼修、再加上对五山禅林俗化的反抗相互影响，十五世纪的日本，隐逸遁世思想作为一种历史的倾向开始表面化。

作为这一时期隐逸思想的代表人物，一休宗纯提倡"将常住物置庵中，木杓笊篱挂壁东。我无如此闲家居，江海多年蓑笠翁"① 的江海隐遁。一休确实是脱离世俗，过着江海漂泊的清贫生活，享受江海世外隐遁之乐，然而，"旁若无人闲逸心，奈何床下法尘深"②，他绝对不能称为是"逸格的隐者"。前文已经论述过其与堕落俗化禅林的博弈之姿，一休一生不变的革弊心。在儒家的忠君爱民思想的影响下，虽然过着悠然自乐的隐逸生活，忧患意识却时时敲击着他的灵魂。一休的隐逸，可以说是儒家的"手段性的待时隐逸"和道家的"目的性的适性隐逸"③ 相融合的"身隐心不隐"的人生态度。

（一）"处江湖之远"的忧虑

"居庙堂之高，则忧其民；处江湖之远，则忧其君。"④ 这是封建社会有志之士的忧患意识的最高体现。在此，借"江湖之远"来形容一休宗纯的江海漂泊。《狂云集》和《狂云诗集》中出现过许多描写其四海为家、漂泊流离之作。例如："我无如此闲家居，江海多年蓑笠翁"⑤ 所写的"江海风流"、"世外风流是钓矶，天涯富贵也蓑衣"⑥ 的"世外风流"、"歌吹荣华天上游，牧童樵客也风流"⑦ 的"山林之乐"等等。通过这些诗句，一个身心投入到大自然中的轻松自在、远离世俗的快乐的一休形象浮现在读者眼前。不受世俗名利所拘束，风餐水宿漂泊于江海山林之中乃是禅者应有的姿态，也是一休坚守的古风禅的生存方式。在

---

① 《狂云集》78首《题如意庵校割末》。
② 《狂云集》648首《自赞》。
③ 霍建波：《宋前隐逸诗研究》，人民出版社，2006年，第37页。
④ 北宋范仲淹《岳阳楼记》。
⑤ 《狂云集》78首《题如意庵校割末》。
⑥ 《狂云诗集》《钩月斋》。
⑦ 《狂云诗集》《笛》。

黑暗、动乱、无道的浑浊禅林中，自己改革弊风的理想无法实现的状况下，隐遁山林乃是最好的避世方式，然而，实际上却像一休诗中所写："幽谷闲林不自在"①、"强住空山幽谷中"②，身隐山林幽谷中，却心系禅林，无法做到彻底隐逸。这种身隐心不隐的思想不能不说与一休一生不变的革弊心及忠君爱民的儒家思想有关。正是因为这些思想时刻敲打着一休的灵魂深处，以至他即使一生漂泊隐逸于江海山林之中，内心却得不到真正的放松。

一休宗纯的这种忧患意识可以通过《狂云诗集》中取材于中国文人的诗来品味，下面通过一休所做的杜甫诗，来探究其"处江湖之远"的忧患意识。

五山诗中，杜诗受推崇的程度可以通过芳贺幸四郎的《关于中世禅林的学问以及文学的研究》③来了解。五山诗中与杜甫相关诗作大多是以相对稳定的生活为背景，即杜甫在长安任职期间，以及隐居成都的时代为背景所创作的诗作较多。根据岩山泰三④的考察，近世初期出版的关于五山文学的诗集《翰林五凤集》中所收录的九十三首咏杜甫诗中，以长安任职时期（卷一—卷四）和成都隐居时期（卷七—卷十二）为背景创作的诗共占八十二首。具体来看，长安时期二十九首，成都隐居时期四十首，夔州五首，其中成都时期所占的比例最大。杜甫在安史之乱（755）后，曾到各地流浪，乾元二年（759）后，在成都住了数年。可以说成都时代是他一生中相对安定的时期。根据岩山泰三的考察可以得知五山杜甫诗绝大部分都是以这一时期为背景创作而成，这表现了五山禅僧脱离现实、追求安逸、理想世界的意识。但是这样一来就与乱世相脱节，无视民众的苦难，只追求自身的安逸和稳定。

一休创作的杜甫诗与五山诗有很大的不同，十四首诗中重心均在杜甫夔州以后的时代。杜甫于永泰元年（765）离开成都迁往夔州，不论是居住环境还是杜甫的身体状况，在夔州居住的时期都是其生涯中最困

---

① 《狂云集》156首。
② 《狂云集》82首《山居》。
③ 芳賀幸四郎：《中世禅林の学問及び文学に関する研究》第二编，思文阁出版，1956年，第269页。
④ 岩山泰三：《一休の杜甫像》，早稻田大学和漢比较文学会第四十六回例会，1995年。

难的时期。"一身浊世意清天，羁客生涯三十年。夔州夜雨秋风暮，信笔好诗千万篇"①，赞美杜甫为了在浊世中保持自己的清白之身，度过了三十年羁客的生涯。这里也写出了杜甫对仕途失望之后选择辞官隐居生活的无奈。即使身处困顿之中，却仍保持着"偏舟空老去、无补圣明朝"②的忠君爱国的忧患意识。一休另有诗"漠漠蜀江风色癯，不骑官马只骑驴。残生七十吟髭雪，日短乾坤一腐儒"③。这两首诗中的"夜雨"、"秋风"、"暮"、"漠漠"等词语用写实的手法描绘出了当时杜甫生活环境即夔州的险恶和荒凉。"骑驴"、"残生"、"七十"、"髭雪"可以想象出年事已高的杜甫拖着病重的身体独自漂泊的艰难。同样"远客寓居何处归，一身憔悴掩柴扉。夔州日暮终焉地，争奈吟髭撚尽微"④将一个身处浊世、漂泊在外、年老病重的儒者形象呈现于读者眼前。

一休的杜甫诗和其他五山诗不同，重点写杜甫夔州生活，是因为杜甫在辞官后即使过着清贫流浪的生活，却依然保持着忧国忧民的精神，这正好和一休生活的现实相重合。通过一休和其他五山禅僧对杜甫诗的不同取材，可以看出一休对杜甫的关心，不是对安定、隐逸的追求，而是与一个无法脱离现实的寒儒产生的共鸣。即杜甫不是一个逃避现实的消极隐逸者，而是一个忧国忧民的积极的儒者。杜甫的忠君爱国、忧国忧民的精神是封建社会的典型，一休通过杜甫来表明自己漂泊在外却时刻保持忧患意识的立场。

日本人非常熟悉的中国宋朝诗人林逋，字君复，谥号和靖先生。一生孤身一人，隐居于杭州市外西湖孤山之上，是一个以梅为妻，以鹤为子的隐逸者，其最有名的诗是七言律诗《山园小梅》⑤。林和靖是五山诗中频繁出现的一位中国诗人，甚至"提到梅，就会想到林和靖，是五山

---

① 《狂云诗集》740首、《杜甫像》。
② 《杜甫诗集》《野望》。
③ 《狂云诗集》743首《杜甫骑驴图》。
④ 《狂云诗集》960首《看杜夔州以后诗有感》。
⑤ 全诗：众芳摇落独喧妍、占尽风情向小园。疏影横斜水清浅、暗香浮动月黄昏。霜禽欲下先偷眼、粉蝶如知合断魂。幸有微吟可相狎、不须檀板共金尊。其中"疏影横斜水清浅、暗香浮动月黄昏"为脍炙人口的名句。

禅僧的习惯"①。五山诗中，林和靖是一位仙人的形象，被称作"逋仙"。"孤山仙去识梅希"②、"逋仙仙去花无主"③、"跨鹤升仙五百霜"④ 等诗句描绘出了林和靖超凡飘逸的仙人形象，这取材于中国道教的"成仙说"，这里也可以看到五山禅僧脱离现实、消极避世的生活态度。与此不同的是，《狂云集》中十四首关于林和靖的诗中全然不见仙的影子，大多是从儒家的角度对林和靖的消极避世行为的批判。当然，一休对于时代变迁却一直保持清名的林和靖也加以赞扬，"孤山曾断名利路"⑤、"芳声未朽风流士"⑥，赞美林和靖梅妻鹤子的姿态以及淡泊名利的气节。另一方面，诗句"世上游人总不来"⑦，"唯有梅花无客游"⑧ 中也透露着其脱离世俗的孤寂。"寂寞孤山一老儒，吟深白发誉梅癯"⑨，一休把五山诗中作为仙人的林和靖转变为一个儒者，同时，也改变了其隐逸的性格。林和靖不再是远离俗尘的逍遥自在的隐逸者，而是一个脱离现实、具有批判性的逸民形象。一休把这位中日文化史上尊崇为"品格高洁的隐者"林和靖放在儒者的位置上，从逃避现实的消极的角度来进行描写，是把林和靖和自己的立场相对比，表达了一休批判消极避世、主张积极面对现实的态度。

　　本节从杜甫和林和靖的取材诗句分析了一休的忧患意识。不论是江海漂泊还是山林隐遁，都没有脱离黑暗的社会现实，而是采取了一种"朝在山中暮市中"⑩ 的生活方式。然而，面对每况愈下的禅林，当改革禅林弊风的理想和一休生活的浊世相矛盾时，一休采取了怎样的解决办法，他又是如何立足于浊世之中的呢？

---

① 芳贺幸四郎：《中世禅林の学問及び文学に関する研究》第二章，日本学術振興会，1956 年。
② 江西龙派：《续翠诗藁》之《画梅》。
③ 兰坡景茝：《雪樵独唱集》之《扇面瓶梅》。
④ 希世灵彦：《雪巢集》之《赞林和靖》。
⑤ 《狂云诗集》之《和靖梅下居》。
⑥ 同上。
⑦ 《狂云诗集》之《孤山和靖图》。
⑧ 同上。
⑨ 同上。
⑩ 《狂云集》87 首《自山中归市中》。

(二)"渔父"的生活方式

前文已经论述过一休宗纯积极的忠君爱民的思想及其对俗化禅林的革弊心,但是,仅凭一己之力逆行于滔滔浊流之中,改变禅林堕落的现状,守护禅法的真意几乎是不可能的。因此,一休选择了"独善其身",踏上了隐逸的道路。然而,虽然一休以"逸格的隐逸者"[①]为目标,同情受苦民众,批判奢靡的统治阶级,关心堕落禅林命运,其内心不可抑制地涌现出对扭曲社会、俗化禅僧的愤慨。革弊的理想无法实现的无力感、想要隐遁却又无法脱离现实的忧患意识、独守禅林正法的孤寂之情一直纠缠着一休的内心。因此,一休必须要找到一个平衡点才能在这种交织的矛盾中生存下去,这也是一休最理想的生活方式,是浊世中保持清白的生存方式。

一休复杂的生活环境和内心交织的矛盾会让人很容易联想到战国时期的屈原。"屈原者,名平,楚之同姓也。为楚怀王左徒。博闻强识,明于治乱,娴于辞令。入则与王图议国事,以出号令。出则接遇宾客,应对诸侯,王甚任之。"《史记·屈原贾生列传》[②]中如此记载了屈原高贵的出身与杰出的才能。屈原"信而被疑,忠而被谤",不愿与世俗同流合污,独守高尚情操,追求理想的精神以及对楚怀王的忠心引起了后世千百年来爱国人士的共鸣。《楚辞章句·离骚敘序》中记载的那样:"今若屈原、膺忠堤之质、体清洁之性、直若砥矢、言若月一青。进不隐其谋、退不顾其命。此诚绝世之行、俊彦之英也",屈原纯洁高尚的人格魅力以及忠君爱国的热忱不断地成为后世文人的精神寄托。在"众人皆醉我独醒,举世皆浊我独清"的黑暗时代,不被世人理解的苦闷充满屈原的内心。正是这种不被世人理解的孤独感引发了一休的共鸣。因此,一休写《端午》一诗:

> 千古屈平情岂休,众人此日醉悠悠。
> 忠言逆耳谁能会,只有湘江解顺流。

---

① 今枝爱真《禅宗の歴史》。
② 司马迁:《史记·屈原贾生列传》,中华书局,1976年。

起句由今日众人醉悠悠的狂态联想到了昔日屈原的状况，表现了能理解昔日屈原忧愁的只有自己一人的孤独感。承句的"众人醉悠悠"引自于《渔父词》"众人皆醉我独醒"。转结句写到了屈原的忠言到底谁能体会，只有逆流转顺流的湘江而已。据说湘江①的水原来是逆流的，屈原投江之后，就变成顺流了。一休在此讽刺，以君王为中心的所有世人均不理解的情况下，吞噬掉屈原的湘江，却真正理解屈原的正义和忠诚。一休在此用了拟人的手法来批判无知的世人。通过屈原的遭遇，来表达了自己自身所处的孤立无援，无人理解的状况。

《渔父词》中通过渔父和屈原的问答，渔父听到了屈原"举世皆浊我独清，众人皆醉我独醒，是以见放"之后，渔父劝其曰："圣人不凝滞于物，而能与世推移。世人皆浊，何不淈其泥。众人皆醉，何不餔其糟而歠其醨？何故深思高举，自令放为？"意思是："通达事理的人对客观时势不拘泥执著，而能随着世道变化推移。既然世上的人都肮脏龌龊，您为什么不也使那泥水弄得更浑浊而推波助澜？既然个个都沉醉不醒，您为什么不也跟着吃那酒糟喝那酒汁？为什么您偏要忧国忧民行为超出一般与众不同，使自己遭到被放逐的下场呢？"劝说屈原在浊世中寻找自由自在的生活方式。相对于屈原的坚持正义誓死不妥协，渔父却是采取了一种随波逐流的生活方式，那么一休到底是赞成哪一方的观点呢？通过《渔父》② 一篇可以窥知一二。

<blockquote>
参禅学道失本心，渔歌一曲价千金。
湘江暮雨楚云月，无限风流夜夜吟。
</blockquote>

当世的禅僧虽然在"参禅学道"，却反而丧失掉了自己的本心。一休借参禅学道者被剥夺了自己精神上的自由，来批判拘泥于名利欲望的参禅者的真面目。与此相比，渔父的生活方式倒是自由自在。"渔歌一曲值千金"是一休对渔父生活方式的赞美，"渔歌"应该是指和屈原对话的渔

---

① 湘江位于广西壮族自治区兴安县，在湖南省零陵县与潇水汇合，在衡阳与蒸水汇合向北流入洞庭湖，是三湘之一。屈原投身的汨罗江因为楚辞里面出现而被世人所熟悉。孔子死时，洙水和泗水变为逆流，屈原死后，湘水变为顺流。

② 《狂云集》205 首。

父所吟唱的"沧浪之水清兮,可以濯吾缨。沧浪之水浊兮,可以濯吾足"一歌。从这首歌里面表现了渔父的"圣人不凝滞于物,而能与世推移"的道理。对这种自由自在的生活方式,一休将其放在"千金"的价值上。渔父的生活方式,对于一休来说是"风流"的生活方式,是他一直在追求的生活方式。关于渔父,一休还有《渔父》三首①:

江头日暮水悠悠,丝线斜垂江汉秋。
江海风流谁共说,乾坤ノヘ一渔舟。
蓑笠眼寒夜夜心,风流世外价千金。
渔人不识二妃恨,似诉一丛斑竹吟。
笋笠蓑衣吟与清,时时有味是浮生。
苔矶夜夜一竿雨,滴尽风流世外情。

通过这三首诗,可以看出脱离世俗的渔父的生活方式是一休一直向往的生活方式。一休在佩服屈原"孤独之魂"的同时,又向往着渔父自由自在的生活,认为自由的精神价值千金。并且对于渔父的"众人皆醉何不哺其糟而饮其醨"的劝辞,是持赞成的态度。曾以"喫酒须用浊醪,肴则其糟而已"②为序,作诗曰"湘南流水怀沙怨,引得狂云笑一场"。一休一方面佩服屈原誓死不随波逐流的人格,一边嘲笑着自己"众人皆醉,哺其糟饮其醨"的妥协于世俗的态度。屈原自己壮志难酬,对现实绝望而死,一休也曾经两度自杀未遂。从二人相同的自杀经历可以看出一休曾经对屈原的正义感、理想主义、凡俗批判的精神产生过共鸣。然而一休最终选择了活下去,直面残酷的现实并想要靠着自己的力量挽救禅林堕落的命运。但是认识到一己之力无法改变滔滔浊流的禅林命运时,为了慰藉自己内心的苦闷,一休为自己构筑了一个"渔父之风流"的美好世界。这种脱俗高踏的隐士、脱离于现实的旁观者、把自由精神发挥到极致的渔父型的隐逸者是一休在现实和理想的矛盾交织中所选择的生活方式,是他在矛盾的世界中维持平衡的支点。因为这个平衡点的存在,

---

① 《狂云集》310、311、312 首。
② 同上,195 首。

一休才能在浊世中一边固守着自己的个性，一边追求着自己的理想。

一休内部的矛盾纠结均可以通过此平衡点来进行解释。滔滔浊流中，一休对屈原的生活方式和渔父的生活方式都持肯定态度，这两种人生态度对于一休来说只不过是其精神上的摇摆。对于禅者一休来说，最重要的是在自己生活的时代，生活的环境中，对于不同的人，不同的物应该采取怎样的处理方式，采取怎样的态度而已。一休正因为在多个矛盾交织的世界中把握住了这个"平衡点"，才能在动乱堕落的五山禅林中维持着自己的个性，坚持着对理想的追求并生活自如。

结　语

五山文学是禅林这种特殊环境下的产物，可以说在中世文学整体的发展中是一种独立的存在。在禅僧的文学活动中，从中国直接传入日本的禅宗，在室町幕府创建的封建社会中，得以迅速地发展，很快达到鼎盛阶段，占据了公家、武家文化和精神上的指导地位。其对中国文学也不再一味地模仿和追随，而是拥有了自己的特质。这样，禅林中的诗文创作开始确立了自己的方向，并且达到了"五山禅僧创作的汉诗文是日本汉诗文学史上的巨峰"的地位。然而，进入后半期，随着室町幕府的衰退，五山禅林开始官僚化、世俗化。一休宗纯便是在这样的时代背景下诞生的。

对幕府统治豪奢、恶政的攻击、对皇室的敬仰忠诚、对世态颓废和宗教界堕落的痛恨、在名利禅为主流的禅林中对古风禅的坚持以及"身隐心不隐"的生活方式成为一休宗纯的特异性。一休宗纯的这些行为方式与其幼年时期的汉文素养及其清贫的修行经历不可分割。一休年轻时，便开始以中国古典作品为素材，以中国诗文为模本开始了自己的文学创作，这个时代养成的汉文修养对其毕生的诗文创作产生了很深的影响。这些汉书典籍中的儒家思想便是一休宗纯炽烈的"忠君思想"、"爱民精神"的源泉。其先后师从谦翁、华叟，继承了二师淡泊、清贫的禅风，对当时堕落俗化的禅林进行严厉的批判，一生致力于禅林弊风的改革，坚守古风禅的"淡泊质素"。然而，当其认识到浊世中，仅凭一己之力根本无力扭转整个禅林俗化的命运后，便踏上了漂泊隐逸之路。对禅宗命运的关心、对幕府失政的愤慨、对国家前途的忧患时刻敲打纠缠着一休，因此他最终"身隐心不隐"，把这种忧患之情倾注到自己的文学创作之中。

以爱民思想为基础，漂泊于民间进行文学创作的一休宗纯是大众文学家、大众宗教家，可以说是日本中世文化多样性的源泉。参拜他的人分布于各个领域，可以说"茶祖"村田珠光的"枯茶"道统的形成，便是受到一休最直接的感化。猿乐也同一休有着不可分割的关系，金春禅竹（1405—1470左右）是一休宗纯热心的皈依者，在酬恩庵留有墓碑的世阿弥的外甥音阿弥元重（1398—11467）也是一位被一休禅法所吸引的猿乐师。在连歌的领域，柴屋轩宗长（1448—1532）在大德寺山内瞎驴庵的旁边建梅屋轩，又在酬恩庵里面设柴屋轩长期师从一休宗纯。就这样，师从一休或者是和一休深交的人形成了一个文化圈，一休处于中心的地位并发挥了领导的作用。

参考文献

1. 秋山虔，（1972），《中世文学の研究》東京大学出版会。
2. 浅野裕一，（2000），《諸子百家——春秋・戦国を生きた情熱と構想力》講談社。
3. 浅野裕一，（2004），《諸子百家〈再発見〉》岩波書店。
4. 安部止路，（1978），《日本文学概論》右文書院。
5. 市川白弦，（1970），《一休——乱世に生きた禅者》日本放送出版協会。
6. 一海知義注，（1958），《陶淵明》岩波書店。
7. 入矢義高注，（1958），《寒山》岩波書店。
8. 入矢義高注，（1978），《五山文学集　江戸漢詩集》岩波書社。
9. 永原慶二，（1965），《日本の歴史　下剋上の時代》中央公論社。
10. 大庭脩，（1995），《歴史　日中文化交流史巌書》。
11. 岡田正之，（1954），《日本漢文学史》吉川弘文館。
12. 小川環樹，（1958），《唐詩概説》岩波書店。
13. 蔭木英雄，（1994），《中世禅林詩史》有限会社笠間社。
14. 唐木順三，（1981），《中世の文学》築摩書房。
15. 川口松太郎，（1992），《一休さんの門　上》講談社文庫。
16. 川口松太郎，（1992），《一休さんの門　下》講談社文庫。
17. 北村沢吉，（1942），《五山文学史稿》富山蔵房版。

18. 紀野一義，（1973），《名僧列伝》（一）株式会社講談社。
19. 黒川洋一，（1978），《中国文学史》吉川幸次郎述　岩波書店。
20. 白川静，（1976），《中国の古代文学（一）》中央公論社。
21. 桜井好朗，（1985），《日本名僧論集　第十巻　一休　蓮如》吉川弘文館。
22. 佐々木銀彌，（1975），《日本の歴史　室町幕府》小学館。
23. 鈴木修次，（1997），《孟子　民を貴しと為す》集英社。
24. 玉村竹二，（1955），《五山文学—大陸文化紹介者としての五山禅僧の活動》至文堂。
25. 寺山旦中，（1997），《一休墨跡》春秋社。
26. 西尾賢隆，（1999），《中世の日中交流と禅宗》吉川弘文館。
27. 久松潜一，（1977），《増補新版日本文学史　中世》至文堂。
28. 水上勉，（2002），《一休》河出書房新社。
29. 本宮泰彦，（1955），《日華文化交流史》富山房。
30. 柳田聖山，（1980），《一休：〈狂雲集〉の世界》人文書院。
31. 柳田聖山，（1984），《一休骸骨》禅文化研究所。
32. 柳田聖山，（1987），《大乗佛典 26 一休、良寛》中央公論社。
33. 芳賀幸四郎，（1972），《日本思想大系・中世禅家の思想》岩波書店。
34. 芳賀幸四郎，（1975），《日本人物の歴史 8》《將軍の京都》小学館。
35. 芳賀幸四郎，（1981），《中世文学の学問及び文学に関する研究》思文閣出版。
36. 芳賀幸四郎，（1981），《中世文化とその基盤》思文閣出版。
37. 吉川幸次郎，（1972），《宋詩概説》岩波書店。
38. 市川白弦，（1972），《一休宗純の〈反動〉と〈頽廃〉》春秋社。
39. 岩山泰三，（1995），《一休宗純の杜甫像》《和漢比較文学》第十五号和漢比較文学会。
40. 岩山泰三，（1997），《一休〈寒鴉〉詩群表現生成試論》《国文学研究百二十二集》早稲田大学国文学会。
41. 岩山泰三，（2003），《一休の詩人賛》《日本語教育と日本語学研究論叢》民族出版社。
42. 岩山泰三，（2007），《一休の王昭君像》日本語学研究中心。
43. 岩山泰三，（2008），《一休詩の周辺——楊貴妃・海棠の形象を中心に》山東大学出版社。
44. 岩山泰三，（2008），《〈狂雲詩集〉——五山詩からの逸脱》勉誠出版株式会社。

45. 岡松和夫，(1970)，《"風流"の語義についての覚え書》《古典と現代 32》。

46. 岡松和夫，(1972)，《一休宗純における"風流"の構造》《中世文学の研究》東京大学出版会。

47. 岡松和夫，(1973)，《一休"風流"の意味するもの》《国語と国文学》第五十巻第四号。

48. 岡雅彦，(1978)，《一休俗伝考—江戸時代の一休説話》。

49. 桜井好朗，(1963)，《乱世の狂気》《文学》第三一巻第十号。

50. 玉村竹二，(1975)，《一休宗純皇胤説の再確認》《禅文化》第七九号。

51. 中本環，(1972)，《一休論成立の前提》《熊本大学教育紀要》第 20 号第 2 分冊。

52. 中川徳之助，(1999)，《日本中世禅林文学論攷》《中国禅林の風流と一休宗純和尚の風流》清文堂。

53. 中本環，(1993)，《一休宗純——脱俗・奇矯の行動》《日本歴史 537》。

54. 平野宗浄，(1975)，《一休和尚年譜の研究》《禅文化研究所紀要》第七号。

55. 藤井学，(1980)，《一休宗純：反骨と風狂に生きた禅僧》平凡社。

56. 富士光晴，(1975)，《一休づかれ》《禅文化》第七六号。

57. 芳賀幸四郎，(1948)，《狂雲子一休とその時代》河出書房。

58. 芳賀幸四郎，(1975)，《一休宗純》《人物日本の歴史 8》。

59. 高文汉，(1999)，《中日古代文学研究》山东教育出版社。

60. 高文汉，(1998)，《中世禅林的叛逆者——一休宗纯及其文学》日文研。

61. 霍建波，(2006)，《宋前隐逸诗研究》人民出版社。

62. 李达五，(2004)，《中国古代诗歌艺术精神》重庆出版社。

63. 柳海莉，(2008)，《杜诗风格论》山东大学硕士论文。

64. 吕辉，(2005)，《林逋诗文研究》陕西师范大学硕士论文。

65. 毛丹青，(1998)，《禅与中国》（译）柳田圣山著 三联书店。

66. 钱翠霞，(2000)，《试论杜甫的忠君思想的发展和转变》首都师范大学硕士论文。

67. 许小晴，(2005)，《中古隐逸诗的研究》复旦大学硕士论文。

68. 殷旭民，(2008)，《一休和尚诗集》华东师范大学出版。

69. 杨富皓，(2008)，《寒山诗歌研究》浙江大学硕士论文。

70. 张伯伟，(2001)，《中国古代文学批评方法研究》中华书局。

71. 张海沙，(2001)，《初盛唐佛教禅学与诗歌研究》中国社会科学出版社。

72. 张文宏，(2004)，《禅宗与日本文学》佛山科学技术学院学报 22 卷第 6 期。

第九章 汉诗与文化交流

策彦周良号怡斋，后称谦斋，日本京都天龙寺妙智院高僧，中世五山文学后期代表诗人。其博学多才，通晓汉诗文，于明嘉靖十八年（1539）与嘉靖二十六年（1547）先后两次作为日本遣明使副使与正使率领遣明贸易使节团入明。多次沿运河北上与南下，在明五年。策彦将其入明期间的所见所闻记录成《入明记》。这是日本中世多达十九次遣明使中留下的为数不多的记录，它对了解明代中日贸易往来、外交关系，以及明朝的社会、文化、南北交通等都是不可多得的珍贵史料。《入明记》全文约二十五万字，为日记文体，主要用汉文书写，间有片假名与平假名。除写实性外，还具有日记文学的特征。其中包括数百首汉诗。这些汉诗内容丰富、题材广泛、形式多样，是明代中日两国文化交流的缩影。

一 遣明使及其必备的条件

"遣明使"是指日本室町幕府向中国明朝政府派遣的朝贡使节。明三百余年间，为了打击倭寇以及控制私人贸易，明朝廷与日本之间的往来是以勘和贸易形式进行的。从应永八年（1401）至天文十六年（1547）约一百五十年中，室町幕府向明朝派遣遣明使十九次，用于对明贸易的遣明船总计八十四艘。当时，明王朝实行严厉的海禁政策，甚至有"寸板不许下海之说"（《明史》卷205，《朱纨传》），并在《大明律》条款中以法律形式定为基本国策。两国之间的所有交流只能通过遣明船进行，遣明船成为明代中日交流的唯一渠道。从这种意义上来说，遣明使对中日两国文化交流起到了积极作用。

在十九次遣明使中，除第一次外，其余十八次的正副使均是从五山禅僧中直接选拔任命的。当时在以中国为中心的东亚国际关系中，汉字、汉文是通用语，外交文书需以四六骈俪文体作成，使节与接待者之间要进行频繁的汉诗赠答，这要求外交使节具有即兴作诗的能力。日本五山禅僧崇尚中国文学、文化。许多禅僧随遣明船到中国体验丛林生活，究佛教之深奥，慕中国山川风物之美，品中国之情趣，学做与中国文人相媲美之诗文。如绝海中津长于诗、秀于文、善于字；桂庵玄树每撰一诗，传诵艺林，被誉有盛唐之风。汝霖良佐则善做文章，明翰林学士宋景濂读其文后大为赞赏，欣然为其写跋。仲芳中正因善于楷书，奉明成祖之命书写永乐通宝钱文；雪舟等杨善于作画，受尚书姚公的委托为礼部院作壁画，明帝观其画，视若稀有珍宝，命其为天童山第一座①。这些名僧门下，不乏长于诗文、学艺优秀者。镰仓后期，经幕府逐渐整顿，将军足利义满时完成的五山官寺体制不仅是对宗教政策和幕府财政的补充，同时也作为高水平人才辈出的机构发挥了重要作用。当时，被列入官寺的"五山十刹"不仅成为幕府控制禅宗丛林的枢纽，也成了幕府的内治顾问机构。五山之上设有"僧录"一职，为幕府起草政治、外交文书，参与外务、内务等政治活动。除第一次送交明的国书是由儒臣东坊成秀起草，其余均出自五山禅僧之手②。这些"才高识达，学该内外，骈俪尤长"、精通中国语言和文化、了解中国国情、博学多才的五山禅僧被选拔为国使出使中国和朝鲜，不断吸收先进文化，对当时日本社会进步和发展起到了积极的促进作用。

二 策良周彦与汉学修养

策彦周良1501年（文龟元年）生于丹波（今京都、兵库县部分地区），室町幕府管领细川氏的家老③井上宗信之三子。九岁入佛门师从天龙寺僧心翁等安。幼聪慧好学，朝经夕梵，触耳能谙，过目能诵。其天赋令师称奇。十岁起誊写《三体诗》，并每日在师前背诵十首，恰如屋上

---

① 木宫泰彦：《中日文化交流史》，商务印书馆，1980年，第607页。
② 西尾贤隆：《中世の日中交流と禅宗》，吉川弘文馆，1999年，第206页。
③ 大名的重臣，统领家中武士、总管家务一职。世袭，始自镰仓时代。

建瓴水。半字靡有停涩。在师的口授之下，策彦自幼修习佛法，还兼学《郑氏笺》、《左氏传》、《古文真宝》、杜甫、苏轼、苏辙、黄庭坚的诗文集，并涉猎《论语》、《孝经》、《庄子》、《孟子》等儒家典籍。其动忘寝食，参诗风品月评，联句旬煅旭炼，借萤光惜驹阴，多年积蓄的深厚汉学底蕴使得策彦初出茅庐就被五山禅林文学名家所关注。著有《梅溪集》、《识庐稿》、《幻云稿》、《幻云文集》、《北征集》等著名诗集的雪岭永瑾、月舟寿桂对其诗文赞不绝口。策彦二十四岁时替雪岭代制过道旧疏，被雪岭誉为"大手笔"。后受湖心硕鼎之教导，得先师不传之传，加之在京都广交文学僧友，其才能受到周防国（山口县东南部）大名大内义隆的赏识。1539年受大内义隆派遣，任博多新篁寺僧湖心硕鼎之副使，同行入明。1541年7月返回日本。1547年被任命为遣明正使。在明时受到明文人的赞誉"文有班马之余风，诗有二唐之遗响；""德行醇粹，通儒佛二教"；"功盖天下，守之以谦。"嘉靖帝赐诗褒美"奇哉才业与渊深。佳作一章波澜心。贤衲所栖春色永。禅林花发又诗林"。由于其"善辞令闇大理，进退周旋中度，能诗善书，言不妄发，动必循礼，"得以不辱使命，衣锦还乡。笔者认为这多得益于其"威仪文学"。《入明记》中数百首汉诗便是明证。这些汉诗贯穿于入明始终。有初渡时的不安："回首西东不看山。岂应南北有人關。篷窗难结故乡梦。声冷洪波浩渺间"。有入明后对明人厚待的感激："感君携酒慰烦襟。交义未深恩渥深。预恐归期恼离思。他乡亦有故人心"。有大量赞美自然风光和名胜古迹的诗篇："扬子大江天下无。暗中独渡老臊胡。等闲用汝作舟楫。万里沧波一叶芦"。也亲眼目睹了"四海九州来会同。土宜献纳各旌功。吾何求辙行天下。今日亲逢率土雄"，再现了明嘉靖年间外交关系和周边诸国朝贡贸易的真实情景。在明期间，策良不但以汉诗与诸多明文人、官吏交往，也有与嘉靖帝和群臣的多首唱和，当顺利完成朝贡任务和外交使命后，充满了喜悦："回首西南是白云。摩腱东北近乡枌。棹夫莫倦归舟重。载大唐来献我君"。

《入明记》中的汉诗内容涵盖自然风光、人文景观、历史、宗教、风俗礼仪、时令行事、外交等各个方面。这些诗不但反映了遣明使策彦深厚的中国文化底蕴和汉文学修养，还对当时两国文化交流起到了重要作用。

三 汉诗与景观

宁波自唐代中期起至宋元时期，一直是中国与日本海上往来的重要港口。明太祖朱元璋设市舶司于宁波、泉州、广州三城，并具体规定"宁波通日本"。由此，宁波便成为明朝法定的专通日本的唯一港口。据策彦在明所记《驿程录》记载，从宁波至北京沿线有七十处驿站，全程四千五百七十五里。期间大运河是最重要的路线。自古以来，大运河就是多位皇帝南巡、朝廷命官往来、各国使节朝贡觐见皇帝的必经之路。由于往来于大运河的多为达官贵人、外国使节，驿站选址多位于风景名胜的集中区域，自然与人文景观的中心地带。《入明记》中关于沿途风景名胜的诗篇过半。描写自然景观的诗，以景成诗、写景如画；而人文景观的诗借景抒情、怀古咏史。诗中对中国文人了然于心、对历史典故信手拈来，表现了作者高超的汉诗技巧和深厚的中国文化底蕴。

十七日之晚。驻轿于浙江驿。土人云。明日十八。当县候潮之辰也。因幸之一宿于兹。翌日斋后。将日杲而赴。观潮塘。坡老诗 八月十八潮壮观天下无之句。今日熟于目者也。

雪作山耶云作化。崔嵬白浪及天涯。
势风沙矣声雷霆。肠断钱塘十里家。

嘉靖十八年八月十七日策彦一行到浙江驿时，得知十八日可观钱塘潮。相传农历八月十八日是潮神的生日，故潮峰最高。南宋朝廷曾规定，这一天在钱塘江上校阅水师，以后相沿成习，遂成为观潮节。策彦自幼熟读苏轼诗词，其笔下观潮塘的壮观景色与苏轼的"八月十八潮壮觀天下無之句"可谓同工异曲。

"晚过西湖"是嘉靖十八年十一月八日策彦游西湖时的即兴之作。

余杭门外日将晡。多景朦胧一景无。
参得雨奇晴好句。暗中摸索识西湖。
日兹暮矣兴何佳。暗度西湖湖水涯。
眼似老年看不见。六桥风景雾中花。

由于日暮黄昏,西湖美景多朦胧,六桥风景雾中花,昏暗中留下了无尽的遗憾。幸得嘉靖二十六年十月三十日作为遣明正使"再渡之时。以先年遗憾。白昼渡西湖。先上涌金门楼",将西湖美景尽收眼底。

> 湖在西余杭在东。一门两面道相通。
> 楼头直得不劳步。万境佳奇一览中。

"绕西湖六桥。湖之中外有十景名胜矣"。西湖十景形成于南宋时期,不仅有春天烟柳笼纱中的莺啼、细雨迷蒙中的楼台,夏日里接天莲碧的荷花,秋夜中浸透月光的三潭,更有冬雪后疏影横斜的红梅。

> 六桥昨日夕阳斜。征神忽忽无兴加。
> 不忆元晖真水墨。今新见锦样莺花。
> 湖水真为天下眉。重来全解雪堂诗。
> 吟游一刻贵于玉。十景变千多若丝。

夕阳下的六桥、湖水宛如米友仁的水墨画,千变万化不可名神奇之趣。孤山上俯视西湖,秋月冬雪,四季皆如画。

> 山态虽孤德不孤。回头四面是西湖。
> 秋宜月也冬宜雪。地主眼中皆画图。

北岗峰之下的十里松。苏轼在杭州时多出游于其间。

> 青松十里影婆娑。老鹤结巢生卵多。
> 出壑清风良有以。散为四海百东坡。

这一系列有关西湖景物的描写,出典颇多。其中有苏轼的"水光潋滟晴方好,山色空蒙雨亦奇"、"散为百东坡";有孟郊的"长风驱松柏,声拂万壑清";出自于《元明事类钞》的"湖眉"等等。作者写景切合时令,运用贴切的比喻和生动的描绘,咏物采用虚实相间之手法,使人仿佛置身于图画之中，有美不胜收之感。

运河两岸不但独擅山水秀丽之美，林壑幽深之胜，还有诸多脍炙人口的人文景观，是千百年来历代文人学士怀古追缅往事、吊古伤今、吟诗赋词、命笔泼墨的雅集之地，也留下了这位东瀛最后一位遣明使的足迹和诗篇。

嘉靖十九年正月十四日"辰刻。拨船。巳刻。着泗亭驿。舟行十五里。同刻上岸。到歌风台。台门横揭《歌风台》三大字。台中中央安牌。牌书以《汉高祖皇帝位》六字。台前有瑠璃井。井畔有牌文。又高祖手勅大字书镌于石。余偶作歌风台并瑠璃井诗。"

> 苛法已蠲民气和。升平乐入大风歌。
> 歌台遗响犹盈耳。丰沛雪消春涨多。
> 汤沐邑荒无主人。苔封古井几回春。
> 岂知一滴瑠璃碧。曾洗五年兵马尘。

汉高祖刘邦平定淮南王英布的叛乱，回归故里，置酒沛宫，邀家乡父老欢宴，把酒话旧，感慨万千酒酣兴起。这位马上归来的开国皇帝、布衣英雄击筑高歌："大风起兮云飞扬，威加海内兮归故乡，安得猛士兮守四方！"其奋发有为之志，悲壮豪放，建功立业之心，气势磅礴，"遗响犹盈耳"。《江南通志卷三十三》记载"琉璃井在沛县里许深不可测，其味甘洌，世传汉高帝所凿"。"五年兵马尘"指高祖历经五年与诸侯兵共击楚军，与项羽决胜垓下。作者思物开怀，将自己对古人往事的感叹见解与景物融为一体。

嘉靖十九年正月四日"天半阴。卯刻。解缆。巳刻。着下邳驿。舟行四十里。即刻。携三英·宗桂上岸。访圮桥遗趾。东去驿门二里许而有圮桥。授书房亦在此。房里中央按黄石公像。右侧有二童。左方按张子房像。右侧有一童捧书。有授書山房記。镌于石。予偶作小诗记遗事云。"

> 蹶项颠嬴天下分。运筹帷幄树元勋。
> 黄公一授素书后。更使圮桥高似云。

"子房佐汉高帝。蹙秦灭项。克复韩家五世之雠。事功忠义與日月争光。而实赖黄石公命。圮下取履。折其豪迈之气。"作者将《史记·留侯世家》中的张良圮下取履、黄石公授兵书中的历史人物和事件联系在一起,圮桥因而被赋予特殊的涵义。

嘉靖十九年九月三日来到"西湖四贤堂。堂中画乐天·李白·和靖·东坡四贤之像"。

> 苏子吟残数株柳。林君栖老一枝梅。
> 乐天李白无遗爱。笑指西湖当酒杯。

"蘇子"指"苏轼"。《宋史·苏轼列传》中记载"轼见茅山一河专受江潮,盐桥一河专受湖水,遂浚二河以通漕。复造堰闸,以为湖水畜泄之限,江潮不复入市。以余力复完六井,又取葑田积湖中,南北径三十里,为长堤以通行者。吴人种菱,春辄芟除,不遗寸草。且募人种菱湖中,葑不复生。收其利以备修湖,取救荒余钱万缗、粮万石,及请得百僧度牒以募役者。堤成,植芙蓉、杨柳其上,望之如画图"。"林君"指终生不仕不娶,唯喜植梅养鹤,自谓"以梅为妻,以鹤为子"的北宋诗人林和靖。将"醉吟先生"白乐天的"一酌池上酒"与李白的"一日须倾三百杯"以夸张的手法与西湖水巧妙地联系起来,暗示酒能助诗、咏成千古佳作。中国古代诗人酒与诗的不解之缘尽在诗中。

嘉靖十八年十一月十六日策彦一行游寒山寺。"北行一里而有枫桥。石桥也。桥畔有门。以杂木造之。白板额。横揭《枫桥》之二大字。…余偶作小诗记张继故事云"。

> 枫桥未断仅存踪。人物难逢境易逢。
> 张继去来无宿客。旧时山塔鹤时钟。

千年前,唐代诗人张继枫桥夜泊中的情景已无法再现,唯有通过未断的枫桥、旧时的山塔和鹤时的钟声来体味诗中清幽寂远的意境。景物的搭配与人物的心情达到了高度的默契与交融。咏出诗人的所见、所闻、所感,描绘出一幅凄清的秋夜羁旅图。此诗让人感到时空的永恒和寂寞,产生对人生与历史的无边遐想。

日本中世的五山禅林社会流行禅林学术以内外典兼通为尚的理念，"朝经暮史昼子夜集"蔚然成风，他们崇尚中国文化，涉猎广泛，醉心于四书五经、诸子百家的研读，原本为禅宗服务的文学渐渐脱离了宗教性质，最后成为一门独立的学问和文学。当我们了解当时五山禅僧作为一般修养所涉猎的知识范围和知识量，再来欣赏策彦的汉诗，便不足为奇了。

调	周易	二卷	同音义	一卷	易总说	二册
	易集解	八册				
阳	纂图互注周易	一册	尚书	一册	毛诗	二册
	礼记	三册	春秋	五册	周礼	二册
	孟子	二册	吕氏诗记	五册	论语精义	三册
	孟子精义	三册	无垢先生中庸说	二册		
云	晦庵集注孟子	三册	论语直解	一册	直解道德经	三册
	毛诗句解	三册	尚书正文	一册	毛诗	三册
	胡文定春秋解	四册	五先生语	二册	晦庵大学	一册
	太公家经	一册	黄石公素书	一册	小字孝经	一卷
	百家姓	一卷	九经直音	一册	晦庵中庸或问	七册
	晦庵大学或问	三册	三注	三册	连相注千字文	一册
腾	庄子疏	十卷				
致	六臣注文选	二十一册	杨子	三册	文中子	三册
	韩子	一册				
雨	事物丛林	十册	方舆胜览	九册	汉携	二册
	帝王年运	三册	绍运图	一册		
露	注坡词	二册	东坡长短句	一册	诗律捷径	二册
	笔书诀	一册	诚斋先生四六	四册	启劄矜式	八册
	万金启宝	三册	圣贤事实	二册	帝王事实	二册
	三历会同	三册	京本三历会同	一册	连珠集	一册

续表

	搜神秘览	三册	宾客接谈	一册	合璧诗学	二册
	四言杂字	二册	小文字	四册		
结	说文	十二册	说文	十二册	尔雅兼义	三册
为	大字玉篇	五册	大字广韵	五册	玉篇	三册
	广韵	五册	校正韵略	二册	韵关	二册
	韵略	二册				
霜	白氏六贴	八册	历代职源	一部十册		
金	白氏文集	十一册				
生	韩文	十一册不具	柳文	九册不具		
丽	老子经	一部二册	庄子	一部欠一至五		
剑	太平御览	一部				
果	毛诗注疏	七册	合璧诗	八册	周礼	三册
	积玉	三册	礼记	五册	孟子	二册
	周易	二册	注论语并孝经	一卷	礼书	三册
	杨子	二册	注蒙求	一册	文中子	一册
	荀子	一册	鲁论	二册	轩书	三册
	大学	一册书本	注千字文	一册	大明录	三册
	玉篇广韵	各四卷	语真寺诗	一卷书本		

表中是正平八年（1353）东福寺普门院书库中外典藏书目录。芳贺幸四郎：《芳贺幸四郎历史论集Ⅲ 关于中世禅林的学问及文学的研究》，思文阁出版，1981年。

四 汉诗与宗教

明代，中国传统的宗教——儒教及佛教、道教都呈现出世俗化倾向。宗教对民间世俗生活的影响充分反映在日常生活中。

策彦的汉诗中有为数不少的篇幅描写沿途参拜的数十座寺庙、祠堂、道观。诗中如实地反映了明嘉靖年间的佛教、道教、儒教及三教融合的实态以及明代中日宗教交流的一端。

嘉靖十八年六月二十五日策彦一行参拜陀洛寺。"寺僧十数辈出迎而礼。于观音像前各消拜者三。献香资者拾缗。寺之称长老者。供香资并愿文者再三。同音唱大士宝号。"八月四日游南关禅寺时,"二僧出迎。一咲如十年之故。对榻细陈。遂设茶饭。一僧名万汾。号心泉。称柳亭院。年四十八岁。一僧名德性。号梅江。原境清寺寺僧"。八月二十日原"境清寺僧梅江作诗寄余。即和之。求交友之亲者也"。

祗道水边林下身。诗禅文熟本清真。
才名千古以谁比。越彻杭标是此人。

诗中的"越徹杭標"为会稽云门寺的灵澈、杭州灵隐山的道标。《宋高僧传》卷第十五中记载"当时吴兴有昼。会稽有灵澈。相与酬唱递作笙簧。故人谚云。雪之昼能清秀。越之澈洞冰雪。杭之标摩云霄。每飞章寓韵。竹夕华时。彼三上人当四面之敌。所以辞林乐府常采其声诗。"用历史上有名的文笔僧来褒美对方,可谓构思巧妙。

十二月二十三日"天气佳喧。斋罢。同三英上岸散步。驿门揭《皇华亭》三大字。入门少许而有漂母庙。庙门横镌《漂母祠》三大字。庙里有漂母像。像前供香火。白髪满簪。左右有侍女像。壁间诗版多々。生亦作诗"。

漂母身亡心未灰。女中有此丈夫才。
曾将脱粟半炊饭。分与无双国士来。

作者将漂母赐饭救了后来"国士无双"的韩信的历史典故结合起来,表现了漂母的仁慈善良的传统美德。

嘉靖十八年十二月廿九日"诣项羽庙。庙在冈上。冈外有一小门。横揭《灵应行祠》四大字。入此门则有石桥。过则有庙门。横揭《楚王祠》三大字。庙檐贴纸。揭《西楚项王》四大字。中央坛上按项羽塑像"。

执鋭被坚亡暴秦。岂图天下属宽仁。
庙司休扫庙前草。又有春风生美人。

诗中寥寥几句就勾勒出项羽及其霸业的存亡兴衰、项羽人物性格的宽厚仁义，引出历史教训后给人以深刻的启示。表达作者对这一英雄人物的深切同情，也体现了其纯熟自如、得心应手地驾驭史料的能力。

嘉靖十九年五月廿六游"老子庙。在鱼侪县干宁驿。庙门揭三清殿三字"。

低头金色大龟氏。西释袈裟东道冠。
易地易时多救众。慈恩太重几千般。

西释东道，佛教的大慈大悲、普救众生与道教的齐同慈爱、济世度人的教义竟如此相像，将释与道的融合提出了理论依据。

"五日甲子。…午刻。乘舟便游焦山寺。舟行五里。中流有小岛。曰罗山。楼门面于东。横揭《焦山寺》三大字。佛殿横颜《大雄宝殿》四字。殿里按三世如来。左右有十六罗汉像。方丈横匾《方丈》二大字。堂里正面横揭《海云堂》三大字。青字。方丈门右方壁旁有石碑。镌以《焦山禅寺重建圆悟接待庵记》十二字。记文不遑录。佛殿右方有焦光旧祠堂。门横揭《隐士祠》三大字。庙里中央有遗像。像前有木牌。书《汉隐士焦公之神》七字"。

谁言小隐々山阴。可惜不知仁者心。
昔日焦光有遗韵。古祠松栢带风吟。

焦山寺中有祠，而祠中祭祀的是仁者焦光，此乃明代三教融合的典范。

明代宗教日渐融合并步入民间的世俗生活。佛教给予难懂的教义以解决现实问题的世俗解释，道教因其超脱的宗教信仰以及与民间信仰千丝万缕的联系，使得各种民间神的信仰得以发展，从而拓展了道教的信仰范围。而祠堂、庙宇中所祭祀的鸿儒、名宿、忠臣、孝子身上体现出的正是"三纲五常"的儒家思想，可以发挥"显忠良，仰眷德，维风教"的社会教化作用。因此，儒、释、道三教自然地与民间百姓生活融为一体。

五　汉诗与外交

　　明朝与日本的关系由于倭寇的骚扰，处于紧张状态。从明太祖起，明初的几位皇帝曾寄希望于通过外交途径来抑制倭寇的侵扰，抑制扰边事件的发生，故对日本实行羁縻政策，颁赐给勘合，准许他们入明朝贡。而日本中世由于连年不断的战争，国库已极度空虚，勘和贸易成为幕府、寺社和商人重要的财政收入来源。后期由于幕府的政权逐渐消弱，具有实力的地方大名和富裕商人将之看作一种营利之机，大名、寺社、商人为争取入明朝贡进行了激烈竞争。终于在嘉靖二年（1523），武士豪族大内氏和细川氏派遣的勘和贸易船在宁波上演了一场"争贡之役"，这使本已岌岌可危的中日关系更为紧张。策彦周良就是在这种背景下率领遣明贸易团入明的。

　　由于"争贡之役"的影响，礼部限制进京朝贡人数，策彦与宁波府几经交涉，遂如愿以偿。于嘉靖十八年八月二十九日致书执事张大人并和诗以表谢意。

　　　　嘉靖十八年八月廿九日谨呈。前日拜谒于海道老大人行旆下。特烦贵牌。新传明诏。生等北上已决矣。旨胜喜惧之至。此乃老爹大人先容之力也。感々荷々。虽然起程未定。傲装未辨。为之奈何。仰望。随例先早俾吾商从等若干名速到杭州。少焉赴京之日。择五十人上途则可也。想夫。北地多寒。河水早冻。然后起身。则舟车足力摁难及。徒费日月于中路。朝趋如迟延。明年归船失风候也必矣。凡归吾邦之顷。待五月梅雨之晴。即解缆放洋。否则往々误归期。万一过其节。漫离。上国。漂滞中流。虽悔无益。迷惑之甚者也。所希。老爹大人与海道老尊胥议。忝蒙许诺。不日舣北上之舟。谨禀白。代矢备与张习斋书简并和诗。本韵志愿酬・识荆州・万户侯。日之昨累领芳酒并华篇。弗胜欣慰之至。官冗私冗。弗裁即答。急々慢々。他时必当企造拜。罄谢词。恐惧不宣。张大人执事下。谨攀尊韵者一绝。泄卑臆云。

>　　交盟缱绻以诗酬。亲则他州胜故州。
>　　遮莫西东语音异。良媒幸有管城侯。

策彦与人交往只于笔墨，由于其通汉文，文笔颇佳，在外交场合或与明人的各种直接交往中，笔谈与汉诗起到了重要的作用。

八月十九日访梅崖。梅崖云冠大人手亲写墨竹一两茎添有声画。以赠焉。其画取英明清三字为轴子。实时和章而谢之。

>　　是翁笔力万人英。铁画银钩冠大明。
>　　犹有郑虔三绝在。画图诗句备员清。

诗中所赞梅崖系宁波人，《鄞县志》中记载："方仕，字伯行，号梅崖，擅书能画，有称于时。丰坊以书学名天下，见仕书法深奇之。"诗中的"铁画银钩"出自唐欧阳询的《用笔论》，"徘徊俯仰，容与风流，刚则铁画，媚若银钩。"而郑虔系唐代画家，于开元中为广文馆学士，曾进献诗篇及书画，玄宗题"郑虔三绝"。与文人的交流，多求明人的诗书画。方梅崖与策彦情谊甚笃，其墨迹通过遣明使流传至日本。

"于浙江驿时。诣南禺外史丰存叔。叔相见予。讲礼后请归。叔挽留前导以引于游宴之堂。…叔于船中复宴饮。出豫北之竹叶酒。淡而如水。叔云。不可累觞。醉三五日也。故以小杯酌之。仍乞笔赋即事云。"

>　　池磨菱镜绝纤尘。桂棹兰舟常载宾。
>　　学海渊源吾始见。文澜浩渺孰相论。
>　　才贤亲垂渭滨钓。仁惠频迁合浦螾。
>　　天下李膺翁继踵。龙门登陟属斯津。

丰存叔即和云

>　　上人衣钵净离尘。今日偶然迎上宾。
>　　吐句周诗声入律。挥毫晋法帖难论。
>　　释而儒墨共该服。席上琛璋不纳螾。

归便得波涛远稳。布帆无恙海东津。

二诗押"塵"、"賓"、"津"三韵,属和韵中的次韵。次韵讲究韵字和原诗的韵字完全相同,虽在某种程度上限制了诗人的自由发挥,但对作诗提出了更高的要求。策良在《入明记》中所记的唱和诗多为次韵,从中可看到诗人高超的作诗技巧与深厚的汉学修养。

丰存叔系丰坊,《明诗综》卷四十四中记载"丰坊鄞县人,嘉靖癸未进士,除礼部主事以吏议免,""以书法名,人称'丰考功',亦称'南禺外史'"。著有《鲁诗世学》、《春秋世学》、《易辨》、《南禺集》等,是嘉靖时期宁波一流文士。

策彦对丰坊十分景仰,诗中赞叹其学识渊博、文澜浩渺。渭滨垂钓被天子慧眼识贤。施行仁政如东汉仁惠,孟尝去珠复还。赞其如继李膺之踵,为自己能与对方交往为荣。丰坊对这位"诗声入律、挥毫晋法"、通释儒的使僧也大加赞赏。尤为一提的是策彦请丰坊为其《城西联句》作序,回国后策彦将此书献于宫中,这为后来联句在日本中世的兴盛起到了很大促进作用。

嘉靖十八年三月,策彦一行"入燕京。收贡物参内。应制即席赋诗云。"

> 万里使星朝奉天。五云捧上玉楼前。
> 献君唯以无疆寿。我是日东蓬岛仙。

帝乃赐御诗

> 东夷有礼信真缁。远越潮溟明国彝。
> 入贡从今应待汝。归来勿忘朕敦仪。

应制于御前涉笔和云。

> 入贡古今无磷缁。我邦久仰大明彝。
> 三千礼乐珠帘卷。紫凤翩翩舞羽仪。

嘉靖二十八年四月,入北京寓嘉宾堂收贡物。二十四日。参内朝拜献诗。

> 熟路洋中船翼轻。天书早召验吾诚。
> 禁池再浴恩波水。弊垢袈裟影犹清。

帝赐御和云

> 氏姓声名俱不轻。日谦日策尽其诚。
> 前来锡杖今杯渡。戒律再三如水清。

四月二十三日于上林苑赐宴。策良与群臣唱和。

> 今日天恩与海深。凤凰池上洗凡心。
> 回头群卉花犹在。始见青春归禁林。

翌日达圣聪。龙颜改观而赐御和。

> 奇哉才业与渊深。佳作一章波澜心。
> 贤衲所栖春色永。禅林花发又诗林。

在中国，自古以来"诗"是君子修养的最佳文化体现。浸染了"礼"之文化品质的诗歌，实已成为士人阶层的一种行为标志，并在"礼以别异"的等级社会中积淀为彬彬君子的文化身份。诗词唱和在中国古代也是极为普遍的现象，君臣的唱和诗一般辞藻华丽、用意精巧、多为歌功颂德之作。但在外交场合，外国使者使用汉诗与皇帝和群臣同处唱和，需要深厚的中国文化底蕴、语言的技巧和随机应变的反应能力。

两次入明入京朝贡，均受到嘉靖帝召见，可见嘉靖帝对日关系的重视。与皇帝唱和，"帝赏叹甚矣"。获得皇帝赏识，"竟领到新勘合"，这得以继续与明进行贸易往来，对幕府来说非常重要。归路有"万户三武官奉宸谕前导。至诸寺则寺长着法衣率。擎鼓鸣跋。门外迎接。"归国时，"两地官人或有绘衣锦荣归图，作送行之诗，或绘志别之图饯之，又寄诗笺壮行。""时与马驺呼填咽衢道，百官庶职相揖而送。俊贤髦士相与交者，亦扬觯往饯于江滨。"①

另外，与群臣、嘉靖帝的唱和诗中还真实地反映了两国勘和贸易关系、日对大明文化的景仰、遣明使策彦的贤才，具有较高的史料价值。策彦擅长联句，对唱和这种形式非常熟悉，由于幼时起"孜孜读苏二黄九左氏莊孟之类。靡不通习矣"。具有与明文人相同的文化知识背景，因而在唱和中才能如此得体。诗歌是文人之间的应酬、交往，也是国与国之间外交场合的一种手段。诗歌的这种功效在《入明记》的诗歌中得到了最好的体现。

结　语

十四世纪中叶，由于日本自身文化还未成熟，其社会仍渴望继续汲取和掌握中国先进文化。当时五山的诗文僧除佛学之外，还潜心钻研多方面的学问，具有极高的中国文化修养。作为遣明使，他们直接体验到曾经只能在诗文中憧憬的大陆风情，借助中世遣明使这个传播的途径，另一方面将已经吸收、消化的中国文化在实际中应用，在与明各阶层的交流中，将自己积累多年的汉学修养以诗文的形式表现出来。诗文真实地记录了遣明使入明期间的所见所闻，反映了明代社会的全貌，体现了诗歌的文化交流功能。遣明使起到了吸收和嫁接中国文化、从而形成中日文化交流的媒介作用，而汉诗便是最好的载体。从遣明使策彦周良的《入明记》可窥其一斑。

参考文献

1. 牧田諦亮，(1955)，《策彦入明記の研究》（上）法蔵館。
2. 牧田諦亮，(1959)，《策彦入明記の研究》（下）法蔵館。
3. 秋山謙蔵，(1933)，《日明関係》岩波書店。
4. 西尾賢隆，(1999)，《中世の日中交流と禅宗》吉川弘文館。
5. 田中健夫，(1987)，《日本前近代の国家と対外関係》吉川弘文館。
6. 田中健夫，(1975)，《中世対外関係史》東京大学出版会。
7. 田中健夫，(1981)，《中世海外交渉史の研究》東京大学出版会。

---

① 牧田諦亮：《策彦入明記の研究》（上），法蔵館，1955年，第327页。

8. 田中健夫,（1995),《善隣国宝記 新訂続善隣国宝記》集英社。
9. 田中健夫,（1982),《対外関係と文化交流》思文閣出版。
10. 木宫泰彦,（1980),《中日文化交流史》,商务印书馆。
11. 南炳文·汤纲,（2003),《明史》,上海人民出版社。
12. 王辑五,（1984),《中国日本交通史》,上海书店出版。
13. 郑樑生,（1995),《明·日关系史的研究》,雄山阁出版。

第十章　中日古代流散汉诗及其特点

　　研究全球大流散的学者罗宾·柯亨在他的著作《全球大流散导论》中追溯了"流散"（Diaspora）一词的语源。从希腊语源来看"流散（Diaspora）"一词源自希腊版《新约·约翰福音7—35》（οπεριω），意思是"播种"（to sow），前缀 dia 意为"越过"（over）。① 流散是一种文化现象，是指一些民族长期流亡、颠沛流离于世界各地，构成了远离故土又恰恰与故土有着割舍不掉的混杂情结。"流散文学（Diasperic Literature）"是指世界上不同地区、不同民族，以母体文化作为传统认知的人们，由于种种不同原因而迁徙、长期居住到异文化国家所进行的文学创作，以此体现的文学思乡性、混杂性等特点。流散这个概念的意义是多样的。但是，所有的流散人群都定居在他们出生（或想象的出生）的国界之外，承认那个"故国"——一个将常被埋没在语言、宗教、习俗或民间文学的概念——总是对他们的忠诚和情感提出某种要求。② 自后殖民文学的三驾马车"赛义德、斯彼瓦克、霍米巴巴"开始，流散文学就被认为是西方世界的专利，但是从现存的资料来看，最早的流散文学作品应该是古埃及的《西努赫的叙说》。从具有文化层面上的"我与他"的不同族群的自觉意识上来看，应该说"流散"现象古已有之，"流散文学"在东方也很早就产生了。③ 因此，流散文学不仅现代有，古代也有；不仅西方有，东方也有。

---

　　① 张德明：《流散族群的身份建构：当代加勒比英语文学研究》第27页，浙江大学出版社，2007年。
　　② Cohen, Robin, Global Diasporas: An Introduction, London: University of College London, 1997, p. ix.
　　③ 黎跃进：《东方丛刊》2006年第4期《东方古代流散文学及其特点》。

古代流散汉诗是一种文化现象，意味着一种流离失所的感受、一种凄凉悲苦的处境。流散并非意味着绝对的"被迫"，流散者的流散经历也有自主选择，只是长期在异国他乡的生活使这一人群有了"思亲"的感慨。这类文学作品集中表现了流散者远离故土的思乡性、流散者在异质文化中遭遇的思想碰撞与文化冲突和流散文学在异质文化中的融合与传播等特点。中华文化源远流长，博大精深，特别在古代的东方，先进的中华文化长期以来一直是东方文化的中心。当时的中外文化交流是东方各国仰慕向往中国、为了学习中华文化而进行的交流往来。而由于中华文化强大的辐射力，对周边的日本、韩国等国家在语言、文字上的影响，使得中华文化的影响和传播得以迅速被吸收、消化和创新。中日流散汉诗就产生在这样的历史、文化背景下。

一 流散者远离故土的思乡性

中日古代流散汉诗中的这一特点集中表现在对故土的眷恋之情感怀于心，并将这种思念的渴望用汉诗这一文学体裁表现出来。集中反映了"漂泊途中的艰辛，身在异国的痛苦，回归故国的渴望，第一人称的叙述等。"[①]

在中日文化交流历史上最值得一提的就是遣唐使。当时的日本为了学习中国文化，先后向唐朝派出十几次遣唐使团。其次数之多、规模之大、时间之久、内容之丰富，可谓中日文化交流史上的空前盛举，遣唐使对推动日本社会的发展和促进中日文化交流做出了巨大贡献。阿倍仲麻吕便是其中的杰出代表。他出身贵族，是日本孝元天皇的后裔，由于其博学多才，16岁时便随日本遣唐使到中国。在长安苦读，考中进士。此后长期留在唐朝做官，由于其擅长诗文，与李白、王维交往颇深。"慕中国之风，因留不去，改姓名为朝衡"[②] 长期生活在长安，高官厚禄、富贵荣华的生活丝毫没有减轻他的思乡之情。"仲麻吕尝作书，凭新罗宿卫王子金隐居寄相亲；新罗使金初王持其书至。仲麻吕在唐蕃五十余年，

---

① 黎跃进：《东方丛刊》2006年第4期《东方古代流散文学及其特点》。
② 刘昫：《旧唐书》第一百九十九卷上，列传149上，东夷。

身虽荣贵，思归不已，言及乡国，未尝不凄恻也。"① 公元717年，其随日本第九次遣唐使来唐留居明州（今浙江宁波市南）时写下了著名的《望郷詩》②

> 翘首望长安，神驰奈良边。
> 三笠山顶上，想又皎月圆。

这首汉诗集中表现了他神驰奈良、眷恋祖国的感情。"翘首"与"神驰"集中反映了对故土的思念。身在长安城，心在奈良边，遐想故国的三笠山月亮应该又圆了。心中对故土的眷恋只能寄托于皎月之上，复杂的内心感情溢于言表，尽管长期居住在中国，但思乡情一直没有割断，正是流散文学身在异乡又思念故乡特点的集中体现。

公元734年，日本第十次遣唐船即将回国。这时，阿倍仲麻吕入唐已经十七年，由于长期的思乡之情，他向朝廷提出归国的要求。但由于玄宗皇帝的极力挽留，没能实现他的愿望。于是他万分感慨地写下了一首五言思乡汉诗《无题》：

> 慕义名空在，输忠孝不全。
> 报恩无几日，归国定何年。

阿倍仲麻吕对祖国和年迈双亲无限怀念的心情在这首流散汉诗中得到了充分体现。长期留唐做学为官是希望学习更多的盛唐文明、以期有朝一日为大和民族所用，但如今虽已学成却无法归国尽忠，且远离故土又不能对父母床前尽孝。"输忠孝不全"又一次在现实中印证了大丈夫自古忠孝不能两全的命运。尤其是最后一句"归国定何年"写出了回归故里遥遥无期的惆怅之情。

自遣唐使之后中日往来历经宋元明三朝，其间，日本中世五山汉文

---

① 德川光圀：《大日本史》，转引自武斌《中华文化海外传播史》（第一卷），陕西人民出版社，1998年，第515页。
② 李寅生：《日本汉诗精品赏析》，中华书局，2009年，第1718页。

学的作者——五山禅僧所做的流散汉诗是非常值得注意的。五山文学是日本汉文学史上一个重要时期，由于禅宗的传入，宋、元、明文学也随之船载以入，随着新汉诗风的传播，五山禅僧中流行起了汉诗文创作，因其作者几乎均为五山禅僧，所以日本中世汉文学称其为五山文学，也称禅林文学。五山禅僧中，有到中国直接体验禅林生活的日本禅僧，也不乏渡日传法的中国高僧，他们创造的文学作品是中日两国文学的结晶。

一山一宁（1247—1317），浙江台州临海人，临济宗杨岐派十世法裔，宋末元初禅宗高僧，于1299年作为元朝外交使节渡日，在日十八年，曾先后住持过南禅、建长、圆觉等大寺，在镰仓、京都大张法筵，大振宗风，并创立了"一山派禅学"。一宁在日期间，弘扬佛法，传播宋学。因其人格高尚、博学多才，深受日本朝野上下各阶层的尊信，给予日本国民精神上的影响甚大，后宇多法皇在其去世后特赐"国师"称号，称赞曰"宋地万人杰，本朝一国师"。由于长期在日的经历，他的文学创作留给后世的不仅仅是汉诗文化中的瑰宝，更多的表达了一位久居异国的诗僧漂泊他乡的思乡情绪。

《古源》①

一川虚漾渌粼粼，流注知经几劫尘。
尘中可是知音少，可曾无路接秦人。

诗中的"劫尘"泛指凡尘和人世，"秦人"当是远在故国的朋友和知己。同样是青山绿水流淌的凡世间，尽管异国的风光也是如此美妙，但是一山一宁叹息的是没有知音可以倾诉苦闷。这深刻的表现了他在异国他乡孤单寥落的心理，他真心期待有一天可以在故土和自己的朋友共享故国青山绿水间的诗情画意。尽管他在异国享受着丰厚的礼遇，但是一颗赤子之心却永远不能忘怀。一山一宁以第一人称的心理活动表达了无限的思乡情怀，阐释了一种颠沛流离离家的苦楚。这首汉诗文是流散文学思乡汉诗的代表，尽管作者长期居住日本，却还是无法抹去炎黄子孙

---

① 楼彼环、张家成：《元代普陀山高僧一山一宁〈一山国师妙慈弘济大师语录卷下——偈颂〉》，宗教文化出版社，2009年3月，第199页。

的印记,这些描写不言自明的表达出流散现象中复杂的思乡情绪。

二 流散者在异质文化中遭遇的思想碰撞与文化冲突

这一特点正是流散者在"身份认同"这个问题上遇到的困难。在身份认同的产生过程中,文学是不可或缺的一个角色。文学创作本身就是某种意义的符号和形象。流散者在异质文化的语境中的创作往往不难读到一种矛盾的心理表达:一方面,他们希望在异国他乡找到心灵的寄托;另一方面,由于其本国或本民族的文化根基难以动摇,他们又很难与自己所定居并生活在其中的民族国家的文化和社会习俗相融合,因而不得不在痛苦之余把那些埋藏在心灵深处的记忆中召唤出来,使之游离于作品的字里行间。由于有了这种特殊的经历,出现在他们作品中的描写往往是一种有着混杂成分的"第三种经历"。[①] 这一特点在五山禅僧作品中表现的比较突出,诸多五山禅僧本着学习中华禅风、学习汉文化的目的入宋元明,他们不仅在参禅方面十分精通,并且在汉诗创作方面也颇有建树。雪村友梅、绝海中津就是其中杰出的入元、明僧人。

日本五山文学代表诗人雪村友梅为一山一宁的弟子。公元1307年入元,元文宗即位之后邀请他居住在长安翠微寺,赐法号宝觉真空。1319年回日。在元12年。由于文化的差异性,他在汉诗创作呈现出了文化的冲突与碰撞。比如:《会昌茂宗》[②]

> 十年危难天未厌,投荒尚得此身存。
> 难兄难弟如曾约,相别相逢与细论。
> 鄢领春晖棠棣萼,燕云岁晚脊令原。
> 西风斜日黄埃里,握手凄然一断魂。

"十年危难"突出了作者在元经历了十年风雨,从心理上比较难以安

---

① 王宁:《中国比较文学》2004年第4期(总第57期)《流散写作与中华文化的全球性特征》。

② 入矢義高校注:《五山文学集·新日本古典文学大系48·雪村友梅〈岷峨集〉》,岩波书店刊行,第264页。

心接受这一事实，由此产生了一位异乡人的身份认同问题，也就导致了"投荒尚得此身存"的结果。"难兄难弟如曾约、相别相逢与细论"体现出作者异国他乡难觅知音，在这里遇到的也是有着同样境遇的天涯沦落人，尽管相逢与临别之时可以诉说一些衷肠，但是仍然难挡四手相握那一时刻的凄凉。在异国的生活难以寻求心灵上的慰藉，远离本土文化难以融入中华文化中，心潮激荡，不可能产生和中国人一样的身份认同，导致了思想和文化不相适应的碰撞结果。

五山文学"双璧"之一绝海中津的汉诗也有相同的特点。他是临济宗僧，别号蕉坚道人。敕谥"佛智广照国师"、"净印翊圣国师"。公元1367年入明，1378年回日，在明11年，曾与明太祖朱元璋对诗。历住建仁寺、建长寺。入明期间与宋景濂、诗僧全室交游，名声显赫。其汉诗之造诣堪称一绝，其文学创作亦流露出流散文学的特点。比如：《期友人不至》①

> 许我一来寻，怀君数夜吟。
> 纷纷云雨季，泛泛去留心。
> 山暮秋声早，楼虚水氣深。
> 知音今寂寞，壁上挂孤琴。

诗中的"许我一来寻，怀君数夜吟"表达了作者孤寂的心情以及难觅知音的生活状态。在明的日子无时无刻不在思念朋友的到来，以今人的角度思考一人独自居住他乡难免会孤单无助，会与整个环境习惯性的产生不相适应的感觉，因此产生了"泛泛去留心"的念头，不知道何去何从。山水之间唯作者是寂寞的，诸多的问题令他内心不断纠结，只能与墙壁上的古琴做伴独眠。绝海中津作为一名异国来客，在心理上难以将中国作为自己的故土，内心深处产生了异化的思想状态，在清幽古刹佛寺中独自感叹"壁上掛孤琴"。

---

① 入矢義高校注：《五山文学集·新日本古典文学大系48·绝海中津〈蕉坚稿〉》，岩波书店刊行，第17页。

三 流散文学在异质文化中的融合与传播

变异学将"异质性"作为比较文学可比性基础,从这里入手来重新考察和界定流散文学便找到了更好地契合点"融合与传播",流散者往往横跨了两个甚至两个以上拥有不同文化背景的国家,这就为融合与传播的最终产生提供了生存的土壤,同时也让不同国家的文化经历了一个碰撞冲突——融合——传播的过程。融合无疑是中间的一座桥梁,使异质文化最终达到传播的效果。

元初赴日的宋末高僧一山一宁被称为五山文学的始祖,其博览群书,无论教乘诸部、儒、道百家之学以及诸子之学,杨雄之说、诗歌、小说、乡谈、俚语,无不通达。且善于书法、绘画。他的汉诗体现了流散文学异质文化中的融合与传播的特点。比如《送俭上人还家》[1]:

> 特地今朝又问程,扶桑未必在东溟。
> 南阳四百八十寺,那出春山草不青。

这首诗传承了汉诗写作的一大特点,就是"用典",从中国的典籍和诗文中找到了写作源头,进而融入文学创作使其具有更深刻的含义。诗中,作者临摹了中国唐代两位诗人的诗句。首先是李白《上云乐》中写的"西海栽若木,东溟植扶桑。""东溟"就是东海,"扶桑花"原产地是中国,日本也生长此花,这里的扶桑花暗指中国文化。其次是杜牧在《山水》中写的"南朝四百八十寺,多少楼台烟雨中。"一山一宁在日本先后应邀在镰仓的建长寺、圆觉寺、净智寺以及京都的南禅寺讲授禅学。"南阳四百八十寺"无疑是按照这种风格加以临摹写出的诗句,之后作者反问"哪里的春天生长的草不是青绿的呢?"作者认为博大精深的中华文化和佛学思想可以传播到任何一个地方、任何一个国度,体现了一山一宁的崇高境界和宽阔胸怀。作者借扶桑花和南阳寺托物言志、借景抒情,

---

[1] 楼彧环、张家成:《元代普陀山高僧一山一宁〈一山国师妙慈弘济大师语录卷下——偈颂〉》,宗教文化出版社,2009年3月,第199页。

将两种文化中的共性元素进行加工融合落于笔尖、畅抒心志。中国文化影响所形成的两国文化的共性，通过相同的文学表达形式——汉诗这座中间桥梁达到了传播性的效果。

入明高僧绝海中津在明11年，他的汉诗创作也体现了融合与传播的特点。比如：

《读杜牧集》①

赤壁英雄遗折戟，阿房宫殿后人悲。
风流独爱樊川子，禅榻茶烟吹鬓丝。

这首流散汉诗与上一首有着异曲同工之妙——多出"用典"，"赤壁、阿房宫"等均出自中国唐代诗人杜牧的诗句。一句"风流独爱樊川子"突出了这位日本禅僧对杜牧的推崇之心，在他的流散汉诗中将杜牧的诗句与自己的创作相结合。"赤壁英雄遗折戟"出自杜牧《赤壁》的"折戟沉沙铁未销"；"阿房宫殿后人悲"因杜牧《阿房宫赋》有感而发；"禅榻茶烟吹鬓丝"出自杜牧《题禅院》"今日鬓丝禅榻畔，茶烟轻扬落花风"。多年在明养成的风俗习惯、生活方式和深层的审美取向、价值观念的影响，使作者将中国文化渗入到了自己的内心，经过长年中国文化的积淀，将两国文化融会贯通，最终下笔如有神的写下了这首汉诗。文化交流促进了文化融合与文化传播。从文化自身发展的规律看，流散汉诗反映了其跨民族、跨语言、跨文化的鲜明特色。

结　语

流散汉诗在创作中既保留其固有的文化特征，同时又具有主动性的个人认知行为，用流散者长期居住异国他乡的真实情况来续写流散者异乡的感性体验和审美感受，充分体现了流散文学跨民族、跨语言、跨文化、思乡性、混杂性、融合与传播等特点。汉诗是中日文学交流史上一

---

①　入矢義高校注：《五山文学集·新日本古典文学大系48·绝海中津〈蕉坚稿〉》，岩波书店刊行，第147页。

道独特的风景线,用相同的文字符号——汉字写成,其内容得到中日两国文化不同程度的浸染,呈现出多角度多视野的文学特征。正如《晏子春秋·内杂篇下》中写道"橘生淮南则为橘,生于淮北则为枳",古代流散汉诗文学是跨民族、跨国家、跨语言、跨文字、跨文化的迁徙与移植,是中国传统诗歌与日本文化融合共生的新的文学样式。汉诗距今已经沉淀了千百年的历史,它所体现的流散现象清晰可见。中日两国诗人背井离乡之后与母国仍然有着千丝万缕的联系,他们借用中国格律特色的汉诗表达的异乡情怀使流散的特性更加浓厚。无论是古代还是现代,流散文学的思乡性、混杂性、融合与传播都是贯穿始终的。通过对古代流散汉诗的研究定将会为比较文学的整体发展提供更广阔的视野。

参考文献

1. 入矢義高校注:《五山文学集·新日本古典文学大系48》,岩波書店。
2. Cohen, Robin, Global Diasporas (1997) An Introduction, London: University of College London.
3. 张德明,(2007),《流散族群的身份建构:当代加勒比英语文学研究》,浙江大学出版社。
4. 黎跃进,(2006),《东方古代流散文学及其特点》,《东方丛刊》2006年第4期。
5. 刘昫,《旧唐书》(第一百九十九卷上 列传149上 东夷)。
6. 武斌,(1998),《中华文化海外传播史》(第一卷),陕西人民出版社。
7. 李寅生,(2009),《日本汉诗精品赏析》,中华书局。
8. 楼彼环、张家成,(2009),《元代普陀山高僧一山一宁〈一山国师妙慈弘济大师语录卷下——偈颂〉》,宗教文化出版社。
9. 王宁,(2004),《流散写作与中华文化的全球性特征》、《中国比较文学》(总第57期)。
10. 温越、陈召荣,(2011),《流散与边缘化:世界文学的另类价值关怀》、甘肃人民出版社。
11. 潘德利,(2012),《中国古籍流散与回归》,中国社会科学出版社。
12. 饶芃子,(2007),《流散与回望》,南开大学出版社。
13. 生安锋,(2011),《霍米·巴巴的后殖民理论研究》,北京大学出版社。
14. 王宁,(2009),《"后理论时代"的文学与文化研究》,北京大学出版社。

后 记

五年前，因一个研究项目偶然接触到五山文学，立即被禅林文学那独特的文学性和艺术魅力所吸引。尤其是五山汉诗文与中国文学、文化那水乳交融、密不可分的影响关系更使我想全面了解其中的来龙去脉，于是组建了一支从事五山文学研究的学术团队，沿着五山文学发展脉络，以五山文学各个不同时期的代表作家和作品为中心，潜心研究。历时五年，几易其稿，研究成果今日终于得以付梓，与读者和研究者见面，十分欣慰。

本书由十章构成。各章执笔者分别是：第一章"五山文学与五山文化"（张晓希）；第二章"虎关师炼的诗学思想"（安娜）；第三章"梦窗疏石的造园思想与风格"（王川）；第四章"中岩圆月的儒士风骨"（常慧玲）；第五章"义堂周信的文学观"（白雪）；第六章"绝海中津的文人风致"（朱雯瑛）；第七章"景徐周麟的禅儒一致思想"（武颖）；第八章"一休宗纯的特异性"（李凤华）；第九章"汉诗与文化交流"（张晓希）；第十章"中日古代流散汉诗特点"（国晖、张晓希）。这些研究分别从不同角度对五山文学的各个时期的代表作家及作品进行了比较深入的研究，可以了解五山文学产生的背景、文学特色、与中国文学、文化的接受与影响，交融与互动，独特性和多样性等，是迄今为止较全面地研究五山文学的一部学术专著。

本书是国家社科基金项目"中国文学作品在海外的传播与影响"（09BWW003）阶段性成果。希望该研究成果的问世能促进五山文学进一步深入研究。

该书的出版得到天津外国语大学科研处的大力支持，中央编译出版社邓彤编辑为本书的出版付出了很多辛劳，在此一并表示诚挚的谢意。

张晓希
2013 年 5 月于天津外国语大学